中国侦探小说
实力派作家丛书

林海碧擦

贺平 著

群众出版社·北京

图书在版编目（CIP）数据

林海警探／贺平著 .—北京：群众出版社，2022.9
ISBN 978-7-5014-6237-7

Ⅰ.①林⋯　Ⅱ.①贺⋯　Ⅲ.①长篇小说—中国—当代　Ⅳ.①I247.5
中国版本图书馆 CIP 数据核字（2022）第 052758 号

林海警探

贺平　著

出版发行：群众出版社
地　　址：北京市丰台区方庄芳星园三区 15 号楼
邮政编码：100078
经　　销：新华书店
印　　刷：涿州市新华印刷有限公司
版　　次：2022 年 9 月第 1 版
印　　次：2022 年 9 月第 1 次
印　　张：15
开　　本：880 毫米×1230 毫米　1/32
字　　数：405 千字
书　　号：ISBN 978-7-5014-6237-7
定　　价：59.00 元
网　　址：www.qzcbs.com
电子邮箱：qzcbs@sohu.com

营销中心电话：010-83903991
读者服务部电话（门市）：010-83903257
警官读者俱乐部电话（网购、邮购）：010-83901775
文艺分社电话：010-83901330　　010-83903973

本社图书出现印装质量问题，由本社负责退换
版权所有　侵权必究

序 言

　　森林公安是具有武装性质的兼有刑事执法和行政执法职能，保护森林及野生动植物资源，保护生态安全，维护林区社会治安秩序稳定的重要力量。林业公安局既是国家林业和草原局的职能机构，也是公安部的业务部门。多年来，在各级党委、政府和林业公安部门的领导下，森林公安机关和广大森林公安民警牢记"对党忠诚、服务人民、执法公正、纪律严明"的总要求和"以警为荣，以林为业"的理念，忠实履行法律职责，有力地打击了各类破坏森林和野生动植物资源的违法犯罪活动，为全国的生态建设和林业发展做出了巨大贡献。

　　据有关资料记载，林业公安局始建于1948年，最早在东北。到2005年年底，除上海以外，全国其它省、市、自治区、直辖市和新疆生产建设兵团共有森林公安机构6700多个，拥有6万多名警力。

　　1948年，随着东北的解放，一些匪、特、反、坏分子把莽莽苍苍的林海视为避风港，纷纷潜逃到广袤的林区，林区的社会治安局面面临严峻的挑战。林业公安局成立后，林业公安民警肩负起防特、清匪、防盗、防火、防自然灾害的光荣使命，"一人一马一杆枪，防奸反特打豺狼"，成为当时林业公安鲜为人知的斗争生活写照。

　　1952年至1979年1月，国家先后出台相关文件，要求各地重视和加强林业公安建设。1984年林业部公安局正式列入国家公安机关序列，实行林业主管部门和公安机关的双重领导。从2005年开始，将林业公安局编制纳入了政法专项编制序列。2018年12月30日起，将林业公安调整为直接归属公安部领导。

从林业公安局成立至2014年的30年间，全国林业公安查处刑事和违法案件400余万起，打击处理违法犯罪分子667.3万人次，涉案金额672.7亿元。这期间全国共有300余名林业公安民警牺牲，数千名民警负伤；33人被公安部授予（追授）全国公安系统一级、二级英模；10个单位获"全国优秀公安局"称号；30个集体获"全国优秀公安基层单位"荣誉称号。

林业公安局的历史是光荣的，是可歌可泣的；贺平同志《林海警探》这部小说，可以说是中华人民共和国成立以来首部全视角描写林业警察故事的作品。他的笔触涉猎的是一群极其平凡、微不足道，甚至被人们忽视和遗忘了的人群——林业警察。之所以说他们被人忽视或被人遗忘，是因为在今天极为发达的媒体时代，几乎看不到他们的信息和身影。

据国家有关权威信息发布，全国公安机关共有一百八十万人，涵盖了海关、民航、铁路、林业等，其中林业警察合计六万余人。他们的确太渺小、太平凡了，渺小和平凡得像他们生活的大山林中的一棵棵树上的叶子。

截至目前，除却贺平同志所创作的此部小说外，翻遍各种媒体和创作书籍，很难再找到描写林业公安的长篇文学作品。

小说从20世纪50年代初中国北方长白山脉林业公安诞生起，一直讲述到了2018年长达60余年的林业警察故事。故事情节中不但有盗伐木材、盗窃杀人、报复杀人、追捕逃犯等大要案的婉转迂回，惊心动魄；也描写了林业警察的工作困境、矛盾和许多无奈。

全书描写的故事是一部林业警察从无到有、从弱到强的发展史，也是一部反映中国全体林业人的生活史。以张野、常宽等第一代林业警察为开篇，他们的后代张卫国、常小青为改革开放初期和新时代林业警察的典型形象，承前启后、一脉相承。通过人物的亲情、友情、爱情、家庭、工作的描写，广阔地展现了自新中国成立初期到今天的林业警察的真实生活面貌。

由于组建林业公安局需要，很多退出现役的军人，脱下军装，穿上警服，走进了原始森林。他们面对林区的极其艰难的生活环境，是成长于新时代的年轻人所无法想象的。

长白山是中国高海拔山区，夏短冬长，交通工具和通信工具极为落后。他们办案走访，都是靠双脚跋涉在白山黑水之间。那一代林业公安，没有现在的高科技辅助破案工具，都是凭着自己积淀下来的点点滴滴办案经验，凭着自己的聪敏智慧和执着坚强，对犯罪分子留下的蛛丝马迹，寻踪觅迹，直至成功破案。

他们吃的是极其难咽的粗粮，就着比咸盐还咸的咸菜，喝的是雪水，居住和办公是几十人的大帐篷和简易的土坯房。即使在如此极端艰难困苦的环境中，他们仍然对自己的事业和信仰充满着忠诚和挚爱。他们在工作上认真负责、果敢睿智，与患难与共、风雨同舟的妻子聚少离多；他们含辛茹苦、恪尽职守，甘于默默无闻。

他们与林业工人打成一片，热爱那里的每一条小河、每一座大山，还有那里生活着的千千万万的林业工人。沧海桑田，几度风雨，几度春秋，他们爱大山、爱人民的情怀从来没有变过；他们坚持正义，勇于担当，乐观向上，捍卫和忠于职守的情操从来没有变过；他们为中国林业的健康发展，为维护林区社会长治久安的赤诚之心从来没有变过。他们在浩瀚的大山林里，任劳任怨，战天斗地，付出了艰辛的努力，付出了巨大的牺牲。他们在平凡中凸显伟大，在默默无闻中感天动地。

中国林业能有今天的辉煌，他们厥功至伟、功不可没。作者就是怀着一种无比崇敬和激动的心情描写他们的，也可说是作者对他们曾经肩负职责和所做贡献的感激和敬意。本书故事布局长、时代跨度大，其中无不透着作者对大东北那片壮阔的绿水青山的深情和挚爱。

当今中国媒体发达，想看一部警察题材的小说、电视剧、电影，几乎可以信手拈来。而《林海警探》这部描写林业公安的文学作品，则是灿烂星光下的公安文学园地绽放的一朵娇艳的奇葩。

希望阅读本书的每个读者，都能够从林业警察曾经不为人知的感人故事中，探寻到人生的价值和真谛。

为贺平同志这种为警立警、当警爱警的精神所感动，因此，立字为序。

全国公安文联主席：王俭

（公安部原党委委员、部长助理）

二〇二〇年十月二十六日

目 录

第一章　黑瞎子 / 1

第二章　入警 / 15

第三章　扎根 / 36

第四章　灭门案 / 61

第五章　嫌疑人 / 87

第六章　遇难 / 125

第七章　诺言 / 161

第八章　亲上加亲 / 190

第九章　所长张卫国 / 212

第十章　殉职 / 226

第十一章　积案告破 / 258

第十二章　盗伐案 / 285

第十三章　收网 / 309

第十四章　野猪养殖场 / 332

第十五章　线索迷离 / 353

第十六章　证人之死 / 377

第十七章　两个凶犯 / 401

第十八章　真相 / 435

后记 / 469

第一章 黑瞎子

一

一九六〇年一月下旬的一天下午。长白山林海正是寒冬季节，各种树木的枝头上绝大多数都是光秃秃的，有的还压着厚厚的雪，凛冽的冷风过后，大片大片的雪花又从树梢和树干上落了下来。

远远望去，连绵起伏层层叠叠的山峦都披上了一层银色。阴郁的天空，灰蒙蒙的，天空的雪，分明又要开始下了。

一个三十几岁的男人慌乱而又惊恐地走在密林中。

他光着头，穿着极其单薄。脚上那双被冻成冰坨的半棉鞋，还能清楚地看到左脚的大拇指探了出来，他两手抄在袖口里，衣服紧紧地裹着，厚厚的雪在他的脚下发出咯吱咯吱不规则的响声。这是他第二次走到这里。一个小缓坡，两块巨石，四面相望都是密密的挂着雪花的树木。他的脸上只剩下焦虑、凄然和绝望，胸膛不停起伏着，鼻子和嘴呼出来的都是白色的气团，整个身子被冻得瑟瑟发抖，他无奈地望了望周围和灰蒙蒙的天空，又急不可耐地离开，继续寻找着走出这片密林的路。

雪越下越大，寒风裹挟着大雪，一瞬间就把他留下的脚印给掩盖了。大约过了一个小时，那个男人又第三次走了回来。还是那个小缓坡，两块巨石，四周都是同样挂满雪花的密林。

他的脸和手冻得通红而且已经发僵了，头上被雪覆盖成了白色，湿湿的脸湿湿的全身，他佝偻着紧紧地裹着薄薄的两片单衣，艰难行走在厚厚的雪中，他左顾右盼绝望地看了看周围，回头又瞅了瞅自己来时的已经不够清晰的脚印。几声凄厉的猫头鹰的叫声回荡在飞舞的飘雪中。

他彻底迷路了……

已经偷偷逃出几个小时了，身上没有一点吃的，没有任何取暖的东西，他又饿又累又冷。雪继续下着，天却要黑下来了。他想先找个地方避避寒歇歇脚。

他瞅了瞅四周，不远处有一棵腐朽的大榆树，树的下面是个大空洞，一个人完全可以在里面避一避的。于是他蹒跚地走了过去。

大树洞里，他裹了裹可怜而又单薄的衣服，还是被冻得哆哆嗦嗦，上牙和下牙不停碰撞着。他瞅着依然漫天飞舞的雪花，心中慨叹着总算找了个比外面稍微暖和一点的地方。

可是几分钟后，那个男人却惊恐万状地从树洞里逃了出来，并凄厉地叫喊着："救命呀！救命呀！"声音回荡在冰冷的飞雪的天空里。

他刚逃出树洞还没到三步远，一只深棕色的黑熊就发出恐怖的吼声，张牙舞爪地追了出来。

那个男人没命地又跑了不到两米，黑熊便伸出利爪从后面抓住了他的头皮，连带左眼一块撕了下来。鲜血一下子染红了他扭曲的脸颊。黑熊又用另一只爪子狠狠把他拍出两米开外。他在雪地里骨碌了一米多远，便昏厥了过去。

黑熊看了看被它拍倒在地的男人，吼叫着仓皇地向山坡上面逃去。

不知道什么时候，这个男人又醒了过来。他已经变成了雪人。

他艰难地从雪地上爬了起来。他的周围能看到片片已经凝固了的血渍,脸上的雪和血水相融变成了极其恐怖的红色的脸,更恐怖的是他的左眼眶里只剩下一个鸡蛋般大的黑褐色的洞。他发觉自己的左眼已经不存在了,他用左手捂着空洞的左眼眶,沙哑地哭泣着,右手不停地擦拭着被血水和雪水模糊的右眼,鲜血把他单薄的衣服浸透了,随即又冻成了紫黑色的冰甲。

他呼出冷冷的白色的气团,绝望地有气无力地微弱喊着:"救命啊!救命啊!"

偶尔伴着几声树木被冻裂的"咔咔"的响声,还有几声不知名的可怜的鸟叫声。求生的欲望,使他拼尽最后的气力,准备继续走出这片密林。可是摇摇晃晃地只走出十几米远,他便又摇摇晃晃地坐到了雪地上。

他挣扎着想起来,可再也没有起来……

天空,大片的雪花肆无忌惮地洒落在他渐渐僵硬的身体上。

二

雪后的第二天中午。白江河林场书记办公室里,赵玉勇书记正在看昨天统计上来的各工队任务完成报表。他特意仔细地看了看人事部门报上来的最近林场工人逃跑回原籍的报表。一个月内,已经有二十七名工人不辞而别。

"砰砰砰",随着敲门声,一位六十几岁的老猎人推门进来。他眼睛不大却很亮,正方形的脸上,眉毛和胡子都是白灰色的,头上戴了一顶鹿皮帽子,脚上穿一双厚厚的棉鞋,裤腿用绿色窄条带子绑得紧紧的,身上背一杆猎枪,一进屋就带入了一股寒气。

老猎人急匆匆道:"赵书记,我和你反映一个事,六道弯发现个死人，像是被黑瞎子祸害死的。"

赵玉勇仔细询问了来者，然后拿起电话打给材料线公安分局："张大炮，我们辖区发现了一个死人。反映情况的人就在我跟前。"

西沟林场的南头，有一栋简易的木头搭建的房子，外墙抹了一层白灰，正门口右边挂了一个白底黑字的牌子——大青山林业公安局材料线分局局长办公室。木制的简易办公桌上，有个斑驳的瓷缸，上面一行醒目的红字——中国人民志愿军。缸里的水正冒着热气。

分局长张大炮端起瓷缸，刚要喝，摇把子电话响了。他急忙放下瓷缸，拿起了电话。

"赵书记，我刚处理一起民事纠纷回来，这就往你处赶，一小时准到。"

从这里到白江河林场有四十多公里的路。他顾不上喝水，快步走了出去。

到了走廊，他大声喊道："赵延武，注意接听电话，我去趟白江河。"

内勤室里传出声音："知道了。"

分局院子里的雪，已经被内勤赵延武打扫得干干净净。战友给他的那台破旧的老式三轮摩托车，在房头小棚子里停放着。

张大炮骑着那辆破三轮摩托疾驶而去。

张大炮，本名张野，大青山林业局林业公安局副局长兼材料线分局局长，一米八的个头，山东诸城人。他参加过抗美援朝，是第四野战军一名营职干部。受伤后，他转业到林场公安部门。他性格豪爽仗义，办案时认理不认情，工作上一丝不苟，认真负责，雷厉风行。他最大的特点是，嗓门大，隔着几间屋子人们都能听到他的声音，久而久之同事就给他送了个外号"张大炮"。干公安七年来，张大炮取代了张野。绝大多数人认识张大炮，却不认识张野了。他也欣然接受，觉得张大炮的名字比张野响亮多了。

几十公里的路，张大炮被冻得面如红枣，胡须和眉毛挂满了白霜。

到了场长办公室，张大炮边喝着赵书记给倒的热水，边询问记录着老猎人所看见的情景。

原来老猎人姓姚，以打猎为生，老伴早早死了，留下一个姑娘，已成家，在白江河村屯住。他住在姑娘家。

急性子的张大炮半缸子水还没喝完，就让姚老猎人领着，和赵书记派给他的四个人，向六道弯方向奔去。

顺着姚老猎人被雪掩埋的或隐或现的脚印，他们艰难地行走着。

山上的雪更厚，风更大，十多里的山路，他们大约走了三个小时才找到了目标。

一个自然形成的小山坳里，风在这里转了个圈圈，雪在这里积淀得很厚，厚厚的雪地里蹲坐着一个人。此人穿着一件蓝色的布衫，扣子已经被挣开了，布衫的后背被划成了条状，衣服因血浸染成了黑褐色，整个脸是紫黑色的并挂满了雪霜。

张大炮仔细勘查现场，然后问了问跟着来的四个人，证实死者就是偷跑出来的工人，名叫吕福孝。

他四面查看了很长时间，走到了离死者四十米开外那棵枯死的大榆树下。

张大炮凭经验断定，这才是死者真正致死的地方。大枯树根有一个烂了的树洞，能够藏下一个人，树洞外面虽然被雪覆盖着，也能辨别出有被压过和踩踏的痕迹。

张大炮用手扒拉浮层上的雪，还能看到紫色的滴滴血渍，再细看，还有动物的脚印，是熊，东北人叫黑瞎子。

他又仔细查看树洞口内外各处，发现很多深棕色的毛发，都是黑瞎子的毛。

经过勘查，张大炮得出以下结论：

吕姓工人前天上午偷偷离开帐篷后，没有搭乘拉原条的小火车走。他怕林场人员发现阻止其离开，准备翻山到西南岔林场后再搭车。当他走到六道弯处时，迷路了。最可怕的是遇上了近年极少见的一场大雪。吕姓工人穿得又少，又没带吃的，又冷又饿，加之黑夜降临，无法再赶路，于是他准备找个地方避寒过一晚。可怜的是，他慌不择地，找了个黑瞎子蹲仓的地方。

蹲仓，是黑熊的一种特殊生活习性。每到冬季，黑熊就会找一个树洞或者山洞冬眠，不吃不喝一冬天，消耗掉春夏秋三季储存的皮下脂肪，然后来年开春再出来活动。

平常黑熊不伤人，除非黑熊感到威胁时，它才会为了自身安全发起攻击。吕姓工人恰恰犯了黑熊的忌讳。他先发现了树洞上面有黑熊，黑熊也发现了他。他急忙往外跑，可是来不及了。黑熊将人拍倒后，才仓皇逃离。吕姓工人当时昏迷了，等他醒过来的时候，天更黑了，雪更大了，风更冷了。他可能想要回林场去，但由于失血过多，加之又冷又饿实在走不动了，就再也没有起来。

张大炮一边判断推理，一边说着。

"这人怎么办？"跟来的人问道。

"抬回去。明后天让公安技术科上来，再解剖鉴定一下。"张大炮回道。

于是，四个人砍了几根藤条，扎了两根小杆，愣是把这个已冻死的人给抬了回来。

"伤人的黑瞎子，必须马上找到，打死。黑瞎子是有记性的，只要它攻击过人，将来看见人，它还会攻击。"姚老猎人跟在张大炮身后建议道。

"我先回局里,明后天带着武器行动,咱俩一块儿去打黑瞎子。"张大炮回答说。

三

第三天天气晴朗。张大炮来了,还带了一条德国黑背"虎子"。

虎子是一条退役的警犬。除了虎子,张大炮还领来了两个技术科的人。一行人早晨四点坐上行运原条车来的,七点多才到。工人们六点前就上山了。

车站上,姚老猎人站在雪地里,顶着寒风在等着他。

张大炮吩咐技术科的两个人解剖尸体,他和老猎人领着虎子向山上走去。

张大炮背了支半自动步枪。这是中国军队刚配备不长时间的步兵主战武器。平常见不着,只有突发事件时,才拿出来使用。

山上很冷,前天晚上又飘了一层清雪,山路比下大雪的时候还难走。虎子不愧是训练有素的警犬,始终跑在他俩的前面。

上午十点多钟,他们来到吕福孝被害的地方。

这里比较平坦,飘过清雪后,加之山里风大,黑熊的脚印已经没有任何痕迹可寻了。两天的时间了,黑熊认为已经被人攻击了,所以必须不停地寻找自以为安全的地方蹲仓,它走出多少里地根本无法断定。

虎子始终在前面无声无息地搜寻着,离他俩总是保持几十米距离。

他俩又上了一段岗梁,雪比别处显得少一些,但依然没有发现熊的脚印。

虎子似乎在等待他俩,蹲在岗梁上伸着红红的舌头,一双亮亮的眼睛还在四处探寻。

姚老猎人说道:"凭我的经验,黑瞎子是不会在山岗上找蹲仓地方的。咱们应该在平缓的山地和山坡中间地带去找。"

张大炮和姚老猎人爬山爬得满身是汗,帽子的周围都是哈气和哈气结成的冰。

张大炮抓了把雪,放在嘴里边嚼着边说:"已经走出二十来里了,我想它应该就在附近。虎子到现在没有反应,或许是黑瞎子已经找到蹲仓地点了。"

他一边嚼着雪,一边自语:"在哪呢?已经两点多了,再过三两个小时天就黑了,倘若再没发现目标,明天就更难找了!如果再下场雪,此次任务就算失败了。"

虎子好像不甘心似的,脱离他俩直奔山岗的右坡冲了下去。远远地,能看到雪埋没了虎子的前腿,虎子每跳跃一步,都会带起一串串雪花。坡下的树木没有山岗上那么密集、那么高大,大多是径级很小的杨树和桦树。坡底很开阔,由于阳光的反射,坡下的物体能看得十分清晰。

张大炮正在一筹莫展时,突然听到虎子的狂叫声。

两人的脸上一下子荡起了兴奋的表情。

他俩迅速向虎子狂叫的方向跑去。叫声是从坡的右面七八十米开外传来的,而且越来越急切。

还没等他俩跑出多远,虎子的叫声中就响起黑瞎子的吼声了。

张大炮和姚老猎人在雪地里紧跑慢跑,总算看见了目标。

一头二百多斤的黑熊在雪地里狂奔着,虎子在后面边撕咬,边狂叫。黑熊不时地回过头来阻止虎子的撕咬。虎子不停地在黑熊的前后左右发起进攻,黑熊被虎子凌厉凶狠的进攻弄得左突右支、无可奈何,只有嚎叫着用两只带钩的爪子拼命地阻挡。

按理说，体重这么大的熊，要是单独与狗较量，狗几乎是占不到便宜的。但虎子不是一般的狗，它是经过极为严厉和系统训练的警犬，虽然有些老了，却依旧灵敏、勇猛、凶悍。

姚老猎人连忙对张大炮说："不能再让黑瞎子往下跑了，跑到坡底雪更深，我们就更不好追赶了。最好是让黑瞎子往咱们这方向跑，有利于咱们射击。"

张大炮沉思刹那，从手套里退出右手，把右手中指和食指捏在一起，放在嘴里，打出了一声极脆极高的哨声。

再看虎子，攻击黑熊的方法和方向即刻改变了。

起先虎子是无章法地自由进攻，现在能明显看出虎子只是左右前猛烈进攻，却不再进攻黑熊的后面了。

黑熊后面正是张大炮和老猎人射击的最佳位置。

虎子凶狠的撕咬，猛烈的进攻，让黑熊应接不暇，仅仅几分钟，黑熊就妥协了，转身向张大炮和老猎人藏身的方向奔了过来。

虎子在后面更加凶狠地撕咬着、追赶着。黑熊被虎子纠缠得只有拼命地跑，它一跑起来像是跳跃似的，两条后腿不停地加力，两条前腿自然地抬起。

张大炮和姚老猎人看得很清楚了，往上跑的黑熊张着血红色的大嘴，嘴里滴淌着红红的黏液，伴随着重重的喘息声，七十米、六十米、五十米……越来越近了。

张大炮像是征求姚老猎人意见似的问道："咱俩比试比试枪法怎么样？"

姚老猎人没言语，随即端着猎枪站了起来，张大炮也端起半自动步枪，打开了保险。

"你打左腿还是右腿？"

姚老猎人毫不犹豫："右腿。"

张大炮自然就是左腿了。

黑熊已经离他俩不到五十米了,虎子现在已经跳到了熊的右方。

张大炮嘴里数着一、二、三,两人同时开枪。

"砰!"枪声划过整个山峦,人们似乎只听到一声枪响。

枪声过后,黑熊一头跄倒在雪地里。

它低声吼叫着,极力想站起来,可是两次努力均未成功。第三次努力时,黑熊终于坐了起来。

"好枪法!"两人异口同声,由衷地赞美对方。

两人均是爱枪如命。姚老猎人几十年来靠打猎为生,枪自然玩得溜。张大炮那是在死人堆里爬出来的人物,枪在他手里就像是有了灵性似的,可以说是指哪儿打哪儿。

今天的这只黑熊,可算是倒霉了,遇见这么两个硬碴儿。

黑熊坐着,虎子不停地左右撕咬,能清楚地看到黑熊前肢都断了,左肢还连着,可是变成了90°形状了。右肢上一半已经没有了,那是姚老猎人打的。因为他用的是铅弹,所以黑熊的半个右肢被生生地撕掉了。

没有了黑熊前爪的威胁,虎子更是肆无忌惮,撕咬得更加凶猛。虎子嘴上能看到挂着一撮撮毛,撕咬中会随风飘落。

黑熊只能低声吼叫着,绝望地挣扎着,断肢流出来的血被甩得到处都是。银白色的雪地上,点点滴滴的红色显得极为耀眼。

张大炮对姚老猎人郑重地说道:"要它命的这枪我来吧,就不劳驾你了。熊皮我有用,你那家伙太厉害了,别把熊皮糟蹋了。"

姚老猎人的枪已经举起来了,听到张大炮的话,歪头瞅了他一眼,却不甘心地用祈求的口吻小声问道:"留给我一只耳朵行不行呀?"

"不行。"张大炮两个字刚说完,手里的枪就响了。

子弹是从黑熊张开的嘴里打进去的,一股黑红色的血喷涌而出,射出近一米远。

枪响后,黑熊似乎挣扎了一下,然后轰然倒下。

虎子极快地上前咬住了熊的喉咙。

"厉害!"姚老猎人发自内心地喊出了两个字。

他俩提着枪,急忙向黑熊围了过去。

他俩回到白江河林场时,已经是晚上近九点了。姚老猎人回姑娘家,张大炮在林场简单吃了赵书记给他留的晚饭,留给赵玉勇一条熊腿,便匆匆地坐着原条车返回到了西沟。

张大炮回到材料线分局已是半夜十二点多了。

天又开始下起了雪,下得很急很大,他的身上不一会儿就披上了一层白色。虎子的身上与他同样,也是满身雪,不同的是都冻成了冰碴儿。

张大炮安顿好虎子,才走进办公室的大门,在走廊看见内勤室的小油灯还亮着。

西沟林场属于林业局建得最早的林场之一,这里已经有了临时发电机,傍晚六点给电,十点停电。如果分局有什么需要处理的事,晚上超过十点是离不开煤油灯的。

他透过门窗一看,内勤赵延武趴在桌上已经睡着了,煤油灯在他的旁边无精打采地亮着。

张大炮心想:"有什么事吗?"推门声让赵延武一下子醒了。

他睁着睡意蒙眬的眼睛说道:"局长才回来呀,家里嫂子来了好多遍电话了,你儿子有病住院,让你回去。"

张大炮边拍打身上的雪,边问道:"没说得的什么病,病情怎么样?"

赵延武带着埋怨的口吻说道:"听嫂子说,是感冒严重转成了肺炎。卫生所治不了，要是轻的话，能住院治疗吗？局长，你真应该回家看看了，多长时间没回家了。"

"你个臭小子，还教训上我了！知道了，快睡觉吧。"张大炮说完，推门出去，回到了自己的办公室。

他点着了办公桌上的煤油灯，又急忙脱下已经湿了的外衣，搭在小王八炉子边上的铁丝绳上（王八炉子是东北人家冬天取暖的一种特有的取暖工具，是用铸铁打造的，形状像王八肚子，由此得名）。

王八炉子烧得很旺，屋里很暖和。

他和衣躺在了硬板床上，把身边的军被简单地搭在身上，吹灭了桌子上的油灯，一天下来真的是浑身疲惫。

他摸着右腿，弹片伤处又隐隐作痛。那是朝鲜战场上受的伤，因为靠近大动脉不能取出来就留在体内了。其实他身上可不止一处伤，只不过那些小伤没让他怎么上心。

张大炮躺着嘟囔道，琴丫头可能是真的扛不住了，才给他打电话，要不她不会打的。看来，明天真得像内勤赵延武说的那样回家看看。多长时间没回家了，应该回家看看了。明天就回家。

他管他媳妇齐琴私下里就叫丫头。他比她大九岁。他笑着进入了梦乡。

一九五四年春夏之交的季节。某军营的一间办公室里，透过窗户上明亮的玻璃，能看见一群年轻的穿着军装的男男女女。

"报告首长，张野归队。"

"哈哈哈，小兔崽子回来了，伤好了吧。快过来让我看看，缺没缺什么零件。"

"报告首长，什么零件也没缺！"张野脆声答道。

"太好了，太好了，小兔崽子我就等你回来呢，准备给你找个媳妇。你看见了吗，墙角的那个女兵，她叫齐琴，是你嫂子手下的报务员，我和你嫂子早给你选好了。别看她有些单薄，那丫头屁股大能给你生儿子，下午我就让你嫂子给你介绍。"

"报告首长，张野……不敢，害怕！"

"去去去，还不敢、害怕了，你怎么敢打鬼子呢，那丫头比美国鬼子还可怕吗？明天上午九点，你就去中山公园喷池边上的椅子那，那个丫头在那等着你，必须完成任务。就像打美国鬼子一样给我冲。"

张野犹豫了刹那，举手敬礼，高声说道："报告首长，保证完成任务，像打美国鬼子那样往上冲。"

"哈哈哈，这才像我的兵。"

中山公园喷池旁边的长条椅上，一位十七八岁文静而又秀气的女孩坐在那里，两条不长不短的乌黑的辫子搭在胸前，戴着黄色的军帽，穿着黄色的军衣，脚蹬一双黑色的军布鞋，人显得极为羞涩。

这时，来了一位高个子二十六七岁的小伙子，也是穿着黄色的军衣，黑布军鞋，戴着一顶黄军帽，径自走到了她的跟前，犹豫刹那并对她敬了一个标准的军礼道："张野奉首长命令，来见齐琴同志。齐琴同志好！"

姑娘看到眼前长眼睛浓眉毛、鼻直口方的军人时，更加羞涩。她低着头，然后又抬起了头，急忙站了起来，也回敬了个军礼道："报告首长，通讯兵战士齐琴，正在等候首长指示。"

不远处，一棵大槐树后面，一男一女两个五十多岁的军人，正在偷看两个年轻人互敬军礼的一幕。

女军人对男军人说道："你看你那个兵，怎么见着女孩还敬军礼呢，哪有这样找媳妇的，让人愁死了。"

"你还说我呢。你看你看，你的兵不也回军礼了吗？两人太有戏了。"男军人哈哈笑了。

女军人也笑了:"也真怪了,介绍过那么多人,这丫头不是不同意,就是不见面。怎么,见着张野这个愣头青,咋还敬上军礼了呢,她平常不这样呀。"

"按老话说,这叫王八瞅绿豆,对眼了。"

女军人愠怒地说道:"哪有你那么说话的?这叫'有缘千里来相会'!"

"对对对,有缘千里来相会!你赶紧告诉齐琴,马上跟张野结婚。"男军人不停地点头,"他们结婚了,我的心就放下了,总算给张野这个小兔崽子解决了一个大难题。"

"哪能才认识就结婚,还不得互相了解了解呀。"

男老军人一脸严肃:"咱俩不是认识七天就结婚了吗,不也给我生了三个兵吗?让他俩赶紧结婚,给我生一个班的兵娃!"

两人说笑着,向张野和齐琴走去。

第二章 入警

一

东北的春天来得晚，五月中旬树枝上才露出尖尖绿角，早晚还是"乍暖还寒时节"。远远望去，长白山主峰上还是白雪皑皑。清晨，简易房的房顶上、树木上、枯草上都覆盖着薄薄的一层白霜。阳光透过树木的空隙，斑斑驳驳投射在简易房上、尚在融化的小溪上、刚刚冒芽的青草上。白霜变成了轻轻的云雾，一缕缕散发到蓝蓝的天上。鸟儿在尽情地歌唱着，美妙的声音在丛林中宛转悠扬地回荡着。

常宽从山东到东北快一个月了。作业山场离林场不远，也就三里多地。

早晨四点，常宽就起来了。他简单吃完了饭，五点就向山场出发。山里很多地方还能看到白色的积雪，风刮在脸上还有些疼。不到一个小时，常宽就走到他们作业的地方。

今天常宽被分配到修道组。因为山坡陡峭，集材拖拉机爬不上去，只好让一些人专门抢修道路。

中午时分，放炮手的炸药和雷管都不够了，队长便派常宽回林场去取。

常宽撂下手里的大黄面饼子，就奔林场去了。

往回走了二里多地，他就听见另一个工队在山岗西面放炮的声音。

这是他来时路过的简易楞场。楞场上，拖拉机还有手锯手都在全神贯注地作业，TA-12拖拉机从另一面山坡拖拽的原木已经堆满了楞场。截头和造材的油锯手手里的油锯疯狂地吼叫着。

站在大椴树上的一个检尺员，背朝着常宽，手拿木尺，正在丈量着拖拉机卸下来的原木。

这时，炮声又从山背坡响了起来。

常宽抬头一看，天空中飘着被炸起的石头和树根，飞速地落在离他不远的树干上和铺满枯叶的地上，如同天降石雨般。

简易楞场上正在作业的工人仍然无动于衷，依旧有条不紊地干着手里的活儿。机械的轰鸣声震耳欲聋，工人们根本听不到炮声。

就在常宽一闪念工夫，炮声又响了起来。这次是连续的炮声，他看到拳头大小的石头和碗口大的树根漫天飞舞。

他扯嗓子呼喊着那些正在作业的人们。

可是那些人没有一点反应。机械的轰鸣声太大，他们真的是听不到呀。

这时，他看到一个大大的黑黑的树根，如同狰狞的怪物，向作业的人们头上飞去。他目测，离那些人有三十多米的高度。

常宽飞快地向他们跑去。他边跑，边看着天空落下来的石头，以免砸着自己。

树根呼啸着，恰恰奔向检尺员。还有仅仅不到二十几米了。

就在这生死一线之际，常宽也跑到了检尺员的跟前。

检尺员这时还是背着他，浑然不知凶险的到来。

常宽毫不犹豫地将他从木垛上推下。随着惯力，他同检尺员一起滚落到原木的缝隙间。落地时,他还趴在检尺员的身上。

这时,空中落下的树根如同一口锅,狠狠地砸在检尺员刚才站着的椴树上;然后又断碎开来,椴树被砸掉一尺多长的树皮,露出了白色树干。

当常宽从检尺员身上爬起来时,检尺员也翻身爬了起来。他懵懂地看着常宽,一脸诧异。

常宽这会儿才看清面前的检尺员。他是个二十几岁的青年人,眉清目秀,有些偏瘦,洗得发白的工作服上沾了不少黑色的泥点。

这时的常宽还没有从惊恐中回味过来,看着椴树被天上掉下来的树根砸出的破痕,不禁毛骨悚然,深感后怕,浑身的汗忽地就冒了出来。

检尺员从常宽的目光中领会到了推他的原因。他消瘦的脸庞也瞬间变成了白色,脸上的汗也流下来了。还能看出他身上有些颤抖。

检尺员顿时明白,倘若不是眼前和他年龄相仿的常宽出手相救,他就得被砸死在这儿了。眼前这人是自己的救命恩人呐!

不远处,有两个油锯手停下手里的活儿跑了过来。他俩是真真切切地看到了常宽救检尺员小蒋那惊心动魄的一幕。

"小蒋,亏了这位老弟呀,不然你今天就没命了。"其中一个说。

"可不是呀,小蒋,我看得清清楚楚,倘若不是他及时相救,你就被砸成大饼子了。这位老弟是豁出命来救你的!"另一个也说。

小蒋这才如梦方醒似的,急忙伸出手来,有些结结巴巴地说道:"谢谢……谢谢!救命之恩!我、我一辈子、不会忘!"

常宽感觉到他的手有些发凉,还湿漉漉的。他知道眼前这位姓蒋的年轻人还没从惊恐中挣脱出来。

他急忙道:"没什么,没什么。我喊你们,你们没听见,我不能见死不救。"

这的确是生死一线千钧一发呀！倘若他没看见，或者跑得不够快，眼前这个年轻人就没命了。倘若他不和小蒋一起滚落到原条空隙间，自己也就没命了。劫后余生，太险了！

两人交谈中，常宽得知小蒋全名叫蒋浩然，是崇礼林场四工队的检尺员，才二十岁，比自己小两岁。

蒋浩然也知道了眼前这位刚毅而帅气的年轻人叫常宽，是三工队的工人，比他大两岁。

从此，二人成了生死之交。

下工后，常宽回到栖身的简易房里，老乡杨树已经帮他把饭给打回来了。

常宽还没端起饭碗，就听见有人喊他，来人竟是林场书记赵玉勇。

常宽一出屋子，赵书记就握着他手说道："小常呀，我代表整个林场感谢你呀。要不是你奋不顾身，拼死相救，我这个当书记的可没法向局里交代了，刚建场没多久就死人，我没法向大家交代呀！"

常宽有些害羞，红着脸说道："赵书记，没什么，那个时候谁看到，都会去救的。"

正说着，蒋浩然也来了。

赵书记转过头："浩然，不是小常，你今天就见不着我了。我也没脸向你爸交代了。今后你可得机灵点，多看着点。"

蒋浩然忙不迭地点头称是。

赵书记知道蒋浩然险些出了大事故时，吓得心脏好像跳了出来，他不仅仅是怕辜负上级领导的信任，还有一层，蒋浩然是林业局最高领导老蒋书记的小儿子，也是他老人家最宝贝的儿子，万一出了事……赵玉勇想想都后怕。

赵书记走后,蒋浩然进屋看了看常宽住的地方,不由得直摇头,嘴里一个劲地念叨着:"可苦了我常大哥了!大哥,不行和我一起住吧。我那就三个检尺员,正好还能住一个人。"

常宽说啥也不去:"也不是就我一个人这样,我搞什么特殊呀。再说,我还有两个好兄弟呢,不能拆帮。"

蒋浩然看常宽说啥也不同意跟他一起住,只能摇着头叹着气,无可奈何。

二

自从常宽奋不顾身救人后,林场书记赵玉勇对他印象极好。他琢磨着,怎么历练历练他,让这个好苗子茁壮成长。

赶巧,材料线分局局长张大炮到白江河林场登记外来人口,听到了常宽救人的事,竟也打起了常宽的主意。

张大炮来到赵玉勇书记的办公室时,赵书记正好要去山场。张大炮欣然同往。他俩首先来到了三工队。

三工队队长李玉彪今天分配常宽到归楞组抬小杠。

归楞场上,堆放着横七竖八、长短不同、树种不一的原木。有的原木在山上直接造好,由拖拉机拉到归楞场,有的要拉到归楞场用手锯造好。

这天,归楞场简直成了常宽的表演舞台。只见他露着红褐色的脊背,隐隐凸显出健硕的胸大肌和三角肌,面带微笑,手里或肩上的小杠操持得有模有样,高高的跳板上抬着小杠,不抖不怯,步履稳健。

"你确认他从来没干过这些活?"赵玉勇问一旁的李玉彪:

"确认没有干过,他就是个种地的农民。"李玉彪十分肯定。

归楞场上,正在作业的工人少说也有几十个。刚刚李玉彪和赵玉勇、张大炮三人看常宽抬小杠时,正在作业的工友们也纷纷放下手里的工具,眼睛齐刷刷地看向这边。

看常宽?看书记?原来他们在看戴着帽徽领章的公安民警。

那时候,人们都觉得戴帽徽领章的人很神秘,很神圣。

赵书记对周围的人摆摆手:"大家伙儿该干什么干什么吧,我和张公安到这里了解些工作的事。"

人们纷纷散去。

赵书记转身吩咐李玉彪:"把常宽叫来。"

常宽救人后,赵书记很想进一步了解他的情况。但是工作太忙,他只是把常宽的自然情况登记表要来看了一下。可纸上的东西毕竟很笼统。

常宽和李玉彪走了过来,大家在大柞木上坐了下来。

"小老弟老家是哪的?"张大炮先问道。

常宽擦起坎肩衣角,擦了擦额头的汗,回道:"俺是山东日照的。"

"多大了?"

"二十二岁。"

"家里还有什么人呀?"

"家里有老娘,还有一个儿子。"

赵书记能看出他回这句话时眼里都是温柔,便接着问:"以前都干过什么,上过几年学呀?"

"我是个农民,种地养家孝敬娘。也没什么文化,旧时跟舅舅学过,后来也上过新学校,再后来散了,就再没有上。我是奔老乡来的,就是归楞场的许怀义。对了,大家叫他许大烟筒,一个月前就是他接我来的。"常宽很自然地回答。

张大炮对常宽印象不错,加之救人的事,更有了好感:"小兄弟,你当时救人是怎么想的,不怕死吗?"

常宽嘴角挂着微笑回道:"那时候哪有工夫想那么多呀,只知道赶紧救人。不过,等到完事了,也真害怕,说不害怕那是假的。"

张大炮和赵玉勇对视了一下。

赵玉勇轻轻拍了拍常宽的肩膀,温和地说道:"常宽呀!你还年轻,今后要好好干,要能吃苦耐劳熬得住。将来我们林业工人一定会好起来的。时间检验人,哪怕干一天也得把领导交给你的工作干好。"

"赵书记说得对,年轻的时候不要怕吃苦,吃苦能磨炼自己,干什么都要扎扎实实的。"张大炮真诚地说道。

常宽脸有些微红:"两位领导放心,我常宽干一天就会像样一天。我会加倍努力的,不会给乡亲们丢人,更不会给自己丢人。"

赵玉勇站了起来,握着常宽的手:"我相信你,如果有什么困难,工队解决不了,就和我说。现在林业工人的生活条件和工作条件都比较艰苦,我相信会慢慢好起来的。"

"好好干,小伙子,将来一定会有前途。"张大炮也握着常宽的手说道。

赵玉勇先走了,而张大炮却没有松开常宽的手。

他声音放很低,问常宽:"你想不想干我们公安这一行,我看你是块料。"

常宽一脸懵懂,语无伦次:"干公安?我可不行,我是什么料哇?我家里有老有小的,我还不知道能在这干多久就回家了。"

张大炮劝道:"你那么老远来,不就是想多赚点钱吗?干我们这行,起码衣服省了。衣服都是公家给,工资一个不少。现在公安总局正准备从工人里选拔公安,是个难得的机会。小常,你先别急着拒绝,考虑考虑,考虑好了告诉我。"

赵玉勇走出很远了,回头看见张大炮还在和常宽说着什么。

张大炮也看见赵玉勇在看他,便松开了常宽的手,快步追上去。

到了跟前,他还没等开口,赵玉勇就问道:"你跟那小子说什么呢?"

张大炮便实话实说道:"赵书记,我看好这小子了,把他放给我当公安吧。我这儿人手的确太少了。我当过兵,也领过兵,不会看走眼的。你把他放给我,我好好调教调教,他一定是干公安的好材料。"

赵玉勇听完大炮的话,说道:"考察考察再说吧,毕竟才来一个来月。你也不是不知道,我这儿也缺人呀,到时候再说吧。"

张大炮若有所思。他看了看赵玉勇的背影,想再说点啥,最后还是没有吱声。

工棚里,大家吃完饭后,都坐在铺上,有的拉家常,有的看信,还有的在洗脚。

常宽躺在自己的铺上,怔怔地看着棚顶。他在想张大炮让他当公安的事,他寻思着,矛盾着。

跟他一个村子里的发小刘石头,看出常宽好像有心事,挪了挪屁股来到常宽的铺前:"宽哥,你是不是有心事,跟我说说呗。"

常宽还是怔怔的:"到时候再告诉你。"

一轮残月挂在当空,月光就像水银般从简易房的门缝中静静地流淌进来,洒在满是臭鞋的地上。

常宽躺在床铺上,翻来覆去无法入睡。他还在想着张大炮让他当公安的事。他权衡不定,犹豫不决。

同他一起从山东日照老家出来的兄弟刘石头和杨树已经睡着了。

他在想,给家里老娘的信寄出已经一个多月了,也不见回信。娘的病好些了吗?一老一小在家里能吃上饭吗?能吃饱吗?这一切都无法释怀。原本他和两个兄弟说好了,出来个二三年,挣些钱就回去。倘若答应了张大炮,当了公安还能回去吗?要是回不去,家里的老小没人照顾怎么办?要是回去了,又觉得对不住人家的知遇之恩,辜负了人家的一片期望。

想来想去,他决定还是先在工队干吧。

三

二十多天后,三工队准备搬家到新的作业区——四方顶子。天刚蒙蒙亮,全体队员就都起来了。

队长李玉彪亲自带领二十四人去打头阵,建炝子(窝棚)。二十四人中就有常宽、刘石头和杨树。

到了四方顶子,李玉彪站在高处环顾了一会,选定一个地势平缓又靠着小河的地方搭炝子。他吩咐锯手放小杆做炝子立柱和棚盖。

李玉彪选定这里建炝子是有道理的,这里地势平整宽敞又有水源,别说搭一个二十几人住的炝子,就是搭两个也绰绰有余。他让四个拿锹的人平整垄沟。垄沟有一层尺把厚的树叶,两面凸起的荒垄是些松散的黑土堆积的,没拿锹的人收拾着垄上的烂草枝。

四个人平整了一个多小时,其中一个突然惊叫道:"死人,死人啊。"

其他人也跑过来围看。一个黄白的人头骸骨,还有几根肋骨也隐约地从黑土中露了出来。

李玉彪跑了过来,也弄不明白是怎么回事。大山里怎么会有死人?

大家指指点点，议论着："这黑天晚上的，谁敢在这儿住呀，守着死人！"

李玉彪第一次碰见这样的事，这不是自己能处理得了的，必须到林场向公安局报案。

他环顾了一圈，看见常宽还在仔细观察着尸骸。

他把常宽喊到跟前："你回趟林场，找公安把这里的情况报告一下，让他们来这里一趟。"

常宽"嗯"了一声，拔腿就走。

"能找到下山的路吗？"李玉彪不放心地问道。

常宽笑了笑："放心吧，丢不了。"说着，快步往山下走去。

时间已近中午，是下坡，常宽走得很快，下午一点多钟就到了场部。

他找到赵玉勇书记办公室，大门上着锁。向其他人打听，才知道书记带大伙上山去了。他又急忙奔去值班室。

值班室里有个三十多岁的人，正在低头写着什么，抬头看见常宽进来，询问了事由，急忙拿起了黑色摇把子电话，打给材料线公安分局。

一小时后，一辆三轮翻斗摩托车冲进场部，下来一个人。

"是谁报的案？"身材高大的张大炮大声嚷嚷道。

要到跟前仔细看，才能看出这辆摩托车车身是墨绿色的，已经被厚厚的稀泥糊满了。张大炮像刚从稀泥里滚爬出来似的，两腿、前胸稀泥沾得比其他地方都厚，两只鞋整个都被黄色的稀泥给裹了起来。脸上、大檐帽上都能清晰地看到大小不一的泥点子，汗水从帽檐里流淌了下来，顺着沾满灰尘的脸流进了脖颈里，能清晰地看到像蚯蚓一样的道道汗沟。蓝灰色的服装，褐色的腰带上右边别了一把匣装的驳壳枪，又称盒子炮，枪盒上也沾了许多泥点子。左边跨了一个褐色的已经斑驳了的文件包,也沾了很多泥。

下了摩托车,张大炮便看到了常宽,就说:"是你个臭小子报的案?走吧,给我带路。"

到四方顶子不需要摩托车了,根本没有摩托车跑的路。张大炮刚迈出两步,又返回摩托车,从边斗里拿出一包东西,打开一看,是两个玉米面大饼子,还有两个鸡蛋大小的芥菜疙瘩。

他顺手递给了常宽一个饼子和一块芥菜疙瘩。

常宽本不想接,可是中午他也没吃饭,便没有推辞,拿在了手里。

张大炮边走边和常宽说:"忙得我到现在还没吃口饭呢。可真的,我跟你说,当公安的事考虑得怎么样了?都这么长时间了,你就是不想干我们这行呗。"说完,他便咬了一口大饼子,又咬了口咸菜,香甜地嚼着。

常宽认真地说:"张局长,我心里没底,一是怕干不好,给你丢人,再一个是赵书记和李队长那里,我怎么和人家说呀。还有,家里老娘有病,还有个小的,或许干个三年两载的就得回家呢。"

张大炮一听,迟疑了一下,又高兴地说:"只要你同意,其他的就不用你管了,一切由我给你办理就行了。你说只能干个三年两载的,这离三年两载时间还长着呢。我坚信,凭你的才智,一定能干好。小常,我还告诉你,倘若干好了,你的身份就变了。"

常宽疑惑地看着他。因为他不明白什么是身份变了。

张大炮定定地看着他,说:"你看见你们的赵书记了吗,他是干部,虽说他是领导,你是公安,可编制是一样的。"

同时,他还告诉常宽,当公安比当工人要有纪律性,到时候要干上了,就会让你参加学习和培训的。

常宽似乎明白了,当公安和当工人不一样,弄好了将来的编制是和赵书记一样的。"

　　常宽点点头,算是默许了。但他还是说道:"张局长,我回去和我那两个兄弟商量一下,就给你信。"

　　张大炮一听,高兴得腮帮子上的胡楂儿都好像要立起来了。

　　他俩边吃边向四方顶子走去,没多大工夫,大饼子和芥菜疙瘩都进了两个人的肚子里。

　　走到一个小河旁,常宽蹲下简单地洗了洗手,用手捧着一捧水往嘴里灌着。张大炮则撅着腚,直接把嘴伸到河里,咕咚咕咚地像牛一样喝着。

　　下午四点多钟,两人便到了事发地四方顶子。此时,李玉彪已带人搭好了两个炝子,是在离发现尸骸二十几米处搭建的。

　　张大炮来到尸骸跟前,蹲下来仔细看着。他拿起了头骨端详着,一会儿他又轻轻地放回了原处。

　　他指挥拿锹的几个人,继续顺着尸骨轻轻地再往外扒。几分钟后,发现了第二具尸骸。这具尸骸上衣服有些地方没有腐烂。随后,旁边又有两具尸骨被发现了,合计是四具遗骸。

　　经过细心寻找,还发现了几十枚已经锈蚀了的子弹壳。

　　工人们围着看着,议论着:"死的人到底是谁呀?"

　　张大炮从左边文件包里,拿出了一支铅笔,又拿出了一张文件纸,用文件包垫着画了四具尸骸的被埋位置、形态,以便推断其死因。

　　张大炮是部队侦察兵退役下来的,到地方干公安工作已近七年了,大大小小案件他参与侦破了不少。像这样在深山老林里发现的没有身份证明的遗骸,也有几十具了。

　　四具尸骸中,三具是头部中弹死亡的,能看出来头骨上的窟窿边痕是子弹贯穿的,很清晰很规则。那几十枚锈蚀的子弹壳,有的是当时猎枪的弹壳,有的是汉阳造的弹壳。

　　他凭经验断定,这是抗联战士的遗骨。看情形,这是一支十几人的抗联小分队,可能是突遇敌人,仓促应战。在撤退时,其他战士匆忙简单地掩埋了牺牲的战友,今天才能很容易地挖到了他们的尸骸。

　　二十世纪三十年代中期,日本鬼子侵占中国东三省。有这样一支部队,在极其艰苦恶劣的条件下,用着极其简陋的武器,穿着极其单薄的衣衫,与疯狂的日本鬼子作斗争。他们绝大多数牺牲在白山黑水之间,不知道他们的名字,更不知道他们来自哪里。但是人们知道,他们是中国共产党领导的由杨靖宇等英雄率领的东北抗日联军。

　　勘查结束后,已经是晚上六点了。

　　张大炮拾了一些松树枝,盖在了裸露的四具尸骸上,表情凝重。

　　他把李玉彪叫到跟前:"不要碰这些尸骨。明天我会带公安局技术科、刑侦队的人来进一步勘查。"

　　然后,他便匆忙地下山去了。

四

　　第二天接近中午时,人们正干着活,突然听到了狗叫声,把人吓了一大跳,怎么山上还有狗呢?

　　人们一起向狗吠的方向望去。离他们大约有三十米的地方,有一只体型健硕全身油黑的大狗,两眼黑亮闪着凶光,牙齿雪白,尤其四颗尖牙令人恐怖,红红的舌头伸展在外,两只耳朵像是有规则的三角形坚挺地竖着,喉咙里发出的吼叫声,厚重而又响亮,声音很大传得很远。

"虎子,别叫了。"一个命令式的声音让虎子停下了叫声。

随后有三个穿着公安制服的人走了上来,走在最前面的是材料线公安分局局长张野张大炮,跟在后面的两个人都在三十岁左右。虎子机敏地跑在他们前面。

当跑到尸骸的土台前,它回头瞅了瞅还没上来的人,又狂吠起来。三人走到坡上,虎子也不叫了。

张大炮走到坡下,把覆盖在尸骸上的树枝拿开,四具尸骨呈现在他们面前。两名年轻公安也跳到了坡下,开始了细致的勘查。虎子在坡上看着他们拿尸骨的每个动作,眼神变换极为灵敏,好像也是在观察似的。

李玉彪及工人们各自忙着手里的活,没有人过来围观。一个多小时后,张大炮三人才起身,现场勘查结论和张大炮推断的一样:四具尸骨都是牺牲的抗联战士的遗骸。

张大炮招呼李玉彪拿两把铁锹来。

李玉彪不敢过来,他看到虎子在坡上趴着怒视着他。

张大炮跟虎子小声说了些什么,虎子极不太情愿地爬起来躲到了张大炮的身后。李玉彪这才战战兢兢手拿着锹眼盯着虎子,一点一点小步挪到张大炮跟前。本来趴着的虎子又站了起来,紧盯着李玉彪手里的铁锹,喉咙里发出低低的吼声。

张大炮回头拍了拍虎子的脑袋,好像是对孩子说话一样:"虎子别那么凶,不是告诉你了吗,他们是自家人。"虎子这才又趴了下来。

张大炮接过李玉彪手中的铁锹,又递给同事一把铁锹。四具尸骸整齐地摆放在一起,两人开始从坡上挖土轻轻地撒向尸骨,一会儿工夫一座新坟出现在人们的面前。

新坟旁边,开着许多不同颜色的野花,有黄色的、白色的、粉色的。一束束，一丛丛。

另一个公安员摘了一捧野花，摆放在坟的周围，又让李玉彪拿了个长木桩子，用黑墨水写了六个大字："抗联烈士之墓"，插在了坟的前头。

张大炮三人整理了一下衣服和帽子，并排站在坟前。虎子好像知道怎么回事似的，也站了起来。由张大炮带领郑重地向新坟敬了个标准的军礼，三人表情肃穆，眼含敬仰。

张大炮此时此刻脑海中，浮现出自己曾经战斗过的极其残酷的场面：硝烟弥漫、血肉横飞、枪林弹雨、杀声震天……

张大炮临走时，向正在打枝的常宽挥了挥手。

常宽也和张大炮招了招手。

两人算是心有灵犀了，也就是说，常宽当公安的事算是定下来了。

张大炮叮嘱李玉彪，好好看住，别让人破坏了。接着像是跟李玉彪说，又像是跟两位同事说，抑或是跟自己说："将来一定要找个好地方，把他们重新归置起来，不能再让这些无名英雄们风吹雨淋、孤苦伶仃，埋没荒野了。"

直到几十年后的二〇〇〇年夏，大青山林业局协同当地政府在地理位置最好的南山坡上，修建一座烈士陵园，才把寻找到的为抵抗外敌和解放事业而牺牲的八百多具烈士遗骸，集中安葬到了烈士陵园中。其中，就有张大炮发现和勘查的这四具抗联遗骨。几百名烈士们最后总算有了一个自己的家。八百多烈士，绝大多数都是不知姓名、不知年龄、不知籍贯的无名英雄。每年清明节都有人来到这里祭奠和告慰他们，这些不知名的英烈从此不再孤寂。

公安局缺人手，张大炮想从工人中选拔几个人来培养。他考察了很多人，从内心最看好常宽。

凭着带兵多年的经验,他觉得常宽是块好料,只要稍加调教绝对会很出色。但他知道常宽能不能当上公安,还得过赵书记这一关,因为赵书记也看好常宽。

张大炮硬着头皮去林场找赵玉勇书记。

得知来意,赵玉勇气呼呼地说道:"张大炮,你有完没完,非得和我抢人?我这也需要人呐!不给,找别人去。"

张大炮碰了一鼻子灰。他想再争取一下,看到赵玉勇冷冰冰的脸,只好暂时放弃了。

第二天上午十点左右,白江河林场书记赵玉勇正在看一份生产报告,斑驳的办公桌上摇把子电话响了。

他拿起电话,还没等说话,那头先说了,声音洪亮:"你是赵书记吧,我是公安局老臧,今天我想和你要个人,他叫常宽,听说这小子挺机灵的,还有文化,能不能放给我们呀。你知道,我们公安局现在真的是缺人呐!"

赵玉勇听出是公安总局的臧局长。

一个堂堂总局大局长怎么会认识小小的常宽?一定是那个张大炮鼓捣臧局给他打电话的。张大炮啊张大炮,你竟然学会迂回战术了!

赵玉勇心里气气的,但却不能不给总局长面子:"臧局长呀!你这么大的领导也亲自选拔基层公安人员呐,可想而知,公安队伍不是一般地缺人。常宽是我林场的尖子,我也是看好的,还准备给他加担子呢。虽说来支边和跑盲流的人不少,但是成才的可不多呀。"

"小赵,你也知道,现在能选出当公安人员素质的人太少,林场和工队外来人员虽然很多,但是选拔公安和普通工人那是绝对不一样的,不是仅仅能劳动就可以了,还得多方面考察,尤其是政治觉悟要高，要有文化，头脑要灵活，这可要比找个普通工人难多了。"臧局长苦口婆心地劝道，"我知道，你也挺重视这小子的，越是重视，就越应该替小伙子前途着想嘛，我张回嘴，你看能不能把这个人放给我呀。"

赵玉勇没法再拒绝了。

但他的确也打心里喜欢常宽，要不也不能大胆设想再锻炼个一年半载的就让他管理一个工队。可是臧局长是局里的老同志了，建局就在这里，又是林业公安的最高领导，不给面子也确实说不过去。还有就是，臧局长的那句话打动了他，是应该为年轻人的前途着想。

赵玉勇想了想，说："既然臧局长出面，跟我要个普通的工人，我小赵当然不能不给。那好吧，我找常宽那小子谈谈，让他自己选择，他要是愿意，我就放行。"

臧局长高兴地说："好吧，那就按你的意思办，我到时候听信。"

赵玉勇放下电话，心里念叨着："好你个张大炮，学会搞迂回战术了。你看好了，我也看好了，怎么办呢？"

但赵玉勇考虑再三，还是决定把常宽放了，毕竟当公安要比当工人发展要好些。

他想了想，拿起摇把电话，给材料线分局张大炮打了过去。

张大炮一大早就坐上原条车，直奔白江河林场的书记办公室。办公室里只有赵书记、常宽两人。

张大炮一进屋，赵玉勇就说："这回满足你的心愿了，我就把小常交给你了。"

张大炮满脸笑容地说道："怎么这么说呢，是你赵大书记重视和支持我们的公安工作呀。所以，你才把优秀的同志无私地输送到我们公安队伍来。"

赵玉勇也笑着说："大炮，你这张嘴越来越油腔滑调了。我得上山了,还一大摊子事呢,今年木材任务紧,剩下就由你来谈吧。"

始终站着的常宽,此时向赵玉勇鞠了个躬,说道:"谢谢赵书记!您对我的知遇之恩,我常宽无以回报!"

赵玉勇拍了拍常宽的肩膀:"不能这么说,小常,不是我特意照顾你、提拔你,关键是你有这个能力呀。'海阔凭鱼跃,天高任鸟飞。'无论在哪儿,只要哈下腰来干工作,都会干好的。你要虚心向张局长学习,我希望你将来也是个合格的公安战士。"

说完,他急匆匆地走出了办公室,带着调度上作业山场去了。

张大炮在白江河林场没再逗留,一个小时后,领着常宽坐着下行原条车返回材料线分局。

常宽的到来,使材料线分局又多了一个新成员,也壮大了材料线分局的力量。本次总局共选拔了十几名来自工人的公安战士,他们将一起参加公安业务的培训。

半个月后,一个神采奕奕的公安新战士常宽,正式到材料线分局报道。

张大炮心满意足,别提有多高兴了,总算找了个可心的人!

张大炮知道常宽重感情,便批了两天假,让他回白江河林场看看那两个异姓兄弟刘石头和杨树。

杨树看见身着公安制服的常宽,高兴得手舞足蹈,石头也露出了笑脸。常宽还去看了看许大烟筒、李玉彪、赵玉勇三人。虽然张大炮批了他两天假,但第一天晚上他就回去了。

在林业公安总局培训学习的时候,他照了一张着装的相片,给他远方的老娘邮了回去。

五

一九六〇年,是中国经济困难时期,也是中国经济大建设时期。

国家搞建设，需要大量的木材；采伐大量的木材，又得需要大量的人力。这一年的十月，林业局准备组建崇礼工程队，这便是林场的前身。

　　大量的人力从何而来呢？在那个年代，无非是由两种人组成：一小部分是来自各地的支边人员，一大部分就是逃荒到这里的盲流。庞大的盲流队伍，人员繁杂，思想觉悟参差不齐，需要统一和提高，人与人之间的矛盾，需要捋顺和调节；炸药雷管，需要专人专管；防火、防盗，需要管理和监督，等等。而这些都是需要由公安协调和管理的。公安总局要求分局一定要在林场建成前，派专人到崇礼。

　　常宽自告奋勇要求去崇礼工程队。

　　常宽当公安几个月来的表现很不错，不怕吃苦，努力学习，聪明肯干，业务大有长进。张大炮打心里满意，也有意锻炼锻炼常宽，于是就答应了他的请求。

　　中午，常宽坐着上行拉原条的小火车，来到崇礼工务段。小火车道是由粗细不等的各种小杆子铺就的，颠簸得厉害。装原条的小火车行驶在窄窄的小铁道上，铁轱辘与铁道相摩擦发出嘎吱嘎吱的响声。

　　常宽坐在敞篷的木车板上，任凭暖中带凉的秋风吹着，铁道两旁是望不尽的密林。

　　小火车赶到崇礼已是下午两点多了。

　　崇礼工务段，建在仅有十几户农家的小村旁，四周密林环绕。简陋的办公室都是由木头相刻外面用黄泥抹成的。除了办公室，就是一字排开的八个帐篷，工人们都住在帐篷里，帐篷很大，里面都是对面大通铺，每个帐篷都能住下几十个人。

　　常宽来之前，张大炮已经给这里的谢书记打了电话。他下车走了五六分钟的山路就到工务段了。一个三十几岁，身穿灰色工作服的中年人迎上前来,接过他手里的行李,并带他走进已为他准备好的办公室。

办公室看上去不足十平方米的样子,潮乎乎的,墙壁上的黄泥有的地方已经脱落了,露出了里面的原木。地上一个黄色的旧办公桌,一把旧椅子,桌子上还有一个摇把式的旧电话。

中年人用嘴吹了吹桌子上的灰尘,然后把他的行李放到了上面。

"常公安可把你等来了!我是生产股股长小岳。"他热情地握着常宽的手,自我介绍道,"你来了,就减轻我的工作量了;你不来,不该我管的,都由我代管。现在山场的任务很紧,要不是接到我们谢书记的电话,我还在山场上呢。"

说完,他从破旧的办公桌抽屉里拿出了一打纸,又从裤兜里掏出了两把钥匙,递到常宽的眼前,这才言归正传道:"这是从局里报批的炸药和雷管的数量,这是各工队使用的数量,这是雷管库和炸药库的钥匙,这是各工队人员的自然情况。"

常宽忙不迭地接过岳股长递过来的东西:"谢谢股长,替我做了这么多工作,让你受累了!"

岳股长笑着说道:"我得谢谢你,你来了,我解脱了。你晚来一天,我就得多干一天!"说完,又领着他看了看炸药和雷管储存的地方,几个大帐篷也去看了看。

最后,他在其中一个帐篷前停下:"常公安,咱这儿现在住的地方紧巴点,委屈你也得住帐篷了,下雪前能再盖一些简易房,到时候给你弄一间。"

常宽笑着说:"没什么委屈不委屈的,这就挺好。"

吃完晚饭,常宽拿着行李,走进他住的帐篷。门口两边各点着一盏煤油灯,如豆的灯捻无精打采,把个帐篷照得也昏昏沉沉、无精打采的。帐篷里对面铺上各住着六家人,有两口之家、三口之家,还有四口之家的。各家之间都是用布帘做隔断，如果用五花八门、五颜六色来形容，一点也不夸张。各家的衣物杂物，都堆放在各自的床下；各种破烂不堪的鞋子，也胡乱地挤在各自的床下。帐篷里，潮湿发霉的气味，人体酸臭的汗味，再加上臭脚臭鞋味，令人眩晕，令人窒息。这是一个由十二个家庭合住的大帐篷。

常宽的铺位在一个把头，目测仅仅一米来宽，隔断用的是块破旧的蓝布。常宽本来体格就大，这铺位就显得格外窄巴了。

常宽紧紧裹着薄薄的被子，辗转难眠。

今晚没有月亮，沉沉的夜幕中，依稀能听到一些不知名的小虫唧唧啾啾的叫声。时间真快呀！已经来东北半年多了。他想娘了！想儿子小青了！

当他的手触到内衣口袋里软软的一角时，心隐隐作痛。那是一块粉色的绣着一对鸳鸯的手帕，是已经逝去的媳妇秀珍给他留下的定情物。已经半年了，至今仍然馨香甘怡，思念依旧。

半夜里下起了雨，下得越来越大。雨点打在帐篷上，声音既密集又响亮。

常宽住的铺边，忽然漏了雨，他的警服都湿透了。

第三章 扎根

一

雨后天晴,气温很高。

他得上山去看看炸药库和雷管库,他担心炸药库和雷管库是不是也漏水了。如果炸药和雷管湿了,麻烦可就大了。

常宽半道碰到了林场谢书记。

此时的常宽,警服湿漉漉、皱巴巴的,脚上穿的鞋也湿漉漉的,还沾满了泥。

谢书记关切地问道:"常公安,你这是怎么了,挺好的警服怎么弄得皱巴巴的,是不是也挨浇了?昨晚太忙了,也没顾上你。"

常宽于是把昨晚大雨冲帐篷的事汇报给谢书记。

"咱们现在是人多,住的地方少。我再找后勤部门看看,能不能给你另腾出个铺来。你的工作有特殊性,和大伙住一个大帐篷也不是长久之计。"言语中,不难看出这是一位体恤下属的领导。

"还是算了吧,现在正是艰难的时候,我能坚持,就不给林场添麻烦了。"

谢书记又看了看他脚上穿的鞋,说道:"我找人给你腾出双靴子去,你脚上的鞋是上不了山的。"他对身边的一个小伙说:"小赵,你去我办公室,把我的靴子拿来,先给常公安换上。我今天开会穿不着。你再告诉材料科一声,看看有机会给常公安进一双靴子。"

当年的林业公安是双重领导,业务上归公安局管理,行政上是驻在警员在哪个林场,就归哪个林场管理。像这种劳动保护之类的用品,就得由林场配给。那个年代,工人劳动用品本来就极度匮乏,靴子更是紧俏物品。

常宽急忙摆手,说道:"谢书记不用了,先可这双鞋穿就行了。"

没等他说完,小赵一溜小跑,转眼就不见了。

一会儿工夫,靴子拿回来了,谢书记说啥也让他穿上。

常宽把脚上换下来的鞋送回帐篷,然后忙不迭地去检查炸药库和雷管库。

还好,两个仓库都完好无损,常宽这才放下心来。

蒋浩然去省城学习了一个月,回来听说常大哥当公安了,高兴得不得了。检尺员的工作性质特殊,其工作是相互调换的,而并非固定在某一个林场。当他听说常宽调到崇礼了,便也申请到了崇礼。

蒋浩然得知常宽住在一个十二家人的大帐篷里,直摇头:"咋比在白江河住的还差劲呀?"

常宽反过来安慰他说:"刚建场,都这样,过一段时间就好了。"

蒋浩然仔细看了看常宽的办公室,然后说道:"常大哥,我看你的办公室里可以放一张床。这样,虽然你办公的空间小了一些,但来找你办事的人,可以坐在你的床上。到时候,你把床上的行李卷起来就行,省得来人没个地方坐,都得站着。"

浩然已经把常宽当亲人了,所以称呼也改了。

常宽急忙说道:"不用不用,现在是建场初期,什么都缺,就不麻烦场子了。这都是暂时的,过一些日子也就好了。"

蒋浩然却说:"这就不用你管了,我明天一大早就告诉谢书记,让他通知做工具把的师傅,给你打张床,我当小弟的,不能让你当大哥的太受委屈呀。"

常宽心里暗暗寻思:一个检尺员咋还命令上林场书记了,这小子!

蒋浩然没打算现在告诉常宽自己的身世,想等邀请常大哥到家里时,再告诉他。再说,到了家,即便不告诉他,他自然也就知道了。

常宽也真的没有打听过蒋浩然的身世。他并没有把救蒋浩然的事放在心里。他觉得在那种情况下施以援手,是再正常不过了。谁能见死不救?只不过他赶上了而已。可是他不知道,他救的这个年轻人,竟是林业总局最高领导的儿子,也是其最得意的三公子。

第二天,天气依旧晴朗,但明显感到冷了。帐篷外,四周茂密的树枝上和远远近近的小路上都铺满了白霜。放眼望去,远山有缥缈的白雾缭绕,峰峦若隐若现。

眼前这景致让人迷恋,常宽不由得想起了家乡。

这时候,工程队来人领炸药和雷管。他收回思绪,不厌其烦地对来人重复着安全要领,直到来人将安全要领谙熟于心,他才放心地把雷管、炸药交到他们手上。

听说又新来了一批盲流,他急忙赶了过去。

帐篷里,林场人事正在给新来的人登记造册。

他问人事:"这次有多少人,都是哪儿来的?"

人事告诉他:"一共二十四人,都是从山东来的。"

一听又是老乡,一种难以名状的悲哀不由得涌上常宽的心头。

因为透过这些人的境况,就能窥见老家的现状。望着眼前和他一样背井离乡的乡亲,他更加挂念还在生病的老娘和那填不饱肚子又正在长身体的儿子。他心里默默感激舅舅,感激他的帮衬和照顾,还有刘石头的媳妇妮儿的帮助。要不家里这一老一小怎么活呀!

帐篷里乱糟糟的,用板子搭的通铺,跟其他帐篷里的没什么两样,也是面对面的两个大铺,每一个铺都能睡下十几个人。铺上,胡乱摆放着颜色不一的破旧行李;铺沿儿,坐着一溜青壮年汉子。

他们看见穿警服的公安进屋了,纷纷都站了起来。

常宽环顾一圈,说:"不是说二十四个人吗,怎么才十来个人?"

人事回道:"那十四个人,让二工队队长领走了。这是准备给五工队的,队长还没过来领呢。"

常宽细细打量着屋子里的老乡们,不禁心生怜悯。半年前,自己和他们一样,远离亲人来到这陌生的大东北。他默默期盼这些亲人尽快适应这里的工作和生活,尽快安下心来,把这里当作自己的新家。

常宽告诉大家,不用拘束,到这儿,就算到新家了。

说罢,他又仔细查看每一个人。

当他的眼睛与一个三十几岁的中年汉子相遇时,发现对方的眼里闪过一丝慌乱,似乎极力想躲避他的目光。

常宽又看了看身边的其他人,其他人虽然也有些拘谨,但是谁都没有这种眼神。

中年汉子眼中那丝慌乱,清晰地印在常宽的脑海中。

他走到中年汉子身边,面带笑容问道:"这位老乡贵姓呀,来自哪里呀?"

中年人有些局促不安,不敢直视他,又不得不回答常宽的问话。只听他说道:"我叫姜来福,是山东临沂来的。我们都是老乡。"

说完,他就盯着身边那五个人。

临沂来的?可这分明不是临沂口音。

被他看着的那五个人，点头称道："是，是，我们是一起的，都是老乡。"这几个人却是临沂口音。

剩下的人七嘴八舌，无外乎是表达他们四个是一起的，是从东营来的。

常宽点点头，继续说道："大家都是被逼无奈出来逃生的，到这里一定要遵纪守法，听从分配，踏踏实实地工作，有什么困难可以找领导。要是发现什么违法乱纪的事，要及时报告当地公安人员，绝不允许打架斗殴、聚众闹事，更不允许偷盗抢夺的违法犯罪行为发生。"

十来个人一起点头称是。

常宽走出帐篷，林场人事递给了他一份名单。

他仔细看了看姜来福的登记：山东省临沂县王皇庙乡魏家河村姜来福，农民，三十四岁。临沂来的六人中，四个姓魏的，一个姓郭的，一个姓姜的。

他在心里默默地记住了姜来福的名字。

当时那个年代，没有科学严密的户口管理体制，人口管理都很松懈。但是，熟悉和掌握外来人口的自然情况，却是公安人员的基础业务。

傍晚，常宽吃完晚饭，正在自己的办公室里写工作总结。

有人敲门，是两个工人抬着一个木制的床。

"常公安，谢书记让我们给你做了个床，给你抬来了。"

床看着虽然有些简陋，但是让常宽满心欢喜。

他心里暗暗感激浩然老弟。他怎么也没想明白，浩然老弟竟说到做到，两天的工夫，床就做好了。

床刚放好，又来了两个工人，手里抬着个王八炉子，并转告他说："这是谢书记让抬来的。"

常宽心里感到热乎乎的。

是呀,天马上就冷了。

二

常宽在东北迎来的第一场雪,也是一九六〇年的第一场大雪。

大雪后第三天上午,两个农民模样的人匆匆推开常宽的办公室门。

来人戴着大棉帽子、大棉手套,腿上扎着绑腿,帽檐上、大棉鞋上都是雪,一脸惊慌的样子,进了屋子还没站稳,就向常宽急切地说道:"常公安,我们是这个屯里的农民,今早上上山捡烧材,发现了一个死人,被乌鸦给吃得只剩骨头了,你快去看看吧。"

常宽一听,急忙起身,抓起笔记本和笔,便跟着两人向山上奔去。

顺着两人来的脚印,走了三里多地,就看到上百只乌鸦呱呱——嘎嘎地叫着,盘旋在空中,黑压压的一片。

距离尸骸还有几米远,冷风拂面,夹杂着丝丝腥臭味。伏在尸体上的几十只乌鸦听见人的动静,呼啦啦飞了起来。

常宽上前几步,一具尸骸出现在他的眼前。尸骸周围的雪,被乌鸦踩得已经平实了,雪地里留下无数乌鸦的脚印。尸骸的头颅已经脱离了脖颈,尸骸的肋骨一根一根很明显,内脏已经被乌鸦掏空了,双腿也成了两根白骨,其中右腿骨还连着脚,脚上的黄色的单鞋也被乌鸦撕碎了,能看到脚骨暴露无遗。整个尸骸比较完整的地方就是背部,由于雪已经将其背部冻在地上了,乌鸦没有这么大力气去翻动,所以保存了下来。尸体的周围都是点点滴滴的粉红色的血点子。

难闻的腥味让他几乎窒息。两个跟来的农民躲得很远，不敢靠前。

常宽强忍着令人作呕的腥味，用手拽了拽尸骸背下灰色的单衣。

他看见右边衣兜还没有破碎，伸手从兜里摸出几颗橡子粒。他又绕过尸骸来到左面，衣兜也没有破碎。他又把手伸进衣兜里，仔细地翻了一下。有个小纸条，他顺手掏了出来。

虽然小纸条褶皱了，有些潮湿了，但上面的字迹还能辨别清楚，是沈阳到通化的火车票，脚上穿着的黄色单鞋，鞋的号码得有四十以上。

常宽初步断定，这是具男尸，虽然只剩下骨头了。根据发现尸骸的地点，还初步断定此人大概是迷路了，又赶上大雪，又冷又饿，所以致死原因，应该是寒冷加饥饿。他还断定，死亡的时间是大雪前三天。兜里的橡子粒能证明，下雪后他是捡不到橡子粒的。

丝丝扣扣的判断，使他有了些许的感叹：倘若他再坚持向西走五十米，就能看到小铁道；沿着小铁道，他就能到崇礼。倘若他不是大雪前三天出走，可能就不会迷路；倘若他身上的衣服不是那么单薄，兜里再揣一些干粮……可人生无常，那些个"倘若"都无法把这逝去的生命唤回来。

常宽把骸骨的情况及周围环境都一一记录下来，还画了个简单的位置图，并把自己的初步推断做了详细的笔记。

难能可贵的是，他还提出了疑点：此人身上的车票，是从沈阳到通化的，通化离这得有一百五十多公里，难道是走来的吗？来这，是找工作还是走亲戚？虽然无从知晓，但会不会是突破口呢！

常宽必须抓紧时间向分局张局长汇报，请求分局和总局派有关人员来进一步勘查。

但是，骸骨怎么办？在上级派人来之前，骸骨必须严加保护。

于是，他向那两位不敢靠前的农民说道："你们不要害怕，没事的，请帮我找些干树枝来。"

两人应着，分头到林子里帮他找树枝去了。

呼啦啦飞起的乌鸦呱呱——嘎嘎地叫着，它们纷纷停落在周边的树枝上，一双双透着狡猾的眼睛不时地窥视着他们，似乎在寻找时机俯冲下去，把本应属于它们的地盘再夺回去。

常宽在两位农民的帮助下，用树枝把尸骸密密实实地遮盖起来，一层一层高高的，像是一座坟冢。常宽想尽办法保持尸骸原样，不至于明后天局法医和刑侦科的人来了，尸骸却四分五裂不知去向了。

做完这一切，三个人又回到办公室。常宽向张大炮报告了发现尸骨的情况，然后又做了询问笔录。

从接到报案，到出现场勘查，常宽有条不紊，一板一眼。虽然他只在总局培训了半个月，但他能把书本上学到的理论知识，运用到实际案件中来，而且运用得恰到好处。

发现尸骨的第三天中午，天气晴朗。张大炮带着张志伟，还有总局的两名刑侦人员、一名法医，共计五人来到了崇礼。

张大炮下了小火车，第一眼就看见了常宽。

他哈哈笑道："臭小子我还准备再过几天来，你却着急了。咳，不仅我来了，还领了一帮人来。怎么样，还适应这吧？"

常宽也呵呵笑着说："轻易不能让您来，您来了，一般都没好事。"随后领着一行五人来到他的办公室。

常宽把勘查现场的情况，向张大炮做了汇报；把提取的车票、橡子粒给大家看，还拿出了报案的询问笔录。

听完汇报，张大炮一刻也没耽误，要求常宽带路马上出发去现场。

常宽肩扛一把尖镐、两把铁锹走在最前面。

幸亏常宽用树枝把尸骸盖住了。三天了，还能看到树上的乌鸦不甘心地呱呱嘎嘎地叫着。

大家打开树枝后，尸骸一如当初。要不是厚厚树枝的保护，现场将不堪设想。刑侦员和法医该拍照的拍照，该取证的取证，不到一个小时就勘查完毕。

常宽扛来的尖镐和铁锹发挥了大作用，一会儿工夫，几个人就把尸骸掩埋好了。

回到办公室，根据勘查出的结果，大家作了具体分析：

死者，三十多岁，男性，身高在一米七以上。从死者所穿衣服看出，不是本地人。因为天气在一个月前已经开始冷了，但其身上仍旧穿着单鞋和单薄的衣衫。十月二十日的车票佐证了这一点。车票是沈阳始发站到通化终点站，仅凭这一点，是不能证明死者是哪里人的。如果是沈阳人的话，他应该知道天气的变化，也应该知道天已经开始冷了。但其身上除了单衣外，没带任何过冬的衣物。如果不是沈阳人，也不是当地人的话，橡子粒则是一个佐证。橡子粒，是柞树的野生种子，是不能食用的，吃多了还有可能中毒。死者除了冻饿因素外，也许还有中毒的可能。北方人都知道橡子粒是不能食用的。所以，橡子粒佐证了死者不是当地人。死者从通化走这么远的路，是来找工作？还是来投奔亲戚？这一点暂时还无法证实。初步判定：死者是出来找工作，或者投奔亲戚时，迷路冻饿而致死。

分析会后，明确了下一步工作方向：一、专人查访。由当地公安人员走访来本地工作的盲流人员和外来人员，看是否能找到与死者有关系的人。二、通知林场外来人员，写信和拍电报询问家里，有没有到大青山林业局投亲或者找工作的人，年龄在三十至五十岁之间。三、扩大范围，不仅要在崇礼查访，还要深入整个林场，以及林业局相关单位。

此案作为无头案备案。一式三份,崇礼驻在员、林业公安分局和公安总局各备一份。

崇礼林场初建,各方人员配备尚未到位,专人查访,就由常宽协同林场人事马上落实。撒大网,由各工区分队长监督落实。扩大范围,由林业公安各驻在员协同各林场分局领导具体落实。

晚上七点钟,正好有趟下行原条车,张大炮率一行人连夜赶回了分局。

近半年过去,常宽没有收到有关失踪人员的讯息。

六月份的一天中午,常宽从山场刚回来不一会儿,林场岳调度领了三个山东口音的中年男人,来到他的办公室。

一聊起来,三人离着常宽的老家五十多里地,是地地道道的老乡。

三人都姓汤,系叔伯兄弟,是来找人的。他们是毗邻大青山另一个林业局的工人,要找的人,也是他们远房叔伯弟弟,自打入秋往这边来,就没了信息。家里没钱,说是只够买到通化的车票。三十六岁,一米七六的个头,穿的衣服和鞋子,三人描绘的情况,和常宽冬天发现的无名尸体是一样的。

常宽于是认定,那个被冻饿而死的无名尸体,就是他们要寻找的叔伯兄弟。因为到了通化没钱了,几百里地是步行来的。

他把当时勘查现场的记录拿了出来,还有留存的车票和死者兜里提取的野生橡子,并把当时发现尸体的情况和三人作了说明。但他把死者被乌鸦蚕食的真实而残忍不堪的情况隐瞒了下来。

三人听后,无比凄然和悲伤。

其中一个岁数比较大的流着泪说道:"要不是家里难过,谁能跑出来,为讨口饭吃,能把年轻轻的命丢了。死了,还成了孤魂野鬼。"

三人临走时，常宽用自己的钱票给他们一人买了两个大饼子。

送走三人后，常宽的心里更加惦念家里的老娘、儿子，还有舅舅一家。他们现在过得怎么样呢？

三

一九六三年五月，张大炮将分局驻在各林场的人员做了如下调整：姜玉胜调新胜林场，白江河的王世刚调到崇礼，崇礼的常宽调到白江河，曲吉录调到那尔轰林场，那尔轰原来的驻在员唐军调回总局。

在张大炮再三请求下，总局派了三人来充实基层的力量。三人分别到龙湾林场、西南岔林场、胜利林场上任。这样一来，大青山林业公安分局总算补齐了各林场的驻在人员。

这一调整，旨在最大限度为一线服务。

分局将警员派驻各林场，看似减弱了分局的力量，实则提高了对分管辖区管理的力度。公安驻在员深入基层，直接面对工人，有问题，有矛盾，可以就地解决；发现苗头，发现迹象，能够当即处理，见微知著，防患于未然。

张大炮把白江河的王世刚调到崇礼林场，把崇礼的常宽调到白江河林场，是有自己打算的。

在考核常宽当公安的时候，常宽提出只能干三两年。这不，时间马上到了，这小子是怎么想的？

张大炮知道常宽是个重情重义之人，他的那两个异姓兄弟刘石头和杨树也在白江河林场，兄弟之情能不能把他挽留下来？

当然，张大炮心里的小九九，可不仅仅是这个。他把常宽放到白江河这样的大型林场，为的就是给他加担子。俗话说，有压力就有动力。那么，重压之下，常宽一定会成长得更快更好。

张大炮相信，自己的眼光不会错。

常宽理解张局长的意思，欣然来到白江河林场上任。

常宽重新回到白江河林场，最高兴的，莫过于刘石头和杨树了。

那天傍晚，刘石头和杨树下班，常宽三人又叫上许大烟筒一起小聚。

三人从食堂打回白菜炖大豆腐，又从地里拔了一些小青菜，许大烟筒拿出珍藏了很久的花生米。花生米在山东老家是一年四季都不缺的东西，可是到了东北却成了稀罕物。这三年，常宽、刘石头和杨树别说吃，连见都没见过。许大烟筒还拿出媳妇从老家背来的酒。

喝着家乡酒，自然会聊到家乡。

说起家乡，许大烟筒最有发言权，因为就属他与老家联系得最密切。

年前，儿子给他来信说："老家现在已经比一九六〇年好过多了，至少不会为一口吃的犯愁。以前，一年到头见不着钱，只能靠秋天地里的收成，换个油盐酱醋什么的，但现如今爹在林场，咱家就比别人家强。爹每个月寄回家的钱，不但让家里不愁油盐酱醋，攒到过年，还能让家里包顿饺子吃。"

凭借酒力，大家的话多了起来。

石头不无感慨，家里的媳妇虽然大字不识一个，但由人代写的每封信里，都提到往家寄的钱可是帮家里大忙了。当时，在山东老家，但凡家里宽裕一些，吃得好一些的人家，家里一准有人在东北林场干活。虽然东北生活也不是多么好，但吃的穿的那还是比老家强得多。

"我们每月挣工资,每月还都有剩余,副产品虽然不是那么丰富,可是每年也可以凭供应卡片领到一些。这情况,你们三个有同感吧?"许大烟筒说完,看了看常宽,又看了看刘石头和杨树。

许大烟筒知道他们三人来东北时的承诺。

三人听后,都点了点头。尤其杨树,他特别赞同。杨树是个单身汉,上无父母,下无兄弟姐妹,无依无靠,一人吃饱全家不饿,只要生活得好,在哪都行。

常宽自打当上公安后,觉得生活很有乐趣,也很有奔头。他的工资也比在座的三人多十几元钱,工作也算是体面。虽然他现在还是以工代干,但他相信不会太久就能转正,他已完全适应了东北的生活环境。无论从哪方面讲,他都不想现在就回老家,他不想让自己的努力前功尽弃。

虽然他心心念念牵挂着自己的老娘和儿子,但一想到自己在这里可以挣钱,可以让老娘和儿子衣食无忧,回家的想法也就有所动摇。

现在他每月都把大部分工资寄回家里,同时每月还给舅舅寄去十元。毕竟他来到东北后,都是舅舅帮他照顾这一老一小的。可别小看这十元钱,当年那十元钱绝对不是个小数字。但常宽心甘情愿,没有舅舅的帮衬,自己就不可能安心工作,更别说是努力工作了。

常宽私下里还盘算着,等自己工作再稳当稳当,就把老娘和儿子接到东北来。

对于是去是留,常宽还是有心结的。当年为了有口饭吃,他带着刘石头和杨树离家闯关东。他承诺二人:但凡日子好过些,就带他们回山东老家。可是现在日子好过些了,他能兑现承诺吗?

他想劝俩人留下来,想告诉他俩自己的真实想法,可又不知道如何开口是好。他今天来,既是为解开自己的心结,也是为帮刘石头解开心结的。许大烟筒的话在理,也是常宽想说的话,这话从他嘴里说出来,要比自己说,好得多。

其实,刘石头的想法与常宽不谋而合。约定的三年时间就要到了,老家的日子也有好转,是时候考虑要不要回老家,该不该回老家的问题了。

眼见着这里的各方面都比老家里强,最起码每月都能见着钱,这点是老家比不了的。刘石头的想法也动摇了。他父母都已经不在了,老家只有媳妇妮儿和闺女花儿。他想,如果把家安在林场,把她们接来不就可以了吗?只是他不知道这个想法,该不该说给常宽听。

刘石头举起杯来,示意杨树也举起杯来。

"宽哥!我刘石头和杨树打内心里感谢你,感谢你领着我们闯关东,才吃上饱饭,穿上了暖衣。要没有你,我俩还得在家遭罪受穷,还得为口吃的东奔西跑。现在,我们不仅自己能吃上穿上了,还能让家里人也吃上穿上了,都没饿死。所以,我和杨树这杯敬你!"刘石头的眼里似乎有泪珠儿在转。

杨树连忙点头,正准备干杯,被刘石头挡住了。

"我还没说完,还有一个意思,就是真诚祝福你找到了一份可心的工作,而且是前途无量的工作!祝你工作顺利!前程似锦!最后,我们共同祝愿在老家的老娘身体健康!干杯。"刘石头说完,把手里的一两半的小酒杯一饮而尽。

其他三人一听,都举起了杯,也一饮而尽。

常宽心里高兴,自己的心结解开了,刘石头的心结也解开了,大家意见没有分歧了。那么,对来时的承诺,也算是有个交代了。

从今往后,三个好朋友、好兄弟,要在这茫茫林海中安身立命了。一心一意为自己的生存,更为了远方的亲人,选择了扎根第二个故乡。

四

　　常宽调到白江河林场后，工作开展得比较顺利。

　　这不仅仅是因为他曾在这里当过工人，上上下下大多数人都认识他，而且更重要的一点，就是王世刚在这打下了一个好底子。崇礼可不比白江河，崇礼是刚刚起步的新林场。白江河不一样，它可是林业总局麾下最早开发的林场之一，人多，林场作业面积又大。

　　常宽在这儿可有得忙了。从早忙到晚，这是常宽工作的常态。

　　这天大清早，按惯例，常宽先到工队检查帐篷里面有没有防火漏洞，一切正常，他便进山去检查作业现场。

　　走了一里多山路，就能听到机械的轰鸣声，这便是白江河三工队所在地。他曾在三工队待过，这的人他几乎都认识。

　　又往前走了一会儿，远远看到伐木手老穆和助手房景科两人手里都拿着一些花花绿绿的纸，正在比比画画说着什么。

　　他快步走上前，把老穆和小房手里的花花绿绿纸片都接了过来。

　　他仔细比对着，这些纸片颜色不同，但纸上的字却是一样的。

　　他又随手从地上捡起几张，上面的字也是一样的。

　　常宽觉得不对劲："你俩先别着急干活，这边还有不少这样的纸片，你俩负责收集起来，一张也别落下。"

　　俩人都认识常宽，也知道他现在是公安驻在员，于是便在周围开始收寻同样的纸片。

　　常宽继续往前走着，道上也不断发现同样的纸片。他随手都捡了起来。

　　正在打枝的人也停下手中的活儿在看纸片，有识字的，还提高声音断断续续地念着。

常宽觉得事态严重,还没等靠近就高声喊道:"大家伙闭上嘴,都别念了。"他举起手里的纸,用命令的口吻说道,"我是常宽,大家都认识我,以前咱们还是工友。听我说,你们放下手里的活,先去捡这样的纸,捡完后集中到一起都交给我。"

他看见许大烟筒离他不远,又道:"许师傅,麻烦你到伐木组、装车组通知一声。"

许大烟筒答应着走了。

大约一个小时后,每个工人怀里都抱着一大摞花花绿绿的纸。

常宽点了点,才一个小时就收了近千张。

常宽觉得事态太严重了。他捡了几块石头,压在这些花花绿绿的纸片上,为了防止被风刮散,又捡了一些小杆,把这摞纸片密密实实地遮了起来。

正午时分,林场书记赵玉勇来到了山场。常宽把这里的情况向他做了汇报。

赵书记抽出一张看了看,大吃一惊,这分明是恶毒攻击中国共产党的反动传单。他急忙向跟在他身边的生产股长老何说道:"你马上翻山回林场,给张大炮打电话,让他们分局赶紧过来人处理。"

老何急忙走了。

张大炮从走廊一侧走来,还没到办公室门口,内勤赵延武就赶了过来,"张局,快进屋里接电话,总局臧局长打来的。"

他急忙进屋抄起电话:"臧局长,我是大炮,你有什么指示?"

电话里臧局长的声音很洪亮:"大炮呀,最近政治气氛很紧张,要提高警惕,美帝国主义和蒋介石亡我之心不死呀。他们在福建及东南沿海城市派飞机抛撒反动传单,还空降特务到内地来,有的飞机已被我军击落。我刚刚接到厅里的指示,据有关部门侦查,昨天夜里有反动派的飞机从南朝鲜飞到咱们辖区的上空，可能抛撒反动传单，或者空投敌特。你要注意动向，多到辖区走走看看，发现情况及时通报总局。"

张大炮听完臧局长的电话，说道："臧局，你放心，我这就到各个林场工队去看看。还有，正好和你反映一件事，你把我的意见也跟刘政委说一下。我的意见是，可不可以在工人中再继续招收一批愿意干公安的年轻人，到我们公安队伍中来，要有文化有政治头脑的，就像前几年招的那些人。就拿我们分局来说，加我就五个人，每天忙得脚打后脑勺的，我们的人手是真不够啊！"

"我和刘政委也探讨过这件事。关键是人家愿不愿意干，我们的工资并不高，有的比人家生产一线的工资还低。工人大多数都是外地来的，想的就是多赚几个钱，咱们没有优势呀。这件事先放一放，等忙完这一阵子，你回到总局研究一下，具体给林业局党委拿出一个可行的意见来。"

张大炮无可奈何："那好吧。过这阵子，我回局里再说。"

电话一撂，他开门伸出头来，冲着走廊里喊道："小林子，延武，你俩过来一趟。"

林涛和赵延武闻声来到他办公室，还没站稳，张大炮就说："我刚接到臧局长的电话，有敌特的飞机到我辖区撒反动传单，有可能还空投敌特分子，我们必须加紧对辖区重点地区的管控、巡查，不能漏死点。马上打电话给有驻在公安的林场，让他们密切关注。小林子，你在家里带人到西沟辖区巡查，我待会到其他林场去看看。"

"好的，好的。"俩人答应完，转身刚要走，桌子上电话又响了。

张大炮拿起电话，还没等他说话，电话那边就气喘吁吁地说上了："是西沟材料线公安分局吗？我是白江河林场生产股老何，赵书记让我给你们打电话，我采伐作业区发现大量反动传单，让你们赶紧过来处理。你们的常公安也在山场。"

张大炮放下电话。

"说曹操曹操就到,果不然咱辖区发现反动传单了。行了,小林子、张志伟咱三个都去白江河,延武你留下看家。小宫从作业区回来让他们在家等电话。常宽那头自己恐怕忙不过来。"

林涛和张志伟正准备出去时,张大炮又喊住了张志伟道:"去食堂拿三个大饼子去,再捞三个芥菜头。快!"

张志伟答应着跑去食堂。

三人走出办公室。

推开门,张大炮有意扫了一眼在房头小棚子里"趴窝"的摩托车,边走边嘟囔:"没个代脚的家把什还真不行!上行拉原条车还得等一个小时,咱们先顺着小铁道往白江河走吧,等碰到原条车再搭。"

已近中午,亦是一天中最热的时候,三个人在弯弯曲曲的小铁道上往白江河走去。

两根小铁道下面,都是用粗细不同的小杆铺垫的。道路两旁都是密密的丛林,离铁道最近的边下都是一两米多高的蒿草,蒿草中还有很多各种颜色的野花,蝴蝶、野蜂在花丛中飞舞,不知名的鸟儿也尽情地欢叫着,一股股带着清香的风儿吹拂着他们。

三人都脱了外套,穿着背心,腰上都别着手枪。张志伟衣服搭在肩上,手里拎着大饼子和咸菜。

走了一个多小时,三人都累了,就坐在铁道上大口吃着掉渣的大饼子,啃着比咸盐还咸的芥菜头。

铁道边小河沟里的水很清澈。三人吃完后又都撅着屁股,像饮驴似的咕咚咕咚地喝着水。

林涛先站了起来,用手擦着嘴说道:"什么时候也能像苏联公安那样要车有车，要面包有面包，武器那都是一流的。我上警校时，在电影里看见人家那么发达，太让人羡慕了，我就想，咱们国家的公安何时要是像他们那样就好了。"

张大炮起身，也用手擦着嘴道："年轻人放心吧，面包会有的，将来我们一定什么都会有的。"

说完三人拍了拍身上的土，继续赶路。

三人又走了半个多小时的工夫，小火车在他们身后咕嘟咕嘟冒着黑烟，拉着装原条的大板车缓慢地行驶着。他们和司机招了招手，然后爬了上去。

到达白江河已经是下午两点多了。生产股何股长正在林场调度室等着他们。由何股长领着他们去发现反动传单的山场。何股长手里还拿着两个空麻袋。

张大炮问他道："拿麻袋干什么？"

"给你们装反动传单呀。"何股长回道。

张大炮心里一咯噔，反动传单这么多吗？

到了山场，张大炮第一个见到的人就是常宽。

他拍了拍常宽的肩膀："你小子政治觉悟挺高呀，我张大炮没看走眼！"

林涛和张志伟一人背着一麻袋花花绿绿的反动传单往山下走去。

张大炮心里有数，有常宽在这里，他放心。

他看着林涛和张志伟离去的背影，说道："常宽你还得多精心些，这个地方可能是个重灾区，收集的反动传单一定保管好，不可让人看到，影响极为恶劣。"

常宽看着张大炮道："张局，你放心吧，我就不和你们回场部去了，我通知这里的工人了，发现传单及时收集给我，我还得到山场去转转，有什么事我再给你打电话。"

张大炮临走又说了一句:"有你在这儿,我放心!"

在装车场,张大炮一行遇到赵玉勇书记。

张大炮走到跟前,与赵书记说起林业总局的电话通知:"既然飞机能到咱这撒传单,也有可能空投敌特分子。所以,要提高警惕,要加强对外来人口自然情况的摸排工作。现在公安分局人手不够,小常自己也够忙活的,还得靠林场领导多加重视。"

赵玉勇点头表示赞同。

说完这些,张大炮换了话题:"还得谢谢你呀,你给了我一个好小伙子。我没说错吧,常宽是块干公安的好料!最近林业公安总局正在研究,准备在各大林场继续选拔一批各方面表现比较突出的年轻人到公安工作。我知道你赵书记有眼力,你还得多给我们物色物色呀。"

赵玉勇听完张大炮的话,说道:"你那缺人,我这也一样呀。来的人都是参差不齐,也没有太可我心的,可我心的都让你给挖走了。"

张大炮听出赵玉勇的揶揄:"哪能这么说呢,'人尽其才,物尽其用'嘛。还得靠你们一线领导给我们举荐呀。"

赵玉勇回道:"好,发现有想当公安的人,我就告诉你。"

赶到林场已经下午四点多了,下行拉原条的小火车还得半个多小时才能到。三人在小火车站上等车,身边放着两麻袋反动传单,麻袋口扎得紧紧的。

张大炮很欣慰,他把常宽调到白江河林场是正确的。常宽机敏睿智,责任心强,今天的反动传单处理得就恰到好处。

五

三人正在车站等车,从林场院里跑出来一个年轻人,他冲着张大炮三人喊道:"哪位是材料线分局的张局长?"

张大炮一听，回过头来道："我就是。有什么事吗？"

年轻人说道："接到你们分局的电话，说是那尔轰和新胜林场都发现反动传单，请你去处理。"

张大炮忙跟年轻人跑到林场书记办公室，看到办公桌上躺着的电话，急忙拿起来问："赵延武吗？我是张野，具体事情赶紧和我说清楚了。"

电话那头，赵延武大声说："张局长，那尔轰林场和新胜林场分别在下午两点和三点来电话，都发现了反动传单。"

张大炮听后说道："小赵，你要守住摊子。你向总局政治处回电话，我们在白江河林场收缴反动传单1974张。"

那头还未撂下电话，张大炮已经把电话打往那尔轰林场公安驻在员办公室："曲吉录，你要和林场书记协调好，传单问题，这是个政治大问题，让他们找政治觉悟高的党员帮助收缴，你在那边一定要做到不扩散传单内容，一定要一张不落地全部收缴回来。我晚上能到你那里。"说完，又急匆匆地回到车站。

车站上，他对林涛和张志伟说道："志伟，今晚上你带着传单先回去，一定要保密，传单放到我办公室，严禁其他人翻看。林涛，看来咱俩不能回去了，新胜和那尔轰都发现了反动传单，咱俩就直接到那两个林场去。"

两人点头答应。

下行拉原条车到站后，张大炮和林涛把张志伟送上车。

天已经见黑了。张大炮对林涛说道："只能等到半夜上行拉原条的小火车啦。走，到食堂吃点饭去。"

半夜十二点，张大炮和林涛坐上上行拉原条的车往新胜奔去。

小火车拉了一排十几台木头制作的台板，俩人在台板上闻着火车喷出的呛人的煤烟味。行驶的小火车夹带着入秋的冷风，吹拂在二人的头上和穿着单薄的身上。俩人裹紧了警服。抬头看了看天空，没有月亮，没有星星，乌云已经把它们藏了起来。

走出了半个多小时后，天上开始下起了雨。起先下得不大，不一会儿竟下得越来越大。俩人被浇得落汤鸡似的，躲没处躲，藏没处藏。他俩冻得上牙打下牙。

张大炮抹着脸上的雨水："赶上了这么个鬼天气。还得个把小时到新胜吧！"

这时，小火车的速度慢了下来，一个人从火车头窗户探出头来，向风雨交加中煎熬着的两人喊道："两位公安，到火车头里挤挤吧。"

两人冒雨挤进小火车头里。

火车头里，有司机和司炉工二人。开车的司机看来有三十多岁的样子，司炉工是个二十几岁的小伙子。借着锅炉煤火的光亮，看见两人的脸上都是黑黑的煤灰，只有眼睛还没有被煤灰遮盖。他们头上戴的帽子，身上穿的衣服都被煤灰染成了黑色。司炉小伙不停地往敞开的锅炉炉膛里添着煤。

火车头里面倒是比外面暖和，但是那烧焦的煤炭味，让张大炮和林涛二人感到刺鼻的难受。身上的衣服被雨水浇透了，经过锅炉的烘烤，他俩身上散发着热气。车头里地方狭窄，又到处都是煤灰，所以腿上穿的蓝色裤子蹭上了煤灰还不算明显，身上的白色警服可遭殃了，只一会儿工夫，衣服、帽子、脸上、脖子上就都蒙上了煤灰。

一个小时后，总算到了新胜火车站。雨还在下着，但不是很大了。

俩人快速向林场公安驻在员办公室跑去。

新胜公安驻在员的屋子和林场办公室是连着的，但门是独立开的。张大炮和林涛顶着雨摸黑跑到驻在员的门口，"咣咣咣"，使劲砸着门。过了三四分钟,才看到里面有手电光的晃动。

公安驻在员姜玉胜听出是张大炮的声音,光着膀子急忙打开了门。

还没等姜玉胜说话,这俩人就挤了进来。

屋子也就二十多平方米,一张床,床前有一个旧桌子,门旁有个冬天取暖用的王八炉子没有拆。

姜玉胜回身,手电筒晃到了他俩脸上。

看着京剧脸谱似的脸,姜玉胜笑着说:"要是不听声音,真的不认识你们了!"说着,点亮了桌边上的油灯。

张大炮和林涛还是冷得哆哆嗦嗦的。

这时,外面的雨又下大了。

姜玉胜急忙从床下捞出一个板箱子,掏出一件冬天穿的大棉袄,递过来:"快披上,暖和暖和!"

张大炮和林涛看着自己满身的黑灰,都没接。

张大炮先开口道:"拉倒吧,这身衣服脏得跟煤黑子似的,大衣穿在身上不也都脏了。"

林涛也附和道:"打盆水洗洗脸、洗洗手是正事。"说完还看了看自己的手。

张大炮一旁笑了:"这不是顾头不顾腚吗,身上咋办?"

窗外,雨声大作。

张大炮看着林涛,说道:"怎么样,敢不敢和我到外面洗个天然浴去?"

林涛明白他的意思:"那有什么不敢,正好既能顾头又能顾腚了。"

俩人刚要出屋,姜玉胜从窗台边下拿了条毛巾说:"等等,拿个毛巾。我给你们点着王八炉子。"

林涛接过毛巾，跟着张大炮冲进了大雨中。

一个大雨滂沱的夜晚，一个空旷林场的院子。两个男人，一丝不挂，任由大雨冲刷着健硕的身体。

林涛拿着毛巾擦拭着，张大炮用一块破布擦拭着。

"小林子，你知道吗，我们在朝鲜打仗时，就用这办法洗澡。这叫天然浴，别担心没有水，尽管洗！"

林涛道："我还是第一次这样洗澡呢，是个好办法！还真是怪了，咋不冷了？"

"帮我搓搓后背。"

"好。"

大约过了半个小时，两个男人拎着湿湿的衣服跑回了屋子。

姜玉胜急忙把大衣递到了张大炮手里。

张大炮回头给了林涛。

林涛忙说："张局你穿吧，我穿玉胜的衣服就行。"

姜玉胜赶紧接过话："我就那么打算的，张局的个子高，我的衣服他穿不了。"

张大炮听后，穿上大衣，坐在床上。林涛也穿上并不合身的姜玉胜的衣服。

这时，姜玉胜从大门外端回来一盆雨水，把大炮的警服放到了盆里，走到办公桌前打开抽屉，从里面拿出了一个小纸袋；又从小纸袋里，抓了一把白色的东西撒到了盆里，说道："搁点面碱，洗得干净。林涛，把你的湿衣服扔过来。"

王八炉子烧得很旺，屋子热了起来。

张大炮开始问起传单的事。

姜玉胜向大炮局长汇报："昨天晚上下班时，不少工人手里拿着花花绿绿的纸，不识字的觉着好奇，识字的一看，上面写的不是好话，就告诉了场长。场长就拿了一些到我这了。呶，墙角的袋子里就是。"

林涛从袋子里掏出几张，自己看着一张，剩余的递给了张大炮。张大炮一看，跟在白江河林场发现的内容一样。

张大炮说："这些传单的内容不能扩散，工人手里有的一定要一张不落地收回来。明天和林场书记合计一下，找几个骨干一起到山场搜集，光靠咱们这些人干不过来。"

姜玉胜答应着。

不一会儿，他突然听到打呼噜的声音，回头看时，只见张大炮斜坐在床上倚着墙，已经睡着了。林涛趴在办公桌上也睡着了。

姜玉胜一看表，已经凌晨四点多钟了，天马上就亮了，外面的雨也不下了。

他拿起洗干净的衣服，在王八炉子旁烘烤着。

五点多钟，姜玉胜从食堂拿回来四个大饼子、三个萝卜咸菜。看见他们二人还在睡着，他不忍心招呼，可是没办法，还是把他俩招呼醒了。

他俩睡眼蒙眬，急忙穿上还没烤干的衣服，匆匆吃了饭；然后与林场派来的党员、机关干部会合，一同赶往发现传单的山场。

天晴了，太阳露出了娇容，大山里雾气蒙蒙。雨后山道上泥泞不堪，道旁的草丛和树叶都是湿漉漉的，还没走出一里地，鞋子就湿透了，裤腿也都湿透了，紧紧贴在腿上。树上的叶子有很多残留的雨珠，不停地掉落在他们的头上、身上。

第四天半夜，张大炮和林涛才坐着下行原条车回到西沟材料线分局。张大炮连衣服都没脱就倒在床上，四仰八叉地躺着起不来了。至此，收缴反动传单的任务顺利完成了。

第四章 灭门案

一

长白山脚下的冬天，比其他地方来得要早些。材料线分局局长办公室里，张大炮正和林涛说话。

"小林子，你是咱公安局里文化水平最高的一个，警察学校一毕业就让我要到分局了，觉没觉得委屈？"

"张局，你说什么呀，我在学校里学的，大多是书本知识，论实战，你才是我的师父呢。"

"林业公安枯燥，艰苦，陈芝麻烂谷子的事还多，像你这样既有文化又能实干的后生不多，小林子大有作为呀！"

林涛脸有些微红："张局可别这么说，跟您比，我还差太远了。您身上的好东西，让我一辈子也学不完呐。"

俩人正说着，响起了敲门的声。

进来的是六十多岁的五保户老吕头。老吕头戴着一顶脏兮兮的半棉帽子，半裂着怀，嘴里吐着白白的凉气，眉毛挂上了白霜。

他一进屋，看见张大炮和林涛便急切地说道："俩老弟呀，快到我家去帮帮我吧，我家的孙女让房子上的冰溜子把脑袋打破了，流血流得怪吓人的，让她去卫生所，她也不去，我就得找你们了。"

张大炮和林涛一听，二话不说，急忙往老吕头家跑去。

老吕头家和其他公住家属房是一样的，他家住在把头，正好在道边。

两人不等急急跟在后面的老吕头就先进了院子，刚到院子二屋门口，就看到雪地上点点滴滴的鲜红血渍，房檐上还有一排排长短不一的晶莹透彻的冰溜子，在阳光照射下显得亮晶晶的，仿佛是未加雕琢的玉柱。

门口是破碎成段的冰棍，屋里传出来了女孩子的哭声，还夹着妇女的劝导和骂声。

"你个拗丫头，怎么就不去卫生所呢，看看流这么多血。我的娘嘞，还有这么大的口子呀。走走走，奶奶领你去。"妇女的声音。

"我就不去，我怕打针，你给我包包就行了。"能听出来是个小女孩带着哭腔的声音。

两人不容分说急忙进了屋子，到了内屋看到一个十一二岁的小女孩站在里屋门口，倚在炕沿儿边上，满脸的血和眼泪交织在一起，又流到了蓝色的有些不合体的小棉袄上。一位看来有六十多岁的女人在无奈地劝导着。她是老吕头的老伴。

老吕头老伴一看他二人，便道："两位快来看看吧，这孩子要出去解手的工夫，谁知道屋子上的冰溜子掉下来，正好砸在丫头的头上。我和他爷爷怎么劝，她都不去卫生所。死丫头，你不去，让公安来抓你去。"

女孩一看他俩进屋，不大声哭了，只是抽泣着。

张大炮看着小女孩头上的伤口，说道："走，听爷爷的，上卫生所去包扎一下。"

小女孩一听，光着脚一下子奔炕梢去了，炕上留下了一滴滴血印子。

林涛也劝道:"小姑娘听话,如果不去卫生所看大夫,就会留下疤痕,将来就会变丑了。"

小姑娘仍然抽泣着,不吱声。

张大炮看炕上有一本语文书,一个田字格本,一个破旧的文具盒,盒盖子已经分家了,本来黄色的文具盒露出了斑斑的黑色。盒里有两支寸长的铅笔头,笔尖已经秃了。一块指甲大小的橡皮,分不出白色还是黑色。

张大炮心想,这个文具盒不知多少年了,便灵机一动,对着小女孩说道:"小丫头,你要是听爷爷的话,我给你买新的文具盒,还有铅笔、橡皮、铅笔刀,行不行呀?"

林涛道:"我们公安最喜欢听话的小孩,说话算数。"

再看小女孩不哭了,用眼睛看了看她奶奶,又看了看张大炮和林涛,好像是还有点儿不信两人的话。

两人都点头道:"我们说话算数的,下地走吧。"

小女孩脸上的血,流得不那么厉害了。当她刚到炕沿儿边时,林涛便把她背在身后。她奶奶又从被架上拿了一条褥子披在了女孩的身上,接着说:"怎么能好意思让你们花钱呢!"

这时,老吕头推门进来了,看到林涛背着自己的孙女往外走,也没进屋,就一起往大门外走去。

张大炮知道小孩子是皮外伤,缝两针就好了。他便直接去了小卖店,买了文具盒、写字本、铅笔、铅笔刀,兑现了对小女孩的承诺。

张大炮赶到卫生所时,小女孩刚好包扎完毕。

小女孩看到张大炮手里的文具,被擦干净的小脸上露出了动人的笑容。

张大炮对小女孩和蔼地说:"今后要听爷爷奶奶的话,要好好学习。将来学习好了,爷爷还给你买。"

林涛又要去背小女孩,老吕头说啥也不让,极力要自己背着。

张大炮也没再阻拦,他把褥子披在孩子的身上,看着爷孙俩往家走去。

回到分局办公室,张大炮到虎子窝里找了两条两寸多宽的小松木板,又从屋里拿出了锤子、钉子,没用十几分钟做了一个小槽子,只不过小槽子另一头是敞开的,不是封闭的。

林涛没弄明白张大炮做这个小槽子啥意思。

张大炮说道:"等一会儿你就明白了。"

这时,赵延武和张志伟推门进来,看见张大炮做的小木槽,也没想明白是干啥用的。

等做完后,张大炮招呼赵延武和张志伟:"你俩来得正好,拿上这个小槽子到老吕头家去,在他家二门房檐上,把这个小槽子斜钉到房檐板上去。将来再化水,就从这小槽子淌外面去了。别再砸着老两口了。还有,把他家院子里的冰溜子给打扫干净。"

这时,三人才明白张大炮做这个小槽子的用途。

林涛暗暗佩服张大炮对老百姓的心细。

张志伟和赵延武都是沟里长大的,张大炮一说,他们就明白什么意思和怎么干了。两个人扛着小槽子,往老吕头家走去。

道上,赵延武扛着小槽子对张志伟说:"咱家大局长对林场工人就是好,想得太周到了。跟他干,有劲头,心里舒坦。"

张志伟连连道:"咱们从他身上要学的东西太多了。"

张大炮和林涛则在办公室看材料。

林涛说:"张局长,你对这些帮扶对象,真是细微周到呀。就像大管家、大保姆似的。"

张大炮道:"小林子,你这个比喻恰到好处,说到点子上了。

咱们当公安的，既是林业工人的大管家，也是他们的保护神。"

林涛赞同地点点头。

二

一九六五年的秋天来临了。分局门前，大杨树上稀稀疏疏的黄叶，随着猎猎秋风，开始凋落了。

半晌午时候，猎人老姚头到分局找张大炮。

张大炮正在翻看着总局下发的通报，老姚头推门进来了。

张大炮调侃道："老姚头，你这红光满面的越活越来劲呀！看来，一时半会儿你这把老骨头没什么太大问题，是不是吃山珍吃的呀？"

"我看也没什么大问题的，一两年还得蹭你酒喝，你可得挺住，头发白得像白头鹰。"老姚头说完，坐在了张大炮办公桌对面的长凳上。

张大炮还想调侃他两句，可没等开口，老姚头一脸正经地先说话了。

"有件事很蹊跷，我想跟你说说，可能又得让你忙活了。"

张大炮一看，顿时也一本正经地问道："老家伙有什么事，说说看，有什么能让我们老猎人上心的事。"

老姚头于是便像讲故事似的说了起来。

"几十年了，这里的大山边边角角，我大体都熟悉。那尔轰大东山二十多里路的山林里，有人留下一处简易的空炝子。开春时，住了一家六十来岁两口子和他们一个十八九岁的孙女。我上山路过时，都去他那坐坐，歇歇气，喝点水。半个月前，我去上山，到他那，又多了一个年轻人，右腿还有些瘸，说是那个男人的侄子。临走,告诉我到时候给他们捎几包火柴、几斤旱烟。七天后,我带着旱烟和火柴去了,炝子里没有人。我等了好长时间,也不见有人回来。我把旱烟和火柴放到炕上就走了。昨天我又路过那个炝子,炝子里的人还没回来。我给他们捎的烟和火柴还在炕上,家什啥也没有动。我总觉得不对劲,所以一大早晨就来烦你了。"

张大炮略加思索:"老姚头,你反映的事情,我觉得也有问题。中午有趟去那尔轰的原条车,傍晚才能到,晚上在那尔轰住一宿,明天一大早就奔那个炝子去看看。到那尔轰,我张大炮请你喝酒。"

老姚头没应声,而是答非所问:"这么长时间,怎么没看见你那只叫'虎子'的狗呢?"

张大炮神色黯然地说:"已经老死了。本来就是退役的老警犬了,若不是出生入死的老战友出面,人家还不给呢。'虎子'这一死,真是不舍手呀,再找那样一条好狗是找不着喽。"

第二天早晨天刚亮,山上雾气蒙蒙,小道上落满了厚厚的落叶,露水挂满了路两侧已经发黄的草丛。

张大炮领着林涛、张志伟,那尔轰驻在公安曲吉录,每个人都带着枪,老姚头背着猎枪在前面领路,一行五人直奔大东山的简易炝子房。

顺着只有老姚头能够辨别出的小路艰难跋涉着,没等走出一百米,露水就已经打湿了裤腿,贴在腿上痒得难受。所幸的是入秋的树叶已经凋落,没有影响到前行的视线,四个多小时后,总算来到炝子跟前。

"我这是领你们走的近路,要不,还得仨俩小时才能到。"猎人老姚头说道。

林子中的炝子,棚上铺盖着黑色的油毡纸。看样子铺上没超过一年时间,还没有老化。

炝子里还算整洁。做饭的小锅里还有水，但已混浊了，水面上好像是有一层铁锈似的。黑黑的锅台边上，摆放着盐罐和一小坛子荤油，用桦树枝扎成的锅刷放在锅沿儿上，木板做的小锅盖靠在墙边。一个简陋的台板上，有个小盆，里面还有几个蒸熟了的大饼子，饼子已经发霉，长出了很多黑色和绿色的毛。

里屋里的炕上也很整洁，紧紧巴巴能睡四个人，铺着竹编的普通炕席。炕头里面，有个黑色的旱烟包子，再一看里面，还有个老旧式的黑色烟袋，已经蒙上了一层灰尘。炕梢边上，有两个灰白色的小袋子，一袋是玉米面，一袋是小玉米楂子。只有两个小箱子里的衣服很乱，好像被人翻过。

外面小院不大，炝子边上还有劈好的桦子，桦子上也盖了一块不大的黑色油毡纸；门也是用木板做的，里外绑的白色塑料布；一切没有任何异样。

这家人这么长时间没回来，他们都上哪去了呢？

张大炮来到小院子，边四处仔细看着，边问老姚头："这家人，你能确定是河北口音吗？相貌你还能都记清楚吗？尤其瘸腿的年轻人，你能描述出来吗？你和他们都说过些什么？"

老姚头一一回答。

老姚头看张大炮那表情，突然感到，怎么看他怎么像急于搜寻目标的狼，渴望、冷酷、犀利。

老姚头心里有些冷飕飕的。

张大炮在炝子周围走了一圈后，问老姚头："你半月前来时，看到劈柴的斧子了吗？还看没看到其他工具，比如铁锹、镐头之类的。"

老姚头以为张大炮不是在和他说话。因为他又到离炝子十米多远的茅房里去了，还折了一根小木棍捅了捅茅房里的粪便。但分明就是问他，他还必须得回答。

老姚头带着有些不满的情绪回复道："斧子肯定有，我半月前来时，看见他侄子拿斧子劈柴了，铁锹、镐头我没有注意到。"

老姚头回答完后，心里恨恨地骂道："你个老瘪犊子，是在审问我呢！昨晚上在那尔轰喝酒时，讨好我，求我那个死皮赖脸的样子哪去了，等到办完事，我用酒灌死你。"

张大炮又折回到小院子里。

炝子墙边下有个小木墩，林涛坐在小木墩上，正在整理刚才询问老姚头的笔录，看到张大炮走过来，就站了起来。

张大炮坦然地坐了下来，右腿架在左腿上，像个老师对学生说话似的，跟在场的人说道："各位说说，这一家人是什么情况？是出走了呢？还是有什么其他的可能呢？根据眼前的现场勘查，我们还需要怎么进行下去呀？"

张志伟先说："虽然这家人出走时间挺长，或许到亲戚家去了呢，或许不想在这住了，人家就走了呗，或许几天就回来也未置可否。这里也没什么可偷的。"

曲吉录也说道："这属于地方司法部门管理的人口，我普查的时候，也没有看到。现在看来，这个地方就是个暂时容身的地方，没有打算常住的意思，说走就走，剩下的东西可要可不要的，也都不值钱。最近听说，有人在山上挖出了野山参，赚了钱，人家很可能上山挖参去了呢。挖山参，可不是几天就能回来的。"

"林涛，你是这里文化最高的，也是公安学校毕业的，你说说，下一步该怎样进行。"张大炮指名道姓。

二十六岁的林涛，眉清目秀，鼻直口方，眼睛有神，像个书生；长春市人，吉林公安学校毕业，是大青山林业公安局目前最专业和最有文化的人。

林涛慢条斯理地说道："从现场简单勘查来看，这家人不像不住了，走了，更不像是去挖山参了。不过，看住的地方，确实是暂时的。那么，他们暂时住在这儿的缘由是什么？如果是上山挖参，为什么不多带些吃的，而宁可剩下那么多大饼子让它长毛？还有，一家人都上山吗？听姚老爷子说，上山挖参是个技术活，但好像从来没听说过他们会挖参。如果是有事，真是匆忙离开，怎么可能连斧子都带走？姚老爷子说，他们是河北口音，难道他们匆忙到吸烟人连旱烟口袋和烟袋都来不及拿，就走了吗？以上两点我持否定意见。那么，还有第三个推断：我现在还不敢断定，这要看还能找到多少证据。这第三个推断就是——这家人很可能出事了。"

听完林涛有理有据的分析，张大炮暗自高兴，说道："小子，分析得不错，看来你是真的上心了。当公安的就应该这样，心细如丝，不放过任何蛛丝马迹。从微小的物证中，往往就能找出真相来。下面，咱们的主要任务，就是在炝子周围找斧子，找铁锹；范围五十米之内，还要注意脚下的地表皮有没有什么异样。我推断的，和林涛推断的一样，这家人可能遇到不幸了。"

在场的人都用怀疑的眼光瞅他。

所有警员立刻分散开来，找斧子，找铁锹。

张大炮向老姚头抱拳："我的姚大哥，还得求你帮忙呀！没办法，人手不够，劳驾你和我的小伙子们一起找找斧子和铁锹吧！"

"好，我这把老骨头，今天就供你使唤了。"姚老头说完后，就朝另一个方向找斧子和铁锹去了。

曲吉录也要往另一个方向去寻找，张大炮把他拦住，小声对他说："不用你去找了，我看见炝子后面有条爬犁道，咱分局里自然情况上有记载，大东山山脚，有个十几户人家的东山屯，是这里唯一的村屯，你现在就跑着下山，到东山屯找人进一步查实这家人的来历。要查清,这个炝子原来是谁家的,他们去没去过那地方。如果去过,是什么时候去的。还要查清,有没有人和这家人有联系,无论什么人和这家有联系,都要查清楚,包括老姚头去没去过那个村子,什么时候去的。机灵点,注意安全,把枪带好,查清楚后,赶紧赶回来,我在炝子等你。"

听张大炮布置完任务后,曲吉录风一样向山下跑去。

三

把曲吉录打发走后,张大炮又走进炝子。

他本来个子高,腰得稍微弯下,要不炝子棚就顶头了。他不停地用手摸摸这,手指头抠抠那。他看到炕席边沿上,还摆放着姚老头给捎的一把旱烟和一包火柴,旱烟和火柴包上落了一层灰。

他把炕席翻了起来,裸露出用黄泥抹成的炕面,细看没有什么异样。他又把炕席翻了回去。两个箱子里的衣物,有被翻动的明显痕迹。靠炕边的箱子里,女孩子的衣服居多,他每件都拿出来仔细地看了看,捏了捏也没有什么两样。粮袋里的小玉米楂子和玉米面,他都伸手进去摸了摸,也没有什么物件藏在里面。

他又转回灶台前,使劲哈着腰往灶坑里面看。

已经是下午两点多钟了,太阳光照射的角度向西倾斜,灶坑里黑黑的,看不见里面。

没办法,张大炮全身趴下,多半个身子探出了炝子的门外面,这才看清楚了灶坑里面的整个情况。

有一根两尺多长、拇指粗的棍子。

他拿出棍子一看,另一头是黑色的,不是烧过的痕迹。他用棍子往里扒了一下,有半块砖头大小、很规整的石头被扒了出来。

砌灶坑不需要像这样特意选出来的石头吧？张大炮琢磨着。

张大炮爬了起来，用手轻轻一提，就把小锅端了起来。看来，之前有人像他一样端起过锅。

他又仔细地瞅了瞅灶台旁的地上，有一个很圆的黑印迹。他把锅放在了地上的黑印迹上，正好吻合。

这就证明，曾经有人也像他一样把小锅放在地上。

小锅一端下来，灶坑里的全貌暴露无遗。

灶坑实际很矮，不到两尺高，而在灶坑的右面，有一个凹进去的很有规则的方洞。

张大炮用棍子往方洞里捅了捅，有一尺来深。

他凑前看了看，拿起那半块砖头大小的石头放到凹口里，严丝合缝。

张大炮断定这是人为的，是专为藏匿东西而砌的。

什么东西非得放在这里呢？而这种东西应该是不怕烟熏火燎，不怕烈火烘烤的。还有，把东西藏在这里，应该是很珍贵的，绝对是不想被人发现的。

那么，这里面到底曾经藏过什么东西呢？张大炮思索着。

"张局，张局快来呀，找到铁锹了。"张大炮听出是林涛兴奋的声音。

他急忙循声而去。

林涛正在用一根小棍子扒拉着草丛，一把手柄只有大约一米半的铁锹，躺在了密密的发黄的败草中。不仔细看，很难发现。这是有人故意藏匿的。

张大炮吩咐林涛把铁锹从厚厚的草丛中拽了出来。

铁锹与普通家庭使用的铁锹没有什么两样，锹上还粘着一些黑色的山泥土，锹尖有些轻微卷刃了。

张大炮看到铁锹后,轻轻叹了口气,俨然无语。

这时候,听到林涛的喊声,其他人也都跑了过来,围着看这把铁锹。

张大炮不经意地扫了一下边上的人,落到老姚头时,他多观察了几眼,没发现有什么不一样的表情。他俩交往已有好几年了,老姚头的性格、习性什么的,他都熟悉。

"从现在开始,大家的注意力要放在地下。炝子前面就不用找了,重点是炝子后面、左右方向,还是五十米范围。"张大炮脸色凝重。

人们按照张大炮的命令搜寻着,可张大炮却没有动。

他站在一个小荒丘上,四处瞭望着。

炝子背面,是一片大约几十亩的撂荒地,看来是很久了,撂荒地里长了许多单株和成堆的柳树。柳树的叶子都已凋落,间或着星星点点的几棵非同种的树也都光秃秃的。蒿草都是一米多高,杂草丛生。

他又看了看炝子的右下方。

那里长的树木不是那么多,直距二十米左右,像是一个洼兜儿。只不过被秋天的树叶埋没了,所以轻易看不出来。

他不顾荆棘剐破手和脸,奔到了洼兜儿跟前,顿时只见一群苍蝇扑面而来。

张大炮折了一根树枝,扒拉开厚厚的树叶。树叶下面,能看出是新土;洼兜儿边缘的蒿草,都是新翻过的,只不过是被树叶掩盖了而已。

"林涛,张志伟你们过来。"张大炮喊完,又往前走了五六米远,才看见有个自然形成的小泉子。泉子里的水很清澈,从泉子流出的水顺着下坡流淌而去,又形成了一条自然的小溪。泉子边有一个破旧的小瓷盆，盆子边上有一件蓝色衣服已经被太阳晒得褪色了。

张大炮又用小棍扒拉树叶，黑的泥土上，还能辨认出大片大片的血渍。

林涛几个人听到他的喊声都奔了过来。

他指了指洼兜儿，林涛开始用锹扒拉。

成群的苍蝇，好像不愿意离开似的，在周围飞来飞去，不时地撞到几个人的脸上。

覆盖的秋叶能有一尺多厚，林涛深挖了一锹后，好像是抠出了一块肉皮状的东西。他用锹轻轻地挖着。这时，一股恶臭气钻进了在场每个人的鼻孔里，让人一阵阵恶心眩晕：一个完整的女人臀部暴露在大伙面前。臀部发胀发黑，无数个蛆虫在上面蠕动着。左臀部有一块新痕，正是林涛手中的锹所留下的痕迹。

林涛退后了一步，其他人都掩鼻闪开了。

臭味愈加浓烈。

张大炮从林涛手里拿过了铁锹，又轻又仔细地扒拉起来。一会儿工夫，一个女人的尸身出现在眼前。尸身是趴状，上身穿了一件粉红花的布衫，下身是裸露的，还能看到女尸腹部下面还有一只手露了出来，不是女性的手，像是男人的手。

张大炮又仔细扒拉辨认。男人手边，还有一个头发要脱落的老年女人头颅，头盖骨已经凹进去了一块。老女人的脸腐烂得极为狰狞，蛆虫在上面泛滥着。

最显眼的是一把斧头。斧头上沾满了黑土，隐隐约约还能看到上面的血渍。

张大炮没再看下去，而是把扒开的土反埋了回去，然后还把四周的树叶也都扒拉回去。

他拍了拍手上的土，说道："这是大青山林业局成立以来，发生的唯一一起恶性灭门杀人案。犯罪分子极其凶残，此案必定要惊动省里甚至是公安部。林涛、张志伟，你俩马上到那尔轰驻在所向公安总局报案，并等候上面派人。人到后，由你们俩领着到案发现场。对了，别忘了把以前驻在公安员李长海也叫来，可能要用着他。我和姚老爷子在这等你们。"

老姚头瞅了他一眼，也只好默许了。

林涛和张志伟飞速下山。

张大炮看了看有些不情愿的老姚头，笑着拍拍他的肩膀："走吧，好人做到底。再说，你是第一个发现此案的人，此案要是破获，你是首功呀。"

老姚头带着情绪回道："谁交你这么个朋友倒血霉了，净是些让人心惊肉跳死人的事。"

张大炮急忙承认："可不是嘛！自从认识我张大炮，就是你发现有人被黑瞎子害了那时候，今儿个又是几条人命的灭门案。老兄，咱俩有缘分呐。"

张大炮感觉饿了，饿得胃有些难受。本来他的胃就有毛病。

他便用炝子里的锅灶做起了饭。

不一会儿，炝子的小炕上，一个用两块木板拼成的小木桌，摆着大饼子，还有冒着热气的小玉米糁子粥，是用炝子里的小玉米糁子现做的，还有芥菜咸菜，咸菜是从食堂拿的。老姚头带的也是大饼子，菜却是腌制的蒸熟的狍子肉，还有鹿肉干，酒也是老姚头的，整整一小背壶。

老姚头不想吃，也不想喝，总感觉鼻腔里、口腔里那死人的臭味还未散去，一想起那腐烂尸体心里就硌硌硬硬的。

张大炮大口吃肉，大口喝酒，好像什么事都没发生似的。

他猜出了老姚头不吃不喝的原因，便对他说道："这么大岁数了,因为尸臭味和看见腐烂尸体就不吃不喝了,要是在朝鲜战场上,不得饿死你呀,那尸臭味几天不散去,尸体腐烂比这吓人多了。来来来,喝点酒冲冲就好了,看你这点出息。"

老姚头回道:"我不是没见过死人,可是没见过这么恶心的死人。你说的那些,都是战争的时候,能和这比吗?"

一个小时后,夜幕降临,张大炮点亮了炝子里的煤油灯。

老姚头把猎枪放在炕梢,坐在那里抽着旱烟。

张大炮刚从外面解手回来,那尔轰驻在公安员曲吉录就气喘吁吁、满头是汗地回来了。

一进屋,他看到老姚头坐在炕梢,便欲言又止。

张大炮却说:"都是自家人,说吧,说完赶紧吃饭,大饼子在锅里,我给你热着呢,还给你留了一块狍子肉。"

曲吉录平复了一下气息,缓缓地说道:"根据你的指示,我没到中午就赶到了东山屯。东山屯只有十四户人家,都是外来户。这个炝子是吕家的,户主吕成旺,三十八岁,其父吕绍欢今年三月份病故了,六十二岁。住在这个炝子的老两口,老头叫吕耀先,六十一岁,妻子姓李,全名不详。吕成旺他父亲吕绍欢和吕耀先都是河北保定阜平县大旺乡吕家村人。吕耀先就是投奔吕成旺父亲的,没想到这吕成旺的父亲却死了。他俩十八九岁时,一起在国民党孙殿英部队当兵,是有小职务的,直到我军将其俘虏遣送回乡。吕绍欢回乡四年多,就举家搬到了这里。关于吕耀先腿瘸的侄子,吕成旺没听说过,只听父亲生前嘟囔过在部队认了拜把兄弟也姓吕,比他父亲吕绍欢和吕耀先年龄小十几岁,叫吕献胜,还是吕吉胜什么的,他记不大准了,不是阜平县人,是安国县人,具体住在哪个乡就记不得了。

"今年四月七日,吕耀先来的时候,先在东山屯吕成旺家挤挤巴巴住了三天,才知道吕耀先的儿子在其孙女九岁时就有病死了,儿媳改嫁了。在老家，吕成旺认识吕耀先和他家里的人。这个月初，吕耀先领着他孙女又去过吕成旺家里一次，是告诉他临冬就走。吕成旺轻易不上炝子来，吕耀先走了，还是到哪去了，他真的不清楚。他觉得吕耀先没走，要走，起码能告诉他。他还说，如果不是吕耀先在炝子住，他早就把炝子废弃了。"

曲吉录调查的结果，让张大炮很满意。

张大炮沉思了一会，又问："吕绍欢、吕耀先，还有那个叫吕什么胜的，他们是在国民党哪支部队当兵？"

"是在孙殿英部队当兵拜把子的。"曲吉录回道。

张大炮心里一动，但没有吱声。

四

那尔轰大东山的灭门杀人案发现的第三天中午，来了不少公安。

其中，大青山林业公安局刑侦科长周详和刑侦员江浩是前一天来的，同张大炮到了埋尸现场，简单分析了案情。

省公安厅刑侦处派人下来了四人，由大青山林业公安局局长臧云涛引领到那尔轰。然后，由材料线分局公安员林涛、张志伟、李长海引领到现场。

省公安厅的领队，是省公安厅副厅长薛健。薛健和张大炮年龄相仿。

到现场后，一行人在张大炮的引导下，对炝子周围、杀人现场、埋尸现场又做了仔细的勘查，拍了大量的照片，尤其对尸体都做了精细的勘验。

尸体被一个一个起了出来。尸体已高度腐烂，大伙虽然都带着口罩，但阵阵恶臭让现场每个人都感到窒息眩晕。

几个年轻警员不停地呕吐了起来。

经初步勘查，被害人尸体共计三具，两女一男。男被害人六十岁左右，一女性被害人与男被害人年龄相仿，另一女性年龄在十七岁至二十岁左右。两名年龄六十岁左右的被害人，是被钝器重击头部致死，两名被害人衣服完整，其中大龄男性和大龄女性被害人头部已被钝器击打变形严重。另一年轻女性被害人，是被掐脖颈窒息死亡，该女性上身衣服不整，下身裸露。检验初步得出：生前曾受过性侵害。最有侦破价值的发现是，被害年轻女性右手里有一小绺头发，头发长短都与三个被害人的头发不相同，推断可能是犯罪嫌疑人的头发。埋尸现场同时发现了年轻女子的短裤和蓝色长裤各一件，凶器怀疑是埋尸现场发现的斧子，埋尸工具怀疑为被林涛找到的铁锹。

省厅的同事把现场采集的物证，分门别类装在特有的器皿里，并都做了详细的记录。对东山屯十四户人家也做了普遍调查，尤其对吕成旺进行了仔细的询问，对老姚头也做了详细的笔录。

通过老姚头的描述，省厅来的人员对吕耀先的瘸腿侄子形成了画像。

经过几小时的检验勘查，此埋尸案定性为：勒索财物故意杀人强奸案。

犯罪嫌疑人暂时锁定为吕耀先的侄子。此案迅速通报周边县、市局协助追查。由省厅协调牵头，河北省公安厅、阜平县公安局、安国县公安局对此案嫌疑人进行协助调查。

薛健临走时，握着臧局长的手说："非常感谢大青山林业公安局材料线分局，为此案获得第一手资料和证据，提供了巨大帮助。我们尽快把勘查出来的物证，送省厅进一步检验和印证，有消息后，将及时反馈给大青山林业公安局。"

薛健最后握着张大炮的手，说道："你的推理，让我醍醐灌顶。

勒索财产杀人强奸这个定性,我同意。你把中国多年前发生的大事件,与此案结合推断,我赞同。虽然表面看,有些天马行空,不着逻辑,可是凭我多年的工作经验,和现场藏匿财产地点的特殊性判断,也许你是对的。"

臧局长拍了拍张大炮的肩膀:"有机会和我详细说说,也让我醍醐灌顶一次。"

"哈哈哈……"三人一起大笑了起来。

薛健深有感触地说:"我们当公安的,要想破案,真是不容易,尤其是你们基层公安,更是难上加难。你们得全凭自己的敏锐和智慧,还有多年工作经验的积累,与犯罪分子打交道的点点滴滴的积淀,不放过嫌疑人在犯罪现场所留下的任何蛛丝马迹,才能做到心细如丝,剥茧抽丝,按迹循踪,最后才能拨云见雾,水落石出。"

臧局长听到薛健的话,说道:"谢谢省厅领导对我们基层公安的理解和肯定,没办法,谁让我们当初选择了这个职业呢。"

大青山林业公安局大会议室里,坐着上百名公安人员。他们穿着白色上衣,蓝色裤子,戴着白色的大檐帽,领章鲜艳,个个神采奕奕。

他们正在聚精会神地听张大炮对这次灭门杀人案的剖析和推理。

"一个在大山里孤零零的炝子,住着的一家人,十几天没人了,是不辞而别回河北老家了,还是到亲戚家去了,抑或是到深山里挖人参了呢?还有另一种可能,那就是被他人挟持或者遇害了。我到现场勘查后,否定了前面三种可能性,我还是坚持后两点……"

"等等,等等,仔细讲讲前三点为什么给否定了。"臧云涛局长打断了张大炮一带而过、只讲重点的讲述。

他对张大炮道:"我说张局长,你看看下面这百十来号公安员,他们绝大多数是半路出家的,业务能力参差不齐,亟待学习、提高和加强。这起灭门杀人案,是提升他们业务能力、提高个人素质的绝好教材,你可不能掖着藏着。"

张大炮点点头。

他于是从头开始说起:"被害人毕竟是我辖区居住的老百姓。现场勘查时,发现炕子里蒸熟的大饼子已发霉,做饭的锅里还有剩余的水,水也有一层很厚的水锈,炕边上还有老姚头给捎的旱烟和火柴,炕头有一个旱烟包,包里有个平常的烟袋,两个箱子里的衣服翻得很乱。炕子外面劈的烧柴归置得很整齐,看来是新劈不长时间,可是劈柴的斧子却找不到了,也没有铁锹的影子。"

臧局长又打断了他的话:"饼子发霉,锅水有锈迹,捎的旱烟和火柴都原封不动,斧子、铁锹找不到,那都说明什么问题呢?"

张大炮知道臧局是什么意思,接着说道:

"我们勘查后,有人觉得这么长时间没回来人,也有道理能说通;有的人认为可能串亲戚去了;还有的认为是上山挖人参去了,或者不辞而别了。炕子里也没有什么值钱物,说走就走呗。

"我认为,蒸熟的大饼子都发霉长毛了,小锅里的水已经长锈了,炕上的烟包和烟袋也已落上了很多灰尘,捎的旱烟和火柴还是原封不动放在炕沿儿边,说明这个家至少半个月没人了。

"我还到被害者家的茅房看了看,粪便都已被风吹得干硬了,苍蝇极少,这进一步证明这十天半月里,这个家没来过人!那么,到亲戚家有没有可能?如果有亲戚,这家人孤零零住在大山炕子里的可能性小。再说,如果有亲戚,四个人怎么可能在人家一住就是十几天?我们调查证实过,这家人并没有什么亲戚在此地住。

"还有,上山挖人参有没有可能?挖人参在山上是要很长时间的,可是不能连吃的都不带吧,宁可让大饼子长毛?有烟瘾的人,连烟包子和烟袋都能忘记拿吗?通过调查证实,这家人根本没有挖参的技能。

"不辞而别,指的就是回老家了,难道回千里之外的河北老家,还需带着斧子和铁锹吗?难道着急得连托人捎来的旱烟和火柴都来不及拿吗?"

台下却有人举手提出疑问,正是张大炮的下属张志伟:

"张局,你刚才讲的我都知道,我当时也在场,斧子有人看见过,铁锹没有人看见,你怎么就能断定,这家肯定有铁锹呢?"

"志伟同志提得好。我们当公安的,一定要戒掉浮躁,要心细,要善于通过表面现象,分析事物的本质和联系。你们在现场,可能忽略了一个细节,那就是炝子周围为了防止透风漏水,土被翻过来了;翻过来的土上,长的草很矮,说明刚翻不长时间;而且翻土的印痕,不是斧子也不是镐头,而是铁锹。那么,斧子、铁锹不见了,又说明了什么?所以我让大家全力找斧子和铁锹。后来铁锹找到了,斧子始终没有找到,我就判断,这家人可能遇害了。"

张大炮讲到这里时,台下的人们都在小声议论着。这与当时在炝子勘查后,大家对他这个结论提出怀疑一样。

刑侦科公安员江浩也举手提出了不同意见:"斧子不见了,怎么就初步断定这家人遇害了呢?"

"铁锹和斧子在平常人手里就是个工具,在杀人犯罪分子手里那就是可用的凶器。倘若犯罪分子要杀人,斧子和铁锹两个工具他会选择哪个?很明显他会选择斧子。在座的别忘了,被害人吕耀先是当过国民党兵的,而且在部队里还是个小头头呢,虽然岁数大了,身体素质和灵敏度还是具备的。斧子可以在被害人不防备的情况下一击毙命。离被埋尸现场的第一犯罪现场留下的大摊血渍,还有小溪边所留下的衣服,初步证明了这一点。斧子最后在埋尸现场找到了,铁锹是在草丛中找到的。铁锹可能是犯罪嫌疑人伤害他人的凶器,平常也是挖掘、掩埋物体的最佳工具。"

"老张再讲讲,你是怎么让省厅来的薛厅长醍醐灌顶的,也让我们开开眼界。"臧局长又把话题提到更高的层次上来。

张大炮挠挠头,好像有些不好意思起来。

他环顾会场,说道:"其实,我的这个推断,表面上看,有些风马牛不相及,只能抓到犯罪嫌疑人,破获此案后,才能印证我的判断是否正确。不过,今天臧局长要我说说,我就说说,不妨和大家分享一下。"

"说说吧,说说吧,让我们都听听。"下面的警员们都七嘴八舌地请求张大炮。

"读过历史的人,都知道清朝有个慈禧太后。但是你知不知道,她的坟墓被人炸了,坟墓里的财宝被盗窃一空。这个事件,发生在一九二八年。是谁给炸的呢?是一个叫孙殿英的带着部队给炸的。大家记住孙殿英的名字,为什么让你们记住呢?你们别忘了,男被害人吕耀先,和死去的吕绍欢,都在孙殿英的部队当过兵。在部队里,他俩又结识了另一个姓吕的兄弟,并且拜了把子,具体名字不详。也就是说,男被害人的所谓侄子,就是在部队里拜把子的姓吕的儿子。"

在座的警员们有些云山雾罩了,纷纷嘟囔着:"这哪跟哪呀,讲案例,却讲上历史了。"

张大炮看出了台下大家的疑惑。

他继续不慌不忙地侃侃而谈:"大家可能感觉到,是不是跑题了吧。我在炝子勘查时,发现锅灶下面,有个藏匿东西的非常规则的凹槽,而且在我发现前,已经有人动过,还留下了痕迹。

"请问各位:'什么东西可以藏匿在这么隐蔽的地方?'除非两种:一是绝对不想让人发现的东西,而且非常珍贵;二是藏匿的东西，绝对不怕烟熏火燎。大家想想，能是什么东西呢？"

"所以，我给大家讲了他们曾在孙殿英的部队当过兵。这支部队当年曾参与了惊天大案——慈禧太后陵墓被炸、被盗案，男被害人还是当时军队里的小头头。这正是我把此案定性为抢劫财物杀人强奸案的原因。省厅薛健副厅长也比较同意这个定性。"

他又看了看臧局长："薛副厅长说的醍醐灌顶，就是这么来的。"

"真是法网恢恢，疏而不漏啊。我们的下一个任务，就是待省厅对提取的物证做进一步检验定性后，立刻抓捕犯罪嫌疑人。今天，张局长通过案例剖析，给我们在座的每一个同志，上了一堂生动的现场勘查课。我希望你们在工作中，不断提高自己的业务能力，不断提高自己的综合素质。"臧云涛最后作了简短的总结发言。

张大炮最后表态："只要我张大炮穿一天警服，无论我将来还当不当这个局长，我都要把这个杀人犯抓捕归案，让凶犯受到法律的惩罚。我这届公安没有抓到，你们小一辈的，也要坚决将犯罪分子绳之以法，决不能让他逍遥法外。记住这个日子：一九六五年十月二十七日。"

散会后，大家陆陆续续走出了大会议室。

有几个刚刚进入公安队伍的年轻人，拽着林涛偷偷地说："你跟张局说说呗，把我调到你们分局去，真是太刺激了。"

林涛回道："好啊，你们先把我的鼻子里到现在还有的尸臭味去掉，我就帮你们说说。"

"这……"

七天后，周边各地区来电，均未发现画像上相似的犯罪嫌疑人。

二十天后，省厅刑侦处发来电报，带回省厅的物证经检验，可以认定犯罪嫌疑人为吕耀先的侄子，其姓名、年龄、职业均不详。

阜平县、安国县两地公安机关也未发现画像中的犯罪嫌疑人。

至此,此人一下子人间蒸发了。

分局走廊的墙壁上,有一个人的画像,旁边写着:记住一九六五年十月二十七日灭门杀人案的这个凶犯,无论现在还是以后的公安人员,都有责任抓住此人,给被害人一个合理的交代,给我们职责一个满意的交代,给法律一个正义的交代。

五

一九七〇年春夏之交的早晨。

初夏是林区最好的时候。林场被密林包围着,风儿是凉爽的,空气是甜甜的。

张大炮和林涛还有内勤赵延武都坐在公安局的门口乘凉,说着话。张大炮手里还夹着已点燃的旱烟。

这时,军烈属老秦头从房头走了过来,距离他们三人还有十几米远就喊道:"我说张老弟呀,你们快去我家里抓黄鼠狼去,家里的小鸡子都让它祸害死了,你大嫂和你妹子都在家哭呢。"老秦头边说着,边气喘吁吁地走到了他们跟前。

张大炮三人赶紧起来,问怎么回事?

老秦头说了个大概。

张大炮开玩笑地和老秦头说道:"我说秦大哥,你怎么惹着这么些畜生了,不是大长虫跑你家炕上去了,就是黄鼠狼祸害你家小鸡子了。你先坐下。"

说完,他把老秦头按在自己坐的木墩上。

林涛和赵延武凑到老秦头跟前:"别着急,我俩到你家去看看!"

张大炮却说道:"赵延武你留下,我和大林子去吧。"

张大炮和林涛边走边说道:"这两口子也够苦的,大儿子济南战役时牺牲了,二儿子又在上甘岭战役时死了,就三个孩子,剩个姑娘老大不小了,还半彪不傻的,要不是挨饿,也不能跑东北来。"

林涛接过话茬道:"我知道。除了老秦头家,还有三家,是咱们分局的帮扶和优抚对象。不过,就属老秦头家让你操心最多!"

张大炮又说:"唉!小林子你没当过兵。这个老秦头也曾经当过兵,两个儿子也当过兵,我大炮也当过兵,所以我对他们一家格外有感情。"

"是啊,这些人为社会做了很大的奉献,应该得到社会的关注和优抚的。要不是前几年国家的日子不好过,那么大岁数了也不能跑到大东北来。"林涛不无感慨。

"所以呀,能帮他们,我们就尽量帮吧。"

两人边说边走到老秦头家了。一推开大门,就听见有哭声;到了院子里,才看见是老秦头那已经三十多岁的傻姑娘。傻姑娘抱着一只小黄鸡在哭,小黄鸡的脖子血淋淋的,只剩下不多的皮连接着。老秦头的老伴六十几岁的样子,看着傻姑娘抱着死鸡不放手,也没有办法。

院子里除了老秦头的傻姑娘抱着的小鸡子,地上还横七竖八躺着几只不同颜色的小鸡子,而且都是鸡的脖颈被撕裂了,都血淋淋的。

老秦头的老伴一见张大炮和林涛,便泪眼婆娑地说:"张大兄弟,你快看看吧,早晨起来准备喂小鸡,推门出来一看,都死了。俺家这个傻丫头,平常就对这只小鸡子亲得了不得,一看小黄鸡死了,这就抱着不松手了,你瞅瞅咋办嘛。"

张大炮说道:"大嫂你别着急,让我看看啊。"

林涛也蹲在地下,劝说抱着死鸡的傻姑娘:"大姐,你把小黄鸡给我,让我带它去卫生所看看,看还能不能给它治好。"

傻姑娘用呆滞的眼神看着林涛,眼睛里还有泪,转而又笑着说:"你真能给小黄鸡治好呀。那你快点给它治好吧。"还真麻溜地把小鸡子递到了林涛手里。

张大炮带着疑惑的眼神看着林涛。

林涛神秘地笑了笑,用手拎着那只死鸡便往门外走,还没等开大门,就碰见老秦头往大门里进。

老秦头问:"你这后生,拿个死鸡干什么去呀。"

"我去卫生所给它治病去。"

老秦头看着林涛的背影,说了句:"这后生真能扯犊子,死鸡还能给治活了!"

张大炮迎上前:"老哥,这的确是黄鼠狼干的。我准备给你抓住那个小畜生,这些小鸡我们收回去,让那个小畜生赔。"

老秦头一脸不屑:"张老弟,快别扯犊子了,我让你来家,就是劝劝你嫂子和那傻姑娘而已,你还当真了?"

老秦头和张大炮说话间,就看见林涛真的抱回来一只小黄鸡,和他拎走的那只小黄鸡真的还挺像。

林涛把鸡递到傻姑娘的手里:"大姐,你看,我是不是把你的小黄鸡治好了?"

傻姑娘高兴得手舞足蹈,立即接过小黄鸡抱在怀里跑回了屋子,嘴里念叨着:"我的小黄回来了,我的小黄又活了。"

老秦头和他老伴在一旁都看懵了。

张大炮哈哈大笑:"秦大哥、秦大嫂,我说啥来着,我不仅能治好小鸡,还能让那小畜生赔你死了的鸡。"

张大炮说完瞅着林涛,两个人的眼神分明是"心有灵犀一点通"。

张大炮和林涛把地下的死鸡捡了起来，一人拿了两只："大哥大嫂，我们这就回去处理，等一会儿就给你们送活的回来。"说完就往外走去。

老秦头两口子满心疑惑。

走在路上，张大炮抢先问道："小林子，你这是花多少钱买的？"

林涛笑道："三元。你怎么知道我买的？"

张大炮也笑道："我刚有这个打算，你就拎着鸡跑了。"

林涛看了看手里的鸡："你的意思，咱手里的鸡也如法炮制？"

张大炮点点头："对呀，要不他家那个傻姑娘还有个完？一会儿不得找什么小黑小花了。"

林涛大笑："那就分头进行吧！"

大约半个小时，两人各自手里拿着两只小鸡回到老秦头家。

刚到院里，秦老伴指着蹲在地下哭天抹泪的傻姑娘说："俺家这个傻丫头，又要找那只小花鸡了，真让她气死了。"

张大炮忙把手中的鸡递过来："你看，我这不给你找回来了吗！"

林涛也忙把手里的鸡递给傻姑娘："你看看，是不是这只小花鸡。"

傻姑娘又哭又笑，抱着小花鸡起身回屋，嘴里叨叨咕咕："我的小花，我的好小花。"

张大炮和林涛相互看了看，便转身往外走去。

老秦头的老伴追出门："谢谢张兄弟了，谢谢林兄弟了！"

老秦头也追了出来，边追边从身上往外掏钱："你俩真能扯犊子。"

张大炮和林涛加快了脚步，边走边回头道："秦大哥，你别出来了。我们这就给你抓那个小畜生去。"

老秦头撵到门口时，两人已经没影了。

第五章　嫌疑人

一

"张局长，头午接到一封山东青州县公安局打来的电报，让我们帮助查找一个叫范同宝的杀人盗窃嫌疑人。"

"能说具体一些吗，年龄，相貌，犯罪情节。"张大炮追问道。

"这件案子，是一九六〇年秋天的事了。年龄嘛，按照推算也得四十多岁了。嫌疑人原是村办采石矿的出纳。采石矿的老会计一九六〇年春天突然间失踪，村里人以为是老会计贪污，拿着三百四十八元钱逃跑了，几年来杳无音信。谁知今年秋天，县里准备在旧废矿石地重新建设，在施工时挖出一具尸体，竟然是老会计。人们这才怀疑，可能是出纳范同宝所为。范同宝是一九六〇年入秋时不见的，怀疑是到东北来了。具体在东北何地落脚，尚不清楚。范同宝只有一个哥哥，多年没有联系。调查时，没有发现任何线索。所以我们根据电报内容告知你们，请各大林场注意，主要在山东盲流中查找，看有没有相似的人。"

电话是总局刑侦科长周详打来的。

张大炮记录完周详的电话内容，又把赵延武喊了进来，迅速通知各大林场驻在公安注意查找。

自一九六六年以来，张大炮心里总是感觉到一些无奈，却又无能为力。风起云涌的政治斗争让他似乎有些怅然若失，当公安的好像没有工作可做了，整日里从早到晚政治学习，像拧紧了的弦，让他真的有些透不过气来。还算好，今天总算接到一个和公安挂上边的案子。这让他心里有些欣喜。

常宽在战战兢兢中度过了一九六九年，转眼已是一九七〇年的夏初。

通过老乡，还有刘石头媳妇、许大烟筒家里的来信，常宽搞清楚了舅舅的问题。舅舅曾经当过国民党兵，出村得向村委会报告；晚上要不定时地学政治。这就是历史有问题。

常宽的推断是正确的。舅舅再也没有给他写过信。他担心舅舅能不能顶住，家里还有四个孩子，身体的折磨他都能扛过去，可心灵和精神的折磨，他是否能挺过去。他给舅舅写过信，鼓励他，可信的内容像喊口号一样生硬，唯恐说多了给他平添不必要的麻烦。

常宽想把孩子和老娘接到东北来，娘却说啥也不来。娘现在不是故土难离了，而是担心唯一的弟弟的未来。现在舅舅顶着历史反革命的帽子，还得帮助他照顾娘和儿子，这让常宽深深自责和愧疚，他不知道如何是好。

常宽现在也开始担心自己，既然舅舅是有问题的人，那么自己还能脱身过去吗？

刘石头、杨树也都替他的前途和命运担忧。

常宽起初听到舅舅历史有问题的时候，非常紧张。舅舅的一切，他是左右不了的，舅舅的历史问题，跟他这个外甥又有什么关系呢。可是这种正常的逻辑，在大运动中是那样苍白无力。他亲眼看到林场五类分子的子女，当兵没有他们的份，招工没有他们的份，所有工人能享受的待遇，他们都是没有份的。这就是政治，这就是现实，现实得让你的精神和心灵受到无尽的鞭挞和伤害，却又无可奈何，无从说起。

但常宽慢慢地也想开了，命运就是命运，你是把握不了的。"是福不是祸，是祸躲不过。"怨声载道没有用，何必忧虑那么多呢。也不是没当过工人，当初从山东老家来的时候，不就是想吃口饱饭吗，不就是从工人堆中选拔出来当公安的吗，再怎么不公平，也得给人一口饭吃吧，大不了回老家，和老娘孩子在一起过日子。再说，老家也不像一九六〇年那时候吃不上饭了。

常宽这么一想，反而心里亮堂了。

刚入夏，天就有些热了。不到八点钟，常宽就把办公室的前后窗都打开，暖风带着淡淡的花香和浓浓的森林味道，不时地从窗外飘了进来。阳光透过薄薄的雾气，不甘落后地也挤了进来。屋子里即刻便有了丝丝凉爽，还有着些许暖意。

常宽正拿着抹布擦着玻璃，突然传来敲门声。

敲门声未落，就看见林场革委会主任兼治保会主任贾国旺和林场革委会副主任兼治保会副主任腾爱国领着三个穿中山装的人走了进来。

来人都是四十岁左右，常宽虽然不认识，但能看出是干部模样，上衣兜都别着钢笔，脸上阴沉沉的。往日，常宽与革委会正副主任见面时，彼此都是客客气气的，今天两位主任脸上竟都是乌云密布。

常宽心里咯噔一下，看来舅舅的事牵扯到他了。

常宽办公桌对过有一张床，床边有一把椅子。林场革委会主任贾国旺看屋里挺挤吧的，没等坐下，就对副主任腾爱国说道："老腾，你跟组织部的小刁三个办理此事吧。正好也坐不开，我还有事，就不陪了。"

腾爱国应答着，各自找地方坐下。

常宽还是坐在自己的椅子上，也没有太多客套话就转入了正题。

腾爱国先开口："常宽，今天组织部的人想和你了解点事，希望你能老实配合，把事实讲清楚。"

这语气，常宽听着极为不适。这些话，以往都是他跟别人说，而且腾副主任的口气，仿佛是在对待一个犯人。

叫小刁的穿着蓝色中山装的人，听完腾副主任的介绍后，说话了："你叫常宽，我是林业局组织部的，今天来，就是和你确认一些事实，希望你能如实地配合，这关系你以后的前途。"

常宽点点头。

姓刁的问道："你是贫下中农出身，你知不知道你舅舅是什么出身？"

常宽道："应该也是贫下中农出身吧。"

"你在亲属自然情况表格中，填了一份你舅舅的情况，当过中国人民解放军。那他历史有问题，你应该知道吧，你为什么要故意隐瞒呢？"姓刁的一脸严肃，眼睛紧紧盯着常宽。

常宽一听这话，心里不免反感，但还是压了压心里的火，心平气和地说："刁同志，我舅舅历史有问题，我真的不知道。他比我大几十岁，我上哪去知道他的过去。你说我隐瞒问题，我到现在还不知道，你们说他的历史问题是什么？那请你告诉我，我舅舅到底有什么历史问题？"常宽把这个尖锐的问题踢了回去。

"常宽，你这是怎么说话呢！我这是让你自己说出来，对你今后有好处。看来，你早知道你舅舅曾经是个国民党兵，更知道他还是个反动军队里的小官。你这是故意隐瞒，性质太恶劣了。"姓刁的彻底变脸了。

还没等常宽说啥，林场革委会副主任腾爱国却急不可耐地"腾"的一下站起来，拍着长条椅子的边手，气急败坏地说道："常宽，你这样推诿隐瞒，我们就不知道了吗？你太小瞧我们这些外调人员的智慧了。有多少以假乱真、张冠李戴、蒙混过关的事，我们都能查得清清楚楚，你以为隐瞒、装糊涂，就能蒙混过关了吗？休想！"

常宽很清楚腾爱国的为人。他曾是个打枝工人，有些文化，家庭、历史没有任何问题，政治上要求积极向上，正赶上"文化大革命"，一跃便坐上了林场革委会副主任的位子。去年，他家孩子与别人家孩子打架，是常宽处理的。腾爱国觉得常宽没给自己面子，就一直记恨在心。

常宽正准备反驳腾爱国，这时腾爱国嘴里一连串的成语，张冠李戴、以假乱真、蒙混过关，一下子提醒了常宽，不知哪根神经搭到哪根神经上了，突然让他联想到了山东青州电报协查杀人逃匿的案子。

对呀，既然嫌疑人有案底，就不可能实话实说，必须用张冠李戴、蒙混过关的方式。前几年正是鱼目混珠、人口管理松懈的时期，嫌疑人完全可以采用这种瞒天过海的办法呀。

常宽顾不上腾爱国了，忙拿起了桌上的电话。

姓刁的和腾爱国以为他要给别人打电话解围说情，旁边穿灰色中山装的两人立即站起来，要抢夺电话。

常宽心平气和地对他们说："我这个电话，和你们调查我的事一点关系都没有。杀人案是不是比我的事更重要？"

屋子里刚来的几个人互相看了看，谁都没再吱声。

这时，电话接通了，正好是张大炮接的电话。

常宽把自己的想法简要地说了一遍："十年前，我在崇礼林场登记过一个人，现在想起来，这个人很可疑，他叫姜来福，在工队上班。他会不会和这起青州杀人案有关联？"

张大炮顿时也兴奋起来:"臭小子,真有你的!有疑点就得查!我现在就往你那去,你让王世刚密切关注他,不可打草惊蛇。"

常宽撂下了电话。

他正想解释一下,门却被拽开了。

急匆匆进来了一个十五六岁的少年,脸上带着泪痕,上气不接下气地说:"常公安,快到俺家去看看吧,老薛家哥俩把俺哥哥的头打破了,血流不止,你快去看看吧!"

常宽一听,站起来就往外走。

姓刁的问:"你什么时候回来?"

常宽甩下一句:"不一定。"

一转身,他就跟着少年一起跑出了屋子。

二

张大炮放下常宽的电话,马上喊张志伟过来。恰巧正在外勤室的林涛,闻声也跟张志伟一同来到张大炮的办公室。

"我刚才接到常宽电话,他说想起了一个人,极可能与山东青州杀人案有关,叫姜来福,人在崇礼林场。我带着志伟,顺道再带着常宽,现在就往崇礼赶。林涛,你和延武在家守摊吧。"

林涛忙说:"我去吧!你在家。"

张大炮道:"还是我去吧,万一不是这个人,我好跟林场协调。"

现在林业工人的生活水平提高了,林业局为各林场开通了专门载客的小火车,大大方便了人们的出行。更多的方便是,拉原条车也有了汽车。现在,每天都有几十台从林业局贮木场来运原条的汽车。

张大炮和张志伟走出分局,直奔林场唯一的公路。

两人等了二十几分钟，终于等到了一辆汽运车，而这台车恰巧是到那尔轰林场的。

拉原条的车跑得很快，车子过后路上尘土飞扬。自从有了汽车运输，这条唯一的道路变得坑坑洼洼。

张大炮和张志伟煎熬了一个多小时，才到了白江河林场。车刚一停，张大炮和张志伟就跳下了车。

张大炮告诉原条车司机："等我们一会儿。"

司机答应着，把车停到了道边。

张大炮跑进常宽办公室，见屋里有四个人，唯独没有常宽。

腾副主任认识他，起身和他打招呼。

张大炮看了看其他几个人都不认识，有些纳闷，问了一句："小常呢，我让他等我，这又是上哪去了？"

穿中山装的人其实都认识张大炮，只不过张大炮不认识他们而已。

腾副主任给张大炮介绍："他们是林业局组织部的人，来这了解常宽的事。"

张大炮一听就急了："和他了解什么事，他有什么事？"

还没等腾副主任开口，穿蓝色中山装的人说道："主要是了解他舅舅的历史问题。"

起先，张大炮是站着的，一听常宽舅舅有历史问题，心里咯噔一下，索性坐了下来。其他人也都跟着坐回各自的位子上。

张大炮再次问道："小常上哪去了？"

腾副主任说："有个邻居闹矛盾，小孩子打架，可能是挺厉害的，他去处理去了。"

张大炮的心总算放下了。

但他仍不甘心："常宽亲属有什么历史问题？还有，你们调查我们单位的人员，为什么不提前告知所在单位的领导？"

穿蓝色中山装的小刁说："我们也是为了保险和保密考虑。我们组织部门在特殊情况下，是不需要先和其单位的领导打招呼的。"

"是呀，组织部门有时的确不需要和单位领导打招呼的。"腾副主任以为张大炮是常宽搬来的救兵。

张大炮厌恶地看了腾副主任一眼："你老腾知道什么叫组织部门，你的责任就是把林场那摊子治保搞好，把革委会那摊子真正有问题的人管好，实实在在地向有关部门提供你所掌握的人员问题。"

腾副主任立即唯唯诺诺答道："是是是，我一定照着张局长的指示办。"

"那好，你熟悉林场的情况，你现在赶紧去把小常给我找回来，有个案子必须他跟我去办，因为他掌握情况。"

腾副主任听了张大炮的吩咐，瞅了瞅组织部来的三人。

三人看了看他，都没吱声。

他有些不情愿，可是又不能不去。毕竟论职务，论工作分工，他都得听张大炮的。即使再不情愿，也不得不执行。

他面带尴尬地走了出去。

常宽跑到居民区，远远看见一个少年满脸是血，一边哭，一边和比他壮的两个少年厮打在一起。

和常宽一起跑来的小少年见状，急忙加速向前冲，想要参加战斗，被常宽制止了。

常宽上前拉开纠缠在一起的三人，想问清缘由。

三人七嘴八舌的，让常宽一时理不出头绪来。

他指指头上流血的少年："走，先到卫生所包扎去。"

头上流血的少年极为执拗，任凭脑袋流血，哭天抹泪就是不去卫生所；倒是不动手了，可是嘴里却骂起没完。

打他的那两个少年，见公安来了，一声不吭，胆怯地看着常宽。

常宽见流血的少年不去卫生所，便厉声道："小子，你咋不听话呢，你想把血流干变成傻子吗？快到卫生所去包扎，包扎完了我再给你做主。"

说完，他看了他弟弟一眼，示意弟弟拽哥哥一起去卫生所。

常宽起先没太在意，去卫生所的路上，他才看到绿色的警服沾上了许多血点子，很扎眼。

腾副主任迎面走来，到了跟前，没好气地对常宽说："你们张局长让你赶紧回去，他在你办公室等你呢！"

常宽却没有马上离开，而是到后面和打人的哥俩了解情况。

"等我办完事，回来再处理你俩，随随便便仗势欺人！"常宽道。

哥俩低着头不敢吱声。

这时，常宽看到有一台拉原条的汽车停靠在路边，张志伟也看见了他，从窗户里伸出头和他说道："赶紧的，回去准备一下吧，张局长在你屋子里，等你呐。"

常宽和他招了招手："马上。"然后对腾副主任说："他们就由你费心了，赶紧给那个受伤的包扎一下，具体什么情况，我回来再做处理。"

腾副主任极不情愿，但林场治保这块，还得听当地公安的，他们有义务协助公安人员处理问题。所以，他只得无可奈何地点点头。

办公室只剩下张大炮和组织部的三个人。

张大炮不想错过机会，便开口道："关于常宽亲属的历史问题，我作为领导，实事求是地和你们说说，常宽是个难得的好同志，也是一个合格的公安战士。当公安十几年来，他的所作所为，我们做领导的最清楚,和他共事的同志也有目共睹。他为人真诚坦荡,做事认真负责,爱憎分明,聪明睿智,业务上自觉学习,刻苦钻研。他本人极其热爱这份职业。就说今天让他一起去查实的杀人案吧,十年了,一直没有头绪。就是因为他在工作上一丝不苟,不放过任何蛛丝马迹,这才使案情有了发现和进展。我和你们说这些,就是为了证实,作为他的直接领导,我比你们更了解他、更清楚他。"

张大炮说的这些都是实话。

但是,在那个人人自危的特殊年代,能旗帜鲜明、毫不保留地为他人说话,是极其罕见的。有的人要么恨不得躲得远远的,要么落井下石。

张大炮之所以这么说,也是他的性格使然。他本身就是个坦坦荡荡、爱憎分明的人。再就是张大炮本就是清者自清之人,心底无私天地宽,正是他大半生的真实写照。如果一定要说说他的历史问题,那就是在解放战争和抗美援朝战争中,只留下了一身枪伤,而没被敌人打死。还真别说,在大青山整个林业局里,像他这样有着光辉历史的人,真是少之又少。还有一个最重要的原因,就是他打心底对常宽的认可和喜爱,更是为常宽的前途担忧。

常宽万一真的因为舅舅的历史问题出现了不测,无法再穿这套警服了,那得让张大炮留下多少惋惜,多少愧疚,多少遗憾!

张大炮真的不敢往深处想了。

张大炮一席话落地,办公室瞬间安静了。

恰在这时,常宽走了进来。

张大炮没等和他招呼,就看到他身上的极为扎眼的血点子,惊讶地问道:"你这是怎么了吗?身上这么多血!"

常宽道:"孩子打架,头破了,溅我身上的。"

说完,他便从柜子里拿出一件干净的警服换上。

张大炮待常宽换完衣服，站起身来对三人说道："各位，真没办法，小常必须和我一起到崇礼林场去，那有一个十年前的大案需要他。他舅舅的事，等他回来吧。我们现在就走。"

说完，张大炮便往外走去。

组织部三个人面面相觑，但是谁都没有阻拦，竟起身跟着张大炮往外走。

穿蓝色中山装的人边走边说："常宽同志，你要老老实实想问题，老老实实交代问题，这对你以后有好处。"

常宽点点头，算是回应了。

当一行人都走出屋子后，常宽拿出一把钥匙，打开了墙边一个铁柜子，从那里取出了自己的六四手枪，别在腰间的枪套里，这才走出了屋子。

三

外面拉原条的汽车司机已经等急了。张志伟一边劝说，一边张望，看到张大炮走到了道旁，便急忙跳下车来，想让张大炮坐驾驶楼里。

张大炮摆了摆手，说道："我和常宽在后面车厢里站着就行了。"

说完，他和常宽一起爬了上去。

原条车加足马力疾驶而去，被车轮卷起的黄土随风飞扬。

张大炮和常宽并排站在车头的高栏上，暖风夹带着凉爽，吹拂着两人的头发和脸庞。

常宽看到张大炮双眉紧蹙，表情凝重，极其担忧的样子，想说点什么，却又无从说起。

常宽知道局长在为他担心。

还是张大炮先开了口:"小常,组织部来调查你舅舅的历史问题,你有数吗?这件事可不是个小事呀。"

常宽道:"让我怎么说呢,说不知道,他们相信吗。我真的只知道舅舅曾经当过解放军。谁知道又出来了他当过国民党兵的事呢?我和舅舅相差的岁数这么大,别说我当时是个孩子,就不是个孩子,舅舅能告诉我真话?是福不是祸,是祸躲不过,爱咋地就咋地吧。我也不是没当过工人,他们最后也不可能不给我口饭吃吧。再大不了,我回老家,正好和我娘,还有儿子,一起当农民过日子呗。局长,你别太为我操心了。"

张大炮扭头看了看身边的下属,听到他对这件事无所谓的态度,听到他反过来安慰自己的话,心里有了些许宽慰。

他反复想,该怎么帮他度过这个艰难的人生关卡?

张大炮其实早就想举荐和提拔常宽。凭着常宽的各种条件,完全可以调到上面科室去,慢慢也能熬个副科长、正科长的职务。他曾经找过常宽两次,常宽对仕途什么的不太感兴趣;最重要的是,常宽觉得在基层有实惠。他在基层的工资,要比在总局里高,补贴也高。因为老家还有一老一小需要他来养活,老娘还有病在身,每年也得花不少钱买药。

让张大炮不知道的是,每月常宽还给他舅舅汇去十元。

常宽是个重情重义之人,深感舅舅的不易。舅舅家里孩子多不说,还帮他照顾一老一小很多年,于理于情他都得尽其所能给予报答。自从"文化大革命"开始以后,他怕牵连舅舅,汇钱的时候,都是通过刘石头媳妇转送。再后来,刘石头把自己的媳妇妮儿接到东北,他又通过死去的媳妇秀珍家亲属转送。

常宽到现在为止,他都没忘了秀珍的父母。在他心中,永远记着秀珍与他那段短暂的夫妻情,每月也都给两位老人汇去五元、六元不等。这些钱,现在看来是微乎其微,可那个年代却能解决不少问题。

常宽平常省吃俭用,很少有人知道,他要照顾接济这么多的人。

张大炮只知道,每月常宽都给老人和孩子汇钱。

张大炮心里正在思寻着如何帮助常宽渡过这个难关。

他想着想着,忽然觉得胸闷、心烦、心酸,这是心有余而力不足的感觉,还是无能为力的感觉?总之,就像有一块大石头压在胸口。其实,人们在无可逆转的大自然和人为的灾难面前,有时候只能望洋兴叹而无可奈何。

他使劲压了压内心难以平复的情绪,心想:"一定要尽快办完此案!办完此案再说吧!"

他转过头来,又问起常宽:"你怎么想起崇礼姜来福,与山东青州杀人案有牵连的?"

常宽道:"凭第六感官。在崇礼的时候,是我接待他们来林场的。我和这个人对过话。他看见我,总是闪烁其词,躲躲闪闪,眼神里似乎隐藏着什么。他们一起来的六个人,都是山东临沂人。可是他的口音,似乎和其他来的人不一样。我在崇礼时,把他作为重点人口予以管理。几年来,也没发现他有什么动向和异常。后来,这不我又调回了白江河。今天,我是猛然想起来的。"

常宽没说是腾副主任的话提醒了他。

他又问张大炮:"张局长,你相信第六感官吗?倘若这次不是那个姓范的人,你可别埋怨我呀。"

张大炮仍然面色凝重,说道:"你个臭小子,还知道第六感官。我倒是没有具体体验过。必须有充分的证据,方能锁定嫌疑人。有时候,在不具备明显的证据面前,或许第六感官能起到一定的柳暗花明的作用。要是你这次第六感官的判断,是正确的呢?即使不是真正的凶手，又有什么关系？这是咱们当公安的基本要求和素质，对嫌疑人加以分辨不是更好吗？"

崇礼林场驻在公安王世刚接到张大炮电话后，急忙从工人花名册中寻找到了叫姜来福的人。此人现在在林场四工队打枝，晚上才能回来。

他又从公安重点人口中找到了他的踪迹。

王世刚没来崇礼林场时，常宽已经把姜来福列为重点人口予以管理。后期他来到这里后，经过几年的考察，并没有发现姜来福有什么异常。五年前，姜来福在本地结识了一个农村姑娘，并与其结婚生子。姜来福的家，就在离林场场部不远的三间泥坯房里，跟他的岳父岳母住在一起。

王世刚接到张大炮的电话后，特意去那个泥坯房看过，透过杖子缝隙中，能看见院子里有一个小男孩在玩。外屋门是开着的，里面能看见一个三十多岁的妇女在走动，也能听到里面有对话的声音。

他又从敞开的窗户中，观察到有一名五十多岁的男子。王世刚判定，那应该是姜来福的岳父。

转悠到林场场区时，他看见了林场调度，不经意地问了一下，得知姜来福所在工队已经都上山场了，姜来福也在其中。要想找到姜来福，要么就上山场，要么就等到下晚班。

于是，王世刚在他的办公室里边看材料，边等待张大炮的到来。

还没到中午，张大炮、张志伟和常宽就走了进来。

张大炮还没站定，就问起姜来福的情况。

王世刚便一五一十向他汇报了所掌握的信息，还拿出了登记簿给他看。

张大炮查看了姜来福最近两年的登记情况。姜来福，男，四十三岁。山东省临沂县王皇庙乡魏家河村人。

王世刚心很细，他在临沂来的工人名字前头打了钩，尤其是姜来福的老乡也都做了标注。

张大炮看了看和姜来福同村来的六人中，姓魏的就占了四个，另两人一个姓郭，一个就是姜来福。

常宽也看了登记，虽说时间很久了，但他还记得当年他询问他们六个人的情景。

张志伟问张大炮："局长，怎么办？是到山上直接找他，还是等到下班再行动？"

张大炮道："先不要惊动他。我们只是怀疑人家，还不知道人家到底是不是犯罪嫌疑人呢。王世刚不是没惊动他吗，那咱就晚上等他吧。但是我们不能干等，要先找到他有没有什么让我们怀疑的蛛丝马迹。"

王世刚问："趁他没下班，准备先从哪下手？"

张大炮沉思了一会，说道："王世刚，你在这里挺长时间了，你去了解一下管收发信件和电报的人，看看这些年来，姜来福都有哪些信件往来，包括他往外捎信的情况。顺便你再打听一下，和他一起来的老乡中，有没有不是一线的，在家上班的，找来一个，我们先了解一下情况。对了，志伟，你和世刚一块去。"

"好，好。"二人应着走出了屋子。

张大炮从兜里拿出旱烟口袋，边卷边和常宽说道："今天倒要看看你的第六感官有没有效力。"

常宽笑着道："我也是猜测，都这么长时间了。"

王世刚和张志伟半个多小时就回来了。俩人身后跟着一个四十岁的人，穿了一身工作服，走起道来有点瘸。王世刚手里还拿着几个大饼子。

一进屋，张志伟就做了介绍："这是我们公安局张局长。张局长，这是与姜来福一起来的老乡，姓魏。"

来人一听介绍，有些拘谨。

张大炮安慰他道："这位同志，不要害怕，我们正常了解点事，希望你能把知道的和我们说说。"

张大炮让他坐在了办公桌对过的长条椅子上。

当那个姓魏的坐下后，王世刚叫张大炮出来一趟。

在门口，他和张大炮说道："我问了管收发的女同志了，她说，已经几年了，没记得姜来福收过信件，也没记得他寄出过什么信件。她听人说，他是孤儿，没有什么亲人和亲属。女收发员还说，她接管收发这个活儿已经有五年了，反正这五年来，她就没记得过，以前就不知道了。"

张大炮疑窦丛生。

他俩再回屋的时候，张志伟和常宽正在询问着姓魏的关于姜来福的情况。

"请说说你的姓名，和来这儿的时间。和谁一起来的，几个人搭伴来的。"常宽先问道。

姓魏的已经认不出常宽了。

他寻思了一会儿，说道："我叫魏仕义，是一九六〇年秋天来的，饿得受不了。我们一共五个人，一起来东北。都是亲戚关系。"

张志伟问道："你是说，包括你，一共五个人吗？是哪五个人？"

魏仕义说道："我、魏仕礼、魏仕仁、魏仕信，还有一个叫郭修福，他是我家的远房妹夫。"

常宽问道："我怎么看你多年前登记的，是六个人呢？姜来福不是你的老乡吗？这登记上面，不是写着山东省临沂县王皇庙乡魏家河村姜来福吗？"

常宽问完，盯着看他的表情。

四

这时,魏仕义喘气有些急促、慌乱,似乎隐瞒着什么。

接着,他好像是猛醒过来似的,看着常宽说道:"姜来福,应该算是我们的老乡,但不是一个村子的。这么些年了,你们公安今天问到这,我就和你们说清楚,我们和姜来福是怎么认识的吧。

"姜来福其实和我们不是一个村子的。他说,他住的村子叫柳河屯,离我们村子三十多里地。当初,我们兄弟结伴跑出来的时候,身无分文。我们是从老家讨饭走的,准备到城阳扒火车到东北。老家离着城阳还有二百多里地。走到离城阳还有五十多里地的时候,连饿带累,我们几个人就走不动了,正好碰见了姜来福。

"姜来福和我们说,他是柳河屯的,父母饿死了,媳妇孩子也都饿死了,就剩下他孤零零的一个人了。村子堵截不让往外走,希望和我们搭伙一起来东北。外人问起,就说他和我们是一个村的,以免以后有麻烦。我们起先不同意。他却说,如果答应他的话,他出钱给我们几个人买票到东北,吃的也归他管。

"我们一听,这的确是个好办法,既能解决饿肚子的问题,更能解决扒火车的难题。我们几个人一合计,就答应了,也觉得没什么问题,当时这样的现象很普遍。就这样,他给我们买了窝窝头吃,还给我们买了车票,这才到了通化,后来就跟着招工的人,一起到这来了。"

常宽和张志伟目光投向张大炮。

张大炮接着问道:"姜来福平常和你们接触得多吗?他平常和你们谈起过他老家的事吗?"

魏仕义说道:"自从到这儿,各干各的活,起早贪黑的也说不上几句话，毕竟不是一个村的。他本身也不愿多说话，也很少和我们说话。六年前，他和一个东北的妹子结婚了，还生了个孩子，丈人家就是离林场不远的村屯的。我们的老婆孩子也都来了，各过各的日子，赶上逢年过节的，来往一次两次，以后来往就更少了。他是个孤儿，也没什么家事，时间久了，也就不和他谈家事了。"

张大炮又问道："你们去过姜来福说的柳河屯吗？"

魏仕义回道："我还真的陪我大哥魏仕仁去过那个屯子。屯子不大，只有七八十户人家的样子。那是十七年前了，我大哥要学兽医，那个屯子有个远近闻名的老兽医叫卢国玉，那时候就快六十岁了，是那个屯子的老住户。大哥准备拜他学艺，那个老兽医正赶上有病，就没有答应。后来我大哥又去过一两次。结果又赶上大炼钢铁，又赶上挨饿。我们就来这里了。"

张大炮认真地听他说完后，说道："晚上下班，把你大哥找来核实一下好吗？"

魏仕义答应："好。"

正好赶上中午都没吃饭，张大炮拿起个大饼子递给了魏仕义，说道："你就和我们一起简单地吃口吧。谢谢你给我们提供了一些有用的信息。麻烦你下午去上班的时候，要保密。我们这是正常的自然情况摸底。"

魏仕义用怯怯而又诚实的眼神看着张大炮，连连点头答应着。

夏天的白昼真的很长，已经是晚上八点了，天还没有黑透。林场的工人坐着通勤车下班了。

常宽、张志伟、王世刚三人提前等候在车站。

由王世刚指认的姜来福，被领到了驻在员的办公室。同时，也把魏仕义的大哥魏仕仁领到了其他办公室，由王世刚询问。

姜来福刚进办公室时，有些紧张、慌乱，甚至有些惊恐。能看出来,他极力想保持平静,但他那微微战栗的身体,已经把自己暴露了。

张大炮没有让他坐下,而是盯视着他。常宽和张志伟也盯视着他。

仅仅一分钟的沉寂,姜来福就不知所措,手脚不知该往哪放了,身体战栗得更加厉害,脸上渗出了细密的汗珠。

这时,张大炮具有威慑力的浑厚声音响起:"姜来福,你知道我们找你为什么事吗?"

"我、我不知道呀。"姜来福的话音有些颤抖,没有一点底气。

张大炮接着道:"你不想自己说出来吗?"

姜来福摇摇头,然后又低下头,声音仍然小小地回道:"真不知道让我来这干什么。"

张大炮又道:"你能说说你老家是哪的吗?什么时间来这儿的?跟谁来的?怎么来的?"

这时,张大炮让他坐在了对过的长条椅上。

姜来福尽量保持着平静。他料到了既然问他老家的事,想瞒也瞒不过去,想必魏家兄弟已经和公安说出他来东北的来龙去脉了。

"这么些年了,我就说实话吧。我的确跟魏仕仁他们哥们不是一个村子的。只是为了人在外互相有个照应,就跟他们哥们商量,说和他们是同村的,一起出来的。其实,我是离他们村三十多里的柳河屯的,父母死得早,就留下我自己。"

这时,王世刚推门进来,他冲张大炮点了下头,意思是他已问清楚了。

张大炮会意,直接问道:"你一直在柳河屯住到你来东北的时候吗?那个屯子有多少人家,你都认识谁?"

姜来福低着头回道:"对,我是从小在那儿长大的。屯子也就二百多户人家吧,具体认识的人不多,屯里我就和于福林、王彪有来往。"

张大炮看了王世刚一眼。王世刚摇了摇头。

张大炮继续问道:"你住的屯子里,一个很有名气的兽医,他叫什么名字?"

"兽医叫什么?我出来这么长时间了,记不起来了,可能是姓王,还是姓李,真的记不起来了。"姜来福低着头喃喃地说着。

他话音未落,王世刚严厉地呵斥道:"姜来福,你在撒谎!你说的那个叫柳河屯的地方,一共就不到一百户人家。你口口声声说,是在那个屯子从小长到大,为什么你连那个远近闻名的兽医都不认识?你到底想隐瞒什么?"

王世刚的话音刚落,张大炮一拍桌子,突然喊了一声:"范同宝!"

姜来福一听,浑身一颤,"啊"了一声,瘫软在地,眼里满是绝望。

起先细密的汗珠,变成了豆粒般大小,汗珠汇成一条条小溪,从脸上流淌到脖子上、身上。瞬间,他的衣服便像在水里浸泡过一样湿得透透的。

他开始伏地号啕大哭:"怨我呀!怨我呀!太贪财了,利欲熏心呀!真是报应呀!"

这个姜来福,果真是山东青州电报请求协查的犯罪嫌疑人范同宝。

当年,范同宝在老家是个出纳。在大炼钢铁的时候,各地急需砖砌小炉窑炼钢。他住的村庄是烧砖出了名的地方,不仅供应了本村大炼钢铁的需要,外村、外县慕名来采购的人也特别多。那时候,一分钱一块砖,可是架不住来买的人多呀。

这个村里的村书记挺有经济头脑，砖的价格压得极低，买家也都能承受得住，收益还让村里人满意。所以，一年半时间，全村总动员，男女老少齐上阵，辛辛苦苦积攒了三百八十多元钱。也巧，村书记在后期因劳累过度，得了脑溢血，神志不清，昏迷不醒，这些钱始终由老会计保管。

老会计老两口子自打结婚，几十年如一日，三天一小打，五天一大闹。一九六〇年的一个夏日，老会计又和老伴争吵，一气之下，买了瓶酒，跑到已经停工很久的旧砖场，独自喝起了闷酒。碰见范同宝路过，就让他陪着喝。本来老会计就不胜酒力，再加上患有高血压病，那天突发心脏病，当场死亡了。

范同宝这个时候完全应该把情况告知村里。可是他却利欲熏心，丧心病狂。作为出纳，他竟然想起老会计存放的那三百八十多元钱。于是，他隐瞒了老会计的死讯，在废弃的旧砖窑里挖了个坑，把老会计埋了，然后又把废砖堆在了坑上。从老会计的身上取出钥匙后，他把那三百八十多元钱据为己有。

那时候，人们饥不果腹，人心惶惶，哪能顾上死人的事。再一个，因为老会计和老伴吵了一辈子架，可能携款跑了，也就无人追究，更无人问起。

范同宝已结婚，但没有孩子，和老婆感情也不好，又赶上挨饿最厉害的时候，他就抛弃了媳妇，揣着那些钱奔向东北。

为了隐藏自己的身份，他半道上遇见了魏仕义哥们。就这样，他出钱给他们买了车票，买了吃的，就成了他们一个村子的老乡来到崇礼。

倘若不是他的村子被乡上选中重建大型砖厂，发现了老会计的尸体，范同宝知情不报、贪污公款这件事，还不知道什么时候才能真相大白呢。

当搜查范同宝所住的屋子时，他的岳父岳母，还有他的媳妇都大吃一惊。看着这个平常少言寡语、老实巴交的人，竟然是个狼心狗肺的罪犯，真是知人知面不知心啊！

张大炮那个高兴啊！

这个案子，山东青州不只给大青山拍来电报协查，同时也给很多林业局发了协查电报。自从"文化大革命"以来，什么都荒废了，今天案子的破获，使张大炮感到，自己还是个堂堂正正的公安，是保卫人民和国家财产安全不受侵害的卫士。

十年的沉案，一朝告破，归根结底，还是常宽责任心强。

张大炮看了看常宽，笑着道："臭小子，你行啊！第六感官挺灵呀！"

五

常宽出事了。出的事，简直是惊天动地的大事。

张大炮接到白江河林场郑书记的电话通知时，简直不敢相信自己的耳朵，呆呆的惊讶的表情似乎有些扭曲。

怎么可能呢！用枪打伤了人？

崇礼林场陈书记说："亏得打在胳膊上，正在林场卫生所呢。现在常宽和林场的治保主任岳峰，被围在崇礼林场办公室里呢，你大炮赶紧过来吧！他是你的兵，也是我的兵，我现在就先去崇礼。"

这是整个林业公安局成立几十年来，从没有出现过的恶劣情况呀。

张大炮听完郑书记的话后，心都提到嗓子眼了。这个常宽呀，真是让人心碎呀！

上行的拉原条小火车的守车里，除了调度员外，就是张大炮。

平常分局的人没少麻烦人家，人家却极少麻烦到分局头上，见面非常客气，唠唠嗑，说些东南西北的话，都很正常，毕竟都是山东老乡，话也都能说到一起去。

可是今天，大炮到车上后，表情严肃，不愿意吱声。调度员也看出来了，略有些尴尬，说了几句无关的话，便拿出旱烟包子自己卷着一个指头大小的旱烟抽了起来。厚厚的呛人的浓烟不时地从大炮坐着的小车窗散去，大炮似乎没有什么感觉。他沉浸在为常宽担心的事情里而无心他顾。

两个多月前，他接到了组织部、林业公安局党委对常宽的舅舅成分问题不构成对常宽工作的影响的通知。

这个消息，让大炮兴奋和欣慰得不得了。

大炮觉得，没有白到组织部门陈述保证，更是公安局上层也都出来担保的结果。但话说回来，常宽的工作表现也都有目共睹，打铁还需自身硬。

常宽当时听到大炮给他传达的这大好消息时，也是高兴和激动得说话都不成句子了。这是他心爱的工作，也是他想一辈子都为之付出的事业。他无比地珍惜，更是用无比的热情投入到这里来。

常宽觉得，这是自己的人生躲过了一劫。常宽起初听到舅舅历史有问题时，的确非常紧张，还和来调查他的人员发生过不愉快，尤其和林场革委会腾副主任闹得半红脸。舅舅的一切，他是左右不了的，舅舅的历史问题，跟他这个外甥又有什么关系呢，可是这种正常的逻辑，在大运动中是那样的苍白无力。

常宽觉得他这是幸有贵人相助，这个贵人，就是张野、张大炮局长。

小火车在小铁道上吱吱扭扭、摇摇晃晃地向崇礼林场开进。

张大炮听到常宽用枪误伤他人的事，既心疼，又担心，更有些百思不得其解。常宽本是白江河林场公安员,他怎么跑到崇礼林场了呢?

张大炮心急如焚地坐了三个多小时的车,才到达崇礼林场。

到林场时已经是接近五点了,天还没有黑下来。

他走到林场书记办公室时,看到有很多人,吵吵嚷嚷着,其中还夹着骂声、女人的哭声。

人们大老远也看见了他的身影。有些人纷纷奔他过来,走在最前面的几个人他看得很清楚,有男有女,都是农民的样子。

"这是他们的局长,正好来了,和他说去,怎么也得给个公道。"

崇礼林场周围的农村有十几个,他们大多数都认识张大炮。

张大炮一看人奔他来了,也面带严肃的表情迎了上去。

"你是常公安的局长,你得给我们做主,人不能白白受伤。"一个五十来岁的头发发白的人说道。

旁边的人说,这是他们的村书记。

还未等张大炮回答,一个近四十岁的妇女面带泪痕,呜咽着哭诉道:"好好的那么一个人,就让你们公安给打残了,我们还有三个孩子,这个日子该怎么过呀。你当局长的得给我们家做主呀!"

"对呀,你得给个说道。"跟来的人也都七嘴八舌地附和。

张大炮并没有慌乱,而是严肃认真地和他们说道:"你们放心,要是我们的责任,我们公安局一定负责到底。伤者我们会尽最大努力给予治疗的,对于伤者的家属,也会给予相应的补偿的。让我看看伤者,也问问那个伤你们的常公安,好不好?你让我了解清楚事情的来龙去脉,我一定会给予你们答复的。"

村书记听了张大炮的话,回道:"伤者还在卫生所那,流了那么多血,右胳膊我看是折了。你去看看吧。"

人们听他俩这么一说，急忙让开了一条缝隙。

张大炮刚走出人群，就看到迎面走过来两个人。一个人是崇礼林场的陈书记，还有一个就是白江河林场的郑书记。郑书记给他打完电话后，就堵着原条运输汽车先过来了，他比张大炮早来了一个多小时。

张大炮看到两人脸上都比较严肃。

陈书记先开口："张局长，你可过来了，赶紧研究一下，看看怎么先给这些农民兄弟一个交代。看来伤得挺重的，恐怕右胳膊要保不住了。"

陈书记说最后那句话时，嗓门压得很低。

郑书记看见那些人又要围过来，便对大炮说："走，咱们先到卫生所看看伤员吧，再问问常宽怎么回事。"说完，便拽了他一下衣襟，往卫生所方向走去。

林场卫生所与林场场部不是一个方向，得路过场部再走一段距离。三个人加快了脚步向卫生所走去。

卫生所门口，同样围了男男女女很多人，叽叽喳喳地说着什么。门口有几个林场的机关人员在维持秩序。

三人扒拉开人群，经过走廊，来到了卫生所所长室。所谓的所长室，也是急救室。那个受伤的人大约有四十岁的模样，躺在木制的长条椅子上，脸有些发白，上身袒露，右胳膊上包着厚厚的白色纱布，隐约还能看到胳膊中间的位置白色纱布地方沁出了红色的血迹。

坐在伤者不远的单人木椅子上的，是崇礼卫生所的所长于伟俊，五十多岁的样子，正在办公桌上写着什么。还有一个三十多岁的妇女，穿着白大褂，正在看伤者左胳膊上扎着的吊针。

看到三人进屋，于伟俊急忙站了起来。

陈书记只是和张大炮说:"这是于大夫,是咱局的老大夫了,很有水平的。"

张大炮和他握了握手,便急不可耐地问道:"伤者情况怎么样?严重到了什么程度?"

于大夫看了看三人,回道:"伤者是肘关节被子弹击中,造成非常严重的破碎性骨折,子弹我已给取出来了。"说完,他指了指窗台边下一个方形的小白瓷盘。

然后,他又说道:"看来胳膊是残废了。如果不赶紧送到大医院,恐怕整个胳膊都保不住。卫生所条件有限,我也只能把子弹取出来,其他的我也没办法了。"

张大炮听到这,急忙走到伤者跟前,想要安抚一下伤者。

于大夫摇了摇头,说道:"麻药还没过劲,还未醒过来呢。"

陈书记看了看张大炮,又像是跟于所长说似的:"现在我已派人到山场求助原条汽运的车了,再等半个小时就差不多过来了。林场和森铁处也是两个单位的事,车上的原木还得卸下来,已经沟通好了。"

张大炮看着伤者,又听到陈书记的话,他吊在嗓子眼的那颗心,算是稍微落了下来。他担心的仍然是常宽那小子现在的处境。

他向两位书记问道:"常宽怎么样了,到底是什么原因枪打到人的?他也不是个生蛋子,十多年了,有关用枪的严格规定,他也是清楚的,出现这种低级错误,我怎么都不相信呢。"

郑书记接过话茬道:"我也是简单问了问,不是故意的,那是肯定的;意外伤害,这也是肯定的。关于具体情节,需进一步调查了解才能弄清楚。你来了正好,赶紧给村民一个底,不要让消息过于扩散,影响不好。"

张大炮沉下脸,表情依旧严肃地点了点头,回道:"我也是这么想的。现在去看看常宽，听听他怎么说的，我是相信他的。"

他又看了看崇礼林场的陈书记，跟他说道："陈书记，你是这个林场的书记，说话也有一定的分量。关于怎么样安抚受伤者和他的家里人，还有他们村子里来的那帮人，你就多费费心了。汽车来后，送伤者去林业局医院，你也多费心，这里眼前的事，就先依靠你了。我了解完具体情况后，咱们再坐下来给予具体的答复。"

陈书记听到张大炮的话后，便回道："张局长，你放心，这是我义不容辞的事。我现在先安抚一下伤者及家属，还有来的其他人，这都是没问题的。关于怎么处理，以及答复伤者和村子里的人，就是你局长的事了。"

张大炮没有再说什么，表情依然十分沉重。

三人从所长室走出来，透过走廊窗户只见外面的人又增加了不少。

毕竟在这个比较偏僻落后的山村里，用枪打伤人的事，可是个稀奇而又惊心的事；还是一个公安打的，谁都想看个究竟。还有一个原因，就是当地村民大都是家族式的村落，村子里的姓氏绝大多数都一样，拐弯抹角的还都是亲戚，无论是喜事，还是什么丧事，都是一呼百应，更别提自己姓氏中，抑或族里人出现这种被伤害的事了。

好不容易从沸腾的人群里走出来，张大炮先走到村书记和伤者家属跟前，说了许多安慰的话，并给了他们一定的承诺，下了保证道："误伤是没有想到的，即使一百个理由，这都是我们公安员的错，责任是不可推卸的，我一定秉公处理，并对伤者的损失给予相应的补偿。你们放心，待进一步了解情况后，我就尽快给予你们满意的答复。"

陈书记听完张大炮的话后，就把村书记还有伤者的媳妇拽到了一旁,只见他口若悬河地和他们说了起来。

张大炮和郑书记快要到场部了,依然看见还有很多村民围在林场书记办公室的外面。而窗外,崇礼林场公安员徐国华正在那里苦口婆心地劝阻解释,还有其他几个民兵也都把着门口。

走在路上的张大炮还嘀咕,这个徐国华哪去了呢?

看来这件事非常严重,倘若处理不好,要出大乱子。毕竟一个家庭主心骨致残了,那么这个家庭将来的生活就很艰难了。

当人们看见有一个岁数较大的公安来了,他们也猜测到一定是伤人公安的领导,便都向张大炮奔了过来。

徐国华急忙先跑到了张大炮的前面。

这时,只听人群后面传来喊声:"你们不要难为张局长,他是来给咱们解决问题的,你们不要捣乱,看看结果如何。"喊声是那位岁数较大的村书记。

人们听到他的话后,便没有围着张大炮和郑书记二人,而是闪开了一条直通办公室大门的路。

两人走进办公室,只见常宽和林场治保主任岳峰都低垂着头。

常宽和岳峰看见张大炮和郑书记急匆匆推门而入,都站了起来。常宽的脸上,满是沮丧和悲哀,从中能看到对此事的担忧之色。

未等张大炮说什么,常宽先开口道:"张局长,常宽给你惹祸了,让你操心了。"

岳峰也附和地点着头,脸上的表情和常宽一样。

张大炮听到常宽的话后,看着两人的脸,说道:"是呀,你这次的祸惹天上去了。竟然用枪误伤他人,倘若你给人打死了呢,十多年的老公安了,怎么能犯这么低级的错误!到底是怎么回事?一五一十地给我仔细说说,可不能掺一点水分。"

还未等常宽说话,岳峰却急忙接过话回道:"张局长,郑书记,人是我伤的,不关常宽的事。"

"什么?你打的?"张大炮和郑书记异口同声地问道。

"真是我打的,真的不关常公安的事。"岳峰继续坚持说道。

张大炮知道,这种事不是能揽下来就可以解决的事。这是轰动整个林业局的大事,这是涉及林业公安形象的大事。无论从对常宽爱护的私人角度,还是从公安局整个荣誉来说,他内心的确希望不是常宽所为。

张大炮有些怒气地说:"你俩谁也别给我揽责任,更不要推脱责任。今天的事已经发生,伤者严重程度,你俩也都看见了。这么多的村民来讨公道,不给一个真实的交代能行吗?再一个,这种公安用枪误伤老百姓的事,是建局以来从没有发生过的事,而且是极其严重的事件,是一件社会反响极其恶劣的事件。你俩,把当时的实情好好地说给我听。"

六

两人听完张大炮的话,看到张大炮的愤怒,低下了头。

几分钟后,常宽先原原本本地开始讲了起来。

长白山已进入秋天,景色怡人,五彩斑斓的树叶是秋风的杰作。低矮的土泥房,用木材板子搭在房顶的瓦,鸡鸣狗吠,猪牛低吟,青烟袅袅,尽显北方农村的特色。淳朴的民风让这里尽显一派和谐安详的景致。每一个村子不大,可是都在群山绿水之中,生机盎然。

常宽所在的白江河林场,周围就有七八个这样的小村屯。

农村人都是靠着地里那几亩几分地吃饭,从那里换取每天的生活用品。黑黑的却肥沃的土地,使他们数代人在这里繁衍生息。秋天是收获的季节,金黄色的玉米、大豆漫山遍野,这是人们一年辛勤劳作的回报。

可是，自今年上秋以来，周围村民反映，野猪肆无忌惮，成群结队，一群一窝地出来啃噬已经等待收获的农作物，几十亩地的玉米和大豆被践踏、祸害，狼藉一片。让农户们简直欲哭无泪，咬牙切齿。村里的人们于是多家联合起来，共同对付野猪的侵犯。后期，又是各村屯之间联合起来抵御野猪的侵害。可是不知道为什么，今年的野猪极其猖獗，数量之多，凶猛之甚，简直让人们胆战心惊，其中就有村屯发生了农民被野猪伤害的惨案。

为了保证自己的人身安全和庄稼不被破坏，村民们采用下绳套的办法套野猪。

面对野猪的锋利的牙齿，套绳的办法根本就起不到什么大作用。有的村民又用挖深坑的办法抓套野猪，即使抓到了，却又非常危险，得从坑里抓上来，没办法还得用石头、棍棒在坑里活活给它打死，费力费劲还隐藏着危险。还有一个问题，你就是挖坑，一次两次可能见效，可时间长了，聪明的野猪就不会再上当了。

那时候，几乎家家户户都养狗，一个村里有几十条，狗成了与野猪较量的主力军。

野猪的凶猛，在动物界是有名的。遇见一头单独的野猪，三条两条狗可以与之缠斗，但要单打独斗几乎不可能。倘若一条狗和一头野猪相遇，狗几乎是远远狂叫，抑或逃跑；如果和野猪单打独斗地对战，狗根本没有胜算，不是死就是伤。

自从入秋以来，野猪的出现已经造成了各村屯狗死狗伤十几条了，而今年的野猪绝大多数不是一头两头出现，几乎都是一窝一群出现。狗的作用虽然很大，但是随着时间的推移，仍无法彻底解决野猪的侵扰。

没有武器吗？有，最好的武器就是一个村屯有三四支猎枪，但都是打沙弹的。米粒般大的沙弹，打在皮糙肉厚的野猪身上，十之八九都是逃之夭夭。由于野猪的繁殖力强，又都是成窝成群地出没，因此野猪的泛滥猖獗、凶险，有着愈加成灾的迹象，给各村屯农作物造成的损失及伤害，是历年所没有的。

野猪泛滥事件，引起了当地县、公社有关部门的极大重视，于是动员全体民兵上阵。毕竟民兵手里有枪，老旧的三八大盖，还有的是半自动步枪。虽然数量少，可是却显现了威力，没用上三天就打死打伤野猪几十头。

白江河林场由于跟周围农村的距离较近，村和林场之间本来就山水相连，公社在乡下打击野猪的力度不断增强，野猪就都跑到了林场，有的夜晚竟然跑到林场住户的院子里。

前天上午，就有工人跟常宽反映，一脸惊悚，语无伦次。

白江河林场也陷入了人人自危、轻易不敢出户的惊恐之中。

今天天刚蒙蒙亮，就有人敲门。

原来是林场一个检尺员家里进了野猪。老婆早晨起来，准备出来抱烧柴做饭，一看院子里的水桶、小锅、案子都倒了，满院子的野猪脚印。吓得她哭哭啼啼急忙回到屋里，把门插上，叫醒了丈夫。

常宽跟随着那位检尺员到了他家，一看，果不其然，满院子的野猪脚印。

院子里的家什东倒西歪，满院狼藉，不仅有脚印，地下还有很深的沟，像是种地要翻犁般。

常宽看到地上的野猪脚印，大大小小的有五六头的样子，看来这是一窝野猪到他家里光顾了。

常宽觉得事态严重，急忙跑到林场革委会主任兼治保主任贾国旺家去告知一声，一是让他通知一两个民兵和他一起到山上追击野猪，二是要有一两支长枪。

驻在公安员是没有长枪的,常宽手里只有一把六四手枪,那是公安配属的专业武器。他的手枪最有效射程是五十米之内。山林子里障碍物太密太多,已经大大减弱了威力,要想打到野猪,那就得靠前,而这对人身威胁也就会增大。

等到常宽敲开门,老贾的老婆告知,她丈夫昨晚上搭下行车去公社了,他一个远房亲戚死了。

没办法,常宽到林场食堂要了两个大饼子,回到自己住的屋子里,换上普通服装,跨上了自己的那把枪,他又去找副主任腾爱国。

腾爱国已经起来了,正在洗脸。

腾爱国一听,说道:"枪都在保险柜子锁着,钥匙在老贾那里拿着。我没有权力开保险柜。还一个是,昨天接到电话通知,今天局里革委会下来检查有关工作,我也不能跟着你上山了。"

常宽在去找老贾时,已经观察好了野猪的脚印所走的方向。林场周围走不出去二里地,就是山林子。

他正走在道上时,却看见经常帮助他到林场家里调解工人纠纷的陶红军。他四十多岁,很热情,在处理民事纠纷方面很有经验,他俩交往得也很好。常宽的工作也和他紧密相关,按照工作程序来说,他还得听从常宽的领导。

他一问常宽匆匆忙忙的原因,便情绪高涨地要跟着他一起去山上。

正好常宽觉得自己势单力薄一些。可是,他又担心陶红军没有武器,万一出现不测,不是闹着玩的。

陶红军却回道:"常公安,你放心吧,我小舅子前天给送来了一支单筒猎枪,虽然打的是沙弹,不是有你嘛,再加上人多,野猪也是害怕的。"

常宽一听,也就默许了。

陶红军家就在道旁，说完便进屋拿枪。不到几分钟，陶红军再出来时，身上已背了一支猎枪，用黄帆布做的子弹带也系在腰间，手里拿了一个大饼子，边走边嚼着，脸上挂满了兴奋的表情。

常宽一看他吃的大饼子，也从兜里拿出来一个大饼子，嚼了起来。陶红军又从兜里拿出来一个青皮的咸鸭蛋递给了他。常宽也不客气，接到手里。

二人一边吃着一边顺着野猪进山的方向追击。

太阳还没有全部露出温暖的脸庞，空中吹着清凉的风，薄薄的雾气萦绕在林木中。秋天的树叶落到了山林的地上，就像铺上了一层厚厚的海绵。光秃秃的树干上不时地有小鸟飞舞着，似乎刚从长夜中醒来，欢畅地鸣叫着。

早晨还有些凉凉的，大约到了十一点傍晌的时候，却又开始热了起来。整整一头午，二人也没有看到野猪的影子。

他俩穿着厚厚的秋衣，汗水湿透了内衣，走在山道上只感到炎热难耐，可是一停下来，却又感到一些凉意，毕竟已是秋深的时候了。

他俩暂歇了一小会儿，接着又向左面一个大山坳里走去。

两边山很高，却有一块难得的平地。平地上长的树木，并不是很粗大，其中树与树间都长着高矮、粗细不等，却很稠密的一些小杂木，走一步要比往这来时走的其他路径艰难了许多。二人手脚并用连扒拉带折断挡在前面的细一点的杂木，再加上身上背着的枪，加大了行走的难度。

当二人走到两山平地的中间时，忽然听见前面有响动。

二人警觉地停了下来，迅速把枪拿到手里。

这时，前面大约几十米的地方传来问话声："前面有人吗？你们是哪的？"

看来前面的人也听到了他俩的声音，常宽亮开嗓门回道："我们是白江河林场的，你们是哪的？"

"我们是崇礼林场的。你是不是常宽常公安呀。"声音回荡在两山间。

常宽听到对方的声音很熟，一时却又想不起来。

"我是崇礼老岳呀。没听出来呀。"

"你是岳峰呀，这会儿听出来了。"

"常公安，你先别动，我们往你那去。"

不长时间，果然是崇礼林场治保主任岳峰钻出树丛站在了常宽的跟前。

除了岳峰，还有两个人跟在他的后头。他们手里拿的武器不相同，其中岳峰拿的是半自动步枪，另两人都是普通的猎枪，和陶红军手里的是一样的。

岳峰三人脸上都沾满了汗水。

当他看见常宽后，满脸兴奋地走到了跟前，拍打着常宽的肩膀说道："多久没见到你常公安了，你也不来看看老弟，没想到能在打野猪的山上遇见。现在，常哥还好吧！"

常宽也迎着笑脸回道："挺好的，你总是说我不去看你，你咋不去白江河看我呢。就你会说。"

"哈哈哈，这不看见了嘛！"

二人寒暄后，分别介绍了双方同事。虽然林场离得远，工作关系不够熟悉，可也都认识。

常宽和岳峰相识已经有十几年了。常宽初当公安到崇礼，还是岳峰接站的。那时，他是林场调度。可是他生性喜欢玩枪弄棒，尤其对枪感兴趣，结果上届治保主任回老家了，他央求场领导当了治保主任。还别说，自从他当了崇礼治保主任，林场的社会治安还真的变了样，也受到了林场领导的肯定，还有林场职工和周围村屯老百姓认可。

　　常宽到崇礼的时候是单身一人，岳峰已经成家有了孩子，平日家里逢年过节，做什么好吃的，也没有忘记常宽，由此二人结下了深厚的友谊。直到常宽调到白江河，二人的交往也没有疏远，双方也都常常联系，只不过都有工作，见面的机会少了许多而已。

　　今天野猪的泛滥，竟让二人在大山里见了面。

　　岳峰脸上的汗水不停地流淌着，他用袖口不停地擦拭着，舌头舔着干裂的嘴唇，却不忘记和常宽搭言："你们白江河的人，怎么跑我们崇礼的地方了。"

　　常宽回道："你们崇礼的野猪，怎么还跑到我们白江河了呢。"

　　"哈哈哈，常哥，你说话还那么幽默。野猪今年不知道这是怎么了，泛滥成灾不说，似乎连人都不怕了，林场的住家也敢进去。已经进到我们好几户人家了，你说不把人吓死了。"岳峰继续擦拭着脸上的汗，"昨晚我们林场一户职工家里就进了野猪，我看大大小小的脚印不下七八头，把他老婆吓哭了。这不，我这是起先码着野猪的脚印追过来的，树叶子太厚，进山不远就见不到脚印了。我们正在焦急呢，就听到了你的声音。"

　　常宽也说了他到山上的缘由。

　　岳峰一听，回道："常哥你说，是不是一伙的野猪，先到你们白江河，然后又到了崇礼。"

　　常宽看着岳峰认真的样子，用揶揄的话语回道："可能吗？这么远的距离，野猪一晚上横跨两个林场。坐火车呀。"

　　岳峰知道常宽不相信，他也的确是揶揄常宽，但他还是认真地说："常哥，你不知道呀，虽然我们坐车觉得两个林场很远，其实要是穿山走，也就是个十里八里的。你说，野猪不能跨两个林场？"

　　两人正在互相调侃说得来劲的时候，突然听到山沟里传出一声猎枪的声音。

由于是在两山之间的沟塘子里，响声很清楚，传得很远。能听出来离着他们一二里地的样子。

听到枪声后，几个人马上警觉起来，纷纷把手里的枪打开保险。"看来有人早进山坳里了，我们不能迎着去。我看还是散开等一等，看看野猪能不能被撵出来，我们何不来个以逸待劳呢。"

常宽望着枪响的方向说道："我看行，咱们就这么办。"

岳峰附和道："行。"

五人散开，各找了掩体，有的在大石头后面，有的在大树的后面，趴着的、站着的，而岳峰却跟着常宽来到一棵躺地的枯死松树后面。

常宽掏出了他的六四手枪，岳峰把半自动步枪驾在了松木老树上。他们找的掩体都很隐秘和安全。现在的野猪已经敢于攻击人了，万一被野猪獠牙豁一下，那都是不敢想象的。

随着时间一秒一分的过去，又听到两声枪声。过了不到五分钟，就听到有动物快速冲过草丛，撞断小树枝的声音，还夹有猪的叫声。

看见了，看见了！随着声音愈加临近，地上的杂草，还有小型树木在晃动，有七八头半灰半黑的野猪出现了。能看出来最大的个头得有三百多斤，其余的也有二百、一百多斤不等，都是成年猪，并且直奔他们隐蔽的地方跑来。

大家纷纷瞄准，而在野猪群的右侧，是和常宽一起来的陶红军，不知道是由于害怕还是兴奋，竟然离野猪还有三十多米的时候他就先开枪了。

本来他拿的是单筒猎枪，装的又是稍微大点的沙弹，枪声响过后，野猪似乎停顿了一下，而后就听到野猪的嚎叫声，看来有野猪是被击中了。但是野猪却没有吓跑，而是奔向陶红军去了。

常宽和岳峰所在的位置光线并不好,大体能看到野猪,可是树木杂草却挡住了二人的视线,常宽的手枪威力大大下降了。

岳峰的枪刺不知什么时候已经弹开了,明晃晃的寒气逼人。

常宽看着岳峰说道:"赶紧开枪呀!"

岳峰听到常宽的话后,紧接着就开了一枪。再看野猪没有任何反应,岳峰这一枪打空了,连个野猪的毛也没蹭着。

野猪一听这一枪却不是击伤同伴一个方向,也没有停下,继续奔向陶红军而去。

其他人的枪响了起来,野猪随着枪声落下,嚎叫着倒地了一头。

陶红军正在装枪弹,野猪就这样也没停下,直奔向陶红军。

"快,给你,你来打。"岳峰把手里的半自动步枪推到了常宽跟前。

常宽也没有多想,把自己手里的手枪放到他俩面前的老松木上,拿起岳峰递过来的枪,稍加瞄准发射。

随着枪响,跑在最前面的个头最大的野猪惨叫了一声,便应声倒地。

紧接着,常宽又扣动了第二枪,一头二百多斤的野猪栽倒在地。其他的野猪可能觉察到头猪已死,便四散溃逃。

常宽端着带刺刀的步枪跳过老松木冲向野猪,岳峰拿起松木上常宽的手枪也跳了出去,其他人也各自追赶溃逃的野猪。

常宽又击中了一头野猪,他却没有再追赶,而是回头寻找岳峰。

他想,自己的枪一定在他手里,可是却没有看到岳峰的影子。

他喊着岳峰的名字。

这时,从他左方向三十米开外处,听到了一声枪响,声音完全不是猎枪的动静,而是响亮的脆脆的声音。枪声过后,没有听到野猪的嚎叫,却在他们的前方传来人的号叫声。

"混蛋，是谁开的枪，打中人了！"声音浑厚带着怒气。骂人的声音落下后，号叫的声音更加凄惨。

常宽一听，心里"咯噔"一下，不好，打中人了。

不一会儿，随着号叫和脚步声音，看见有两个人搀着一个右胳膊流着鲜红的血的人，还有五六个人手里都拿着规格不一的猎枪，怒气冲冲地向他们冲了过来。

这时候，岳峰也慌里慌张地从另一方向跑了过来，手里拿着常宽的手枪。

受伤的人，还有和他一起的几个人，都是崇礼林场周围农村的农民。平日里虽然很少接触，但还是认识的。他们认识惊慌失措的岳峰，也认识一脸惊恐的白江河林场的陶红军。

常宽也认识其中的人，尤其那个搀着受伤手臂的那个人，他是村屯里第一个有猎枪的人。

常宽查看伤者受伤的胳膊，肘骨处已经打烂了，白花花的骨头碎裂在外头，胳膊根本成了两节。很明显，造成伤害的枪弹绝对不是沙弹。

这几个人中，唯独可能是岳峰的步枪，还有常宽的手枪。而常宽根本没有往伤者方向发射。听到伤者的号叫声，正是岳峰打完手枪之后。

大家一看都相互认识，争吵、追究谁打伤的人已经没有意义了，赶快治疗伤员，才是正确的选择。

于是双方统一意见，轮流背着伤者，往最近的崇礼林场方向艰难地走去。

第六章 遇难

一

张大炮心里感到一阵阵痛。

几十年公安工作,他太清楚了,常宽犯了一个无法弥补的错误。大青山林业公安局自组建以来第一起执法枪支伤人案件,必将引起轰动,性质之恶劣是不可想象的。而此时又是大运动轰轰烈烈之时,对司法队伍的纯洁要求不是一般的猛烈。

三个月前,常宽因舅舅成分的问题有过争议,但组织还是本着爱护和实事求是的原则让常宽有惊无险。

可这次呢?这次是重伤他人!致人残废了呀!无论是不是常宽亲自所为,也确实不存在故意,但是伤人的枪是他的,更让人难以原谅的是,自己的武器竟然在别人手里。

虽说当时的境况有些特殊,但也绝不能原谅。这是什么性质,倘若不是如此,可能伤到他人吗?战士自己的武器,却落在别人手里,让人不可思议。

枪的管控,对于执法人员是极其严格的,常宽所犯的这种低级错误,让张大炮倍感无奈、伤心、愤懑。

张大炮越想越难受,心里就像压了一个大秤砣,沉甸甸的,让他喘不过气来。

　　他毫不在意外面的喧闹，毫不在意常宽和岳峰看着他的惊恐和羞愧的表情，更没有在意林场的郑书记也像战士一样直直地站在他旁边。一个表情多样化的张大炮坐在椅子上，从兜里掏出旱烟包子，不利索地又捻了一片烟纸，急不可耐地卷完后，用柴油打火机打了几次，才点着，然后使劲吮着。

　　浓浓的呛人的青烟弥漫在这个屋子。

　　他在想整个事件的过程，还能不能挽救常宽的错误，还能不能尽最大努力保住常宽的这套公安服装，还能不能把常宽的这次影响降到最低。

　　说白了，这是张大炮对常宽的无比爱护又加上担心所致，他太理解常宽的不易，上有老下有小；他太理解常宽打小没有父亲孤儿寡母成长的不易，他太理解常宽对这份工作的珍爱和付出，他还是心疼常宽，不舍得他因此而离开他的队伍。太喜欢这个平日里他喊臭小子的年轻人。

　　整个屋子里显得极其沉闷。张大炮一直坐着，其他三人仍然站着。

　　这时，门被推开了，进来的是崇礼林场陈书记。他看见屋子里沉闷的气氛，又看见张大炮嘴角上指头般粗的旱烟灰滴落在办公桌上，满脸的愁状，看见他进来只是抬了抬头，那眼神里分明是在寻问外面的人们安抚得怎么样了？伤员是否送林业局医院去了？他们还有什么要求？

　　陈书记也没有耽搁，便严肃地向他汇报道："张局长，我们把伤员刚刚送到汽运车上了，我们林场的徐公安也跟着去了，我还派了一个主管后勤的副场长跟着去了。伤者的村书记和家属也去了，外面的农民也都散去了，剩下的，就看你怎么和医院协调一下了。"

张大炮依然没有吱声，只是看了看窗外，果不其然，没有了喧闹，没有了人影。

他拿起桌上的电话，摇了几下，说道："给我接林涛。"

接通后，他便对着话筒一字一顿地说道："林涛，你赶紧去大道上堵拉伤员的车，你和他们一块到林业局医院，一定要负责好伤者住院的一切，安顿好家属。找到宁院长，就说我说的，尽最大努力保住伤者的胳膊。"

放下电话，张大炮眼睛看到常宽时，眼神里夹杂着一抹温情，还有一丝余怒，表情严肃地对他说道："把你的枪给我。"

常宽听到后，急忙从腰身掏出枪来，递到他的手上。

张大炮接过枪，揣到了自己宽大的裤兜里。

他又看了看岳峰，也一样严肃地说道："你的步枪呢？"

岳峰表情惊恐，眼神慌乱，木讷地回道："让陈书记拿去了。"

张大炮扭头看了看陈书记，说道："陈书记，一定要把枪保管好，不要出什么乱子。"

陈书记回道："张局长放心，我已经把枪锁到保险柜里了。"

张大炮又看了看陈书记："还有下行车吗？"

陈书记急忙回道："有、有、有一趟晚上五点半的原条车始发。"

张大炮看了看常宽和岳峰沮丧的脸，说道："常宽一会儿和我一起坐车走，我到局里去，你在白江河下车。这两天，你要把此次事件的经过原原本本地写出来，不可掺一点水分。"

常宽点了点头。

张大炮的眼睛又看着岳峰："你也是，这两天找个僻静的地方，也把整个事件的经过仔细地写出来，也不能掺一点水分。"

岳峰同样的面容沮丧外，还夹杂着愧疚的表情，点了点头。

要走还得等上近一个小时的时间。外面的天已经黑了下来，屋子里的灯,陈书记给拽亮了。

昏暗的灯光,照在每个人表情愁闷的脸上。

张大炮也不想再和常宽说什么了。他知道常宽内心的懊丧、悔恨、恐慌、无奈正在折磨他。说得再多,事情已经发生了。他想的是,如何回局里把事情向公安局及林业局领导如实汇报,同时更是想要动用自己的老脸,为常宽这个臭小子说说,最好再一次让他迈过这道坎。

他是常宽的领导,更有像兄弟般的情谊在那,可是他深知公安的纪律,加之当前的形势,他心里一点底都没有。

桌子上的电话铃声突然响了起来。

旁边的陈书记急忙接过电话,嘴里只是说了几个字:"在、在、您稍等,戴政委……"便把电话递给了张大炮。

张大炮狐疑地接过电话:"戴政委,我是张野。"

电话里的声音很清晰,屋里的人都能听到:"大炮,你那出了那么大事,连个动静都没有吗?还是举报人给我打的电话。我想明天早晨上班前,听到你的汇报。"

张大炮还没有回话,那头电话已经撂下了。

张大炮愣愣地看了看手里的电话,脸上的表情极其尴尬和愤怒。可是又没法解释,更是无奈,他也把电话重重地撂在电话架上。

他太了解这位四十一岁戴政委的身世。他的政治素养、理论水平极高,七个月前,他是公安厅和林业厅两家协调认可而委派来的人,是将来提拔的后备干部,可以说前途无量。

张大炮更愤恨的是谁的嘴这么快,竟然打电话到公安局领导那里。

张大炮后来很长时间都记得戴政委见到他时那种愤怒的表情。对他毫无情面地训了一个狗血喷头,让他无力解释,更无力争辩。

他把常宽的工作表现，还有曾经救人，十几年沉积的大案是他凭着极高的责任心才破获的一并说出，还小声说："没什么奖励，也可以抵一下这次错误吧。"

戴政委一听他对常宽一味袒护，拍着桌子说道："大炮，你听听自己说的话，是当过兵的人吗？你的战士可以把自己武器交出来给别人吗？一个当公安的可以如此荒唐吗？这是全省公安系统至今没有的事，就是全国也极少见的事。"

臧局长听到此事，也是万般无奈；听到他说完整个事件后，也是直摇头，嘴里不停地念叨："这孩子这孩子！怎么犯这么大的错误。"

他又找到了赵玉勇副局长。赵玉勇一听，也是不停地惋惜。

林业公安局领导正研究怎么处理常宽严重失职误伤他人的事件时，省公安厅的电话打到了戴政委的办公室。

戴政委也挨了一顿严厉的批评，并被斥责有情不报，故意隐瞒。而公安厅所得到的信息，也是有人到省公安厅举报。

最后的结局，是张大炮所预料到的，也是他极不情愿的，带着极为惋惜和不舍，告知了常宽调离公安队伍的通知。

让张大炮欣慰的是，戴政委亲自代表林业公安局，出面协调林场对伤者家属赔偿，使对方非常满意；并找到林场领导，重新安排常宽回到林场工作；还不忘告诉张大炮，去找场领导给予常宽合理的安排。

这件轰动整个省、林业局的事，才算平息了下来。

张大炮还记得，自己是中午时分赶到白江河林场的。

当面对常宽的时候，他欲言又止，无法张嘴，兜里的那张调离通知，始终没有掏出来。

他对常宽说了许许多多安慰的话，说了许许多多勉励的话，最后说得连他自己都觉得苍白无力、虚头巴脑的。他真的怕常宽想不开，消极、沉沦，做出过激的事情。最重要的是，张大炮更有着一种对常宽的愧疚和惋惜，这种心情让他无法平抑，无从发泄。

常宽看出了张大炮的心情。

他知道，眼前这位老领导，是他一生中难得的贵人，是他一辈子的恩人，是他今生今世做人的楷模。这十年，是自己人生最耀眼最闪光的十年，虽说有些遗憾，有些不甘，但却让自己无怨无悔，终生难忘。

常宽反过来安慰张大炮："张局长，你也不是不知道我的脾性，我本来就是个吃苦的人，从未怕过吃苦。我常宽走到哪都一样，老老实实做人，踏踏实实工作，只不过是换了一个工种而已，大不了我还去打枝清林。你就别担心我常宽了。这十年来，是你改变了我，让我懂得很多做人的道理！你是我最难得的良师益友，大恩不言谢，我就不多说了。我作为你的部下，也劝你一句，老领导别太累了，多照顾下自己的身体，多照顾一下大嫂。"

常宽强忍着泪水，很平静地把话说完了。

张大炮听完常宽的这番话，眼睛也潮湿了。

他最后说道："我相信你，暂时的过失，不代表你的以后，金子到哪儿都会发光的。我大炮还在，以后有什么难处，你就吱声，你在我心里，永远是一名合格的公安战士。"

那天，张大炮兜里的那张调离通知，始终没有掏出来。

回到材料线分局驻地后，张大炮头蒙着棉被，一动不动地躺在床上，一直到傍晚，也没有起来吃饭。

晚上，他又早早地躺下了。

林涛、张志伟、赵延武也都不知道该怎么劝他。

二

常宽被分配到三工队了。

张大炮也都早早给场领导传过话了,好好照顾常宽。还说这是公安局的意见。

场领导准备给他分配些轻快点的活干,常宽不同意。他要从最艰苦最繁重的集材助手做起。

林场的人绝大多数都熟悉他,他也在工队干过,工队的流水作业他都门清。常宽本来就为人很好,工队里没人低看他,对他都是极其尊重。

刘石头、杨树都给了他很多的安慰,只要家里做了好吃的,就把他叫家去。五年前,杨树也和队里同事的妹妹结婚了;两口子前年生了个男孩,日子过得很好。当年他带出的两个人,都在东北安家落户了。

蒋浩然知道常宽不当公安了,感到很惋惜,也给了他很多的安慰和鼓励,每次回家肯定给他带很多好吃的,还经常给他买衣服、买鞋子。

常宽觉得世界上还是好人多。

五年前,杨树结婚的那年秋季,杨树陪媳妇回山东老家,媳妇也是山东老乡。媳妇的母亲病危,杨树便和媳妇一起回去探望。当时一路同行的还有常宽。那次常宽是穿着警服回老家的。

常宽回老家,老家玉石头村都沸腾了。

孩子们或聚集在他家门口,或围坐在他家窗户下面,为的就是多看几眼身穿警服、威武帅气的常宽。儿子还没到上学的年龄,他的小伙伴们羡慕他可以到家里直接摸摸爹的衣服,或者戴戴爹的帽子。老娘更是满脸绽放着好久都没有过的笑容，内心充满了自豪与骄傲。娘的老姐妹们、左右邻居们，以及全村的老老少少们都带着羡慕的眼光到家里给娘道喜，直夸常宽有出息，到了那么远的人生地不熟的地方，竟然还能干上了一个吃公家饭的工作。

五年多没见面了，母子之情说起来没完没了，挑灯熬夜无眠无休。儿子小青围前围后，寸步不离，哪怕睡觉也要他搂着。

常宽走的时候，儿子小青还不懂事，记不得爹长什么样子了，只知道照片上那戴着帽徽领章的人就是自己的爹。如今，爹回来了，陪伴自己睡觉的不再是照片上的爹，而是滚烫的坚实的臂膀和胸怀，幼小的心灵满满的都是依赖和崇拜。

老家的生活要比一九六〇年时好多了，吃穿不用愁了，但是物质还是比较匮乏，油盐酱醋钱，还得靠二亩三分地换取。这时，工农分化已经很明显了，虽然东北林场工作相对艰苦一些，但是每个月都有工资，副食品也可以凭票凭证买到，生活各方面要比老家优越得多。

常宽劝老娘跟他去东北。

可是，老娘就是不愿意离开那块祖辈未离开过的土地，还有那些朴实的乡亲。再一个她自身有着痨病，不愿意动弹不说，东北的气候对她的病没有好处。还有一个重要的原因，就是常宽还是独身一人，一个男人毕竟不如女人带孩子操持家务伺候老人方便。

每当常宽执意要领娘去东北时，她就笑着说："等到宽儿有媳妇的时候再说吧。"

这次回老家，常宽还探望了媳妇秀珍的父母，还给两位老人留了钱。常宽还到秀珍的坟上去祭拜。秀珍虽然离开他五年多了，但是她在他心里的位子仍然不容取代。

常宽在老家只待了十天，才与老娘和儿子依依不舍地分别。

又是五年没见着娘和儿子了。可这时候的他，已经不是娘和儿子引以为自豪的公安警察了,想想心里不免有些苦涩和酸楚。

还有三天就是中秋,刘石头和杨树叫他到家里吃饭,说约好人了,哥几个好好说说话。

自打常宽离开公安队伍,刘石头和杨树两家人更加关心他。不仅仅是家里做好吃的不忘他,就连冬天的棉袄棉裤,都由妮儿和杨树媳妇包了。刘石头、杨树两人,不管谁添置衣服,都会给常宽带一件,从未中断过。常宽为此深深感动。

常宽不加推辞就答应了。

下班后,他先回宿舍洗了脸,换了套衣服,就往刘石头家走去。

路上碰见了腾副主任的三儿子腾耀旗,这个年仅十三岁的孩子见到他,竟带着坏笑说道:"公安让人刷了吧,看你还嘚瑟不?哼!"

常宽苦笑着摇了摇头。

他知道这都是大人说话时小孩子听见了,小孩是不会说出这种伤人的话的。前年,这个孩子把邻居家孩子打了,是常宽处理的。常宽找到他父亲腾副主任给被打方赔了钱,腾副主任觉得常宽没给他面子,从此结怨不浅。

世态炎凉,常宽品味到了。

自从他不当公安了,人生百态让他感受得淋漓尽致。有人给他鼓励,有人对他轻蔑,有人面带笑容,有人避之不及,更有甚者是讥讽挖苦、幸灾乐祸。腾副主任就是其中最突出的一个。后来常宽得知,职工和机关人员在给他做评定时,这个腾副主任写了许多捕风捉影、歪曲事实、对他极其不利的评语。对此,常宽已经想开了,也看开了,一笑了之。

常宽一到刘石头的家门口,就闻到了扑鼻的菜香。一进屋,他就见妮儿和杨树的媳妇在灶台间忙活,锅铲瓢盆叮当响。里屋炕上坐着的,除了刘石头和杨树,竟然还有蒋浩然。

蒋浩然一看见常宽，就兴奋地一个劲叫着"宽哥""宽哥"。

喝酒的时候才知道，蒋浩然要到省城去学习，得两年多的时间。这期间也能回来，但要隔着很长时间，所以他是来告别的，主要是跟常宽告别。常宽毕竟是他的救命恩人。

常宽那个高兴啊！

"小弟这是要有出息呀，将来学完了那必定大有前途。"常宽道。

那天晚上，四人说了很久才散。

出门的时候，天空悬着一轮月亮，很圆，也很明亮。月光下，常宽和蒋浩然边走边唠，说不完的话，聊不完的天……

蒋浩然回场部招待所，常宽回自己的宿舍。

分手的时候，蒋浩然关心地对常宽说道："宽哥，该成个家了，光自己单着也不是个事呀，将来老娘和孩子毕竟得有人帮你照顾呀！即使以前的嫂子再优秀，也都离开你多年了，也都成了回忆了。还是放下包袱，重新组成个家庭，过完下辈子。如果愿意的话，小弟给你介绍一个。"

常宽笑着说道："我也确实得考虑这个问题了，还有老人孩子呀。你放心，等你学业完成时，大哥一定请你喝喜酒。"

常宽在当公安的时候，有很多人给他介绍过对象，不仅仅因为他的工作好，常宽的颜值也是响当当的。还有，常宽的为人处世，人们都交口称赞。

常宽因为那时候孩子小，再加上老人又有病，他怕人家一进家门，就又当娘又当丫鬟的，觉得对人家不公平。现在是时候该找一个了。现在孩子大了，不需操多少心了，自己也不当公安了，有女子看上他，那就是真看上自己这个人了，准备跟他吃苦到底了。常宽也没有过多的要求，只要对娘和对儿子好，就行。

蒋浩然一看天色已晚,也知道常宽明天要早早上班,分手的时候,从兜里拿出了一块上海牌手表,递到常宽跟前:"宽哥,我啥也不说了,两年的时间虽然不是很长,但也不是很短,咱俩的交情胜似亲哥们,我给你买了块手表做个纪念。当你想起我的时候,就看看表。"

常宽一听,急忙摆手拒绝:"这可不行,哥们这么好,就更不能送这么名贵的东西,礼物太重了!你两年就回来了,中间要是时间充裕,你还可以回来见面呢。不要不要,赶紧收回去。"

其实,蒋浩然早就打算送常宽一块表,十年的交情,再加上救命之恩,给宽哥什么礼物都不为过。分手时间的确不长,他也就是找个由头。以前蒋浩然曾多次买过东西,但都被常宽拒绝了。

没办法,蒋浩然就说了一句:"这就是我给你买的结婚礼物。你再不要,就是瞧不起我这当弟弟的了。"

这理由让他不好再推辞。

常宽无语。

那个年代,手表是一种奢侈品,尤其上海牌的手表,那是手表中的抢手货,得按票供应。谁手上要是戴一块上海牌手表,会引来无数羡慕的目光。当然价格也是不菲,那时候就得一百多元钱,是普通工人三四个月的工资。

常宽没办法只好收下了。

他想,一定要慢慢还回去!这么贵重的人情。

三

一九七〇年的冬天来了。

常宽没有因为不当公安而过多地纠结,更没有过度地伤感和沉沦，反而在工作上更加踏踏实实。

他现在最大的愿望就是，多挣钱，把娘的病治好，把儿子培养好。

干什么工作不都是一样吗？

人要是能把内心的结自己解开，明白不属于自己的东西强求也得不到的时候，安然地把它放下，然后就感觉到一切都是光明的。

冬天一到，哈泥河就开始结冰。亮晶晶的冰层，宛如镜子般地铺在水面。冰不是那么厚，从透明的冰上，能看到冰层下的水还在流动着。河边的野柳，早就没有了叶子，光秃秃的枝干上，都挂着晶莹透彻的冰花。

今年的冬天跟往年不一样，气温降幅很大，刚下了一场小雪就很冷很冷。

冬天是孩子们最快乐的季节，尤其河水结冰的时候。那时候孩子们的玩具极度匮乏，想要玩得尽兴，就得充分发挥自己的创造力，于是各种木爬犁就应运而生了。有坐在上面的，有蹲在上面的，各式各样，五花八门；还有的拼命在冰面上打着陀螺，你推我搡，追来追去，尽情地嬉笑着、逗骂着；鞋子冻成了冰鞋，也惘然不顾，身上沾满了雪水，衣服变成了冰甲，冻得手脚小脸红红的，也无暇顾及，玩得那叫不亦乐乎。

孩子们只顾快乐地玩耍，却不知道脚下潜藏着致命的凶险。有的河段薄薄的冰面光滑透明，随时有可能裂开塌陷。有家长多次警告，可贪玩的孩子们往往抱着侥幸的心理，停不下脚来。

常宽在给一位姓潘的老拖拉机司机当助手。

老潘师傅在林场干了几十年了，虽然以前没和常宽在一个工队干过，但他认识常宽，对常宽的印象也比较好。他不当公安了，老潘师傅很同情他，总是时不时地劝慰他。常宽很感激老潘师傅的一片苦心。这一老一少，时间不长，感情就处得很深。

大雪过后，山上很冷。工人们到山场的时间早，太阳还刚刚露头，头一天裸露在外的拖拉机身上挂满了冰霜。

老潘师傅打开拖拉机车门，进到里面检查设备。常宽拿出打火绳，拽了几次，可是只听轰鸣声，却总是打不着火。

其他拖拉机已经发动了，有的已经向山上奔去了，可他俩的拖拉机还是没发动起来。经检查，发现是输油管冻裂了。没办法，潘师傅只得用胶布先缠住将就着用。可是打着火了，刚走上一趟，油就又漏没了。

这样可不行呀，这一天得漏多少油，机车也没有劲呀。问了问其他司机，都没有预存输油管。

师徒俩一合计，趁着早还是回林场材料处领几个输油管吧，反正回林场道也不远。

常宽所在三工队的作业山场，离着林场确实不远。要是绕道走，可能需要十几里；要是直线翻山走，到林场也就三四里地。

现在河面已结冰了，他就想走个近道。路过哈泥河的时候，找个窄的地方或许能过去；要不然，得冒着严寒走上十几里地。

常宽熟悉路径。在当公安的时候，这里的大小山头、道路山脉和走向，他都很清楚。

上午十点左右，他已到达了哈泥河的对岸。一过了河，再走个十来分钟就到林场了。他已经清楚地看见林场的家属房了。

可是，横在眼前的哈泥河，有的虽说冻成了冰，但冻得很薄，能清楚看见冰下面的河水在流淌。他依据自己的体重断定，倘若从冰面上走，肯定要掉进河里。因此放弃了从冰上走的打算。

他记得河的上游有个废旧了的小钢丝桥，上面铺的木板有的已经腐烂了，虽然摇晃得厉害，但还是能过去的。

常宽于是顺着河流向上游走去。

他终于看到了铁丝桥。两根粗大的油丝绳横亘在河两岸,紧紧绑在两岸粗大的树根上,上面原有的木板由于年久失修,有不少腐烂了,也有不少已经掉落到河里;存留在桥面上的陈旧木板,有的相距一米远,有的间隔一两尺的空隙;另有两根细油丝绳离板面一米多高,供人用手把着过往。

常宽当公安的时候曾经走过,像哄孩子的悠车似的。铁丝桥上游二十几米处有一个"大幔子"。所谓"大幔子",就是河水很深,河床宽阔水流到这里非常缓慢。冰层冻结得很薄很亮,在冰上就能看清楚脚下水里的一切,危险极大。

第一次降温所冻结成的河冰是不可靠的,承受力极低,要不然常宽何必走这摇车般的铁丝桥呢?

他慢慢地小心翼翼地在铁丝桥上走的时候,忽然发现两个十一二岁的孩子,戴着棉帽子、棉手套,手里各拿着一个做得很漂亮的爬犁。

两孩子看到"大幔子"已经结冰,兴奋不已,在岸边跃跃欲试,准备到冰上滑爬犁。

常宽吓了一大跳,便在桥上高声喊道:"孩子们,危险!不要下去,掉下去会淹死的。"

其中一个孩子听见喊声,便停了下来。但是另一个孩子却无动于衷。

他把爬犁摆放好,抬起头看了一下在桥上的常宽,然后用手里的冰穿子捅了捅冰面,说道:"用你管,关你什么事?"

常宽仔细一看,原来是腾耀旗,就是革委会副主任腾爱国的三儿子。

常宽板起脸,劝道:"你要是不听话,我就去告诉你爸,让你爸来揍你。"常宽边说，边加紧往桥的对面走去。

当他好不容易走到对岸时，腾耀旗已经把爬犁划往了"大幔子"。

常宽大声喊道："腾耀旗，给我赶紧回来，太危险了！"

腾耀旗就像没听到似的奋力划着。

常宽了解这个大幔子的情形，这是河流中最深的地方，至少有两米多深。人们夏季在这里洗澡，秋季在这里钓鱼，钓蜊蛄。

常宽刚在冰上走了两步，就听见脚下的冰面发出嘎嘎的响声。

他急忙退了回来，在岸上高声大喊："腾耀旗，你赶紧回来，冰还没冻好，会掉下去的。"

腾耀旗没有回应，依旧在冰面上划着。

常宽想赶紧回林场找腾爱国来把他的儿子劝回去。于是他告诉在岸上那个比腾耀旗岁数小点的孩子道："你在这好好看住他，有什么事快点喊人，我这就去找他爸。"

岸边是个小缓坡，常宽加快上了小缓坡，回头又喊道："腾耀旗，你快点上来，我这就找你爸去了，你爸来了打死你。"

见腾耀旗根本没有回来的意思，常宽便准备赶紧往林场场部跑去。

他刚跑出不到三步，就听见身后的河面发出咔咔的冰破碎的声音，同时传来了腾耀旗救命的呼喊声。

岸上那个小孩子也在歇斯底里地喊叫："救人呀！救人呀！"

常宽心里咯噔一下，心想坏了，不该发生的事还是发生了！

他掉头，又跑回岸边。

再看河里的腾耀旗，正在冰水里挣扎着。

他四周的冰都已经破碎了，嘴里刚喊了一声"救命呀！"就沉入水里，然后又浮出水面。他挣扎着，想爬到还未破碎的冰面上来，可刚要爬上去，冰面又破碎了，他又沉入水里，然后又浮出水面，吐着水，两手不停地扑通。

常宽从坡上迅速跑到了冰上。当他冲上冰面还没到三步远的时候，冰层就破裂了，他也随之掉进水里。冰冷刺骨的河水，一瞬间将他推入了一个冰寒的世界里。

他拼命地向腾耀旗划去，嘴里喊道："腾耀旗，别害怕，我来救你。"

常宽感觉自己的脚根本就够不到河底。随着他的手臂向前滑动，冰面也一尺一米地破裂开来，他的身体被刺骨的冰水冻得几乎有些僵硬了。但他凭着极好的水性和顽强的毅力拼命地向腾耀旗游去。

当游到离腾耀旗不到两米远时，他发现腾耀旗已不再扑腾了，只是冒着水泡往下沉去。

常宽害怕极了，孩子可能坚持不住了。

他极快地伸出手薅住了他的头发，一下子将他拽到了自己的胸前。腾耀旗这才吐出了一口水，脸色发白，咳嗽着浑身颤抖着，眼睛里充满了惊恐的神色。

他两手死死地攥住常宽的衣服。

常宽用右手抓住他的后脖领子奋力往回游。破碎的冰碴儿刺破了他的手和脸，鲜红的血从他的脸上、手上流了下来。

常宽觉得腾耀旗越来越重，自己身上的棉衣也仿佛一身铠甲，重得要游不动了，浑身已经冷到骨头里，手和脚没了知觉，脑袋也不听使唤了。

虽然离岸边还有不到二十米远，但他的意识里却感觉十分遥远和漫长。

他完全是凭着坚强的意志在支撑着，艰难地拽着腾耀旗。他深感心有余而力不足了，他突然意识到，再这样下去，自己也得筋疲力尽而淹死。

看来游到岸边是不可能了。想到这，他拼尽全力一下子把腾耀旗擎起，推到还未破裂的冰面上，喊了一句："快往岸上爬。"

　　冰冷的河水一下子呛进常宽的喉管里，令他咳嗽不止。

　　可是腾耀旗刚一爬动，完好的冰面又破碎了，他又随着破碎的冰块沉了下去。

　　常宽刚露出头缓口气，又得拼力把他擎起，再一次拼力把他推向冰面。

　　现在的腾耀旗已经是魂不附体了，只能趴在冰面上哭号着了。岸上那个小孩这时候已无影无踪。

　　常宽怕腾耀旗再沉下去，大喊道："快往上爬呀！"

　　可他自己却不由自主地向水下沉去。他拼力想露出水面换口气，可是他发觉自己的右脚被什么卡住了，拔不出来了，水面已经没过了他的头顶。

　　他的右脚被水下的枯树枝卡住了，他要换气，可他的头却又伸不到水面上，他试图继续用力拔着右脚，可是没有效果。

　　最后他总算拔出了右脚，可是此时他已无力再露出水面了。他张开了紧闭的嘴巴，任凭冰凉的河水恣意地灌进自己的鼻腔里、口腔里、肺里。河水无情地把他裹进了冰层的下面。

　　透过清澈而冰冷的河水，常宽仿佛看见了十年前死去的媳妇秀珍，她正笑盈盈地向他走来。

　　他无力地闭上了眼睛。

四

　　岸上的那个孩子，看到腾耀旗掉进河里的时候，吓得不停地喊叫着。当他看到常宽跳入冰河奋力去救人时，还瞪着惊恐万分的眼睛看着河里的一切。常宽时不时地沉入河里，腾耀旗也扑腾着沉沉浮浮，他更害怕了。

但他很聪明，不顾一切地爬上小缓坡，拼命往家跑，他要回去喊人。

他家住在自建公住房里，离河边也就三百多米远，中间相隔了一个土道和一个小铁道。

他看见一个挑着水桶的中年人，正要到河边挑水，便大声呼喊："叔叔！快救人呀！有人掉水里了！"

挑水的中年人一听，撂下水桶便快速地往河边跑去。

孩子高声喊叫的时候，正好赶上有两个二十多岁的年轻人手里拿着小弯把锯，从自建公住的房户头里走出来，准备到自家的烧柴垛锯木头轱辘。

听到孩子的呼救，又看见一个中年人飞快地往河边跑，两人也跑向河岸。

呼喊的孩子也不往家跑了，而是掉过头来也往河边跑去。

这时候的腾耀旗，仍然趴在冰面上，离着河岸还有近十米远。他不敢动弹，吓得只有哭号，手和脸冻得通红，身上的衣服俨然成了冰甲。

他周围的冰面都是破裂的冰纹。

跑在最前面的中年人想到冰上去拽回腾耀旗，可他刚踏上冰面，就听见冰面裂缝由小变大的咔咔声。

他急忙退了回去，喊道："孩子别害怕，你慢慢地往我这爬。"

可是腾耀旗却一动不动，他已经吓坏了。他怕冰面再次破碎掉进河里。

中年人左右看了看，想找根长杆子，好让腾耀旗拽着杆子爬过来。可是眼前没有。

这时，两个年轻人也跑到了岸边。他俩一看也想到冰层上去。

中年人急忙制止："不行，别过去，要能过去我早就过去了！别踩碎了冰层，孩子会掉下去的。"

相隔十几米的距离，眼看着孩子只是哭泣，却不敢动弹，三个大人焦急得不停地喊着："快往这边爬呀。"

腾耀旗带着满脸泪痕轻轻地往他们这面试探地爬着，可是还没爬上两米，冰面又咔咔地响了起来。

腾耀旗吓得又停了下来，哭着不敢动弹了。

中年人像是想起来什么似的，快步地又往回跑去。

不一会儿，中年人气喘吁吁地跑了回来，左肩扛了一根长杆子，右手拿着刚才扔下的扁担。

三人一看，即使用长杆子也够不到腾耀旗，还差四米多远。

中年人把长杆子铺到冰面上，继续告诉腾耀旗，快点抓住杆子。

腾耀旗也知道，再不爬过去抓住前头的杆子，就得死在河里。

他看见常宽已经很久没从河里露出头了，更害怕了。他战战兢兢地向杆子靠近，水面的冰层又开始发出响声。但一种求生欲望，促使他哭叫着拼命一跃，一下子抓住了长杆子。

岸上的人一看，急忙往岸上拖拽，冰层的光滑也起到了一定的辅助作用。腾耀旗与岸边越来越近，他身后冰面的破裂声越来越响……

咔——咔——冰面大裂开来，河水从裂缝中大股大股涌了出来。

离岸边还有不到两米远，中年人急忙快速往边上拉，青年男子则上前拽起腾耀旗后脖领子一拎。惯力的作用，使他倒退几步摔坐在地上。腾耀旗顺势压在了他身上。

孩子总算救上来了！三个大人长长出了一口气。

腾耀旗惊魂未定，瘫软地趴在救他的人怀里哭泣着，浑身冰凉，瑟瑟发抖。

这时，站在旁边的小孩说："还有一个大人，到现在也没上来呢。"

"什么？还有一个大人？可是我到这来就没看见人呀。"中年人惊讶地问道。

小孩子又说："腾耀旗就是那个人给推到冰层上的，要不他就淹死了。"

"啊——什么？"三个人这才意识到问题的严重性。还有一个人在水里没出来，可能遇难了。

三人异口同声地问腾耀旗："你认识那个人吗？"

腾耀旗上牙打着下牙道："是常宽。"

"常宽？常宽？以前当公安的那个人吗？"三人又急忙问道。

腾耀旗使劲点着头。

林场的人都认识常宽，再说常宽还当过公安。

三人脸上一片惊慌，忙用眼睛搜寻着冰面，还有未冻住的流淌着的水面，可是没有任何人影。有的只是破碎的冰块在水面上漂浮着，相互撞击着。

中年人说道："看来，常宽可能遇难了。我把孩子背回去，我认识这孩子，他是老腾家的。你俩看看谁去，到林场告诉一声，只有场子能解决了。"

俩人点头，接着就往林场跑去。

林场的院子里，白色的烟雾袅袅。三面建的办公室，像是缺了一面的四合院，王八炉子在屋子燃烧着，每个办公室里都在窗户上伸出一节炉筒子。白色的烟雾就是从那一个个炉筒子里散发出来的。

两人飞快地跑到院子里，直奔林场书记的办公室。

这时，办公室里走出一个公安，不到三十岁的样子。他就是被派到白江河林场接替常宽的袁少华。他来之前,张大炮就给他交代了,要好好照顾常宽,业务不懂的多问问常宽。他也认识常宽,自从来到这里后,跟常宽相处得很好。

"袁公安,不好了,常宽救人掉冰窟窿里了,到现在也没见到人影,你们快去看看吧。"

"你说什么?常宽掉冰窟窿了?还没见着人影?"袁少华大惊失色。

等他反应过来,那两人已经跑到书记办公室去了。他急忙也往书记办公室跑去。他还不知道常宽掉在河的哪个地方呢。

两人找到书记办公室,透过窗户没有看见里面有人,就见隔壁办公室里,场长郑志强和林场调度正说着什么。

两人门也没敲门,就急忙推门进去了,快速地告诉了常宽救人掉进冰窟窿的事。

郑场长和调度都吃惊不小。

郑场长急忙吩咐调度,赶紧通知场部里的人到林场南头大幔子去救人。

调度站在走廊里,高声喊道:"办公室的人员,赶紧出来,到南面大幔子去救人,有人掉冰窟窿里去了。"

他这一喊不打紧,七八个屋子里纷纷走出人来,一起跟着郑场长和那两个年轻人向大幔子跑去。

林场书记办公室房头也是一溜办公室,其中有一间是林场革委会的办公屋子。

革委会主任办公室里,主任贾国旺、副主任腾爱国正腾云驾雾说着什么。

有人在外头敲着封着塑料布的窗户。他俩看清是调度。

调度忙说:"你俩赶紧到大幔子去救人,有人掉冰窟窿去了。"

两人一听，都站了起来，赶紧往外走。

腾爱国自言自语道："谁不长眼，能掉冰窟窿去，没事干了！这时候去那里干吗？"

"不会是孩子吧？快走，去看看不就知道了。"贾国旺道。

当他俩走出屋子的时候，只看到几个人的背影向着河边大幔子跑去，都是机关人员。

他俩也加快了脚步。

五

贾国旺和腾爱国来到河边时，河边已聚集了几十人。

他俩看见河面上的冰，已经破碎了很大的面积，河水漫过了还未破碎的冰层。不少人拉长了距离，沿着河边搜寻着，还有的在已经破碎的冰河边指指点点，有的则手里拿着长棍往河里试探着。

场长郑志强周围有几个人正在说着什么。

还有个不大的孩子，郑志强正在问着他什么。

贾国旺和腾爱国下了坡，也往郑场长那里走去。

管营林的技术员小汤路过他俩身边时，贾国旺问道："谁掉河里去了？"

小汤回道："是常宽。"

"什么，常宽？"两人都惊讶不已，相互看了看。

腾爱国小声地说道："不是想不开吧？"

贾国旺压低声说道："先别胡说八道，怎么回事还不知道呢。"

两人还没到郑场长跟前呢，腾爱国看出了站在郑场长右边的中年人叫谢宏伟，五工队装车的工人，因工伤在家休息挺长时间了，是他家的邻居。就是他挑水碰见有人喊救人，然后救上腾耀旗几米远处，一个十一二岁的孩子仰着头对郑场长说道："要不是那个大叔，腾耀旗就淹死了。是他给腾耀旗救冰上的。然后，那个大叔就再也没上来。"

小孩还指着冻冰着的大幔子说道："那个大叔，就是从那碎冰的地方，救的腾耀旗。"

腾爱国听见了那个小孩的话，心里一颤。

他认识这个小孩，大名叫李玉虎，小名叫虎子，是他小儿子耀旗的同学，两家前后相隔两栋房。

腾爱国走到小虎子跟前时，小虎子也看见了他，便朝他扑了过来："腾大爷，救耀旗的叔叔，掉冰窟窿里了，到现在也没出来呢！"

腾爱国看着虎子，却开口埋怨道："谁叫你们上这里玩的，不怕淹死吗？"

虎子回道："是耀旗领我来的，他说河里结冰了，可以玩爬犁。"

腾爱国一下子无语了。

郑场长看着腾爱国，说道："常宽是救你家孩子落水的，看来凶多吉少了。"

腾爱国想再说点什么，却支吾着，最终也没说出什么。

这时，驻在公安员袁少华走到郑场长面前："要是像孩子这么个说法，看来，常宽已经被水冲到冰下面去了，郑场长你看，怎么办好？"

郑场长看了看没有封冻的河面，说道："大家听着，先从两岸未封冻的河面找，大家千万小心。"

三十多个人开始分头找。

后勤杨队长刚要走，郑场长把他叫住了，说道："人太少了，你回林场看看，后勤有多少人就给我找多少人来。还有，让他们带着油锯，穿着雨衣雨裤来，不穿雨衣裤是下不了河的，再一个冰下也得找，用油锯破冰找。"

杨队长答应着，往林场跑去。

几十个人拉网式地在河两岸还没有封冻的河面搜寻着。人们手里都拿着小杆子在水里试探着。

不到半个小时，后勤人员又来了十多个人，七八个是穿着雨衣雨裤的，一共拿了三台油锯。大家开始破冰的破冰，砸冰的砸冰。

两岸搜寻的人们已经走出了三里多地，可就是没见着常宽的踪影。大部分河流还没冻，能看得清楚水下。

被锯过冰和砸过冰的河面，几乎已经没有了冰。有人跳进了冰冷的河里，用木杆试探着，搜寻着。虽然都穿着雨衣雨裤，可是不一会儿就冻得回到了岸边。有的雨衣裤还漏了，刺骨般的冰水让搜寻的人们苦不堪言。更多的穿雨衣裤的人们纷纷下到没腰的河里，好长时间过去了，也没有看见常宽的影子。

已经是下午四点多了，冬天的夜晚来得早，太阳就要西沉了。

找了好几小时，有的人身上已湿了，有的人鞋已经湿了。天越来越冷了。

郑场长一看还未有结果，更加着急了："到底常宽被冲到哪里去了呀？"

腾爱国也在锯冰清冰的行列里，浑身都湿透了，冻得瑟瑟发抖，就是没有看到常宽的影子，心里也非常着急。

他走到郑场长的跟前，说道："这么久也没看见影子，河上的冰也都清理了。我想是不是被什么卡住沉底了，再等等可能漂上来，漂上来还不知道要多长时间。不行先让一拨人回家吃饭，快点吃完带手电筒来，然后换下另一拨人吃饭，吃完也带手电筒来。要是没人在这守着，万一漂浮上来，没人知道被冲走了，就麻烦了。"

郑场长说道："你说得对，就这么办。"

此时的腾爱国心里，像被无数条小蛇咬噬着。

自责、羞愧、懊悔。我怎么这么自私自利、狭隘龌龊呀，常宽是那么光明磊落、坦坦荡荡啊！

腾爱国知道是常宽救了他的儿子，内心受到了极大触动。

他在背后，又问了一下小虎子关于事件的原委。

小虎子原原本本地和他说了自己的亲眼所见，最后郑重说道："腾大爷，要不是那个掉河里的叔叔相救，耀旗肯定死了。"

童言无欺呀。

本来因孩子打架的事，自己觉得常宽没给面子就心生不满，处处和常宽对着干。拿常宽因舅舅的历史问题被调查而幸灾乐祸，甚至是落井下石；当上面下来搞群评时，他违心地写了不少对常宽污蔑的话。而让他最为羞愧的是他竟然打电话把常宽误伤他人的事第一个告知了上面有关部门，也是自己让叔伯兄弟到省里告知了常宽误伤他人一事。

再看看现在，常宽难道不认识自己的儿子吗？不，他完全认识。就是这个儿子打坏了邻居的孩子，是常宽亲自处理的。

腾爱国从小虎的嘴里，再一次证实常宽知道腾耀旗是他的儿子！因为他儿子不听劝阻，常宽还准备回林场去找他呢。等到儿子掉到河里时，常宽却义无反顾地去施救。

此时，腾爱国的心开始阵阵撕痛，常宽真的是为救自己的儿子遇难了！一个活生生的年轻生命，才三十几岁呀！

到现在也没看到常宽的影子，肯定是凶多吉少了。

腾爱国知道常宽有一个病恹恹的老母和一个十几岁的儿子。将来一老一少知道这个噩耗，该怎样的痛不欲生呀！我怎么这么自私自利、狭隘龌龊呀！

腾爱国带着羞愧、忏悔的心情，沉重地往家走去。

他的身上已经湿透了，之所以能坚持这么长时间，就是因为他对常宽的死有着无尽的自责。

他家本就不远，不到十分钟就到家了。

大门的过道两旁，堆着烧柴，都是劈好的柴桦子。他顺手拎了一根进了屋。

他媳妇在外屋看他气呼呼的，和他说话根本没听见似的，他就进到了里屋。

腾耀旗正在炕上坐着，拿着一摞纸牌嘟嘟囔囔地说着什么。

腾爱国薅过他的头发，不由分说，抡起手里的劈柴板子把儿子整个身子给拍了一遍。

腾耀旗杀猪般地号叫着。

媳妇和他大儿子上前阻止，腾爱国疯了似的，抡起手里的劈柴桦子连媳妇和大儿子也未能幸免。

两人挨了几下，也不敢靠前了。

最后，腾爱国打累了，才放手。再看腾耀旗，已经是遍体鳞伤，哭得背过气去了。

腾爱国像没看见似的，也没吃饭，从另一个屋子里换上干衣服，便急匆匆地向外走去。

刚到外屋门口，他又止住脚步，指着媳妇骂道："让你惯的这个混蛋！人话不听，救他的人，却搭上了性命！他怎么不死呢！不准给他饭吃！"

他看见大儿子站在那里没动弹，又恨恨地骂道："你站在那干什么！上大幔子给我找人去！"

他大儿子吓得慌里慌张地跟着跑出了屋子。

腾耀旗浑身成了紫色，十多天没有爬起来上课。这是他挨的一次终生难忘的暴揍，也是腾爱国第一次打孩子，出手如此不留情。

腾爱国往大幔子走的道上，流泪了。

驻在员袁少华是头一拨回去吃饭的。走在回林场的道上，袁少华回忆着自己来到白江河林场后，常宽对自己点点滴滴的帮助，林场的重点地段管护、重点人口的管理、自然人口的管理、防火防盗因地制宜的科学管理、邻居之间的矛盾、家庭成员之间的不合，怎样去处理，怎样去化解，五保户的性格、秉性、困难，等等，他像大哥哥一样毫不保留地告诉他。分局的每个成员提起常宽，没有不竖大拇指的，也为他的调离而感到惋惜。

昨天还看见笑嘻嘻的常宽，谁知道今天却阴阳两隔了。袁少华心中涌起一股巨大的无法形容、无法平复的悲伤。

回到林场，袁少华也没心情吃饭，更没有急着换衣服。

他急忙回到办公室，拿起电话摇了几下："请给我接材料线公安分局张局长。"

六

张大炮屋子里的王八炉子烧得很热。他脱下棉衣放在床上，只穿了一件单衬衣，看看表，快五点了，到吃饭的点了。

他刚站起身来，桌子上的电话铃响了。

他拿起电话，还未出声，就听见里面的人带着哭腔说道："张局长吗？我是白江河的小袁，我，我要告诉你一件事，常宽出事了，救人掉冰窟窿里了，头午到现在也没找到。"

张大炮呆呆地站在那，拿电话的手在颤抖。

他无法相信，提高嗓门问道："小袁你再说一遍，常宽怎么回事？"

"常宽救人，掉冰窟窿里了，到现在也没找到。"那头的小袁已经哭出了声。

"什么,什么,这怎么可能,这怎么可能呐?"张大炮呆呆地喃喃自语道。

手里的电话掉到了桌子上,他也没有反应。

几秒钟后,他好像想起什么来,疾步往外跑去。

推开屋门到走廊时,正好碰见赵延武、张志伟、林涛三人也准备出来吃饭,看到他穿着单衣推门往外跑,便问道:"张局长,你这匆忙的,也不穿衣服,干什么去呀?"

张大炮甩下一句:"常宽出事了!"

然后,他就朝对过的林场书记办公室跑去。

赵延武三人一听,惊讶不已。

"到底怎么了?出什么事了?"三人跟着张大炮往书记办公室跑去。

张大炮刚跑到林场书记室门口,西沟林场杨书记正推门出来。

一看张大炮急匆匆的,不知什么原委,便问:"大炮,你这是怎么了?慌里慌张的。"

"杨书记,我正好找你,快点让林场的吉普车给我出一趟白江河。我刚接到电话,以前在这当公安的小常出事了,我得赶紧去看看。"

杨书记又问:"就是在咱这干了几个月的那个小常吗?别急,我给你喊司机。"

杨书记喊来了司机小温子:"你赶紧给张局长出趟车,到白江河林场,一切听他调遣,他用多长时间你就跟多长时间。"

小温子答应着跑出去提车了。

张大炮这才出了屋子。

赵延武三人立刻围了过来:"张局长,常宽出什么事了呀?"

"小袁说,常宽为救人掉冰窟窿里去了,找了好几个小时也没找到,我这就去看看。"张大炮焦急地说。

"我们也一起过去。"三人一起说道。

张大炮冷静下来:"怎么也得留一个人呀。"

三人互相争执不下。

张大炮一锤定音:"还是赵延武留下吧。"

赵延武极不情愿地站在门口,看着他们坐着吉普车疾驶而去。

西沟林场离白江河林场有一百多里,道路坑洼不平,山石裸露,极其难走,吉普车在凹凸不平的黄土道上飞驰着。车里的人们上下左右地颠簸着,司机小温子开得很快。

张大炮还嫌慢,一个劲催促:"快点!快点!"

一车人沉默无声,眼睛里除了担忧,就是悲戚。

这时,林涛才注意到张大炮局长急得连棉衣也没顾上穿。林涛想把自己的外衣脱给他,大炮说啥也不要,其他人心疼地看着他,也没有办法。

张大炮的心里,一边在翻江倒海,一边在自欺欺人。

小袁的电话和他的悲泣,已经说明常宽肯定是遇难了,要不不可能这么长时间见不着人影。但他又极力否认了,常宽不能有事,更不能出现什么不幸。

他才不当公安几个月呀,曾经的常宽生龙活虎,睿智有加,果敢干练,是他最得意的属下,是他找的大局长从人家手里夺来的,人家也看好常宽了呀。可是却因为枪支伤人调离了公安队伍,谁心里是个滋味呀,谁心里那么平衡呀。常宽心里的不舍、不甘,又无奈,谁能理解他呀。倘若真的遇难,那得留下多少遗憾呀,不能这样,不能这样呀!倘若这一切都是真的,老天对常宽就太不公平了。

车赶到白江河时,天已经黑了。

林场大院黑灯瞎火的,驻在员小袁的屋子也锁着门,看来人们都到常宽出事的地方去了。

他们又把车子开出了大院,正看见有一束光亮照了过来,吉普快速地迎了上去。原来是驻在员袁少华,见是张大炮他们,便把车停了下来。

张大炮第一个下车,急忙问道:"常宽怎么样了?"

张大炮希望听到的是喜出望外的话,和出乎意料的话:"常宽平安无事。"

可是,袁少华的话分明是:"六七十人在找,还是没看见身影。可能、可能……"

张大炮顿时感到了一种痛彻心扉的绝望,他无力而又低声地催促着司机:"快走,到前面常宽出事的地方。"

林涛急忙摇下车窗,朝袁少华道:"回去给局长拿个大衣!"

顺着土道,车跑了不远就到了常宽遇难的大幔子。远远地就能看见几十束手电筒的光在河边晃动。

他们到了河边,迅速下了车。林涛要把自己的棉衣给张大炮披上。

张大炮满脸焦虑和凝重,用手扒拉开林涛递过来的衣服,奔向同是一脸焦虑和凝重的场长郑志强。

"情况怎么样呀?还是没找着人吗?"张大炮焦急地问。

郑志强叹了口气,摇了摇头。

张大炮望着平静的河面,一脸悲伤。

林涛和张志伟来到了他的跟前。

张大炮怅然地看着他俩:"你俩也去找找常宽吧,他也是你们的好兄弟啊!"

张大炮凄然地站在冰冷的河边,只穿着单衣的身体,任凭冷冷的寒风肆虐着。

通勤车顺着铁道停靠在了常宽失踪的地方。

通勤车还未停稳,刘石头、杨树,还有许大烟筒就跳下了车,踉跄地跑向河边。

到了河边,杨树、刘石头就跪在河边声嘶力竭地喊道:"宽哥呀,你在哪呀!你回一声呀,你不能死呀!你在哪呀!"

人们看到他俩悲痛欲绝的样子,无不动容,纷纷流下了热泪。

内燃司机到山场接工人时,就把常宽救人不幸遇难的事告诉了下班等车的工人。同在三工队上班的刘石头和杨树听到后,如五雷轰顶,悲痛欲绝,坐在车里不停地哭泣着。整个车厢里几十号人有的叹气,有的像杨树和刘石头一样低泣着。

他俩回忆着十多年前跑出来的那个夜晚,大大而又圆圆的月亮照在空旷无垠的原野上,回头望着被迫将要离去的家乡,每个人的脸上都沾满了眼泪。三人约好,一同出去,一同回来。可是世事难料,他们都留在了东北,二人也都拖家带口成家立业了。他们三人亲如兄弟,而今却只剩他们两人,怎么能不让他俩悲痛欲绝。小火车的轱辘与铁道相摩擦发出的刺耳响声,仿佛也在为常宽的牺牲而悲哭。

通勤车里的工人都下了车,都要参加到寻找常宽的队伍里。

场长郑志强极力阻止,说道:"现在还不需要这么多人。"

但曾经和常宽一起在工队上班的三大队、四大队都自愿留下来了。杨树和刘石头还在痛哭着,人们纷纷上去劝解。

许大烟筒流着泪劝道:"咱们先别哭了,先找着常宽是关键呀。"

刘石头和杨树哭着在河边搜寻着。

老潘师傅也默默地在河边仔细搜寻着,心里充满了悲伤,看来他的好徒弟常宽永远地离开他了。

几个月的搭档，他非常喜欢常宽。常宽勤快、善良，知道心疼岁数大的自己，有什么活都是抢着干。他还跟长宽说好了，到时候给他找个媳妇。今天头午，他回林场领件，一直到晚上下班也没有回来，他还以为这小子被什么急事绊住了。因为常宽从来也没出现过这种状况。谁知道听到的，竟是常宽遇难的噩耗。

张大炮披着袁少华给他拿的大衣，在河边不停地搜寻着。

已经是晚上十一点多了，六里多长的河两岸，遍布了寻找的人们。手电筒的灯光照亮了整个河面。绝大多数人还没有吃晚饭，人们顶着寒风，仔细地搜寻着。

张大炮的脸上，一下子长出了许多黑白相间的胡楂儿。他不觉得困，也没觉得饿。

一个优秀的后生，就这样与他阴阳两隔了。曾经在一起的时光，就像一幕幕电影不停地浮现在他的脑海里。

一百多人整个晚上都没有停下搜寻，不留下任何死角，都睁大着眼睛，用手电筒照着河面。冷了，都在河边点燃火堆；饿了，吃着在家拿来的饭菜。整个河面被通明的灯火笼罩着。

第二天早晨七点多钟，离着常宽掉入冰窟窿的地方大约三里多地一个缓慢的漩涡里，漂起了一具尸体。

第一个看见的是腾爱国和袁少华。

他俩喊叫着，毫不犹豫地跳入了冰冷刺骨的河里。跟着又有两个人跳了进去。他们用了很大的力气才把尸体打捞上岸。

的确是常宽。

常宽被发现的消息，传到了张大炮的那里。他和林涛正在听郑志强讲述常宽救人的始末。

三人急速往下游跑去。

当张大炮看到常宽遗体时，他落泪了。

跟他一起来的林涛,还有眼前的袁少华,也都流下了眼泪。

腾爱国抱着常宽的身体痛哭流涕。他为自己曾经对常宽的偏见、嫉妒和怀恨,感到无比的羞愧和忏悔!他对常宽用自己的生命换取他儿子的生命,深深地感到自责和痛惜。

刘石头和杨树,还有许大烟筒三个人踉踉跄跄地走到常宽遗体跟前,跪着号啕大哭,痛不欲生。杨树趴在常宽冰冷的遗体上,哭得昏厥了过去,被人们抬了下来。

张大炮无法平复自己悲伤的心情,也不忍心看到常宽的遗体。

他流着眼泪,脱下了自己身上的棉衣,跟围在旁边的人们说道:"快把我的棉衣给小常盖上,别冻坏他。"

他把棉衣撂下,含着泪离开了人群。

郑场长连忙分开人群,拉开依然不肯从遗体上起来的刘石头,吩咐其他人把常宽的遗体抬回林场。

大幔子的南岸,是个悬崖峭壁,峭壁上有一丛映山红,粉色的花朵绽放得极为灿烂。

常宽的遗体,放在了林场停车库里的大板凳上。

那天,常宽曾经所在的三大队、四大队几十号人轮流守了他一天一夜。刘石头、杨树、许大烟筒、腾爱国一天一夜没合眼。常宽脸上盖了一件蓝布衫,是刘石头的。

张大炮、郑志强、林涛、张志伟第一批进到了车库。

张大炮轻轻地揭开常宽脸上的蓝布衫,那个俊朗坚毅的熟悉面容又呈现在了面前,不同的是已经阴阳两隔。

张大炮轻轻拍了拍常宽的脸,声音颤抖地说:"臭小子,你怎么能死呢!你让我太心疼了!"

林涛也轻轻摸了摸常宽的脸颊。

几分钟后,他俩都默不作声地走出了车库。他俩在车库门外停了下来，都看出对方的眼睛里潮湿了。

"给我根烟。"张大炮看到郑志强也走出了车库。

郑志强从兜里拿出一根烟递给他，自己也拿出一根，同时点燃了。

张大炮深深吸了一口烟，说道："真让人心疼啊！真可惜呀！你说，他死，是不是应该怨我呢？当初如果不是我极力让他当公安，平常就开个拖拉机、打个枝会死吗？如果他只是一个普通工人，他舅舅的历史问题能牵扯着他吗？当年的赵玉勇书记还不想把他给我呢，我是真看好这个臭小子的，还是通过大局长和赵书记打招呼，才把他要到分局的。"

张大炮一边痛惜，一边自责。

郑志强叹息了一声，拍拍张大炮的肩膀："别太难过了，生死由命。可能这小子和我们的缘分太浅了吧，可能上天有更好的地方需要他，所以这么年轻就收走了他。"

张大炮听了郑志强的话，无奈地点了点头。

张大炮和郑志强都是有政治素养的人，也都是唯物主义者，他们不相信什么唯心主义，但是对于常宽的死，如果真有上天的话，张大炮能感到心安一些吧！

"走吧，人死不能复生的。回办公室，研究一下臭小子的后事吧。"郑志强说道。

第二天早晨，太阳似乎也悲伤得暗淡了起来，阴沉沉的，灰蒙蒙的，不像往日那么明亮，又要下雪了。

林场决定，把常宽葬在离总局不远一个叫大阳坡的地方。山坡脚下就是那条哈泥河，就是夺去常宽生命的那条河。河水在山脚下经久不息地流淌着。

这里已经掩埋了十几年来几十个不同工种因工而逝的林业工友。

在坡上能看到林业局初形未整的全貌。

送行的人群，来了二百多人。三大队、四大队的全体人员，还有常宽他同村或邻村的山东老乡。张大炮、林涛、张志伟、袁少华、王世刚、曲吉录、姜玉胜、宫玉林以及曾经和常宽共过事的许多战友也都赶来送常宽最后一程。

下葬时，杨树、刘石头两人虔诚地跪在坟前磕着头。

是宽哥带着两人出来逃生的。今天，带他们出来的人，却永远地离他俩而去了。杨树、刘石头心中泛起无限的悲伤，禁不住泪流满面。

新坟前立了个墓碑，碑的中间写着"常宽之墓"几个黑色的大字。右面字相对小一些：山东省日照县某乡某村人；左面一行小字：弟刘石头杨树立。一九七〇年十一月十二日。

常宽的坟前，杨树、刘石头两人一起虔诚地庄重地磕了三个响头，满眼流泪，并大声喊道："大哥走好啊！你就放心吧，你的娘就是我俩的亲娘！你的儿子就是我俩的亲儿子！我们一定对待你的儿子，比我们自己的儿女还要好，一定给你养大！培养成人！倘若不然，我俩天打五雷轰。各位工友们，给我俩做个见证吧！"

送行的人们听到他俩的话，无不为他们的重情重义、知恩图报而唏嘘动容。

更让送行的人们动容的是刘石头和杨树两人各自从新坟翻出来的土中，捡了几十块大小不一的石头。刘石头捡的，放在了常宽新坟右面；杨树捡的，放在了常宽新坟左面。

他俩郑重其事地向送行的人们低头鞠躬道："将来我俩有这一天时，这两个地方就是我们的葬身之地。我们生前没有陪宽哥到底，死后就陪他在一起。"

远处看去，好像是三座坟，只不过其中两个小一点的坟是石头垒的。

人们依次向常宽鞠躬告别。

刘石头和杨树作为常宽最好的朋友,分别站在常宽新坟的两侧作为答谢之人。许大烟筒和腾爱国不停地在坟前续着烧纸。烧纸都是来送行的人们各自出钱买的,放在一起,堆成一大堆。坟前的雪地里插满了燃烧的供香。烧纸烟和香火烟笼罩着常宽的坟茔,还有前来敬送他的人们。

张大炮、林涛、张志伟、袁少华等公安人员走上前,亲自为常宽烧了些纸,嘴里喃喃地说道:"常宽兄弟一路走好!你永远是我们最好的兄弟!"

最后,刘石头和杨树向全体来送行的人们深深鞠躬,表示感谢。

当二百多号人怀着悲痛的心情陆续离开后,张大炮、林涛以及常宽生前的公安战友十几人又待了一些时间,才向常宽的新坟又一同三鞠躬,然后悲伤地离开。

刘石头、杨树、腾爱国、许大烟筒又待了很长时间,才离开大阳坡。

下午,天下起了大雪,伴随着北风飘舞着。片片雪花,真的像朵朵白色的梨花似的。

很远的地方,有一只苍鹰在大雪中翱翔。由于云层很厚,只能看到它的身影时隐时现。

第七章 诺言

一

送别常宽回来,张大炮倒头便睡。到了晚上,被林涛、张志伟等劝了起来,喝了碗大楂子粥,他不吭不响地又蒙头大睡。

分局里的人没有了往日的欢快。常宽的逝去,让他们沉浸在无限的悲痛之中。

常宽的抚恤金和待遇方面,张大炮,还有林场书记郑志强都竭尽所能为其争取。他们在向有关部门打报告时,写道:此人工作上积极进取,思想上积极要求进步,见义勇为,舍已救人。死者还有重病的母亲需要照顾,还有一个未成年的孩子需要照顾……最终为常宽争取了最高优抚。常宽的抚恤金高达三百元。并且林业局要每月给予常宽的孩子八元的生活补贴,直到十八周岁为止。倘若其后代成年后,要求到林业局工作,林业局要给予合理安排。

场长郑志强处理完常宽的抚恤金及对其孩子的补助和待遇后,又找到了刘石头和杨树二人,了解常宽母亲的病情和现在的状况,听取二人意见,是否把常宽的噩耗告诉她老人家,是否把抚恤金一次性邮给她老人家。

刘石头和杨树商量后决定,不把常宽的不幸告诉他娘。老人家本来有病，如果知道了儿子的死讯，会心疼得活不了。抚恤金由林场财务保管，每个月仍然由杨树、刘石头按照常宽的口吻写信给他娘。两人每月从工资拿出十元，还有抚恤金十元，邮给千里之外的不是亲娘却在他俩心中胜过亲娘的老娘，直到老人去世为止。

常宽死后不到半个月，白江河林场又出了一件大事。

原林场革委会副主任腾爱国辞职不干了。他决定到山场一线继续当工人，并选择了一个山场最繁重的集材员的工作。

人们不理解他的这个举动。

他却一笑："我本身思想就有问题，当哪门子革委会副主任。我还是老老实实做人，踏踏实实工作，比什么都安心。"

人们听后，默然。

腾爱国选择去了常宽所在的三工队，还要求接替常宽的工作，跟老潘师傅搭档。

其实，是常宽的死，给了他极大的触动，直击他的灵魂深处。他愧疚、自责、不安，所以才选择了这种方式来度过他的后半生。

那个年代，腾爱国不干了，有的是人干。

这个人不是本林场的，而是由上面局革委会选派下来的。此人叫耿宏涛，四十几岁，苦大仇深，根红苗正，为了表示自己对大革命的忠心，把家也从林业局搬到了林场，坚决扎根到最艰苦的地方。

一九七二年，中国的国民经济有了突飞猛进的发展。

当年三月中旬，常宽的娘却因痨病严重，处于十分危险的状况。

刘石头、杨树两人接到常宽舅舅的电报后，便急急忙忙赶回了老家。

这是自从跟着常宽大哥一起到东北十多年后，刘石头第一次回老家。杨树曾经回过老家一趟，到现在也已七年有余。这次两人一起回老家，是为了三人的老娘病危。

他们的宽哥死后,几年来两人真真正正地履行着做儿子的职责和做父亲的责任。当他俩到家后,老娘还在盼望着能见上常宽儿子一面,而不舍咽下那最后一口气。

他俩含着泪,说尽了好话,撒尽了谎,老娘才带着无限的遗憾撒手人寰。

其实,她老人家不知道自己的亲儿子已经先她而去近三年了。眼前的两人其实就是她的亲儿子。石头和杨树毫不吝啬地拿出积蓄,为老娘办了一个风风光光的葬礼,让整个村民都无不羡慕。

大家知道了他们三人的事情后,都啧啧称赞,敬佩不已。

常宽的儿子小青,已经是十五周岁的少年了。他在老家乡里读初中,学习非常好。

当时农村和城镇已经分化得很清楚了,农民只能守着一块土地维持生活,而城镇人的生活却不同。此时,工农的差距已经开始拉大。

虽说村里人极力挽留石头和杨树,但他俩铁了心要回东北。他俩已经真真正正成了城镇户口的人了。

说到底,在他俩心里,还有那个庄严的承诺——死也要死在宽哥的身边。在还未死之前,还要把宽哥的后代养育好,培养好,这已经成了他俩义不容辞的责任。

为了承诺,更是为了男人的尊严,他俩毅然决然地领着宽哥的儿子常小青回到了东北。

常小青一表人才,集全了母亲父亲的一切优点。帅气、沉稳、睿智,可谓少年有成,风华正茂。

常宽的舅舅得知自己外甥年纪轻轻的就死了,哭得肝肠寸断。他本来不舍得小青去东北,可是孩子的母亲去世了,自己家里的儿女又多,生活困难,真的是心有余而力不足。

虽说自己的小外甥要到千里之外的东北,让他这个当舅爷的心在流血,但他也知道,倘若将小青留在他身边,那小青则前途堪忧,没有光明。所以,当刘石头和杨树提出把小青领到东北,由他们照顾培养时,他万般无奈,只好答应了。他想,只要对小青有好处,怎么样都行。

就这样,常宽的儿子常小青来到了东北,由刘石头和杨树两家共同抚养,户籍落在了刘石头的户口上。常小青可以随时到俩人的家里居住。

常小青在材料线中学高中二年级读书。所谓的材料线中学,就是各大林场的子弟学校。

常小青年纪虽小,但坚毅、刚强、自律,这也许是小小少年就经历了与他年龄不相符的磨难和痛苦而造就的。

幼儿时,母亲就去世了;随后,父亲为了生活又离开了他,去了千里之外的大东北;他与奶奶相依为命。在他十二岁时,他曾引以为自豪和骄傲的爸爸不幸遇难。而今,唯一能够给他温暖的奶奶也永远地走了。这在他的心灵中,是个前所未有的打击,不知什么时候才能摆脱这无尽的伤痛。每天晚上,他都是搂着父亲的照片入睡……小小的年龄,可以说遭受了过多的苦难。

光阴荏苒,时光如水,转眼间进入了一九七三年的秋天。

西沟材料线公安分局局长办公室里,张大炮吐着重口味的旱烟。

烟雾呛得坐在他对过的林涛直摆手。没办法,林涛急忙开了门,反正是刚入秋还不冷。

张大炮一看,不好意思地说道:"好了好了,不抽了,不抽了。你这够意思了,让我抽了两支了,我不能得寸进尺了。"

林涛摇摇头:"我不希望你一下子把烟戒了,怎么也得有个过程。反正你岁数越来越大了,多吸烟是没有一点好处的。再说,大嫂还让我看着你,你就自觉点吧。"

"好好好,我自觉接受你的监督,听从你们的教诲,再接再厉,争取尽快戒掉它。来来来,咱不谈烟的事了,谈谈分局解散后,咱俩回局里的事。"说完,张大炮习惯地伸手又要拿装旱烟的烟包子,抬头一看林涛正盯着他,便又把手缩了回来,有些羞愧的样子,然后赶紧拿起了桌子上的文件,念了起来。

林涛背过头去,偷偷地笑。

张大炮拿起文件,郑重其事地念道:"自大青山林业局建局二十多年以来,各方面都有了突飞猛进的发展,尤其各大林场不断壮大,只靠材料线分局和派驻公安驻在员已经难以满足林场快速发展的需要。如防火、防盗、自然人口的管理、林业职工的家庭及邻里纠纷、各类改造分子的监督、各类重要地点场所的巡视管控已不堪重负,很可能会出现避免不了的漏洞,对此,撤销大青山林业公安局材料线分局,在各大林场建立派出所已经迫在眉睫,势在必行。

材料线分局解散后,领导人员做如下调整:

原材料线分局局长张野同志调回林业公安局任第一副局长。

原材料线公安分局副局长林涛同志调回林业公安局任主管刑侦副局长。

原刑侦科科长周详提拔为主管林业森林安保的副局长。

原刑侦科副科长江浩任刑侦科科长。

对此,材料线分局的领导务必做好分局解散后的一切善后工作,务必做好从你们一线分局选拔出第一届各大林场派出所所长人选的工作,在选拔派出所所长的人员中,务必本着思想进步、政治可靠、业务能力突出、爱岗敬业、恪尽职守的原则,必须在三天内,把新任派出所所长名单报到总局。"

张大炮念完后,抬头看了看林涛。

意思是我念完了，是不是可以再抽支烟了，那眼神好像是在等待林涛的批准。

林涛憋着笑，一本正经地和他说道："你还没念完呐，报请总局任命的派出所人员的名单还没念呢。"

张大炮一听，像个听话的学生一样，又拿起桌上的另一份名单看了看，抬头跟林涛说道："这名单，前天一大早就报局里了，已经批了，还念呀。"

林涛认真地点点头道："当然要念了。这是咱分局起草的最后一份文件了。"

张大炮很听话地点头："好好好，我念我念。"

张大炮又认真地念了起来："根据林业公安总局研究决定，以下同志派任各大林场派出所任所长职务。具体任命如下：

原材料线分局内勤赵延武同志，任西沟林场派出所所长，成员五人。

原白江河林场驻在员姜玉胜同志，任白江河林场派出所所长，成员五人。

原材料线分局外勤张志伟同志，任新胜林场派出所所长，成员四人。

原新胜林场公安驻在员曲吉录调入那尔轰林场任派出所所长，成员四人。

原材料线分局外勤宫玉林上调总局，任刑侦科内勤。

原材料线分局外勤胡玉国同志，任青山林场派出所所长，成员五人。

原材料线分局外勤徐兴东同志，任龙湾林场派出所所长，成员四人。

原那尔轰公安驻在员王世刚同志，任胜利林场派出所所长，成员四人。"

念完后，张大炮自己添加了一句，说道："以上提议，经过总局党委研究决定，今天上午电话通知，已经全部通过。"

当他抬起头再看林涛时，他人已经哈哈哈笑着走到门口了。

张大炮嘟囔了一句："这臭小子逗他大哥玩呢。"同时却伸手拿起桌边的烟包子，极快地卷了一支烟，惬意地抽了起来。

徐兴东、胡玉国、张志伟、赵延武四人听见林涛的笑声，纷纷进了张大炮的办公室里。

看着林涛的背影，都莫名其妙地看着张大炮。

张大炮绷着个脸，看着他们道："都看我干什么，你们林局长让我批评了一顿，刚调回总局当局长就骄傲，你们到新岗位可不能像他一样啊。"

赵延武是他多年的老内勤了，嘟囔了一句道："是这么回事呀，您要是表扬他的话，他是不是能蹦起来了。"

其他人一听，都哈哈哈笑了。

"你个小瘪犊子，这是你的地盘了是不是，也和小林子逗我啊！"张大炮带着宠溺孩子的表情看着他的老部下。

徐兴东、胡玉国，还有张志伟都有些恋恋不舍地说道："张局长，我们就要走了，还真是不舍得您呀，这么长时间在一起，还没跟够您呢。"

张大炮看着胡玉国眼角还潮湿了，笑着说道："快拉倒吧，你们这帮小瘪犊子是没让我骂够吧。准备好，还有一个多小时，就到你们自己辖区去了。我也不是你们的老丈人，怎么的还赖上我了。到你们自己辖区好好干，用心去干工作，一定都会干好的。我的兵绝不能给我丢人。如果想三想四搞歪门邪道，要是我知道了，小心扇你们大耳刮子。"

林涛又回到了张大炮办公室里,看到他们都在,便说道:"你们这次回到自己的辖区,不仅要把辖区的各项工作开展好,还要把家庭关系搞好,不要像在分局,人手不够,回家的时间少。这回,你们每个派出所都好几个人,劳逸结合,该回家看看老人孩子,就要回家看看。"

张大炮接过林涛的话茬:"林局长这话说到理上了,在不耽误工作的前提下,该回家多回家陪陪父母和老婆孩子。"

一个小时后,徐兴东、胡玉国、张志伟各自乘原条车到他们的辖区上任去了。

临走,他们一起给张大炮和林涛敬了个标准的军礼。

二

傍晚,太阳还没落山,余晖是粉红色的。

四个长满灰白头发的六十多岁老人,三人手里还拿着小筐和袋子,一起走进了张大炮的办公室。

张大炮和林涛还在说着什么,抬头一看是他们西沟林场的五保户、军烈属,也是分局帮助最大最多的帮扶户。他们是军烈属秦大爷,五保户刘师傅、吕师傅、李师傅。

俩人赶忙起来,腾出座位给四位老人家坐。赵延武进来,见座位不够,急忙从内勤搬了把椅子过来,又给四位老人倒上水。

四位老人纷纷摆手:"不喝水了,我们就是来送送这位张大兄弟,听说他明个要走了。"

张大炮赶忙道:"走也没走多远,到时候我还会回来看你们的。"

满脸沧桑的四位老人七嘴八舌道:

"张老弟你是个大好人呀!"

"这些年亏得你的帮助呀!"

"我们遇到什么难事都找你,也放心你,还时不时地救济我们!"

"我们忘不了你呀!"

说着,把自己手里的东西纷纷递到张大炮跟前。

李师傅拍拍手里的袋子:"这是我上山时刨的野天麻,你回去给弟妹,还有你泡水喝。"

吕师傅道:"这是我上山采了点野木耳,好吃着呢,别嫌少,你拿回去吃吧。"

刘师傅拿起小筐道:"这是我和你嫂子养的鸭子下的蛋,都腌好了,也不多,给你拿回去给孩子和弟妹吃吧。"

张大炮一看,急忙摆手推辞:"这可不行,这可不行,这是违反纪律的。再说,我们为你们做的那点小事,都是我们当公安应该做的。你们给的这些东西,我坚决不能要,快都拿回去。"

三人往他手里递,他则往外推。

军烈属秦大爷劝道:"张老弟,你就拿着吧,这也犯不了什么纪律的。"

张大炮坚决不要,三人坚决要给。

林涛看到这种情况,急忙走到他们跟前说:"好好好,三位大哥也别争执了,我替我们张局长收下了。"

张大炮看着林涛的眼神,明白什么似的说道:"好好好,我收下,我收下。"

张大炮待他们四人坐下后说:"四位大哥,你们放心,我走了不仅会常回来看你们,将来你们有什么事,就找这个臭小子。他现在是这里的第一大官了,你找他,和找我一样。"说完,指了指站在门口的赵延武。

赵延武接着道:"四位大爷,我叫赵延武,你们放心,张局长回局了,照顾你们的任务,就留给我了,今后你们有什么难事,就找我,我会尽我所能为你们解决的。"

四位老人一听,回过头来看着赵延武:"那就麻烦你这个小同志了。"

这时,没拿东西的秦大爷从兜里掏出一个红布包着的东西,边打开边说:"我老秦也没有什么东西给你的,我把我珍贵的东西给你吧。就算我们全家给你发的奖章。"

说完,他就把已经打开红布的东西递到了张大炮跟前。

张大炮接过一看,是一枚解放战争二等功的勋章。银制的,已经发旧发暗了,但十分珍贵。

秦大爷说道:"这是我大儿子荣立的。我珍藏到现在,我就送给你,留给你做个纪念吧。"

张大炮一听,急忙递回到老秦跟前:"秦大哥,这可使不得呀,这可是你和你儿子的光荣见证呀,也是你军烈属的象征呀。"

秦老头说道:"还有什么象征呀,都这么多年了,都成事实了,共产党对我够好的了,最让我满意的是,共产党培养出了你这样的好公安,我真的过意不去呀!你就拿着吧,你就拿着吧!"

又是林涛走到他俩跟前道:"张局长,这枚军功章,是秦大爷对你的肯定,也是秦大哥的心意,你就留下吧。"

张大炮看着林涛把手里的军功章放到了办公桌上。

天要麻麻黑了,张大炮让赵延武送走了四位老人。

张大炮看着四位老人出了门,便和林涛说道:"我走后,让赵延武都给他们送回去。"

"对呀,你们这争执起来,那还有个完。"

秋季一来,就明显感到一天比一天凉了。已经是晚上十点多钟,张大炮仍没有一点睡意。

他卷了支旱烟,披上衣服,从办公室里走了出来。

他看了看周围,望了望天空,一轮明月像一面洗过的镜子镶嵌在半空,照得大地形如白昼;无数颗星星环绕着它,也争先恐后地闪烁着自身的光亮。

材料线分局还是那个老样子,房子周围夹着一米半高的板杖子,大门前的土道上,风一刮仍然尘土飞扬;道旁熟悉的十几棵大杨树,树叶凋落得只剩枝干了;偶尔还有几片黄黄的叶子不甘凋落,就像几只无家可归的小鸟,在冷风中瑟瑟发抖。房头西面有个木板子做的小棚,那是他曾经的爱犬"虎子"的窝。虎子自从老死后,他始终怀念它。现在小棚子里放置的,是他曾经的老旧摩托车,锈迹斑斑,已经静静趴在那里好多年了。

今晚上,分局里除他之外,只剩下林涛、赵延武两人了。

林涛明天和他回总局一同上任,赵延武已经是这里新成立的第一任派出所所长了,徐兴东、胡玉国、张志伟、宫玉林也都在昨天和今天上午走马上任了。

十几年日日夜夜,风风雨雨,含辛茹苦,忙忙碌碌,曾经生龙活虎的年轻人,已熬成两鬓也有些发白的中年人了。

这时候,后面的门开了。

是林涛。他也披着一件衣服出来了,没等张大炮开口便问:"张局长还没睡呢。"

"你不也没睡,也是睡不着了吧。"

林涛说:"是啊,想想就像昨天,风风雨雨的,转眼就好多年过去了,刚来时觉得这里那么艰苦,走了还真是不舍得呀。"

张大炮道:"想起你大学刚毕业的时候,还是个青涩的小青年,现在却是大青山林业公安局最年轻的副局长了。小林子,前途光明,大有作为呀。"

林涛道:"哪里呀,都是你们长辈的爱护和培养,到什么时候,我林涛都不会忘记您和您一样老一辈人的教诲呀。"

张大炮又道:"林涛啊,可别那么说,有志不在大小,我们只是实事求是选拔人才而已。我们心里只要时刻都装着这片黑土地、这片大森林,时刻牢记自己的职责是干什么的,我们的心就会正、就会直,脚下的路也就一定不会走歪。我相信,随着国家的强大,我们的林业公安队伍也会逐渐正规和壮大起来,使我们赖以生存的这片大森林更美丽、更美好。你说呢?"

"张局长,你说得太好了,我也相信。"

张大炮满含深情:"小林子,你知道吗?我对这里太熟悉了,熟悉这个辖区的每个人、每条河流、每条小路、每座小桥,我真的不舍得走啊!人生就是这样,不是你能左右得了的。路虽然在你脚下,可是路通向哪里,有时你真的无从知道。我太爱这里的每个老乡,每个朴实、善良、勤劳的林业工人。尤其喜欢和我朝夕相处、患难与共的兄弟们。自从我在这里当局长,十几年以来,迎来送往过好多兄弟,大体有多少已记不大清楚了,就像昨天和今天走的这些小兄弟们年龄一样。"

林涛发自内心地说:"张局长,我真的很敬佩您!快二十年了,您仍然恪尽职守,含辛茹苦,脚踏实地地履行着自己那份职责,从不诉苦,从不埋怨。您是咱公安局的样板!教科书!"

张大炮道:"小林子,你可别这样表扬我。我就是这样的性格,干什么就要把它干好,不懈怠,不投机取巧,认真地去干事情,爱这片土地。"

林涛点点头:"我从你们老一辈人身上学的东西真是太多了。"

张大炮意犹未尽:"小林子你知道吗,我很满足的,也觉得自己很幸运。幸运的是出生入死、枪林弹雨那么些年，身上虽然受了几处伤，却还活着；比起那些牺牲的战友来说，还有什么不满足的。儿子卫国去年高中毕业，上了一年山，通过组织部考核后，也和咱们一样当了林业公安。你也知道，还在周详的刑侦科锻炼呢。我想好了，一年半载后，就把他发配到林场派出所去。姑娘燕子也念高中了，出落得漂亮懂事。但是，我最满足的，莫过于找了一个好老婆。十几年了，咱俩背后说，我真的有愧于你大嫂。和我结婚以来，她没跟着我享过福，尽为我受累操心了，却无怨无悔，一年聚少离多，见面都是屈指可数。"

林涛听到这里，便笑着说："真是那么回事，我媳妇回家也说，齐琴大嫂为你可没少操心，没少吃苦，就看见嫂子每天上下班，还得给孩子做饭，风里来雨里去的。张局，我还真得感谢你们两口子，给我介绍个那么好的媳妇，特别理解我，特别支持我的工作。咱们的工作，最大的特色就是跟亲人聚少离多。可真的，张局，你在沟里这么些年，在这过了多少节假日，都数不过来了吧。我还记得去年，我要在这儿过年，你非得把我撵回去，你却把嫂子孩子叫到咱局里过的年。"

张大炮点点头："要打算干咱公安这行，就别想把年节放在心上。年节在咱们的脑海里，只是记号，什么中秋与亲人团圆了，什么春节与家人团聚了，那只是理论上成立，现实中是极少能做到的。你也算是老公安了，越是到年节，工作越紧张，巡查、巡视、检查，等等，比平常日子更要尽心到位。尤其作为领导，还要以身作则。当你手下的兄弟们有的还没有对象，有的结婚不久，就得体谅他们；节假日时，就让他们回家与家人团聚。我都这么大岁数了，父母也都不在了，就剩老婆孩子了，老夫老妻的也没那么多的想头了，也都互相理解。小林子，你可别说，我和你嫂子，还有孩子，在这过年得有五年了。去年我撵你回去过年,你都不知道,半夜那是火光冲天的,卫国和燕子,还有你嫂子,还到火场了呢。"

林涛一听,便道:"我过年回来,你只是简单讲了一下。没吓着我嫂子吧。睡觉还早,你给讲讲过年的事呗。"

三

张大炮好像又沉浸到去年过年时的情景中。

那是大年三十的中午,风很冷,天上飘着小清雪。太阳在小清雪中显得不那么刺眼,小客车也是最后一趟了。

张大炮在车站没等上一会儿,车就进站了。

客车到站刚停稳,儿子卫国、姑娘小燕就高兴地一个接一个跳下了车。已长成大姑娘的燕子,蹚着厚厚的白雪,搂着他的一只胳膊,叽叽喳喳像只小鸟。儿子卫国穿了一套公安服,特别精神,又很稳重,拎着半口袋东西下了车。下来十几个人之后,才看到齐琴脖子上围了条粉色围巾,穿了件灰色半大衣到了车门口。

张大炮急忙伸出手去扶她下了车。

齐琴下车后,故作生气的样子道:"两个没良心的东西,看见爹就忘娘了,就知道自己下车,也不知道等等我。"

张大炮把四个办公室的炉子烧得很热乎,整个材料线分局就是他们全家的了。

二门口也贴上了红色的对联,是大早上赵延武贴的。院子里的雪,也是他打扫的,干干净净。门旁还扯上了一个小灯泡。

张大炮办公室的炉子旁边,有个盆子,盆子里有很多冻肉正在融化着,肉上面还有几条半大河鱼。这都是猎人老姚头听说他的家人要到林场过年,给送过来的。

燕子今年十五岁，仍像个孩子，看到鱼肉，笑得合不拢嘴，一个劲地说着："跟爸爸过年真幸福，有肉吃，还有鱼吃，跟妈妈过年，就吃顿饺子，再啥也没有了。"

齐琴正从袋子里往外拿家里带来的东西，听到燕子的话，说道："好啊，过完年你就在你爸这，别回家了，我就和你哥回家。大姑娘家家的还那么馋，将来谁还敢娶你当媳妇，还跟你爸一个样没良心。"

大炮呵呵笑着："谁说我姑娘嫁不出去，长得又好看又懂事，一般人咱还不嫁呢，最起码得找个像她爸这样的好人，对吧燕子。"

"对！"燕子郑重其事地答道。

"真是什么爹就有什么姑娘，脸皮都那么厚。"齐琴拿他俩真的没办法，每天朝夕相处，人家不待见，整年的回家没几次，见着亲得像跟屁虫似的。

张大炮看到齐琴拿出的东西一包又一包的，走上前去急忙问："都是些什么好吃的，让我看看。"

"家里好吃的都拿来了，煎饼、粘火烧、冻豆腐，还有冻饺子，家里几个月攒的白面都给你包了酸菜馅饺子了。要不死丫头说，我不给她好吃的。"齐琴有点怨气地说道。

燕子听到妈妈的话后，撇着嘴跑了出去。

"冻饺子好啊，我正愁怎么办呢，你给我解决了大问题了。"张大炮说完，齐琴还没反应过来什么意思，张大炮就高声喊儿子卫国过来。

卫国正在内勤查看一些记录，听到张大炮喊他，便答应着跑了出来。

还没到跟前，张大炮就说道："卫国，你还记得前年来过年时，和我一起去看的军烈属秦爷爷吗？你拿一些饺子，再拿些冻豆腐，替我送去。煎饼就不给他老两口子拿了，他们咬不动。今晚上老两口子就不用包饺子了。"

卫国答应着。

齐琴没有怨言，急忙从装饺子的小袋子里倒出了一半，留给今晚上他们四人吃的；又捡了两坨冻豆腐放在里面，粘火烧也捡了一些放进去，反正都是冻的，也不怕压，然后爽快地递给了卫国。

齐琴知道这家姓秦的军烈属，是张大炮告诉她的。前两年上这儿过年，齐琴特意给两位老人包的饺子，是卫国陪着他爸一起送去的。

卫国刚要往外走，燕子听说也要跟着去。

齐琴心疼地说："外面冷，燕子就别去了。"

结果大炮手一挥，燕子高兴地拽着她哥走了出去。

齐琴生气地嘟囔了一句："你就使劲惯吧，竟装老好人。"

张大炮用水洗着已经化开了的冻肉、冻鱼，齐琴洗菜切菜，晚上准备吃一顿丰盛的迎春家宴。

卫国和燕子一个多小时才回家。

大炮问："怎么才回来？"

卫国说："我俩去的时候，两老人家刚架火正准备做饭，是燕子给烧的火，煮的饺子，然后又给收拾的屋子。烧火的干柴没有多少了，我给劈了些干柴，院子也给打扫了，所以现在才回来。"

张大炮笑着表扬道："做得好，这才是我张野的好儿子、好女儿。"其实话里话外，捎带着把自己也表扬了。

齐琴正在往办公桌上端菜，听到张大炮的话后，用鼻子"哼"了一声。

大炮急忙又说："不对，我纠正一下刚才的话，你俩是我和你妈共同的好儿子、好女儿。这回对了吧？"说完，偷着扫了齐琴一眼。

齐琴偷偷抿嘴笑了。

今年过年的家宴,真的很丰盛,按照现在的标准来说,那真是山珍全席,绝对没有任何污染。炒野猪肉、炒狍子肉、粉条炖猪肉、炖河鱼、小鸡炖蘑菇、炒鸡蛋、拌白菜心、酸菜饺子。

菜上齐了,天也黑了,张野和齐琴坐在床上,一对儿女坐在对面。

张大炮猛然想起来什么,从抽屉里拿出了两盒小爆竹,一盒一百个,每个小爆竹粗细和火柴杆大小差不多少。

他递给卫国:"过年了,出去把鞭炮放了去,也喜庆喜庆。"

还没等卫国接呢,燕子一把抢了过来,自告奋勇地说:"我去。"说完,拿着火柴麻溜地跑了出去。

齐琴笑着说道:"你瞅这疯丫头,哪像个女孩子,就是个活脱脱的男孩子。"

张大炮却笑着说:"这才是我大炮的姑娘,巾帼不让须眉,不用着急,再大点就好了。"

放完鞭炮,等燕子连蹦带跳地回来,就开席了。

张大炮显得极为兴奋。平日里很少回家,团聚的日子屈指可数,即使在一起,说的话也很少,今天正值辞旧迎新,美味佳肴,妻儿环绕,应该说这是他最大的向往。

张大炮先举起了茶缸。齐琴杯子里有少许酒,这些年来让大炮给训练的,年节时齐琴也能喝点酒了。卫国和燕子杯子里都是茶水。

张大炮一看,拿起身边的老白干,拿过卫国的杯子仰脖把杯子里的茶水喝干了,然后就往杯子里倒上白酒。卫国要阻止,已经来不及了,半杯白酒已放在了他的跟前。

张大炮的茶缸最特殊,也最有纪念意义,也是他最珍惜的东西。

白色的瓷缸伤痕累累，即使残缺却还能辨认出印有红色的"中国人民志愿军"字样。

还没等卫国说什么，张大炮就先开口了："往后，你就是堂堂正正的男子汉了，既是我的儿子，又是我的战友，可以喝点酒了。今天是大年三十，本局长正式批准了。"

卫国极力推辞，最后答应喝少许才通过。

燕子却说道："爸爸，我也想喝酒，你怎么不给我倒啊？"

张大炮摆手："你的要求不能通过。一你是个学生，二你是个小姑娘，茶水就很好了。"

张大炮重新端起杯来，清了清嗓子，像那么回事似的开始致新年贺词："今天是辞旧迎新的日子，我最亲的人来我工作地儿过春节，本局长非常高兴，明天又是新一年的开始，在这里，我祝愿各位工作更上一层楼，学习上更有进步，尤其祝愿我的好伴侣，你们的好妈妈身体健康，工作顺心，永远年轻，祝大家春节快乐！"

岁月悠久的茶缸与现代的杯子碰撞，声音显得不那么协调，但仍然是余音绕耳。

大炮刚把茶缸撂下，卫国和燕子就站了起来，端起手里的杯子说道："敬祝爸爸妈妈身体健康，新年快乐！"然后各自喝了杯子里的茶水和酒，又深深地鞠了一躬。

张大炮用筷子夹了块河鱼肉，放在了齐琴的碗里，笑着说："好啊，这是我张野最幸福的事，娶了一个贤惠的媳妇，还有了一双懂事的儿女，工作也很满意，人生如此，还有何求呢。只是，一到过年过节，就想起我那些牺牲的战友，都那么年轻呀，没赶上这个好时候啊！"

说到这，他又端起茶缸自己先抿了一口。

然后，他才端起盛酒的茶缸，要求对面的儿子卫国也端起酒杯，像是老师傅和徒弟说话一样："我说儿子呀，我想好了，你不能总是待在机关里，学不着什么真正的东西。再待个半年三月的，我就让周详放你到下面派出所去，好好历练历练。记住，想要干咱公安这行，是不能先想着享受的，要敢于吃苦，把业务学懂、学通、学精，身在哪，心就跟着在哪，爱这方水土，爱这方百姓，绝不能高高在上，头重脚轻，搞歪门邪道，要在心里记住，卫国同志！"

张卫国真的像战士一样，起立并敬了个标准的军礼，嘴里高声回道："知道了，首长爸爸。"

张大炮看见儿子故意调皮的样子，内心有无限的喜欢，嘴里嘟囔着："好，好，是我的儿子！"

坐在卫国边上的燕子，张着嘴笑道："真好，真好！这回爸爸的宣教有最忠实的听众了，还是上下级关系。妈妈咱俩再听到爸爸发表宣言的时候，我就把哥哥拽回来，我们也不是他的兵，是不是妈妈？"燕子看着齐琴。

齐琴没搭理燕子，却看着儿子卫国，若有所思地说："卫国也不小了，没多长时间也得解决个人问题了，不知道又是哪家的妮子遭罪了。我是琢磨出来了，嫁给公安，得做好各方面吃苦的准备。"

卫国笑着道："我还早了呢，不急不急。"

张大炮接过话茬："齐琴同志，不能那么说，我们公安是光荣的职业。没有我们，每一家每一户哪能那么祥和。一定会有像齐琴同志这样理解公安的好姑娘，争先恐后地嫁给我们卫国同志的。就说我吧，当年有多少年轻漂亮的女子求着要嫁给我呐，我就是没动心。为什么呢，就是因为我张野同志是要个头有个头，要能力有能力，要模样有模样，不对，不对，模样还是算了吧，说秃噜嘴了，说秃噜嘴了。"张大炮还没等说完，就否定了自己长得帅的事实。

这下把旁边三人笑得前仰后合了。尤其燕子正值豆蔻年华，再加上炉子烧得很热,笑容俨如桃花般绽放。

齐琴笑着边擦着流出的眼泪,边说道:"我才知道,世界上脸皮最厚的是谁了,简直受不了啦。"

再看张大炮,一个大男人家家的,像个孩子做错事似的,用左手拿着茶缸放在嘴边不放下,低着头嘴里念叨着:"吃块野猪肉,吃块野猪肉。"

结果他的筷子却夹饺子去了,把饺子放到嘴里,还说:"吃块野猪肉,吃块野猪肉。"

他这一出,又把三人笑得东倒西歪。

张大炮想要打开自己的尴尬,提出想抽支旱烟,结果被在场的所有人否决了,都说:"呛死人了。"

四

燕子总算止住了笑声,却突然间像是想起什么事似的郑重说道:"爸,妈,我告诉你们个事。"

齐琴和张大炮不知道燕子要说什么重要的事,便一起问道:"什么事一惊一乍的。"

燕子发现自己失态了,脸更红了,支支吾吾地又不说了。

张大炮纳闷了,疯丫头不是这样扭扭捏捏的性格呀。这更勾起了他打破砂锅问到底的兴趣。

"行,那我就说,不准笑话我,那可是你们逼我说的呀。"

"好,好,好,我们不笑话你。"

燕子这才眼睛亮亮地兴奋说道:"上学期寒假前,高中二年级一班转来个住宿新男生,叫常小青,长得太帅了,比演员都好看,一米七多的个子,学习好,体育也好,全校男生、女生,还有老师,没有不喜欢他的。他走路、打球，或者上课，都有人偷看他。他上哪去，都有一帮一帮的男生女生跟着，但看起来他挺傲的，轻易不搭理人。"说完，情绪挺低落，并有些伤感似的，低着头抠着自己的手指头。

张大炮和齐琴互相看了看后，齐琴先说话了："你是不是也偷看人家来着，人家没有给你好脸吧。"

"才没有呢。"能听出来燕子的声音很小，没有一点底气。

张大炮从女儿的表情中能看出来，这孩子有些喜欢人家，被常小青这个小犊子给打动了。

他看了看女儿低头有些怅然若失的样子，便提了提嗓门，说道："疯丫头，我告诉你，你说的那个常小青，我认识他，不仅我认识他，我还认识他爸，了解他的全部情况。"

"真的吗？得了吧，爸爸就知道骗我，我才不信呢。"其实张大炮看出来了，女儿嘴里说不信，眼神里却在急不可耐地等待下文呢。

张大炮是干什么的，一个小黄毛丫头能逃脱出他的观察。他看女儿急不可耐，反而不说了，喝了一口酒，然后拿起筷子，好像要夹菜，却还没有选中夹哪样菜似的，眼睛看着满桌子菜，手里的筷子停在半空中，瞧瞧这个又探探那个。

燕子的眼神，随着她爸爸的筷子起起落落，焦急中透露着欲说又止、害羞又急于想知道真相的表情，极为可爱。

张大炮偷着扫了女儿一眼，想继续逗逗她。

他的筷子刚落在炒野猪肉的大碗上，却又挪开了，挪到了猪肉炖粉条的盘上，谁知道筷子却又奔向炒鸡蛋上，两根筷子就像在桌子上跳舞。

燕子实在等不及了，心想："平常爸爸吃菜也不这么磨叽呀，今晚这是怎么了？"

她干脆拿起自己的筷子，夹了块鸡肉央求道："我的好爸爸，你是不是想吃鸡肉呀，姑娘给您夹啊。"说完，就把鸡肉放进了张大炮大笑不止的嘴里。

卫国也哈哈大笑了起来。

齐琴笑着捂着嘴，用手指头点着燕子的额头，说道："了不得了，了不得了，我家姑娘犯花痴了。"

燕子一听三人有说有笑的，才恍然大悟过来，是爸爸在逗她。

她两个脸颊猛然间更像红透了的苹果似的，灵巧又红红的小嘴噘着很高，能挂上个酒瓶子，秀气而又明亮的大眼睛透着微微的怒气，恨恨地说道："你们都是坏人，再也不相信爸爸了。"说完，站起来就想出去。

卫国在长凳的外面坐着，他急忙站起来，把她按回到原位。

张大炮看出来已经到火候了，如果再不说清楚，姑娘可真的要发脾气了，要不就真的不吃不喝出去了。

他这才止住笑，认真地说道："姑娘不知道吧，这小犊子打小我就认识他。的确他现在长得那真是越来越帅了。他住在白江河林场，有两个叔叔，一个叔叔叫刘石头，一个叫杨树，他的户口落在刘石头家。起先，他是在材料线青山林场高中读书，这不，才转到林业局第三中学不久。我还知道，是谁提议给他转到林业局第三中学的，是你蒋浩然叔叔。姑娘，爸爸说的对吧？"

燕子正在聚精会神地听着，眼睛都不想眨一下。一听她爸爸问她，急忙又收回了认真倾听的表情，装作毫不在意的样子，摇着头。

张大炮想继续再逗逗燕子，又端起那个破瓷缸子，拿起了筷子，不慌不忙地说道："来来来，不能光听我说呀，吃菜喝酒，再次祝每位亲人新春快乐！"

齐琴和卫国还未端起杯子，燕子已经快速地端起了杯子，麻利地把茶水喝得一干二净。

当她把杯子撂下来的时候,再看其他三人,都在看着她,她知道又上当了,可又没法说出来,只好装作若无其事的样子,说是"夹菜",筷子却始终没有落下。

其他三人都憋着笑,不敢再吱声了。

张大炮放下瓷缸和筷子,开始慢慢地说了起来。

"他爸来东北一个月时,我就结识了他。我正在白江河林场普查自然人口,你赵玉勇叔叔告诉我,有个叫常宽的山东人,救了你蒋浩然叔叔的命。正好你赵玉勇叔叔要去山场,我听到救人的故事,也很感兴趣,就和你玉勇叔叔一起到了山场。他爸常宽也是一表人才,重义气重感情,有胆魄有文化,你赵玉勇叔叔看好他了,我也看好他了。我找了臧局长,愣是让我给挖过来了,在我手下当公安。唉!人生难料呀,他在崇礼林场和白江河林场都驻在过。可惜了,因为舅舅历史的问题和打野猪伤人问题调离了公安队伍,又回到了工队上班。哪知道,后来为救人淹死了。真是可惜了,才三十多岁呀。"

齐琴想起什么似的,插话道:"怪不得,大前年刚入冬,你神情低落,气色那么差,回到家里不言不语的,问你什么,都爱搭不理。原来你是为常小青他爸遭遇不幸的事呀!"

张大炮默默地点点头,又道:"才三十几岁呀,就撇下了幼小的常小青和他奶奶在山东老家相依为命。直到他奶奶去世,也不知道儿子常宽已经死在她前面了,常小青也不知道他爸爸死了。是刘石头、杨树回山东老家处理老人丧事时,才告知常小青,并把他接到东北来的。"

张大炮讲到这时,燕子轻轻叹了一口气,嘴里不由自主地吐出了三个字:"真可怜!"

齐琴和张卫国都没有吱声。

张大炮也叹了口气，说道："常小青的爸真是太可惜了，到现在仍然是我心中的痛。"

齐琴点点头，说道："小青他爸爸像你说的那么优秀，这孩子将来也错不了。"

燕子认真地听着，真诚地点着头。

齐琴和张大炮交换了一下眼神，都偷偷地笑了。

齐琴心里暗喜，这回可有相克这丫头的人了。

晚上十一点，灯灭了。今天是大年三十，多给了一小时的电。平日里晚上十点就没有电了。

张大炮拿出了手电筒，把煤油灯点着了，燕子已经去值班室睡下了，卫国跑到内勤赵延武的床上也躺下了。

张大炮上趟厕所回来时，他的床已经铺好了，用大衣叠的枕头是他的，在床的外边，他平日的枕头已经放到里面了。床边，洗脚盆里的水正冒着热气。

看见张大炮进来，齐琴招呼他坐床上给他洗脚。他急忙说道："今天我老张伺候伺候丫头你，给你洗脚。"

"拉倒吧，我可没那个好命，丫头就是伺候人的。"大炮拗不过齐琴，又是齐琴给他洗的。

床本来就小，一个人睡就没剩多大空间，两个人就得紧搂着睡了。

齐琴在他宽厚的怀抱里就像个温柔的小猫，柔软而又纤细的手习惯地摸着他身上的伤疤，大炮感觉痒痒的又很舒服。

十几年的分局工作，让他俩聚少离多，相拥而眠的日子都能数得过来，儿女在不知不觉中就长大了。正是怀里这位瘦弱的女人，无怨无悔的付出换来的。谁说岁月静好，得有人甘愿为你负重前行呀。

想到这，他又紧紧抱了一下吐气如兰的齐琴。齐琴温柔地"哼"了一声，耳朵正好就在他的嘴边。他轻轻而又温柔地对着她说："我想要你了……"

怀里的齐琴没有吱声，而是轻轻地点了点头。

正在这时，忽然外面传来激烈的砸门声："砰，砰，砰！"

随后有人呼喊："张局长！张局长！快起来看看，我家着火了！"

张大炮一骨碌就爬出了温暖的被窝，赶紧打开手电筒，找着自己的衣服，迅速地穿在身上，又顺手摘下挂在墙上的帽子戴在头上。这就是当过兵的素质。

接着，他快步奔向走廊外门。

刚到走廊，就看见卫国也睡眼蒙眬地边系着裤子走出休息室。

"爸，我听见谁家着火了。"

"嗯，正好咱俩出去看看。"

打开外门，一阵凛冽的寒风扑面而来，瞬间就穿透了身上的衣服，正是哈气成冰最冷的时候。

用手电筒一照，只见一个三十多岁的中年人，光着头，穿了一件蓝色棉袄，还裂着怀，里面只穿了件背心，趿拉着一双破旧的棉鞋，嘴里喘着白气，两手捂着耳朵，冻得哆哆嗦嗦的。

"乔健民，是你家着火了？"张大炮没等到对方说什么，先发问。

"是我家邻居小曲的家着火，把我家也引着了。张局长，你快去看看吧。"来人急促慌张地说道。

三人快速往西头奔去。

刚拐过分局房头，就看见二百多米外的家属区中间的地方，火光照得夜空红红的，浓烟向天空翻滚着，夹杂着点点的火星。

三人加快脚步向火场跑去。

到了跟前一看，一栋连体家属房共计五家，靠东面的两家燃烧得最厉害，把头的一家已经塌架了，顺数第二家就是乔建民家，火也已经冲上房盖了。亏得是西北风，不然他家也不会这么完整。

几十人拿着盆子、水桶、铁锹，向燃火的屋子泼水、扬雪，还亏着离这三十米左右处就是个辘轳井，拿桶拿盆的不停地挑水端水，向救火的人们不间断地递送着，仅几十米的距离，水到火场边上就结上了薄薄一层冰。由于人们从下面往上泼水，水到火点，余下的水就剩不了多少，都白白浪费了。

张大炮看到眼前情况，高声喊道："重点是大火还没燃起的房子！有梯子吗？把梯子赶紧架上。"

张大炮看见梯子已经架上了，就要往房顶上冲。

边下的卫国却说道："我来吧！爸爸。"说完就奔向梯子。

张大炮拍了一下他的后背："上去小心点！"

随着卫国上了房顶，又有三四个人也上去了。

这时候，副场长戚斌也急匆匆赶到了张大炮跟前，简单询问了一下，也向梯子奔去。

戚斌是两年前在林场生产科长的位置上，被提拔为副场长。

房顶的几个人提着从梯子上递过来的水和雪，直接泼到了大火的燃点。

张大炮拎着两桶水递给梯子上站着的人，嘴里还呼喊着、指挥着其他的人。

"爸爸给你水！"一个女孩的声音。

张大炮抬头一看，是燕子和齐琴抬了半桶水。

"你俩怎么来了？火已经控制住了。太冷了，不需要这么多人了，你俩赶紧回去吧。"张大炮道。

燕子睡得迷迷糊糊的时候，听见有人砸门，也醒了，便穿上衣服出了值班室。齐琴这时也出了张大炮的办公室。俩人跟着救火的人流来到了着火点。

张大炮看见天已经亮了，乔建民家的火算是扑灭了，房梁也已塌架了，房上房下一片狼藉。第一家住户姓曲的房子完全塌架了，只剩下黑黑的残壁。虽然第三家也受到了波及，房盖塌了，但损失不大。

明火已经扑灭了。暗火还在燃烧着，缕缕青烟飘散在整个火场。

张大炮又指挥人们开始细致检查，浇灭余火。明火熊熊的时候，人们都急着救火，忘记了一切，当一停下来，便感到越来越冷。每个人的身上都像穿着结冰的盔甲，手脚被冻得麻木疼痛。

灭火已经到收尾了，张大炮把齐琴和燕子撵了回去。

卫国从房子顶上下来，满身结了冰，脸冻得通红，眼睫毛上都是白色的，警帽系在脸颊两边，也都是沾满了银色的冰碴儿。

张大炮把卫国也撵了回去，让他把衣服烤干。今天中午还得坐车回林业公安总局去值班呢。

接着，张大炮又和戚斌一起帮助火灾受灾家庭安排住处，检查火灾死角，调查火灾原因。

原来是曲丽家过年时，把棉鞋和毡袜子放到火墙上烘烤，急急忙忙回林业局娘家，忘拿下来，结果烘燃后，把边下的窗户引燃了，然后火苗通过窗户燃烧到房盖。

上午九点多钟了，张大炮觉得没有什么隐患后，才回到分局。

一进屋子，齐琴和燕子正在忙活热菜，卫国盛了半盆雪，正在使劲蹭着手，他的手发红发亮，看来是冻了。

张大炮急忙从办公桌抽屉里拿出了一小瓶獾子油，细心地给儿子涂了上去。这是老姚头给他的，这回派上了用途。

"在你这过个年，简直是惊心动魄呀！"齐琴用揶揄口吻说着。

"哪能这么说呢，这叫火烧旺运！"张大炮回道。

下午两点多，小客车来了，齐琴、卫国和燕子都坐车回去了。偌大的分局，又只剩下他孤零零的一个人了。

张大炮又卷了支旱烟，狠狠吸了一口，然后吐出了一口浓浓的青烟。

他在点点滴滴地回忆着十几年来的风雨历程，禁不住心潮澎湃。

林涛看了看天空那轮明月，已经西沉下去很多了，又看了看意犹未尽、恋恋不舍的张大炮，说道："张局，时间不早了，明天还得回局里，回去休息吧。"

一进走廊，通过不太明亮的灯光，张大炮忽然看见了那幅一九六五年十月二十七日的那尔轰大青沟灭门杀人案犯画像，一下子好像又沉入无限的回忆当中。

心有余悸，心有不甘，心存遗憾，这是他的一块心病。多年来，他始终没有放弃查找犯罪嫌疑人的线索，可反馈回来的信息，令他一次次失望，犯罪嫌疑人仿佛从这个世界蒸发了。

林涛看出了他的心情，也看了看那个令人憎恨的画像，说道："张局，要坚信法网恢恢、疏而不漏的真理，我们一定会抓到他的。躲得过初一，躲不过十五的。"

张大炮默默地点点了头："小林子，我在这十几年了，就是这个案子给我留下了遗憾。真是不甘呀！你记住了，我这代人抓不到他，你们这代人一定要抓住他！一定要给被害人一个合理的交代，一定要给我们的职业一个满意的交代。"

"张局放心吧，我记住了。"林涛郑重地回道。

第二天上午，有四名年轻的公安新成员来所报道。

下午两点多钟，赵延武作为大青山林业公安局西沟林场第一任派出所所长，为表示地主之谊，给张大炮和林涛搞了个简单的欢送仪式。

赵延武带领新来的成员，到车站为两位领导送行。

小火车开动，五个人齐刷刷地向站在车门口的张大炮、林涛敬礼，直到小火车在视线中消失。

至此，大青山林业公安局材料线分局的名字载入了史册。

第八章　亲上加亲

一

中秋节过后，长白山脉正是秋高气爽的时候，起伏的山峦，层林尽染，五彩缤纷，如诗如画。

大青山林业局第三中学，是林业局的最高级中学，坐落在林业局二层办公楼的对面。一条三十多米宽的哈泥河穿过中间，河上是人工架起的一座木刻的简易桥。学校是四方形建造的平房，靠河的这一栋房是教师办公室，其他三栋是学生教室，每一栋房有六间教室。从高一到高三，林业局子弟都在这里读书，全校师生近两千多人。

常小青在高三四班，整个班七十多男女学生，他是班长。老师给他的评语是德智体学全优。常小青颜值高，玉树临风、气宇不凡。他在学校里出类拔萃，走到哪身后都有人跟着捧场。自从高一下半年蒋浩然给他转到这里以来，他始终如一地专心学习，在他心里就是要学习好，不管其他同学怎么样，对于学习他都是雷打不动。

蒋浩然给他转到这里时，一再嘱咐他："切不可玩物丧志、随波逐流，国家永远都是靠有学识和有技术的人来强大的。"

秋天来了，校园里四周栽的大杨树叶子已经发黄了。校园东头有一个篮球场，两边篮球架的底座用大石头压着，篮筐上的网兜已经没有了，只剩下两个光秃秃的铁圈圈。

傍晚的时候，男孩子吃完饭都愿意在这打球。常小青不仅学习好，也愿意运动，几乎是有球必打，场场不落。帅气的面孔，矫健的身影，娴熟的球技引来许多男女学生的围观。凡是赛场上有他，围观的学生就特别多，尤其是女生。

一天下午，第一节课是语文课，常小青去办公室给老师送批改过的作业本。

高一三班的一群女生正在篮球架边下站着。她们是体育课绕完操场小跑一圈后，都在歇息。看到常小青后，都在指指点点，有的偷偷在笑。其中有位女生长得很漂亮，正是豆蔻年华之际，粉红色的圆脸有双含情似水的眼睛，又黑又长的睫毛灵动地忽闪着，双腮各有一个小酒窝，肉嘟嘟的小嘴一笑起来，两个小酒窝也跟着笑了起来，一条黑亮的马尾辫子在脑后一跳一跃的，显得格外调皮。

看到常小青走过来，女生们还在叽叽喳喳说着什么，那个漂亮的女生说话了："你们信不信，我认识他，我敢和他去说话。"

"你怎么会认识他，骗人。"

"你去呀，你去呀，我们看看。"

"张小燕吹牛吧。"

叫张小燕的女生脸绯红，看着身边不信任的眼神，说道："咱们打赌，我要是过去了，和他说了话，你们给我买皮糖吃。"

"行，行，给你买十块皮糖都行。"

张小燕不再矜持，看到常小青还有十几米的距离，便像有意无意地走向了他。

常小青正在向前走着，不料有个女生从斜面走向了他。

他无意瞅了她一眼，又继续向前走去，刚走出几步远，就听见那个女生喊他:"常小青同学,我求你点事行吗?"

常小青听到招呼,停下了脚步,回头打量了她一眼,不熟悉呀,便回道:"你认识我吗,有什么事?"

这时的张小燕,听到常小青带有磁性的声音,小心脏怦怦乱撞,脸更红了,羞涩的表情更加动人。她是第一次这么近距离与一个男孩子说话,而且是她打内心崇拜的心仪男生。

自从在西沟她爸爸那过年时,她爸爸张大炮的一番话,让她在学习上有了极大的动力,那就是:"你想让人瞧得起你,就要不断地提高自己,努力学习,加强自身的修养,让自己提升到与人家一样的高度,那样人家才能刮目相看你,平等相待你。"常小青在林业局第三中学上千名学生中,各方面都是出类拔萃的,他所接触的都是学习上进的学生。张小燕于是像变了一个人似的,知道努力学习求上进了。不会的习题,知道自觉请教老师了。仅一个学期,各科学习成绩突飞猛进,她不仅高一的课业已经全部掌握了,学精了,还把高二的整个课程,通过自学学得也差不多了。自从常小青转到这个学校后,她少女的心里便产生了一种从未有过的情愫,让她懵懵懂懂地说不明白。

"我叫张小燕,是高一三班的,都说你常小青各科学习特别好,正好我有一道高二下学期的数学题解不开,向你求教。"她把预先准备好的话说完后,一下子不那么紧张了,反而感觉直面眼前想要天天能看见的男生,是很甜美的事。

常小青这才仔细打量了一下眼前的小女孩,很羞涩,眉眼很好看,眼神里有些兴奋和激动,尤其那两个小酒窝很迷人。

"你怎么不问你班主任呢?我也不熟悉你。"常小青想要赶紧拿回作业本,扔下一句拒绝的话。

张小燕看见常小青要转身离开,赶紧补了一句:"我说吗,你就是个传说而已，不外乎'金玉其外'。"

常小青已经走出两步了，听见张小燕的话后，心里想这丫头骂人够狠。常小青太清楚她没说出的下半句"败絮其中"了。

他停下脚步，回头看见的不再是刚才那种有些激动的眼神，而是轻仰着脸，眼睛里透着一种不屑。

常小青看见她这个样子，又好气又好笑："我说你这个丫头，人不大，却尖牙利齿的，好不讲理呀，我帮你，或不帮你，都是情理之中的事。再说，你正在读高一，都是些基础知识，你都学不明白。不懂了求人家，还咄咄逼人，颐指气使，这样做对吗？"

张小燕依然带有不屑的表情："请你听明白，我高一的科目全是优，我是请教我正在自学的高二下学期数学题。因为你在学校里，是大名鼎鼎各科目最优秀的学哥，学妹碰见了难题，求你帮个忙，难道不可以吗？"

真是伶牙俐齿，理由却无法反驳。

常小青听到她求他帮助解答的是高二下学期的数学题，便对站在面前的倔姑娘有种敬佩感。看来，不帮她，真有些说不过去了。

想到这里，常小青便说："好吧，看你挺上进的样子，我就教你怎么解那道题吧。但是得中午才能有时间，到时候去班上找我。"说完，转身就往办公室走去。

张小燕听到常小青答应了自己的要求，并让她中午去找她，别提有多兴奋和激动了，宛如喝了一碗蜜水。但她还要极力掩饰，以免让常小青看出来自己的窘境，小拳头偷偷攥得紧紧的，感觉手掌心潮湿，脸上有些热热的。

她对着常小青弯腰鞠了个躬，含笑道："谢谢！"

抬起头时，她的马尾辫子的发梢，一下子飘拂到她那面若桃花的脸上，她用手轻轻拂开，显得更加楚楚动人，清新可爱。

常小青看了看她，笑着疾步向办公室走去。

从此以后，常小青算是被张小燕给套牢了。

反正高二各科目的题只要稍许不懂，她就去找常小青。小青完完全全成了她的业余老师。两人几乎到了形影不离的地步。燕子也是个至情至义的女孩，家里有什么好吃的，她早晨上学的时候就拿来了，中午不让小青花钱票，有时还给他买双袜子，买双鞋。

小青极力拒绝。

她却振振有词："学生孝敬老师，不应该吗？"

自从齐琴领孩子到西沟林场公安分局过春节回来后，张小燕像换了个人，一心扑在读书上，经常一学就学到大半夜，你要是催促她睡觉，她还烦了。一整天都在学校，本来中午是回家吃饭的，结果也像住校生一样在学校吃饭。带饭明摆的是两个人吃的饭量。后来燕子的同学告诉齐琴，她姑娘在学校聘了义务辅导老师。

齐琴一打听，是叫常小青的高三学生，一下子明白了。

她心里想，这丫头表面看似大咧咧的像她爸，其实精明着呢。她也偷着乐了。因为可有相克她的人了，姑娘以后一切不用操心了。

上课回来很晚的张小燕，吃饭的时候经常念叨，尤其她爸在跟前，念叨得更厉害："常小青那么优秀的学生白瞎了，真的也怨命不好，学习再好，也得回沟里青年集体户，等待牛年马月招工。要是像浩然叔叔那样，可以考大学就好了，常小青肯定能考上一个最好的大学。爸爸就你那破公安的地方，请人家都不稀罕去。"

张大炮两口子相视一笑，这个鬼丫头是在点拨人呢。

话说回来，自从在西沟过完年后，齐琴也对常小青放不下了。虽说姑娘年龄还小，还在上学，可要想成家也没几年。哪个母亲不想让姑娘嫁一个有出息的男人。

因此她也不间断地跟张大炮吹风："帮帮这个没爹没娘的孩子

找个活吧。咱也不是给他走后门，本来那孩子各方面都很优秀嘛。那孩子他爹，生前你不也喜欢吗，而且还在公安部门干过。"

齐琴打的是苦情加感情牌。

二

张大炮知道齐琴是怎么想的，什么目的。

齐琴督促的遍数多了，他就笑着对她说："你呀，别一厢情愿，还不知道小青那臭小子愿不愿意干公安这行呢。再说，你我别操那份心，真正操心的，应该早有人了，哪个能力都比咱强。即使常小青想干公安这行，那些人还不一定同意呢。"

齐琴一听，急忙问道："都是谁呀？"

张大炮认真和她说道："你是真不知道还是忘了，还有谁？不就是赵玉勇书记、郑志强和蒋浩然局长吗。常小青不久就高中毕业了，他们谁不清楚。"

齐琴听完后，自言自语地说道："天啊！这孩子这么多大贵人呀。"

张大炮点了点头，说道："准确地说，应该是常宽的贵人，现在都变成了他儿子常小青的贵人了。咱俩不也是他的贵人吗？"

齐琴发自内心感慨地说道："这个世界上，哪再去找这样的父子俩，都是这么优秀。"

张大炮看到齐琴抒发感慨，便说："这可能叫事在人为吧。好了，我明后天到赵玉勇、蒋浩然那儿探探风去。"

一九七七年元旦过后没几天，局党委办公室里，赵玉勇正和新提拔起来的副局长蒋浩然研究各林场生产任务划分问题。

研究完后，两人闲聊了起来，聊着聊着，就聊到了常小青的毕业去向。

蒋浩然说，想让小青参军。

赵玉勇没有直接说出自己的想法，而是沉思了一下，才说道："不妨再看看，国家的形势开始向好的方向发展，我感觉到春风扑面了。十几年的动荡让许多人才流失，最高层是清楚的，也一定会制定出合理科学的人才发展规划。国家是靠科技和教育来复兴的，恢复高考会不会成为可能呢？还有，常小青的父亲常宽是因救人而死，当时是有规定的，死者的儿子长到十八岁时，林业局要给予招工。过后，你给工会和劳资科打个电话，查询一下，我的意思是，让这个孩子上大学，到时候实在不行，再找其他的出路也不晚。"

说到常宽的死，蒋浩然凄然地说道："当初，我去省城学习的时候，还和他告过别。谁知春节回来，就听说他救人死了，别提我有多么痛心了。他也是我的救命恩人呀！人不能没有良心呀。所以我对他的儿子，就像自己的孩子一样。常小青是我从沟里的高中转到林业局高级中学的，这不快毕业了，我想给他找个出路嘛。唉！没爹没妈的孩子，怪可怜的。不过这孩子非常懂事，学习也非常优秀。"

赵玉勇接过话茬，说道："当时大炮多次找我，要常宽当公安，我就没同意，那时候我林场也缺管理人才。我想锻炼锻炼他，给他个工队领着，慢慢再提拔他。大炮这家伙却找到臧局长给我打电话，让我把常宽给他们。我一看都是为常宽好，就答应了。谁知道能出那种事，真是人生难料呀。"

蒋浩然说道："我知道这事。当时，张局长想让常宽大哥当公安，你不想放人。那时候我检尺，这一晃就十年多了，后代都成人了。'逝者如斯夫'，时间过得真快呀。"

两人正发着感慨、谈兴正浓的时候，有人敲门。

进来的不是别人，正是张大炮张野。

他进门就看见赵玉勇和蒋浩然，便说道："真巧呀，我想找的二位神仙都在呀。"

张大炮现在是大青山林业公安局局长。原局长臧云涛已经是政委了。

赵玉勇看见他进来，便问："判官大人上这来，有什么好事吗？"

张大炮看看他两人，表面含糊其词，实际是直奔主题："我这个判官关心的，都是人间私事。两位局长大仙可能不屑于管，看看我这个小判官能不能关心一下。"

赵玉勇和蒋浩然听后，没反应过来是什么意思。

只沉寂了几秒钟，蒋浩然就笑着调侃道："大炮局长莫不是想要招兵买马吧，还是为'近水楼台先得月'做准备？"

蒋浩然见过常小青几面，听小青说，有个比他小两届的女生挺聪明上进的，自学高年级课程，请他帮忙辅导补课，她爸爸是公安局局长，姓张。

今天张大炮的一番话，已经明了是奔小青毕业后的去向来的。蒋浩然心里偷笑，这个张大炮想做的事，公私兼顾，还都能冠冕堂皇地说得过去。都是聪明人不必打哑谜。

赵玉勇也听蒋浩然说过一些常小青在学校的事，蒋浩然话一落下，他就明白了，故意绷着脸看着张大炮，一本正经地说道："大炮呀，你说咱俩是不是真的挺有缘分的，看来咱俩的缘分可能还不够深厚，还要扩大到我去关爱的人身上。凡是我得意的人，你也上心；凡是我上心的人，你也得意。现在你是得寸进尺，还想动用自己的权力'以权谋私''据为己有'了。"

显然，赵玉勇是在故意调侃和揶揄张大炮。人家也是出于一片好意。

在座的三人都是为了常小青的前途着想,赵玉勇的心里是清楚的。

听到赵玉勇的话,张大炮好像是犯了错的孩子似的,搓着手,刚刮过胡子的铁青的脸上,泛着紫色。

他急忙摆手:"赵大书记,不带这样埋汰人的,现在不是我要以权谋私,更不是我要据为己有,而是我家的那口子催促我以权谋私,也是我家的那个疯丫头追着我据为己有,我张大炮咋办。我知道咱公安局庙有点小,人家常小青那小瘪犊子都是太上老君和如来佛那样的大仙罩着,像我这样的小判官,只不过是到时候打个边鼓而已。"

蒋浩然一听,哈哈笑了起来,指着张大炮道:"明明是以权谋私,还义正词严,冠冕堂皇。"

张大炮低着头只是笑。

赵玉勇也抿着嘴,笑着对张大炮说:"大炮呀大炮,我真服你了。现在你是油嘴滑舌到了炉火纯青的地步了,胡搅蛮缠非你莫属呀。"

张大炮已经捅破了来的目的,也就直来直去都说了。

"我大炮还是那么想的,我也听很多人说起小青那个臭小子,各方面都很优秀,我们公安局急需人才呀!让他高中毕业到我那摔打摔打几年。如果到时候有更适合他的地方,再去也不晚。当年他老子就很优秀,我看基因这东西很奇妙,很关键呀,这个臭小子一定不会错的。"

夏季的校园是最美丽的。三面环山,一面环水,山上的树木郁郁葱葱,五颜六色的野花尽情绽放,蜂儿鸟儿都忙忙碌碌地飞个不停,斑斓的蝴蝶也在翩翩起舞,徜徉在花丛中。宽阔的操场边,栽着妖娆的垂柳,在暖风中婀娜地飘舞着。

第八章 亲上加亲

从高三的房头,可以通过曲曲弯弯的石阶,登上南面的山坡。半山腰有个平台,建了一个小凉亭,红柱绿棚,四根柱子之间连着供人们休憩的木板。现在正是北方天气炎热的时候,小亭子里确是曲径通幽,凉爽宜人。

小亭子的木板上坐着一个英俊少年,他似乎在思索着什么。

从这里能看到林业局办公大楼和参差不齐的居民房,古老的哈泥河从校园的门前静静地流过。马上就要毕业了,虽然近三年的高中给他留下许多不舍和留恋,但他必须离开这里,回到沟里他的叔叔那里。

英俊少年正是常小青。他的想法很简单,回林场到青年集体户去,等待三年两载的招工。在集体户里也可以有工资,虽然少点那毕竟能帮助叔叔婶婶一些,帮助他们培养弟弟妹妹们,以报答他们的养育之恩。

前几天,浩然叔叔动员他当兵,他想,当兵也得好几年回来,最后还得招工。再说叔叔和婶子们也想他,他也想他们。既然最后都得招工,何不离得他们近一些,也能直接帮助他们不更好吗?

回去,毕业就回去,回到林场去,回到大森林里去,用自己的劳动去创造属于自己的那份天地。

他正在想着,就听见一个女孩甜甜的声音:"小青哥,你怎么跑这里了,让我好找。"

是他最"黏人"的女弟子张小燕。粉红的脸颊,灵巧的鼻子,红红的嘴唇,动人的大眼睛,由于热的原因,脸上更加妩媚。

自从给她补习以来,他就成了她的"御用"老师了。凡是不会的题,她就找他。除了睡觉和自己上课外,空余时间都被她占用了。起先是补习高二的课程,高二课程一个月就结束了;可是她又得寸进尺,非得让他帮助补习高三课程。

小青拒绝了。她却好像有理似的，跟他说，不帮她补习高三课程，就告诉她爸，告诉浩然叔叔，不行就去林场找刘叔叔、杨叔叔。

小青想，哪有这样死皮赖脸像狗皮膏药的女孩。小青把此事告诉了浩然叔叔。

浩然叔叔跟他说："现在哪有几个像她那样认真学的孩子了，她爸爸还是你父亲生前的好朋友好战友，再说，你帮她补习，不是也给自己复习了吗？"

小青一听，也是这个理，就答应了帮她补习高三课程。

她一听，高兴得手舞足蹈。

不过，他的这位女弟子那是绝顶聪明，一点就会，不用太费劲。平时，刻苦，自觉，让老师省心。认真时，废寝忘食，起早贪黑。她还经常从家里给他带好吃的，必须吃，不吃都不行。几个月下来，体重直线上升。燕子还动不动给他买衣服，小青说啥都不要。大家都是学生，也不赚钱。

她的理由特别充分："学生孝敬老师，天经地义。再说，还是不要回报的老师！要是别人知道了，我这个学生从来不给老师买礼物，人家会笑话我的。"

弄得小青哭笑不得。

小青心想，给她补习的老师毕业了，他这个弟子，到时候也该跟他一起毕业了。

自从成了她的专用老师后，再也没有其他女生问他问题了。自己的衣服不用说，她就给洗了，穿衣打扮得听她的意见，得她给你搭配。她动不动还威胁他说："将来你小心点，我想让你给我当一辈子老师。"

小青心想："拉倒吧，一毕业就赶快离开你个跟屁虫，赶紧回沟里，逃之夭夭。"

张小燕走到他跟前，看着他说："小青哥，你毕业真的回沟里呀，那样真是白瞎你了，要能力有能力，要学识有学识。你要愿意，我跟我爸爸说说，你到公安局去不行吗？凭你的文化，还有聪明才智，一定会大显身手，干出一番事业的。"

小青一听，站了起来："张小燕同学，你是不是以为我帮你补习课程，有什么企图吧？攀龙附凤，一步登天，是吧？我觉得自己，和那些林业工人的孩子没什么两样，要是干什么事业，我也靠自己，不会让人怜悯、可怜和同情我的。别跟着我，我要去宿舍躺一会儿。"说完，径自往山下走去。

张小燕看着这俊朗的少年背影，又怎么不知道他，又怎么不了解他呢。他是一个自尊心和自信心极强的人。聪明、坚强、善良、谦卑，凡是男孩子的优点他都具备。现在多少人都梦想有那么个攀龙附凤的阶梯，可是他却不在意。她已经喜欢上他了，倘若他毕业走了，再见面就难了。她知道自己会想他的，倘若自己倾心的人，真的到了那大森林里，无论春夏秋冬，都要披星戴月，顶风冒雪，雨淋霜打，蚊叮虫咬，承受着极其艰苦的劳动，她真的不忍心，真的心疼啊！还有，就是她替他鸣不平，为他的坎坷身世感到焦虑痛心。

张小燕对着他的背影，急忙表白道："小青哥，我真的不是怜悯你、可怜你的。"说完，流出了委屈的眼泪。

常小青没有回头。他知道小燕对他好，也看出她喜欢自己，是那种想要"执子之手，与之偕老"的喜欢。

可小青想的却不一样。在漫长的补习期间，他一直像个大哥一样，把控着自己。少男少女哪个不钟情，哪个不怀春呢，他内心也很喜欢这个小女孩。但他觉得，人贵有自知之明，自己什么身世，一个普普通通的木把家的孩子，一个最底层的人家；她则是一个如花似玉的女孩，有一个局长爸爸，谁家愿意把姑娘嫁到个木把家呢？再说，寄人篱下，仰人鼻息，不是小青的性格；攀龙附凤，一步登天，他不屑不齿。靠人不如靠己。当年父亲从千里之外的山东老家来到这里，不是也一无所有吗？不是也干出了一番天地吗？何况现在要比那时候的条件好得多了。我小青又为何不行呢？

小青的家世，让他看问题要比他的同龄人成熟和深邃很多。

三

常小青高中一毕业，就回到了白江河林场，又回到了那个他熟悉的大山林里。

但是，他不是去知青点上班，不是要等上个三年两载的招工，而是当了一名代课老师。

自从"四人帮"垮台后，靠政治钻营的那些人逐渐退出了历史舞台。非常喜爱小青的老师孙玉新，在白江河林场子弟小学当校长。一听他的得意弟子常小青高中毕业回来了，不由分说就跑到刘石头家里，请小青到学校当代课老师。那时候，教师的行业不像现在这么吃香，令人羡慕。

孙老师对他说："国家要富强，首先是教育。将来国家肯定要在教育上大投入，教师的职业也一定是一个前途光明的职业。"

常小青听了，非常高兴。就这样，他当了一名代课教师。他教初一年级的语文，又是初二年级三班的班主任。

孙校长和他打包票，说道："只要你愿意，一年半载的一定让你转正。"

常小青把心稳了下来，踏踏实实地准备把一生献给光荣的教育事业，一辈子当一个教书育人的老师。

学生们十分喜欢这个朝气蓬勃、意气风发的大男孩，他也喜欢这些天真无邪的孩子们。他的课，孩子们都愿意听，他也认真地备课，认真地讲。就这样，常小青成了一个孩子王。

记得头一个月发工资，工资是三十五元五角钱，常小青非常激动。这是他第一次用自己的劳动获得的报酬，再也不用叔叔婶婶们为他操心，给他拿生活费了。他还能帮助和贴补他们生活所用。三十多元钱，在当时那个年代真的不少了。

发工资那天晚上放学的时候，他比以往走得早一些，脚步走得快了一些。他的手在兜里紧紧捏住那几张十元、五元不等的人民币，生怕一不小心丢了似的。

到家一看，杨树叔叔也在刘叔叔家里，两家人把饭菜都做好了，就等着小青回家吃饭。

小青从兜里拿出了那三十五元多钱，恭恭敬敬地递到四位前辈跟前，说："叔叔婶婶，小青今天发工资了。你们拿着买点什么好吃的，也算小青孝敬你们。"

刘石头两口子，还有杨树两口子，别提有多高兴了。本来他们都喜欢他重情重义的性格，今天看来，真的都没白疼他。尤其是妮儿和卢梅，眼角都沁满了泪水。石头和杨树也很激动，大哥的孩子长大了，能赚钱了，大哥要是活着，该有多好。两个老爷们也是眼睛湿润了。

大人们都说："小青，现在家里也不缺你的钱，有这份心，我们就很高兴了。你拿着自己花吧。"

最后小青妥协了，留个零头五元，自己足够了。大人们没办法，只好先给他存了起来。

常小青在学校当老师的几个月里，他的高中同学很多都到林场来看他。而他的弟子张小燕来看他的次数最多。来看他不要紧，她还买了很多东西,要去看看刘叔和杨叔,还有两位婶子。

小青埋怨她说:"你还是个学生,也不赚钱,买什么东西,空手去看看就很好了。"

他这位女弟子却理由满满,煞有介事地说:"当老师哪有这么说话的,到了老师的家里,怎么能不去探望师公师奶呢,要是让人知道了,是老师没教好呢,还是学生没学好呢。"

把小青弄得那是无可奈何,毫无办法,也只能听之任之。

到了刘石头家里,正赶上卢梅也在。冷不丁地家里来一个楚楚动人、水灵秀气的女孩子,可把两位婶子喜欢得不知道怎么好了。左看看右看看的,还不时地摸摸燕子肤如凝脂的脸和手。本来落落大方的张小燕,也羞怯得杏脸桃腮不知怎么好了。

卢梅偷偷地和妮儿说:"你看咱家青儿多有本事,高中才毕业,就给咱们领回来个像画一样的女孩子。咱得赶紧多攒钱,让青儿赶紧给咱娶回来。可喜欢死我了。"

妮儿也是笑得合不拢嘴,一个劲地点头称是。

张小燕到了林场,一看小青当了一名教师,心里也是高兴得不得了。看到自己倾心的人很喜欢这份工作,她便放心了,对小青的牵挂也减轻了不少。

她还告诉小青,她让爸爸给她办理跳级的事,她想直接跨过高二念高三。可能有眉目了。

小青也没加阻拦。他知道这位弟子完全可以直接到高三的,因为她太聪明了。

但他不清楚的是,小燕子想尽快毕业,是要到小青跟前来。

两个多月没见小青哥了,她特别想他。上课她也无精打采、心不在焉,总是幻想小青一下子站在她的跟前,还像给她当辅导老师那样,用温柔的口吻,一本正经地和她说道:"小燕子同学,这道题做得好像没动脑啊。""你写的作文,这个段落有些画蛇添足哦。"

张小燕也和孙校长打好了招呼,只要一毕业也到白江河林场当代课老师。

这可把孙校长乐坏了,马上表态道:"那真是太好了,我这就缺你们这样品学兼优的老师。只要你们愿意来,将来转正的事,由我给你们办理。"

张小燕已暗暗下定决心,只要一毕业,就到小青哥身旁,让他一辈子给她当老师。张小燕认准的事,那真是义无反顾,不达目的不罢休的。

常小青也有一种感觉,自从毕业回到林场后,总觉得空落落的。身边没有了这么个跟屁虫,他还真觉得不适应了,好像少了点什么。

四

常小青正在默默地为成为一个专职的老师而努力。

可命运之神或许觉得应该给他一个更大更广阔的平台,让他能够更好地发挥和展示自己。

一九七七年的十月下旬,《人民日报》发了一则消息,震动了国内外。中国中断了十年的高考,又恢复了。这则消息一经发布,中国大地一片欢腾,大江南北、五湖四海的青年们激动得欢呼雀跃。尤其那些上山下乡的知识青年们,简直是激动不已、喜极而泣。

这是决定人生命运的时刻。那年的高考,也是中国几十年来绝无仅有的冬季高考。他们有的已为人夫为人妻,有的已是孩子的妈妈爸爸,还有的已是满脸沧桑、满手厚茧,但都又拾起了笔。当然,也有一张张懵懂青涩的脸。

据当年权威部门统计,全国共计六百多万青年踊跃报考。由于种种原因，只录取了三十万。可以说，这三十万青年，是那个时代的幸运儿、命运的宠儿。

而这三十万宠儿中，就有常小青。

常小青以最高的高考成绩，被中央政法干部学校录取。当时他的分数线，完全超过了北京大学的录取线，轰动了整个青山县和大青山林业局。但他还是毅然决然地选择了中央政法干部学校。因为他的父亲曾经就是公安，他要把父亲的基因传承下去，给父亲争口气，用自己的智慧来实现自己人生的目标。

张小燕因为跳级，也在第二年夏天如愿考入了常小青同一所大学，兑现了让小青一辈子做她老师的心愿。命运之神是公正的，总是把运气倾斜给那些有准备、有理想、有抱负的人。

在大学里，常小青和张小燕确定了恋爱关系。

四年后，常小青婉拒了留校的邀请，回到了那片大山的怀抱，回到了大青山林业局公安局。

第二年，张小燕毕业，进了青山县政法委。

张小燕毕业后，两人的婚姻摆到了议事日程上来。

刘石头和杨树都希望小青尽快结婚，给逝去的宽哥传宗接代，留下个后人。

张大炮两口子也着急赶紧抱外孙子。

但关于常小青和张小燕的婚姻怎么办理，张大炮和刘石头、杨树有了分歧。

那天，张大炮两口子选了一家很出名的饭店摆了一桌。都是自己家的人，张大炮两口子、刘石头和杨树两口子、常小青和张小燕小两口。蒋浩然到省里开会没到场，要不他也会去的。

酒喝到一半时，张大炮说道："马上就成一家人了，一家人不说两家话，小青虽然名义是姑爷，我们都拿他当另一个儿子。你们老哥俩还有两弟妹，为小青吃了不少苦，现在小青到结婚的年龄了，也该成家立业。我和齐琴合计，结婚成家的房子、家具、家电都由我们来操办，不用你们掏钱了。"

刘石头和杨树一听，都直摇头摆手："那可不行，便宜都让你们赚了，又嫁姑娘又娶回儿子了。无论如何这是我们儿子的终身大事，我们必须要做主，你们两口子可以帮助在县里找个好一点的饭店，我们该拿彩礼拿彩礼，像其他人家一样，钱不多，我们尽其所能。"

小青和燕子则表示："我们都有工作了，过日子的东西，我们可以自己置办，现在年轻人结婚不都租房吗，我们也去租房。你们只要给我们做套被褥就行了，不用你们花钱。"

结果两人的意见，被在座的所有长辈给否了。

最后，双方家长的意见统一为婚房由刘石头和杨树两家出钱买。其他需要的物品，由双方家里共同置办。结婚的饭店由张大炮负责选定，招待费也由双方共同负担。

刘石头和杨树各拿出了辛辛苦苦积攒下的三千元钱。那个年代的三千元钱，那是真的叫钱呀。两人都是靠几十元的工资，来养家糊口。可想而知，两家为了小青已经是倾其所有了。

结婚的头一天，常小青领着张小燕来到他爸爸常宽的坟前。

两人跪下磕了三个头，常小青含泪告诉逝去多年的父亲，自己已经成家了，您有儿媳妇了，您在那边放心吧。

常小青想起自己二十多年来，还未懂事就失去了母亲，到现在也不知道母亲是什么模样；稍微大一些了，朦胧地记着父亲的模样；可父亲为了生活，离开家乡，离开一老一小到了千里之外的大东北。等到知道想念父亲和急切想要见着父亲的年龄时，只见了一面却永远地离开了。最疼爱自己的奶奶也去世了。自己从小孤苦伶仃，长到十几岁时又孑然一身来到父亲曾生活的大东北。

想起这些坎坷、伤痛的经历，常小青不免悲从心生，泪流满面，声泪俱下，无所顾忌地低泣着。

小青平常总是给人向上、阳光、坚强的一面。其实他的内心无时无刻不想念他的父亲。今天，只有他心爱的人在跟前，他就把自己的相思之苦毫不保留地倾诉了出来。

张小燕第一次看到自己心爱的人如此悲伤，不免也"梨花一枝春带雨"了。

五

小青和燕子结婚的第二天，刘石头和杨树买了酒和祭品来到常宽的坟前，眼含热泪，告诉宽哥："你的儿子已经结婚成家立业了，十多年前的承诺，已经完成大半了，以后还要帮助小青照顾他们的后人，希望在那边的宽哥放心吧。"

两人坐在坟前，说了很多，说起了在老家和宽哥的往事，也回忆起了来东北的一幕一幕。

刘石头的姑娘刘静是与张小燕同年考入大学的。不同的是，刘静是在材料线高中考出的，考的是本省一所司法学院。

当年，人们都以为小青和刘静能成为两口子，打小在一起，青梅竹马，两小无猜。人世间最难说清楚的，就是男女两情相悦的事，几千年来谁又说明白过。

两人虽然经常见面，又时常在一起，两人的脾气、秉性甚至心跳的音重，都知道得很清楚，双方太熟悉了，但越是这样，那种少男少女之间的心动、祈盼以及神秘感就越加淡薄了。

常小青从来都是把自己当作她们的大哥哥，呵护着她们。尤其是小青从材料线高中转到了林业局第三中学后，和刘静见面的机会就更少了。刘静还听说小青被人聘为专职辅导老师，那个女生还是校花，家世不一般，小青回林场后还追着来探望，把卢梅婶子和自己的妈妈喜欢得了不得。对此，她心里也曾有一阵酸楚，但很快就淡然过去了。她把小青当作了亲哥哥，心中暗暗祝福他。

若小青和刘静成为一家人，这恰恰是刘石头极不赞成的。他报答宽哥的再生之恩是发自内心的，绝不掺杂任何企图。

倘若要是把小青变成自己的姑爷，让别人怎么看？养育和培养小青是应该的，你却把人家的儿子变成了自己的姑爷，这不就是有所图吗？倘若他亲自出面找到小青让他跟刘静成为一家，小青感念十几年的养育之恩或许能答应，但那是刘石头断然不能做的。媳妇妮儿曾有过这个想法，被刘石头骂了一顿。

刘石头看出，随着年龄的增大，两个孩子也淡薄了那个意思，他这才放心下来。两人可能就是有缘无分，既然无缘牵手，那就在人生的路上相互真诚地祝福。

"东边日出西边雨，道是无晴却有晴。"这诗句倒是挺适合刘静和张卫国两人的情缘。

大二暑假返校时，刘静到车站买票。买票的人非常多，说是排队却也没有个队形。

刘静给同学带了很多东西，也挤不过人家，只好焦急地站在售票厅里东张西望，想找个熟人给捎张票，倘若买不到票，就得站到省城了。

这时，一个二十五六岁的年轻男子急匆匆地进了售票大厅，看了看买票的人群，嘟囔了一句："今天这么多人！"

正巧，过来两位着装的警察，对这位年轻人道："卫国，你这是要上哪去？"

"大李子！小孙！我去省城学习。今天人怎么这么多呀？"

大李子没有正面回答，却道："我进里面给你拿一张票吧。"

卫国于是嘴里边说着谢谢，边掏钱。

刘静就站在卫国旁边，她羞怯地问道："这位大哥，我也去省城，能不能麻烦你帮忙捎张票。"

卫国看了她一眼，拿起她递过来的钱一并给了大李子。

上车时，卫国帮她拿了行李，到车上一看，是挨着的座位。两人很自然地交谈了起来。

谁知道越谈越近便，刘静知道了小青哥的大学女朋友竟然是卫国的妹妹，卫国也知道了眼前这位文静舒雅的女孩是常小青的异姓妹妹。

卫国没少听他父亲和小青本人提起自己的身世，当然也知道小青落户在刘家，刘家有个妹妹叫刘静。这一下就更加亲近了。

张卫国虽然错过了高考的机会，但他非常肯学。还没有恢复高考时，为了加强基层民警的业务素质，每年省市都会不定期地举办警察培训班，时间十天或一个月的不等，名字叫警察干部培训学校，简称公安干校。张卫国每次都不错过机会，不断地充实自己。这次又是到省城学习，时间是半个月。

到了省城，更巧的是两人学习的学校又是相邻的。在学习闲暇期间，张卫国常常邀请刘静出来散步，要不就在公园里小憩，天南海北地聊了很多，互相之间都留下了很好的印象。

张卫国学习结束后，互相留下了通信地址，就这样两人开始了鸿雁传书。

刘静是个性情比较文静贤淑的女孩，不愿意主动，更不愿意张扬，她觉得张卫国沉稳厚重、睿智、聪明、善良，就像个慈爱的大哥哥，与他在一起，放心，有安全感。

张卫国对刘静的第一印象不仅是她的文静和娴雅，而是心中平添的那种想要保护这个小女孩的欲望。久而久之，两人的感情逐渐上升到了恋人的程度。

张大炮和刘石头知道两人的事后，都极力赞成和支持。这不是亲上加亲嘛！

刘静四年大学毕业后，分配到了大青山林业局法院，并在毕业第二年春天与张卫国结婚。常小青和张小燕给他们送上了诚挚的祝福。

他们结婚的第二年和第四年，两个儿子先后出生了，分别取名为南岳和北岳。

两家老人别提多高兴了，毕竟这是他们的第三代人。

第九章 所长张卫国

一

　　白雪覆盖的那尔轰林场，一轮明月悬在无云的夜空，月光和地下的白雪相互辉映，到处都是亮亮的仿如白昼。每家每户的房盖上都积了一层厚厚的雪，每家每户的房檐下都挂着粗细不同和长短不一的冰溜子，炉子和火炕的烟筒里冒出的青烟笼罩在居民区的上空，远远望去，整个林场仿佛是在云雾当中。

　　那尔轰林场派出所办公地点，是一栋砖瓦结构的四间平房，外面的窗户一半是用锯末子填充的。上半部的玻璃窗户上结着形状各异的冰花，仿佛是有人特意画上去似的，山里的冬天要比山外冷得多。

　　四间屋子都是砖砌的火炉，炉子里的木桦子烧得正旺，屋外冰冻三尺，屋里却温暖如春。这四间屋子分别是所长办公室、外勤办公室、内勤办公室、公安休息室。

　　所长张卫国正在认真地翻看着一九六五年十月二十七日青沟灭门案附卷。

　　他知道这是爸爸的一块心病。他到那尔轰派出所，其中也有他爸爸的原因。张卫国把青山屯当作重点地点予以控制，也把吕绍欢之子吕盛旺列为重点人口，一月一两次询问河北安国方面的消息，可是总是令人失望。

他正在伏案认真写着材料，忽听着凄厉和惶恐的喊叫声："快开门呀，杀人了，杀人了！"

走廊的外门好像是被什么重物砸开似的，紧接着听到玻璃的破碎声。

张卫国和干警孙诚、刘敬东闻声从不同的屋子急忙奔了出去。

走廊的大门是双开门的，其中有一扇门里面是划上的，外面是打不开的，只有另一扇门可以拽开，里面按了一节弹簧，谁要是进屋打开后可以自动关闭。

一个穿着单薄衣服的人，趿拉一双破旧的棉鞋，好不容易拽开了那个按着弹簧的门。透过走廊的灯光，只见他满身是血，裂着怀，惊恐万状、失魂落魄。

看见张卫国三人后，他张着紫色的嘴唇不停地哆哆嗦嗦地喊道："杀人了，杀人了。救救我，外面的人要杀我。"

孙诚、刘敬东喊道："怎么回事？"

三人通过门板上破碎的玻璃看到一个人已近疯狂，嘴里吐着白气还不停地喊叫着："我让你告我，我今天也让你死。"

弹簧门刚关上，斧子便随之砍在门板上，随后又落下砸碎了的门玻璃。

孙诚和刘敬东已经靠近了门口两边，掏出了五四手枪，子弹上膛打开了保险。

张卫国没有掏枪，嘱咐他俩小心点，轻易不要开枪，然后来到了门口。

月光下，一个人手里握着斧子，嘴里呼呼喷着白气，不停地叫喊道："你出来，我剁了你。"

张卫国觉得满身是血的人似乎见过，他一下子想起来了，这不是戚斌副场长的弟弟戚小兵吗，前些日子因为盗伐木材做菜墩卖，被抓了个现行，是他亲自处理的。都是知青又是林场作保，才做罚款处理的。

戚小兵浑身颤抖，上下牙齿相互碰撞，嘴里喷着酒气，说话气喘吁吁已经不连贯了，"救救我，他杀人了，还要追着杀我。"

张卫国问道："外面的人是谁。"

"那个，那个，张……建。"

张卫国指了指内勤办公室门，说道："你进屋里去，我们不招呼，你不准出来。"

随即，张卫国向外高声喊道："外面的人，把手里的斧子放下，我知道你叫张建，倘若你继续执迷不悟，后果你是负担不起的，有什么事，可以好好地说明白。"

"我杀人了！杀人了！我要死了！"外面的人疯狂地挥动着斧子，嘴里不停地喊叫着。

二

居民区中段的一栋房子，灯光透过窗户照在院子里。在院子里就能听见屋里高声说话的声音。

进了屋里，浓烈的散白酒味弥漫整个屋子。炕上坐着三人，都是二十多岁的年龄，围坐在杯盘狼藉的炕桌边。眼前酒杯里的酒，都是满的，酒壶歪倒在炕上，酒壶边还有一把菜刀和半拉大青萝卜。这是菜不够了，切大萝卜蘸酱吃。

三人说话已经是颠三倒四了，一个声音比一个声音高，看来三人已经喝了很长时间了，都喝醉了。由于屋子里太热，加上酒精的作用，每个人都只穿着背心。

其中，有个头发很密、很坚硬，像一个刺猬扣在头上的人，手里夹着烟，指着对面的俩人气呼呼地骂道："瞅你俩个熊样，不是你俩，我能让人罚五十元钱吗，还口口声声说你们在林场挺牛的，挺好使的，菜墩卖的那俩钱还不够罚的，赶紧把钱给我还回来。"

对面两人体格没有刺猬头壮实，好像挺无辜的样子。其中一个挺瘦弱的左额头有块疤、脸通红的人说道："弄菜墩我们不也挨罚了吗，一人罚了二十块，再说卖钱的时候也不是都有份吗，你还拿大头。"

"出事了，你罚的钱却让我们给你拿呢。刘大壮，不能这么不讲理吧。"另一个人显得很敦实，坐在炕沿儿边，不情愿地说道。

刺猬头一听怒了，嗓门提高到了八度，本来细长的眼睛放大了一倍，对着说话的年轻人喊道："戚小兵，你不是说你哥在林场当场长能照应嘛，不会出事吗？"

刺猬头刘大壮把手里的烟头扔到地下，又指着比较敦实的另一青年喊道："是你张建给我介绍认识姓戚这小子的，你俩还是亲戚，是不是给我做扣儿？今天不把钱给我，别说我不客气。你俩赶紧给我返还五十元，要不别想走出这个屋子。"

对过坐着的戚小兵和张建没办法，畏惧刘大壮的淫威，妥协答应他返还二十元钱。

刘大壮让他们返还五十元，他俩当然不干了。

刘大壮一听火冒三丈，隔着桌子狠狠给了戚小兵脸上一拳。戚小兵当时鼻子、嘴就流出了鲜血，前面的门牙也被打脱落了一颗。

戚小兵本来身体就弱，哪经得住这么重重一击，他回骂了一句："刘大壮你混蛋。"结果刘大壮左手又挥了一拳砸在他的脸上，戚小兵满脸是血倒在了炕上。

张建看到这不干了，本来俩人又都是亲戚，戚小兵是自己大姐夫的亲弟弟，看到戚小兵满脸是血倒在炕上便骂道："刘大壮你混蛋！你是人吗？"

张建话音刚落，刘大壮拿起玻璃酒瓶一下子砸在了他的头上，酒瓶一下子碎了，玻璃碎片飞了满炕，张建只觉得脑袋疼痛难忍，并夹杂着阵阵眩晕，眼前无数个星星在闪耀，一股热流从头顶淌了下来。

张建顺手拿起身旁的菜刀骂道："刘大壮你个混蛋！你太欺负人了！"他虽然手里拿着菜刀但他没有动手，只是怒视着刘大壮。

刘大壮一看反而笑了，而且还把头伸到了张建的跟前说道："来来来，你不敢砍我，你不是你妈生的。"说完挥手又给了他一耳光，"你要是不敢砍我，我待会就弄死你。"

张建拿着菜刀看看刘大壮的脑袋，又看看趴在边上的戚小兵，狠狠地骂道："砍你能怎么的。"

他本打算照着刘大壮脑袋砍一下，当他挥起菜刀时，恰恰刘大壮扬起头，菜刀落下了却不是脑袋而是右边的脖颈。当时两人都愣了。

张建吓得两手发抖，刘大壮扬起头看着张建，脖子起先只是看见一道红色的血印，血从缝隙中渗了出来，一两秒钟后血却突然喷出，血柱直喷到屋棚上，然后落到残羹剩饭上和炕上。

刘大壮用手去捂，结果更多的细柱又喷溅在周围的墙上，不到两三分钟的时间，再看刘大壮脸色如白纸一般，眼睛逐渐开始变小开始浑浊，脑袋一沉一下子趴在了饭桌上，一动不动了。这时血不再喷溅了，而是汩汩流在桌子上，继而流到炕上。

只是一瞬间的事，张建手里的菜刀还没放下，刀上还粘着血渍，他的脸上、身上都是刘大壮喷溅的血，俨然成了一个血人。

戚小兵也起来了，他的脸上、身上也都是血，张着大嘴，瞪着眼睛，脸色发黄。

张建嘴里喃喃地说道："我杀人了，我杀人了。"然后去拽趴在桌子上的刘大壮，刘大壮浑身发软，佝偻着瘫软在炕上。

戚小兵结结巴巴地说道："完了，完了，死人了，怎么办呀？"

两人惊恐地相互看着。

戚小兵惊恐地看着张建说："走吧，我们去派出所吧。"

张建木讷地瞅了瞅他，然后发疯地喊道："我不去派出所，我不去派出所，去了就死了，因为我杀人了，杀人了！"手里的菜刀在空中挥舞着，本来脸上都是血，这一号叫更加狰狞恐怖。

戚小兵连滚带爬地从他身后下了炕，边穿鞋边说："我去尿尿，马上就回来。"拿起衣服就往外走。

张建看到戚小兵要走，更加像疯子一样喊叫着："你回来，是不是要去派出所告我。我也砍死你。"说完，拿着菜刀下了炕，鞋也没穿，衣服也没披，光着脚，穿着背心追了出去。

戚小兵一边飞快地向派出所跑着，一边发疯地喊着："杀人了，杀人了。"

张建在后面喊道："你给我站住，我砍死你。"当他跑到过道时，正好有把劈柴的半大斧子，张建把菜刀扔下，拿起斧子在后面追。

派出所离家属区也就几百米，戚小兵由于惊恐摔了好几个跟头，张建与他的距离也就二十几米远。戚小兵已经跑到了派出所的外院，急匆匆的他慌乱地去拽走廊的门，由于惊恐和慌乱，拽了几下，门都没有拽开。

他看到后面的张建离他很近了，最后总算拽开了那扇带弹簧的门，随后便慌乱地迈了进去。

三

张建擎着斧子就离门口两米左右,情绪完全失控。

如果贸然出去很可能受到伤害,情况不明,更不可能开枪。但是张建就在门口,正面出去,看来是不可能了,只能绕到他的背后。可是现在是冬天,窗户都是封死的,怎么办?

"你们有本事出来,我把你们都砍死。"外面的张建挥起手里的斧子又劈在门上,门又是一次震颤。

"外面的人听着,赶快把斧子放下,你继续执迷不悟,我们就要开枪了。"孙诚严厉地警告道。

张卫国在寻思着,怎么才能绕到张建的背后。

猛然间他想起来了,内勤办公室的后窗没有用锯末子封堵。当初他想到的是封堵上半拉窗户显得屋子有些暗,只是拿糨糊把窗缝用报纸给糊死了,窗户完全可以打开绕到前面的。

想到这,他小声对孙诚、刘敬东说道:"稳住他,跟他喊话把他注意力吸引过来,不到万不得已,绝不能开枪,我从内勤窗户绕过去。"

二人点点头,也嘱咐他小心点。

他进了内勤办公室,戚小兵站在墙边抽泣着,脸上、身上的血渍在灯光下格外醒目。

他快步奔向了后窗,极快地把窗插销打开,边开窗边问戚小兵:"张建杀谁了?在哪杀的?"

"刘……刘大壮,在我家。"戚小兵还没有从极度惊恐中恢复过来。

窗户被打开了,凛冽的寒风一股脑挤进了屋内,张卫国敏捷地跳出窗户。

平时房后的雪不打扫,能有半米厚,张卫国深一脚浅一脚跑向房头。月光和白雪相交融,形如白昼,院子里的一切都能看得很清楚。

张卫国来到了房头,看见了正在发疯的张建。

大冬天的,张建穿着一件背心,脚上只穿了双袜子,光着膀子好像没觉着冷似的,嘴里仍然在叫嚣着。

张卫国心想:"这小子有病吧,再挺一会,不被冻伤,也得被冻死。"

屋里的孙诚和刘敬东在大声喊话,为的是分散张建的注意力,也是为张卫国绕到他身后争取时间。

张卫国跨过矮杖子,又走出了十几米远,压低脚步轻轻地向张建靠拢。屋里和屋外的人在继续喊话,十米、八米、六米,已经快到四米的时候。

张建可能听见了身后的脚步声,猛然间回过头来,双方近距离对峙着。

张卫国厉声喊道:"张建!放下斧子。"

满脸是血,仿如厉鬼般的张建,一刹那停顿了一下,而后又挥起斧子疯了似的喊道:"就是你抓的我们,就是你抓的我们,我杀人了,砍死你。"

张卫国想要扭头撤回去已经来不及了,斧子会落到他身上。他的枪始终在枪套里,面对嫌疑人,或面对险情时,在开枪还是不开枪的选择上,绝大多数公安人员是尽可能选择不开枪的。这在公安条例上有着明确的规定,毕竟都是一条鲜活的生命。

再说,张卫国打心里就没有开枪的打算,因为是他亲自调查审问张建三人盗伐木材一案的,他清楚三人罪不至死。

张卫国在此时，显得格外冷静、沉着。他唯一的方法就是冲上去。因为他看张建手里的斧把有一米八长，这是工人上山打枝的斧把的标准长度，再加上挥起和落下还有个时间差，如果快速冲到其跟前，长把的斧子就伸展不开了。

这时，张建后面的门有响声，里面的孙诚和刘敬东看见了张卫国的险情，所以故意弄出响声，以分散张建的注意力，给张卫国抓捕创造条件。

果然，张建回了一下头。仅仅一刹那间，张卫国抓住战机，他像一头迅疾的猎豹扑了上去。

张建再回过头来，为时已晚，斧子落下来时，斧把垫在了张卫国的左肩上，斧子一下子脱落了出去。

张卫国右胳膊搂住他的脖子，右腿已经插入了张建的两腿间，轻微哈腰一下子借力把他翻倒在地，然后半蹲下，用右腿压在了张建的脖子处，抓住两手背在了后面。

孙诚和刘敬东也从屋里冲了出来。

三人把张建押进了外勤办公室。这时，张卫国才感到左肩有些疼。

张建还在哭喊着："我杀人了！我杀人了！我要死了！"

张建浑身冻得发紫，背心被血浸透成了酱紫色，头发和血已经冻在了一起，流在脸上的血渍冻成了红色的冰条，袜子和脚也冻在了一起。

派出所的正门又开了，进来的是小宋和小田。他俩是林场民兵，也是派出所的协警，两人都三十多岁。

"你们来得正好，正愁没人呢。"张卫国赶紧排兵布阵，"孙诚，你把张建带到走廊去；小宋，你用洗脸盆打一盆子雪，赶紧给这小子浑身用雪搓一搓，不然就残废了。"

这时的张建，情绪稳定下来，眼神能看出来是呆滞的。

走廊里和屋里是冬夏两个天地，走廊的外窗上结了厚厚的一层冰霜。

张卫国又告诉孙诚，看好戚小兵和张建二人，便喊着刘敬东和小田，跟他一起出现场。

四

张卫国带着刘敬东和小田奔向戚小兵家。

戚小兵家大门是敞开的，屋子外门也是敞开的，刚一进了外屋，就能闻到一股浓浓的酒味，还有一股血腥味，里屋灯还亮着。

张卫国走进里屋，眼前的一幕让他大吃一惊。炕上半蜷着一个人，一动不动；身上穿了个白色的跨栏背心，其实白背心已经被染红了，身下一大摊凝滞了的血；屋棚上、墙壁上到处都是紫红色的血渍。整个屋子的血腥味已经盖过了浓浓的酒精味，血腥味让人作呕。

张卫国确认死者就是刘大壮，死亡原因大体断定为死者颈动脉破裂，流血过多死亡。

张卫国认真检查了屋子的每个角落，认为没有对案件有价值的东西了，便退了出来。他吩咐小田到林场再去找两三个民兵来，小田答应着走了。

刘敬东捂着嘴要吐，可是又吐不出来。

张卫国拍了拍他的肩膀："敬东，看来你是第一次经历这么血腥的现场吧。干咱公安这行的，将来什么都会遇见。"

一会儿，小田领来了三个民兵。张卫国吩咐他们里外打开门，把屋里现有的热气尽快疏通出去。两人一班岗，吃饭和睡觉两人轮流进行。

张卫国和刘敬东回到派出所,他赶紧向林业公安总局值班室报告了情况,请求总局派人出现场。

张建被铐在门把手上,已经平稳了下来,眼睛仍然呆滞,头上包的白纱布已经被血水浸透,是孙诚找来林场大夫给包扎的,还给了些冻伤药膏。戚小兵和民兵小宋还在用雪给张建搓身子,身上被搓成了紫红色,手脚也搓成了紫红色,但还是有四根脚趾已经变成了黑色,任凭戚小兵和小宋怎么摆弄,他都没有知觉,嘴里老是重复一句话:"我杀了好多人,你们知道吗?"

张卫国也没休息,立刻对戚小兵做了询问笔录。

至于张建,张卫国断定他出现了精神症状。张建眼神呆滞,嘴里不停地嘟囔:"我杀人了,杀了很多人。"

这起杀人案,是张卫国参加公安工作几年来第一次遇见的杀人案,也是他自己独立勘查处理的。虽然案情不复杂,他仍然感觉很难忘,毕竟把课堂里学习到的知识运用到了实战中。

凌晨两点多钟,公安局唯一一台北京吉普车开进了那尔轰派出所的院子里。从车上下来了林涛局长、刑侦科科长江浩和技术科两人。

案件并不复杂,技术科仔细勘查了一次,对现场进行了拍照,又对戚小兵做了一次笔录。

刘大壮的尸体被抬到了院里,用被子蒙上了,由民兵看护,等待亲属来认领。

五

经过调查和核实,涉案人员相关材料很快捋清。

所长办公室里,局长林涛和刑侦科两位技术人员,以及正襟端坐的那尔轰派出所全体人员，正在听近四十岁的刑侦科长江浩根据调查的材料叙述情况：

"刘大壮、戚小兵和张健，都是知青。死者刘大壮现年二十岁，是去年从知青招工回林业局制材厂的，他爸爸是林业局材料科的副科长。刘大壮在制材厂只干了几个月，他嫌工作太累，三天打鱼两天晒网，而且还有小偷小摸的行为。他凭借着自己彪悍的体格，在班组里称王称霸，一不顺心就动手打人，制材厂派出所没少处理他的事。由于他父亲是林业局老人，又有一定职务，一受处理就出头讲情，刘大壮是他的独子，也是从小惯的。这样不疼不痒的处理，更加使刘大壮肆无忌惮，横行霸道。

"戚小兵和张建比刘大壮小一岁，都是十九岁。戚小兵家住在那尔轰，张建家住在林业局。张建和刘大壮家在林业局是邻居，两人比较熟悉；戚小兵虽然和刘大壮认识，但没有交情。张建的姐姐是戚小兵的嫂子，两人的确是亲戚关系。

"上个月，刘大壮让张建在林场给他要了个椴木菜墩，用客车捎到了林业局。有人看见菜墩非要买，刘大壮张口跟人要了五元钱，买菜墩的人没打锛儿就掏了出来。刘大壮一看，这是个赚钱的好门路哇。于是他到那尔轰找到张建，让张建继续给他弄菜墩一同赚钱。张建给刘大壮的菜墩，也是从戚小兵那儿要的，于是张建又找到了戚小兵，三人一起合计，结果一拍即合。

"戚小兵的二哥戚斌，是主管林场林政工作的副场长，主要是监管林业防火、乱砍盗伐工作，是今年秋天林业局调整中层干部时，从西沟林场副场长平调到那尔轰林场的。

"刘大壮和张建拉上戚小兵，不仅仅是因为他知道哪有好椴木，多一个人多一分力量那么简单，主要是看好他哥哥副场长的身份，万一出什么事，有他哥给罩着。

"半月前刚下雪,三人偷着在山上用歪把子锯,锯了二十一个菜墩,装在麻袋里。傍晚用爬犁拉到半道,然后换乘客车运到林业局车站,再打点好客货员,装在材料车里。刘大壮主管卖,最低卖五元,有的卖六元、七元不等。刘大壮对戚小兵、张建却说,菜墩都是五元钱卖出的,多出的钱他自已揣兜里了。一百零五元刨除其他费用,还剩九十多元,他留四十元的大头,里里外外他赚的最多。

"三人尝着甜头,就更大胆了。这次一下放倒了三棵树,轧了三十四个菜墩。结果让人举报了,但不知道是谁干的。林场林政大队接到报告,到现场一看,数量太大,就交给了派出所。派出所所长张卫国和民警张诚多方走访调查,并在他三人运送菜墩时,抓了现行。

"戚斌知道是他弟弟领着干的,就亲自出头讲情,结果也就做了罚钱处理。刘大壮因为是主谋,并亲自销售,罚款五十元,戚小兵和张建各罚款三十元。刘大壮不高兴了,他觉得罚他多了,罚那两人少了,觉得不公平,他得让两人给他补偿。所以,他坐着客车到了那尔轰,找到张建和戚小兵,在戚小兵家里做的菜,买的酒,喝了起来,一喝喝到了晚上,三人都喝醉了。

"结果,在刘大壮淫威逼迫下,张建失手将刘大壮砍死,死因是颈动脉被割断,流血过多死亡,凶器是普通家庭做菜用的菜刀。"

调查核实后,林涛在临走前,拍了拍张卫国的肩膀,笑着说:"卫国啊!进步很大呀,好好干,将来一定比你爸强!"

张卫国急忙说:"林局长夸奖了,我哪敢跟我爸比,我可没有他那么大能耐。"

林涛一听,更笑了:"哈哈哈,谁说将来没有你爸能耐,就冲你比他谦虚,准行!"

戚小兵和张建被吉普车拉回局里,作进一步审理。

中午时分,载客的小火车进站了,刘大壮的父母来了,张建的父母也来了，戚小兵的父亲因为有病住院没有来，但是他哥哥林场副场长戚斌一大早就来到派出所里。

刘大壮的父母悲天跄地，为失去唯一的儿子而痛不欲生。张建的父母也因为儿子闯下杀人之祸而泪水涟涟。

两个月后，通过医学鉴定，张建如同张卫国推断的一样，患有间歇性精神疾病，免于刑事处罚，令其父母严加看管，视其今后的病情再做进一步处理。同时对张建父母故意隐瞒其子曾有间歇性精神疾病的行为也做了处理，判其向刘大壮父母民事赔偿人民币四百元整。自此案后，张建父母不离其左右。

刘大壮父母即将步入老年，却遭丧子之痛，每天都在自责和悲痛中度过。这也是老两口咎由自取。"惯子如杀子"，在这两位老人身上得到了充分的体现和印证。

戚小兵的二哥、那尔轰主管林政副场长戚斌，由于监管不力、责任懈怠，林业局党委研究决定，免去其副场长职务。

那尔轰知识青年集体的主要负责人也受到了相应的处罚。

张卫国在此次案件中表现突出，充分体现了公安人员在突发案件面前冷静、睿智、果断、勇敢的职业素养，建议全局通报表扬。

一个月后，一面锦旗被送到了林业公安局，锦旗上绣着"爱民好公安"五个字。

锦旗是张建的父母送的，原因是张建当天晚上犯病后，手脚冻伤，到医院治疗时，大夫肯定地说道："当时如果没有及时科学地处理，你家孩子最起码截肢了。"

张建父母表示由衷的感谢。

第十章　殉职

一

一九八九年中秋一过,山里的天气就开始凉了,山上的树叶也开始变黄了,随着飕飕的冷风飘落了下来。林业局的石灰道上,都能看到一层层黄褐色的树叶,道边的杨树叶大都已脱落了,只剩下光秃秃的枝干。

张大炮早已起来了,他出去溜达了一圈,职业已经使他养成了早起的习惯。在沟里的时候,他平日里紧张忙活,早起,但不知道什么时候睡。回局以后,早起照样雷打不动,没有规律的晚睡,让齐琴帮助改了过来。

回到楼里,齐琴已经把大米粥和煎饼摆在了桌上,还有自己腌制的咸菜,一个咸鸭蛋已经剥好了,皮放在小盘里。

"现在的日子,一天比一天好了。大米白面不用供应了,哪都有卖的,敞开吃,各种食品应有尽有。这才改革开放十来年时间,变化真大。当初谁能想到,一辈子的木把能过上这么舒心的日子。"齐琴一边给大炮舀粥,一边满足地说着。

"这才哪到哪,国家会越来越好,老百姓的日子也会更好。"张大炮回道。

第十章 殉职

"明天大礼拜了，晓颖、晓宇也该回来了吧，有一个多礼拜没回来了。"大炮问齐琴。

"你不光是想孩子了吧，也想你那小青姑爷，和那疯丫头了吧？却拿孩子说事。两孩子都上幼儿大班了。我可告诉你，别让咱儿媳妇有意见，你不能总是晓颖、晓宇，咱还有两孙子呢。"齐琴提醒道。

张大炮咬了口咸鸭蛋，接着说："卫国和刘静他俩有什么意见，他们孩子小的时候，咱们还少帮他们拉扯了，还都爹妈全乎。没想想小青吗，打小就没了爹妈。虽说刘石头和杨树像亲叔一样，毕竟不是亲爹吧，跟着咱家燕子啦，算是有咱们这么两个老的。刘静也是和小青像亲兄妹似的，她更不应该有意见。别说咱俩没偏向，就是偏向点，也是应该的。明天看看，有时间让那两家都回来，我大的小的都想了。"

"好，好，我打电话。领导跟别人就不一样，想人都是命令性的。那卫国和小青你告诉就行了，都是你的部下。我看，卫国在沟里，不一定能回来吧，刘静还差不多。"齐琴把大炮吃完的碗拿到跟前，又给盛了碗粥。

"那行，我负责通知小青和卫国那俩臭小子，你负责通知燕子、刘静，还有孩子们。"张大炮接过齐琴递过来的粥，喝了一口，接着说，"丫头，想想还有仨俩月，我就退休了。你也是两鬓斑白的老太婆了。当年咱俩组织介绍认识那会儿，我家丫头那么年轻，那么漂亮，我还比你大快十岁，现在成了爷爷奶奶外公外婆辈分的人了。我大炮儿孙满堂，事业也算可以，儿女们也算争气，作为一个男人，我觉得就可以了。我想来想去，最幸运的，就是找了个理解我的好老伴，不喊苦，不埋怨，支持我大炮。真的，我大炮这一生，最感谢的人，那就是丫头你呀。等到我退休了，我好好补偿丫头你。"大炮说得似乎没什么表情，却是发自内心的。

齐琴眼前这个男人，是她打内心崇拜挚爱几十年的丈夫。她发现他像变了样似的。虽然她知道这个男人对自己像团火，人家就是不表露，不像人家有的爷们油嘴滑舌、甜言蜜语的，可快一辈子了，第一次听这么直白、这么含情的话，齐琴反而不自然了，难为情起来。

齐琴喝了口粥，深情地看了看大炮，然后说："今天你这个老东西怎么了，老了老了，也会煽起情来了，喊了我一辈子丫头，也习惯了丫头就是伺候主子的人，冷不丁听见主人和丫头说这么情意绵绵的话，真的还不适应了。今后可别这么说话，我可受不起。我还是愿意听那大炮的动静。"

大炮没有理会齐琴的话，而是起身站了起来："我吃完了，这后半辈子让我好好疼疼我的大丫头。我走了，得去上班了。"说着，从地柜里拿衣服。

现在的警察服装已经换成草绿色的了，大盖帽镶嵌着金色的国徽，帽檐上有条黄色的窄黄条，肩上两边是特制的警式盾牌章，袖口处有两条黄色的条杠。这是张大炮穿的第五套警服了。

大炮穿上衣服，再看地柜里，有个大包裹，便问道："这哪来的这么大个包袱，里面都是啥衣服呀？"

"还不是你的几十年的老公安衣服，你不让扔，我都给你归置起来了。秋天了，我想拿出来给你晒晒嘛。"

"我再看看那些衣服。"说着，大炮把包裹放到了炕上，解开。衣服叠得很齐整，他一件一件地拿了起来，也不听齐琴嘴里的不满和嘟囔。

第一套比军队穿的衣服就是多了一个胸章，第二套是白色的上衣、蓝裤子，还有一套都是天蓝色的上衣和裤子，最底层一套是红领章、红五星、蓝裤子,这是"文化大革命"时候公安人员的服装,后来又改成白上衣蓝裤子了。

大炮看到这些衣服,回头对正在收拾饭桌的齐琴说道:"好哇,这就是我张大炮一生的写照,没穿过其他衣服,穿了一辈子保护老百姓的警服,太有纪念意义了,再加上身上的警服,就是五套了。看来,到我退休,也就最后一套了。我得上班去了。"

张大炮家住的楼房,离公安局办公楼不远,走着也就二十几分钟。

张大炮现在已经是大青山林业公安局的政委。前政委老臧由于身体有病,已在两年前请辞退下来了。于是他接替了政委的职务。作为曾经他的老部下,林涛已经是公安局局长了。

他的办公室在二楼,他边回应民警的问候,边往办公室走去。

进了屋子,坐下来看见办公桌上有个文件,他拿了起来。

大青山林业局大青山林业公安局文件:《以下人员准备拟任和调整职务的通知》。

各科室、派出所:政治处原副主任宫玉林同志拟提任政治部主任;原森保大队一分队队长赵延武同志拟任森保大队副大队长;原青山林场派出所所长张卫国同志拟任森保大队教导员;原技术科副科长姜玉胜拟任技术科科长;原胜利林场派出所所长王世刚拟任业务科长;原青山林场派出所内勤孙诚拟任胜利派出所所长。望各科室、派出所及警员给予以上人员监督并提出宝贵意见。

张大炮看完文件,拿起笔在原青山林场派出所所长张卫国拟任森保大队教导员的文字上画了一条黑线,意思是本政委不同意。

接着,他又拿起电话给公安局长林涛打了个电话,让林涛到他屋子里来。

他想起当初常小青中央政法干部学校毕业后,关于分到哪里工作,他的意见是不要到青山林业公安局,要去就去事业单位当警察,要不就到其他林业公安局当警察。自己就是公安局的主管领导,常小青又是自己的准姑爷,全局人人都知道,儿子已经是公安了,姑爷又要回来到他这来,怎么的,大青山林业公安局是张大炮家的了,他觉得人才到哪都是人才,非得到我跟前干什么,他坚决不同意。

赵玉勇、郑志强、蒋浩然、林涛不干了。

说什么常小青在学校就是尖子,留校的机会都放弃了,就是要到他爸爸死的地方干一番事业,报答这里的人们对他的养育之恩。再说,现在的公安素质虽然大幅度提高了,可是要跟事业单位的公安素质比,差距还很大。林业公安局本来招个专科大学生就很难,就是到校招生人家都不愿意来,都知道林业公安最艰苦、最枯燥,还是企业编制,没有什么发展前途。这倒好,人家自愿要回来,还往外推,哪有这个道理!

那天,局长办公室里,蒋浩然、郑志强、赵玉勇,还有政法委书记老谢都在,张大炮把自己的想法都说了,结果让在座的人好顿批评。

"常小青怎么是到你那当公安,公安局就是你张大炮家的了,你想的倒挺多。你这是自以为是,鼠目寸光,脑海里想的是自己的名声,却不顾及林业公安局的整体发展。国家恢复高考后的第一批学法律的大学毕业生,到咱这艰苦的地方来,是件可喜可贺的事。你张大局长想的却跟人不一样。自古以来就有'外举不避仇,内举不避亲',任人唯贤,何况现在是共产党的天下,比封建社会更是风清气正。记得有句名言,'心底无私天地宽',你张大炮把自己的脑袋好好洗洗,就什么问题都没有了。"在座的也就赵玉勇敢对他这么不留情面地说话,因为他们不仅是上下级关系,更有几十年来风雨同舟的情感在那里。

张大炮看了看赵玉勇，又看了看蒋浩然和郑志强，把头一低，甩了一句："我还不知道你们怎么想的。"

在座的都是聪明人，张大炮的话，明明是反话正听，后一层的意思就是，我还不知道你们都是和常小青有渊源的人，当然你们想在跟前罩着他；官大说起话来，比唱的都好听。

蒋浩然一听，发话了："大炮局长，你可弄清楚了，当初小青刚高中毕业，还没有考大学一说，你就要人家上你那去，结果人家专业学完了，回来你又不要了。不怪赵书记说你。"

后来，常小青到公安局报道，张大炮把他和其他新选上来的警员一块打发到沟里派出所去了，一干就是几年。

再后来，张小燕毕业前，他提前给小燕打了招呼："回来别到大青山林业公安局，我这不缺女公安。"

小燕子一听他爸的口气，撇撇嘴，说道："请我，我都不去。"结果人家被邻县的政法委要去了，干得特别好，工资待遇可比在林业公安局强多了。

林涛进了他的办公室。

刚坐下，张大炮就说了："林局长，咱们不是研究过了吗，张卫国不在此次调整和提拔之列，怎么还有他的名字呢，怎么还搞局长一个名单，政委一个名单吗？"

林涛一听，这又是为张卫国提拔的事，说话带刺了。

张卫国虽然是他的儿子，论能力、论素质、论警龄、论在一线的时间，完全可以胜任所提拔的现有职务了，就因为他爸是公安局的局长，后来又是政委，就过不了他这一关，那样会让其他人说闲话。公安局党委研究的时候，他就不同意，其他党委成员都通过了，但他就不表态。他的理由言之凿凿，就是还太年轻，还得在基层继续锻炼。他是公安局领导的儿子，就应该在沟里第一线，年龄还小，回局里干什么。

　　林涛作为局长,他太知道张卫国的能力和精神面貌了,资历也绝对够了。十多年来,尤其当所长以来,他的所,年年都是最佳所。正好原拟任的人选有病不能上任,他又想起了卫国,还不是升职,属于平调。还有一个是,卫国媳妇刘静在法院工作,大儿子南岳、二儿子北岳都上学,每天要给他俩做饭洗衣,自己够累的了。作为局长,他的部下是什么样子的素质,家里有什么难言之隐,他太了解了。正赶上张大炮到市里开会几天,他又和其他公安局党委成员沟通,这不又把卫国的名字填上了。

　　林涛也郑重地说道:"这次拟任张卫国到森保大队当教导员,是局党委成员研究过的。虽然你是政委,有说话的决定权利,那也得听听其他党委成员的意见。论能力、论经验、论业务,他都是完全可以胜任的,不能因为你是他爸爸,为了避嫌,就不提拔,再说还是平调。这次又把他的名字提上来了,是因为原拟任的小谢有病不能上任,党委成员才又一次集体决定的。"

　　张大炮看了一眼林涛,又说道:"林局长,你们知识分子说话,都是没理也能讲个头头是道。我就不信了,就我家都是人才吗?姑爷在刑侦,儿子在森保,他们的老子是政委,别人就选不出来了呗。我看有的是人。你又说是公安局党委决定的,我不是党委成员吗?我是有发言权和否决权的。卫国当森保教导员我不同意,政治处继续考核其他个人。如果卫国他要着急,就脱了这套警服;不着急,就还在沟里派出所继续干。除非我退休了,你们爱怎么折腾就怎么折腾,你让他当局长,我也没意见。现在,我就一句话,坚决不同意。"

　　林涛一听这些话,也有些火了:"我知道你是党委成员,但你也要遵守少数服从多数的党的原则。张卫国所作所为,有目共睹,十几年了，从一个普通民警到所长，都是那么恪尽职守、吃苦耐劳、兢兢业业的。如果你不是他老子，他早应该被提拔了。你那个姑爷常小青怎么了？你说吧，从业务上，从政治上，从文化上，哪方面不是有口皆碑，响当当的，他俩都凭借你是政委才干得好的吗？以他俩的能力，应该给他们创造更多的锻炼机会，将来都是咱们公安局的顶梁柱。你是政委，我还是主管全面业务的局长呢，我也有绝对的说话权利。我的意见，就这么定了。"

说完，林涛站了起来，推门走了出去。

二

张大炮看了看墙上的表，已经是十点半了，再有半个多小时就下班了。

他拿起电话，给刑侦大队队长办公室打了过去，接电话的正是刑侦大队长常小青。

常小青正在开会。秋天是盗窃木材发案率高发季节，会议的议题就是研究与各沟里、各派出所协调，快速机动的运行方案。

电话铃响了，他拿起电话，一听是他老丈人张大炮打的，让他晚上领着孩子到家里吃饭。

他看看表，快到中午了，各所没有反馈上来新案情、新消息。他便回道："下午再看看吧，沟里如果有新案情就不一定了，没有就领着孩子去。"

张大炮又给青山派出所打了电话，内勤小孙接的："我们刚把张所长撵回去了，可能在路上呢，正赶上现在还没事，他一个多月没和嫂子团聚了。"

常小青放下电话，会议又开了一会儿就结束了。

人员都走后，他自己静静地想起自己中央政法干部学校毕业后，学校让他留校，那是很多人梦寐以求的好事，他却婉言谢绝了，就要求回到大青山来。既是蒋浩然叔叔和赵玉勇伯伯的意思，也是自己的志愿。虽然自己从小没有了父母，但这里的亲人们把他拉扯大、培养大，这里也是逝去的父亲生活和工作过的地方。他想报答他们。

分配来的时候，他已和张局长的女儿张小燕确定了恋爱关系。这位准丈人却让他到事业公安局去干，要不就去其他林业公安局，若不是赵玉勇和蒋浩然两人坚持，准丈人是不同意自己进大青山林业公安局的。

这位前局长、现政委、老丈人亲自找过他，说："好男儿志在四方，有志气在哪都会干出一番事业。你是我将来的姑爷，你大舅哥也在公安局，让听见的人、看见的人都怎么想，公安局难道是咱老张家的吗？起先，你高中毕业，我是看赵书记、蒋浩然，还有你死去父亲的情感，现在你不一样了，名牌公安大学毕业，有的是地方要你，所以我不同意进大青山林业公安局，要是出于私心，我会极力同意你来的，但是，你未来的老丈人，快一辈子了，是个公私分明的人。今天，既然林业局党委决定你来公安局，你要保证，不能依仗我是你老丈人就飞扬跋扈，傲气冲天，你更应该夹着尾巴做人做事，干的要比任何人多，还要好。到我这来，十年之内在基层，不得回局，除非我不当局长了。"

常小青不仅不恨他，反而非常理解他、敬佩他。虽然老丈人文化底子薄，但是实践经验足，整个公安局都没人能比得过的。他就是教科书一样的人物。他不仅在林业公安业务上门清，就是人品，那也是令人钦佩的。正直豪放，坚持真理，敢说敢做，不卑不亢。虽然有时和上级、同事争执起来，嗓门大，但是都是出于公心。对朋友、对同事那是肝胆相照，对工作那是兢兢业业。要不，在大青山没有不知道"张大炮"名字的呢。

后来，赵玉勇伯伯和蒋浩然叔叔和他做了工作，再加上自己的保证，他才同意。来到公安局机关没有三个月，就被他打发到基层派出所，当了一名普通民警。

常小青可以说，没靠这位政委大人的任何提携，就是从一名普通警察一步一步走上来的。他的高中同学也有考入警察学校的，学校还都没有他好，可是早就得到重用和提拔了，每每在一起谈起时，都替他惋惜。

常小青却不那么想，他没有觉得职务越高，就代表了一切都是优秀的，他也没有那么大的官瘾。这一点，他有点像他过世的父亲。

四年前，由于形势的需要，林业公安局成立了刑侦大队和森保大队。通过组织部和局党委考核，提拔他来任第一任刑侦大队大队长。

老丈人还是不同意。

结果局党委下了死命令，他才同意的。

他这位老岳父，有时又像个孩子。年轻人都为了干事业，他和小燕合计好了，先不要孩子，轻手利脚干几年再说。结果把他急得是又找他两口子谈话，又是下命令的。

结婚六年时，有了孩子，而且还是龙凤双胞胎，这下子给他乐得到处显摆。

"我那姑爷和姑娘可能合计好了，人家不要孩子是心里有数的。不是让我们要孩子吗，那好吧，到时候一下子给你们生俩，还是龙凤胎。哈哈哈。"

晓颖、晓宇几天不见，就让他们抱家去，见着了，那是亲得了不得，动不动就在炕上给两孩子当马骑。两孩子习惯了，回家非得骑常小青身上，骑上了还不领情，都说他们外公那匹马最好，又稳又快。可把燕子乐坏了。

张大炮打完电话,一看十一点了,他起身就要走出办公室。

桌上的电话铃却响了起来。

张大炮心想:"都快下班了,谁来电话?"

他拿起了电话,就听见里面急促的声音:"张政委吗?我是局办公室的李辉,下面我来传达局赵书记指示,凡是你们公安局人员,除留在家值班一人外,你们的所有车辆,载人全部到三道湖林场八号作业区救山火。没有车的公安人员,马上尽快集结到局党委大楼前,统一坐车到现场。除了女警外,没有极特殊的原因,男警绝不能请假。在家的,能通知到的,务必通知到。火情紧急。"

张大炮放下电话,马上奔到旁边的局长办公室。一开门看见林涛也准备出屋,他极快地传达了局办公室的电话内容。

两人在为谁留守在家里争执不下,都想让对方留在家里。

最后,林涛还是拗不过张大炮,又重新回到屋里向各科室、大队、派出所打电话,让他们用最快的速度奔向三道湖火场。

公安局一共就三台车,一台是森保的金杯面包车,一台是刑侦大队的吉普车,另一台是北京吉普,由局长和政委,还有各科室领导有事共用。三台车没坐上二十人,其他男警都到局党委大门前集合。

张大炮坐在一辆吉普车里,车上加司机共五个人。三台车飞快地奔向三道湖火场。

各单位也同往一个方向奔去,道路坑洼不平,尘土飞扬,车喇叭声此起彼伏,浩浩荡荡,如同上战场一样。

离火灾现场还有十几里,就闻到了树叶子和树木烧焦的味道,再往前,就看到青烟滚滚,有些呛人了。车辆已经是在阵阵烟雾中行进,越往前走,烟雾越呛人。没有办法,人员全部下车,向火源地徒步前进。

通过几条小河,又走了满是荆棘的羊肠小道,等到爬过第二道山坡时,已经看见了红红的火焰,像一条条火蛇似的,随着火焰的升起,树叶焚烧后的灰色、黑色的烟灰在天空飞舞。有几百亩的过火面积。

林业火灾大体分为两种,一种是地上火,一种是地下火。地上火就是只烧树头,不烧地面,借助风势从每棵树相连,成片地向顺风处推进。地下火就是燃烧地下的草,不知多少年秋叶落下,变成了厚厚的腐烂土,说是土也是叶,被烧着的要是想扑灭,就得翻起半米厚的地下土,不然表面看似明火灭了,其实还是烧着呢。

而此次山火,正是地下火。地下火最难扑灭,它不仅可能转成地上火,还可能通过风势成为地上火和地下火两种火势的综合火场。

张大炮所在的山坡后面,就是三道湖林场的木楞场,有近千立方米木材。火势倘若蔓延到这个山坡,就会危及木楞场,那损失就大了。正是秋季草木和树叶最干的时候,星星点点的火苗就会酿成一片火海。

人越来越多。当时没有什么扑火的专业工具,铁锹就是最好的工具。这次来到现场的制材厂二百多人都拿的铁锹,还有各单位部分人也拿的铁锹,铁锹数量是足够了,剩下的就是就地取材,几米长的树棍,就是最合手的扑火工具。

赵玉勇、郑志强等领导汗流浃背也到了这里。

张大炮看到他们后,说道:"倘若不在山坡下面把火控制住,蔓延到这个山坡,后面的林场可就危险了,损失就大了。我的意思是,务必在山坡下扑灭,布置拿铁锹的,打隔离带防火道;拿其他工具的,到明火处扑打明火。必须尽最大的努力,遏制和控制住明火向这边山坡蔓延,为打防火隔离道的人员争取更多的时间。"

赵玉勇说道："打防火道必须有油锯、斧子，伐倒隔离带上的树木。"

"三道湖林场有几十台油锯，完全够用。"郑志强回道。

那时候，手机还未完全普及，就是有，在这样的大山林里信号也极其微弱。所以还是要现场布置和调配，亏着局办公室想得周到，拿了两个扩音喇叭，这可起了大作用。

赵玉勇和张大炮各拿了一个扩音喇叭，开始指挥部署。

各单位的负责人都同自己单位人员在一起，人员都陆续从各方向奔赴火场。在山坡上就能很清楚地看到明火的蔓延状况。

由于明火火势很大，加之火燃的热度和冷空气的交融，起先风势不大，却看出来风势逐渐大了起来，能感到风吹到脸上的劲头越来越大了。

正在燃烧的明火，只离打火道人员不到一百米的样子。如果明火到了离人三四十米的时候，就没法再进行了。因为太烤人了。

张大炮看到后，把手里的喇叭递给了郑志强，说道："我下去看看，你俩指挥，看见火势情况，及时调配人员。"

赵玉勇急忙喊他："不差你一人，跟我一块指挥就行了。再说你那腿脚也不利索。"

郑志强也说："你别下去了，要不我下去，你和赵书记在这指挥。"

张大炮边往下走，边说："情况是要抢在风大之前，把明火控制住，打出防火道就是胜利。多一个人多一分力量，还是我下去吧。"

赵玉勇和郑志强都嘱咐他多加小心。

张大炮只是挥了挥手，拿起地上的一把铁锹，疾步向山下走去。

山坡上，几百人拿着手里的工具在奋力地阻止明火的蔓延。打防火道的上百人，也在奋力翻挖着泥土，伐木的油锯声回荡在山场。

张大炮检查防火道，看见成形了有近五六十米的长度。防火道宽度都得在二十到三十米左右。其中必须把站立的树木全部伐倒，土必须翻过来近半米深，看见真土为止。

过了防火道，离明火也就不到一百米左右。能看见人们挥汗如雨，用手里的工具都在奋力地扑打着，衣服脸上都成了黑色。

明火只是在草上蔓延，火高大多半米左右，有的最高一米左右。离三四米远就已感觉烤人，火燃升起的黑烟呛得人们口干舌燥，不停地咳嗽着。脚下过火的地方也不敢久站立，因为腐烂的树叶还在暗燃，必须不断轮换上人。明火看似已控制在了离防火道已推出去的近一百三十米的地方了。

张大炮心里挺乐观，控制住明火，只要能打出防火道来，就是风大了蔓延了，山坡后面的楞场也没有了危险。

扑打明火的人与人之间，相隔一米左右，不停地轮换。

张大炮拿起手里的铁锹也扑了上去。

几百人在奋力地干着，明火蔓延的面积逐渐缩小，离防火道已越来越远，从一百三十米延到一百六十米，而且还在继续推进。

水火无情，更何况是山火。山火本来就不是人能绝对控制的。地下火和地上火是会一起交融变成两种火势同时蔓延的。

三

极度危险的状况出人意料地来临了。

张大炮正在扑打着火，已经推进到离防火道一百六七十米的时候，忽听有人喊道："后面有火。"

原来是地上火将树木引燃了，燃烧的树枝掉落了下来，又把地下的干草引燃了。

　　这时，风也大了起来，火借风势，一瞬间就把他们包围了起来。四面全是熊熊燃起的一米多高的火，还有树干上的火，连片燃烧了起来。

　　人们一下子体会到了烧烤的感觉，腾起的黑烟，呛得人人咳嗽不止，无法睁开眼睛。

　　大伙一下子慌乱起来，四处乱跑。有的人跟着火跑，有的人迎着火跑，有的拿着手里的器械扑打着奔向自己的火苗，却把身上的衣服引燃了。人们又手忙脚乱地扑打自己身上的火。有的人已经烧伤了，发出了绝望的喊声，哭号着。

　　虽说是秋天，但是中午还有些热，穿的衣服不是很厚，火花一粘身上，就是一个洞，想要扑灭极不容易。人们开始各顾各的纷乱地往火圈外跑，有的又被烈火撵了回来。

　　张大炮没有慌乱，而且比较冷静。毕竟是经过生死的人，他知道趴下或者找低洼有水处已不可能，只有冲出一条路了。

　　他看了看左右，能听见火的对面，也有呼喊他们的叫声。

　　他大声地喊道："都不要惊慌，不要乱跑，跟我来。"

　　人们听到他的喊声，聚集了几十人，他告诉来的人，迅速用衣服把头包住，跟他冲出去。

　　他第一个把警服翻到自己的头上，举起铁锹，喊了一声："跟我冲。"

　　只有二十多米远，就能与呼喊他们的人会合。这二十多米的距离，仿佛是上百米上千米，烈火烧烤得他手脸疼痛无比，脚上穿的胶鞋也被地下燃过的木炭烫得钻心地疼，身上的衣服有的地方也燃了起来。他知道现在绝不能停下来，或者再返回去，想活，只能带领后面的人冲。

在他的带领下，又有几个人奔了过来。

不知道多长时间，他终于看见了有人向他招手呼喊："往这边来，往这边来。"后面的人也灰头土脸跟了出来。

到了喊他的人跟前时，才知道这里有条小河。这时他才真正感觉到手脸像烤熟了一样疼，急忙跳进了水里，外衣和里面的衬衣一并脱了下来，在水里蘸湿了，然后拧了拧又穿在身上。刚才还是煎烤难耐，这会儿又是冰冷沁骨了，真是瞬间冰火两重天。

还好，火势没有奔楞场的山坡而去，防火道也已成形了。

"里面怎么还有人呢，快听，有呼救声。"跑出来的人们在议论。

"确定有人吗？"张大炮问道。

"救命呀，救命呀！"

"里面有人，里面有人。"外面的人纷纷喊道。

张大炮也听见了，他看了一下周围的人，问了一句："你们这里谁是党员？"几十个人看了看他，有的认识他。

几秒钟后，走出来两个三十多岁的人："我们是预备党员。"

"走，跟我进去救人。"张大炮说完，他第一个拎着铁锹把头又冲进了炽热的火海。

后面跟着他的两人半道衣服已经燃着了，狼狈地又返了回去，脸和手，还有身上已经烧伤了。

张大炮能进去，是因为当时出来的时候，他的衣服在水里浸泡过。

张大炮冲过二十多米的火海，前面是一片一米多的蒿草地带，蒿草中间很密实地长着只有小碗口大小的桦树、松树，树干正在燃烧着，地下的草也在燃烧着，地下火和地上火已经连在了一起。山火就怕这样。

张大炮又是在火中煎烤，又是在浓烟中熏呛。他憋了一口气，然后大声喊道："有人吗？你在哪里？我来救你了。"

"救命呀，我在这里。"听声音是离他二十几米远的地方。

他继续循声而去。只见一个人正在一个小洼兜里，拿着一个两米多长的树条，拍打着周围扑向他的火苗，边下的草，比其他地方显得潮湿一些。

大炮心想："这小子挺会找地方的。"

他急忙奔了过去，近前一看，是个二十岁上下的小伙子，脸被烟呛得黑黑的，看见他不知是眼泪还是汗水，嘴里像是哀求似的说道："大爷快救救我。"

"小伙子，别害怕，我来了。"张大炮被烟呛得喘不过气，手和脸被烤得疼痛难忍。才不大工夫衣服还是湿的，现在已经干了。

他拿起铁锹拍打靠近他俩的火苗，尤其是周围的蒿草。

小伙子看见他后，心里的恐惧好像小了许多。

张大炮边打火边仔细地观察周围的火情。

这时，风又大了起来，这风分明是向他俩的方向刮来。

张大炮心想这是个机会，他看了看眼前的小伙："你跟着我，不要怕，只要冲过这眼前的大火，你就有救了，听见没有。"

小伙点点头。

张大炮大喊："跟我跑。"然后疾步迎着奔向他的火龙。

他的头上蒙着衣服，拼命地边扑打边往外猛冲，火龙扑过来的时候，他哈着腰，脚步仍然没有停下，正要冲出去的时候，回头再看那小伙子却往回跑了。

张大炮毫不犹豫地又转回了头，去追赶那个小伙子，而火苗也像长了腿似的，也快速撵着他俩。

他想喊他站住，可是他口干舌燥，已经喊不出来了。他只能和火苗赛跑,追着那个年轻人。

还有不到两米的时候,他奋力一跃,扑倒了前面的小青年。

火苗从他身上燃了过去,他感觉到头上还有后背火辣辣钻心的疼痛。他知道衣服已经燃着了,头发也燃着了,身边的蒿草也燃了起来,他要不离开这,就得烧死。

他急忙拽起了身下的年轻人,右前方有个几平方米长稗草的水泡,他觉得有救了。但有十米多远,必须冲过去才能化险为夷。

于是他薅着年轻人的脖领子奋力奔去,七米、五米,还有三米的样子,就到了水泡边。

这时,一棵十多米高二十多厘米粗已烂透的松木干燃着火苗向他俩右方砸了过来,携带着风声呼啸着,极其恐怖。

在这生死攸关的时候,他毫不犹豫地把手里拽着的年轻人奋力推向了水泡。那个年轻人被推得急跑了两步,一下子趴进了水泡里。

而他知道自己已经无法躲开,他猫着腰尽可能地往前窜。倘若走运的话,他也可以窜到水泡跟前。

张大炮是当过兵的,他太知道怎样选择地形,隐蔽自己或者保存自己了。倘若没有这个年轻人,他完全可以进入那个长满稗草的水泡子里的。他这种动作也是万般无奈,避重就轻,在无法料定危险时刻时,尽可能躲过要害部位,就是受了伤,却能保全性命。这也是当过兵的素质,在危险来时,不惶恐,不慌乱,而是沉着冷静,选择尽可能保全生命的办法。

张大炮的想法和选择应该是正确的,但是他太不走运了。

腐烂的松树带着风声,携着火苗,狠狠砸在了他的大腿部。他的确躲过了要害部位,正在哈腰向前窜出去的时候,挨了重重一击,他随之又重地趴了下去。他虽然感觉了剧痛,趴下后也可以挣脱出去,可是他没有想到的是,他的身下恰恰是清林过后留下的一根十五六厘米高的白扭木根茬,尖尖的仿佛是一把梭枪头,一下子捅进了他腰的左部。无法形容的剧痛,让张大炮一下子昏死了过去。

被张大炮推进水泡的年轻人,被冷水一激,本能地爬了起来。煎烤的痛苦一下子又转换到了另一个极端。

他从水中爬起,回头再看救他的人,已经趴在了离水泡近一米的地方一动不动,脸埋没在已经烧黑了的草丛中,左胳膊压在身下,右胳膊往前伸着,头发烧成了褐黑色,背部的衣服被烧得面目全非,一块一块地露出了粉红色的肉皮,大腿部有一根还在燃烧的松木杆,大腿部、腰部、臀部还有一部分背部都冒着青烟,青烟中还裹挟着肉皮被烧焦的味道。

年轻人看到这种情况,简直吓坏了。他大声嘶喊着:"大爷,快快醒醒呀,大爷醒醒呀。来人呐!救命呀!"他喊着,叫着,哭着。

但他却挺机灵,顶着呛人的烟火,浑身的冰冷感觉不到了炙烤,他用手往张大炮身上头上泼水,他尽可能泼在大炮的臀部还在燃烧的松木上,可是距离太远,根本够不到,腰部臀部处燃烧的松木干依旧燃烧着,肉皮的烧焦味更加浓烈。但是张大炮的头部背部却都是水了。

张大炮被冷水一激,还真的苏醒了过来。

他感觉到浑身剧烈疼痛。他无力地看了看正在往他身上泼水的年轻人。

年轻人一看张大炮醒了,高兴地喊道:"大爷,太好了,我来救你。"说着他便去抱张大炮。他拽着张大炮的上臂,想要拖他出来,张大炮也在痛苦地准备配合他。

可是,这一动,痛得他"啊"的一声又昏迷了过去。

年轻人喊着,叫着,使劲地往张大炮的身上泼水。

张大炮又醒了,看了看年轻人,说:"年轻人帮我一下。"

他这次醒来，好像比第一次要精神得多。

年轻人一听，抱起他的双臂，往自己身边用力地拖，能看到张大炮的脸痛苦地扭曲着，尽最大的力量配合着眼前的小伙子。

"小伙子，忘了问你叫什么名了。"他的声音有些微弱。

小伙子边往外拖，边回道："大爷，我叫李坤。"

张大炮也用了些力，痛得"啊"的一声，他想把压在燃松下面的腿抽出来，可是感到左腿尚能动弹而右腿已无知觉，只好用手借助李坤的力量，用最后的力气终于挣脱了出来，又痛得他昏死了过去。这次是昏死在李坤的怀里。

不知道什么时候，张大炮又醒过来了，看见李坤哭得鼻涕都出来了，他努力地笑了笑。

"臭小子，别哭了，你个胆小鬼，在水里别出来，他们会来救你的。"他用手摸了摸左腰的伤口，黏黏的是血，他又用力地摸了摸左后身，黏黏的一看也是血。他当过兵，知道这是惯穿伤。他能听到外面的呼喊，李坤在哭着回应。

他一点点力气都没有了，猛然间又一阵剧烈的疼痛，浑身渗出了许多汗水，嘴里咸咸的，一张嘴一股浓浓的紫黑色的血涌了出来。

李坤看到后，急忙用袖口给他擦拭，吓得直哭，并大声喊道："快来救人呀，快来救人呀。"

外面的人正在把衣服用水湿透，开始进入火场救人。他们也听到了里面的呼喊。

这时，赵玉勇也过来了，满脸是汗问道："谁在里面？"

有认识张大炮的说："是公安局的人，进去救人，也困在里面了。"

赵玉勇在山坡上看见了张大炮受困时，心提到了嗓子眼；看见他突围了出来，心又放了下来。因为他穿的衣服特殊，比较扎眼，草绿的衣服，红领章，灰白的头发。

他怕再有什么事，就把话筒给了郑志强，然后向这奔了过来。

他一听公安局的人在里面，知道是张大炮。明明看见他出来了呀，怎么又进去了呢，再一看火在燎燃着，火焰夹杂着冲天的黑灰，烤得人们无法近前。

又听见里面的人在呼救，他心急如焚，根本不顾及什么了，便大声喊道："我是大青山林业局党委书记赵玉勇，有同志被围在里面，生死难料，我们要尽快救他们出来。"说完，脱掉衣服，蘸在水里，急忙又拿出来蒙在头上，捡起地下的一把铁锹，第一个冲了进去。

其他人正在准备进去救人，一看赵玉勇领头进去了，也都拿着手里的器械跟了进去。

水泡子边，李坤依然抱着张大炮。

张大炮昏迷后，又醒了过来。他无力地看了看满脸泪水的小伙子，轻轻地告诉他："臭小子，把我放到水泡边下就行了，别害怕，不要动，等着他们来救你。"

"我想背你出去，可是我背不动你呀。"李坤低泣地说道。

大炮轻轻摇了摇头，又有气无力地说道："咱俩都别动，这里安全。"

燃起的灰烟让他咳嗽了起来，每一声咳嗽都带动浑身剧痛，嗓子发咸，又吐出一口黑血。他没有制止李坤用袖口给他擦拭。

他喘息有些困难了。

张大炮躺在水草边，看着天空被烟尘遮盖着，不时地露出碧蓝的天，还有几朵白云。他的脑海中突然浮现出在朝鲜打仗时的情景。阵地上，身边的战友被敌人的子弹击中头部，白色的脑浆和红色的血喷溅在他的脸上。他的脑海中还浮现出在大青山当公安和他一起风雨同舟几十年的战友的身影,还有那个臭小子姑爷常小青,是个人才,他打心里喜欢他。儿子卫国还需历练呀,他比小青还差一些,不过真的都够优秀的了。但他不能在他们面前显露,因为他是他们的老子。还有那俩虎头虎脑的可爱孙子北岳、南岳,见着他就把他当马骑的双胞胎外孙子和外孙女,还有温文尔雅的儿媳刘静,秀外慧中的姑娘燕子,最最让他无法释怀、心存愧疚的是老伴齐琴,从一个秀美可人、亭亭玉立的姑娘嫁给他,半辈子也已满头银发,为他牵肠挂肚,为他含辛茹苦,为他无怨无悔全身心付出。他亏欠她的太多太多了,自己仨俩月就退休了,满以为下半辈子可以好好地补偿她。

他经历过枪林弹雨,经历过生死一线,但感觉这次有点挺不住了。

四

张大炮再次苏醒过来,是在有人声嘶力竭的叫喊声中苏醒的。

他微微睁开眼睛,看见眼前满脸灰尘和汗水的赵玉勇。

赵玉勇怀里的张大炮,满脸灰垢,灰白的头发烧成了焦黑色,眉毛也烧得不见了,前额和两颊有的地方起着水泡,有的水泡破了,能看见粉红色的肉泛着黄色的液体,左腰处和腰部的衣裤完全成了紫黑色。

张大炮看着赵玉勇,勉强地笑了,白色的牙齿已被黑紫色的血覆盖。

他对赵玉勇点点头,勉强提高了声音:"玉勇老弟,看来咱们的缘分就到这了,大炮我觉得,这次要完蛋了。"说完,嘴里喷出一口紫黑色的血,又昏死了过去。

"大炮,不要胡说八道,你给我挺住,我这就救你出去。"说着,他要亲自背起大炮。已经有十几个人围了过来,其中一个预备党员抢先把张大炮背在了背上。

这时,赵玉勇看见大炮后背的衣服已经烧烂了,后背的皮肤已经烧焦了,臀部和大腿处烧烂得更加严重,能清晰地闻到肉皮烧焦的浓浓的味道,没有烧烂的衣服都是紫黑色,那是腹部的贯穿伤浸染的。

赵玉勇泪流不止,心痛不已,宛如刀割。

把人运出树林,还需一个多小时的路程,又都是上坡和下坡的山道,有的地方还要蹚水过去,十几个人轮换着背着张大炮向林外急进。每个背过张大炮的人,后背上都留有张大炮的血渍。

总算走出林子,来到道边。暴土扬长的道上,都是林场和局里各单位的车辆。火场太大,他们出来的地方,不是公安局和局机关停车的位置,一台白色面包车正好停在他们出来的道旁。

赵玉勇急忙跑到开着的车窗前,看见一个二十多岁的司机正在擦拭着车座。

他向司机说道:"赶快把我们送到林业局医院。"

那个小司机看了看他们,却说道:"我的车是制材厂的,不认识你们,不能送。"

赵玉勇一下子愤怒了,提高嗓门道:"我是林业局党委书记赵玉勇,我现在命令你,马上送我们到林业局医院。如果耽误伤者救治,拿你是问。"

小司机没经历过这种情况,一听赶紧打开车门,诚惶诚恐地说道:"对不起,赵书记,赶紧上车,我没见过您。"

张大炮被放到了后车座上,依旧昏迷着。同时又上来了三人。

赵玉勇把张大炮的头放在自己的腿上。张大炮平常黑亮的脸庞,现在却蜡黄蜡黄的。

车上赵玉勇没有什么话语，只是催促着小司机加快速度："快！快！快！"

赵玉勇恨不得小车现在能长出两只翅膀。

这个小司机开车技术非常娴熟，凹凸不平的土路也能开得极快，却很少感觉到大的颠簸。两个多小时的路程，跑了一个半小时就到了。但对于赵玉勇来说，时间还是太漫长了。

林业局医院院长郑国平刚处理完一位急诊病人，脱下白大褂坐在椅子上，电话就响了。

是急诊办公室打上来的，他拿起电话没有听上两句话，立刻拿起白大褂，急匆匆地边穿边往楼下急诊室赶去。

郑国平是二十世纪六十年代初医学专科大学毕业，在"文化大革命"期间蹲过牛棚，受过批判，平反后又重操旧业。对于不到五十岁的他，在本行业中，无论理论和实际业务都是佼佼者。

急诊室门口围了很多人。

张大炮被放在急诊床上，急诊室里穿着白大褂的护士大夫都在忙碌着，副院长王鹏亲自部署。

赵玉勇焦急地在门外来回走动着，看见郑国平下来了，急忙上前和他握了一下手，并简单地和他说了几句话。

郑国平点着头，然后快速地进了急诊室。

一会儿，急诊室的门开了，手术推车上，张大炮手脚扎着吊针和血浆，嘴上呼着氧气，盖着白色的无菌布，急匆匆地往手术室推去。

手术室外面有一把长椅，赵玉勇心急火燎，忐忑不安，不停地在门前来回走动。时间是一秒一秒过的，每一秒都像是在煎熬。

他的眼睛始终不离手术室的大门。他在焦急地等待，等待能有一个好消息出现。

一个多小时后,手术室大门开了,出来的是穿着白大褂的郑国平,脸上肃穆凝重。

他看到赵玉勇后,用手向他示意了一下,来到了手术门旁的医务办公室。里面只有两张桌子,还有墙上各种记录本。

赵玉勇跟了进来。

郑国平沉重地对他说:"赵书记,我现在通知你一个极为不幸的消息,公安局张政委因伤势过重,流血过多,救治无效,殉职了。对不起,我们已经尽力了。"

郑国平刚走出手术室,赵玉勇的心就在剧烈地跳动着。他真的不想听到什么不幸或者噩耗,他真的希望那个生龙活虎、坦荡豪爽、正直果敢的张大炮能好起来,站起来,还跟他吵架,跟他拍桌子。

可是,当印证了这个不幸的消息后,他真的是欲哭无泪。

他悲痛欲绝,呆呆地站在那里。直到郑国平拍了拍他的肩膀,他才若有所思地喃喃地又追问了一句:"难道一点希望都没有了吗?"

郑国平沉重地摇了摇头,然后又说道:"送来的时候,生命体征已近乎零了。现在护士正在给他擦拭处置和整理外伤,为了最后能够展现他在人们面前一个好的形象。不过话说回来,张政委真是条汉子,他的脾、肠、肝都受到了巨大的伤害,血都流到了最低值了,还能存活到这么长时间。赵书记,你去看看吧;通知他的家人,也来看看吧。"

赵玉勇只是在听,他还是没有从张大炮死亡的悲痛中醒过来,才几个小时,就这样阴阳两隔了啊!

郑国平转身要走,好像又想起来什么,又转身回来说道:"我在处置张政委烧焦的大腿部的时候,发现了一块指甲盖大小的铁片,不知什么原因。"

赵玉勇一听，转过头问了一句："什么？铁片。"

"是的，铁片，您知道吗？"郑国平肯定地说道。

赵玉勇想起来了，张大炮生前曾经和他说过，腿部在抗美援朝时留了一块弹片。由于当时医疗技术落后，又考虑弹片在大腿靠近大动脉处，所以就留在体内了。这块弹片让他生前遭了不少罪。

"我知道，那是块弹片，是他抗美援朝时留下的。"赵玉勇悲伤地回道。

赵玉勇书记在郑国平院长陪同下，来到手术室外间。床上用一条白布蒙着张大炮的尸体，轮廓分明。

郑国平先进了外间，掀开了蒙在张大炮头上的白布。

张大炮的脸，展现在两人的面前，还是那张国字脸，双腮的胡子刮得很干净，长眼微合，鼻梁高挺，方口紧闭，脸色苍白，并有烧过的痕迹。还是那个张大炮，笑起来声音朗朗，说起话来声若铜钟，不好意思起来还会脸红得像个孩子，为公敢于和你拍桌子，为私从不伸手，光明磊落，堂堂正正，敢说敢为。自从赵玉勇来到大青山林业局，两人就相识了，并逐渐成了肝胆相照的好朋友。平常日子，有时赵玉勇调侃他，批评他，甚至骂他，但他却打内心喜欢他。在大青山几十年了，在他心里，张大炮既是最干练的下属，又是最好的朋友。

赵玉勇想起自己刚来的时候，不太适应沟里的冷空气，张大炮亲自跑到山里打了两只狐狸，亲自扒皮，让媳妇齐琴给做了个床垫。

赵玉勇说啥不要，张大炮却说："拿着吧，不是看你是局长就巴结你，是看你们这些书生，将来是林业局的栋梁，我们将来要过好日子，还得靠你们呢。"到现在，他床上还铺着那个垫子。

赵玉勇还想起刚来时，局机关召开全体会议，有人一口一个张大炮、张大炮地叫着。

他严肃批评道:"今后开会的时候,不要叫同志的外号,要叫本名。"

张大炮却毫不在意地说道:"不怕不怕,小时候我娘就和我说过,有外号的人,都能当大官发大财,有个电影里面不是说了'大炮一响,黄金万两'吗,同志们继续叫,继续叫哈。"

人们听到他这么一说,都"哈哈哈"地大笑了起来。从此,见着他叫张野,不如叫张大炮顺口了。

赵玉勇永远不会忘记,自己在运动中被批判,下放到干校劳动,那时候有多少人害怕受到牵连,躲都躲不及。张大炮倒好,明明晃晃地去送他,在干校近三年的时间里,不知拿着好吃的去看过他多少次,还给他宽心,说干校就是"桃花源"。

赵玉勇还记得,二十八年前张大炮冬天到白江河林场勘查熊瞎子伤人事件时,他问起他的腿怎么看起来有点瘸,他却哈哈笑着说:"你们谁也不行,我的腿里有块美国的铁家什,我大炮死的时候,那才叫'永垂不朽'呢。"

赵玉勇又想起了在火场救他的时候,他还用最后的力气对他说:"玉勇老弟,看来咱们的缘分就到这了,大炮我觉得,这次要完蛋了。"

一件件一幕幕不时地浮现在赵玉勇的脑海里。无法克制的泪水夺眶而出,泪眼婆娑的赵玉勇走上前去,又细细地看了一会儿张大炮,才依依不舍地轻轻把白布盖住那张熟悉的脸上。

郑国平拿出了整理张大炮衣兜时留下的东西,一支钢笔,一个已经被血染红的小笔记本,笔记本夹皮里有两张照片,是他的两个孙子南岳和北岳,还有外孙和外孙女晓宇、晓颖。

郑国平又从白瓷盘里拿了一个小玻璃瓶,瓶里面有一个指甲盖大小的铁片,递给了赵玉勇。

赵玉勇拿在手里看了看,然后又递回郑国平,并跟他说:"郑院长,到时候你把这些交给他亲属吧。一会儿把张政委推到太平间去,最好再找个空屋子,到时候会有很多来看他的人,不要太打扰其他有丧事的人家。还有什么事,我想起来再告诉你,现在你领我到你办公室去,我要打几个电话。"

"好的,我这就办。"郑国平回道。

赵玉勇含着极为悲痛的心情到了院长办公室。他一看表,已经晚上六点多了,外面已经灯光闪烁。

他还担心山火蔓延的情况,急忙拿起电话打给了调度室。调度室回话,山火已扑灭,正在陆续回撤。

赵玉勇听到后,一块石头算是落了地。

他想好了,查明起火原因,加强防火的管控,通过此次山火的教训,一块梳理解决。

现在摆在眼前首要的问题,是该怎样料理张大炮的身后事。

他拿起电话,给林涛打了过去,把张大炮不幸殉职一事告诉了他。

电话那头,很长时间没有说话。

没办法,赵玉勇又喊了几声,对方才回话。

他知道林涛与大炮的感情,又说了好多劝慰的话。

赵玉勇还告诉林涛,来医院时,找件张大炮能穿的警服。他身上的警服已经烧烂了,不能让英雄人物光着身子走吧。还有张大炮不幸殉职的消息,就由林涛来通知常小青和张卫国。

当晚,林业局党委一班人郑重开会,研究张大炮身后的事。

张大炮是副县级领导,也是林业局建局以来因公殉职级别最高的人,赵玉勇觉得作为林业局一把手,无论于私还是于公都应该将此事办得隆重一些。

　　赵玉勇还有一件事,就是怎样向齐琴张嘴。他真的不敢想象嫂子知道此噩耗后会是怎样的悲痛欲绝。

　　作为林业局一把手,他知道由他来告知齐琴是最合适的。可他真的不愿面对,却又必须面对。

　　大约一个小时后,林涛两眼通红来到了院长办公室。

　　赵玉勇站起来,和他握了握手。两人心里都很悲痛,林涛眼睛里又溢出了泪水。赵玉勇使劲握了一下手,拍了拍他的肩膀。

　　林涛心情稳定了一下,先开了口:"我是和常小青、张卫国一起来的,先到的太平间,给老局长换了一套新警服,您还有什么指示?"

　　赵玉勇指了指旁边的沙发,让他坐下,然后说道:"我和你一样痛心。我们俩都失去了一位好同事,好朋友。人死了不能复生,现在是如何做好为咱们好友送行的事。待会郑志强也能来。我头疼的是,怎么和齐琴大嫂说这件事,我想还是咱们三个一块去吧。"

　　林涛点点头,眼睛浸满泪水。

　　这时,郑志强推门进来了,眼睛也是潮湿的,看见他俩后,就说道:"怎么可能呐,怎么可能呐,我在山坡上都看见了,咱家这个大炮呀,就是好强呀、逞能呀,都多大岁数了,太让人心疼了。"

　　赵玉勇站起来,也和他握了握手,说道:"节哀顺变吧。我俩正在等你呢,咱三人去告知齐琴大嫂吧。小林子,开你单位的车去吧。"

　　三人一同走出了医院院长的办公室。

　　第二天,林业局党委成员一致同意,给予张野同志以烈士称号向上请功。

　　张大炮的葬礼要办得严肃隆重,要召开追悼会,由局党委主要负责人致悼词，瞻仰遗容，局各科室人员、各场负责人均要参加；送葬队伍要求各场负责人、局各科室人员均要参加，一直送到墓地；各场要送花圈挽联。个人也可以自愿送花圈挽联，各科室的用车都要根据出殡时所需听候调配。第三天早晨九点出殡。

张大炮殉职后的第二天中午，郑志强、谢明辉、林涛来到了医院。

医院专门给死者家属准备了休息室。休息室里有两张床，一对沙发。齐琴躺在一张床上，头发一下子白了许多。知道张大炮死讯后，她一直没有吃饭，儿女们怎么劝，她都不吃。

当三人走进屋子里后，齐琴被刘静和燕子搀了起来。三人依次和齐琴握了手，并说了许多安慰她的话，最后才转入正题。

当三人对齐琴说完了局党委对张野同志的出殡安排后，希望听听她的意见，局里将按照死者家属的意见予以调整。

几分钟后，齐琴用平和、清晰的口吻说道："我对局里安排的这次葬礼，的确意见很大。"

三人一听有意见，急忙从兜里掏出笔记本准备记录。

齐琴看了看他们，然后继续说道："我首先感谢局党委，林业公安局党委给我家老头安排如此高规格的葬礼，也充分肯定了我家老头子生前工作成绩，也是对我家老头子生前的爱护和死后的尊重。我在这里代表我的家人深表感谢！

"对于局里明天葬礼的安排，我的意见就三个字'不同意'。不同意的原因，就是规格太高了，声势太大了，人力物力太浪费了。"

三人听后，相互看了看。

还没等吱声，齐琴又继续说道："我家老头虽然没有立下什么遗嘱，但是，我是他最亲近的人，和他生活了近四十年，他平常不记得多少次和我唠叨过，'人死就是那么回事，就是一把灰，搞什么追悼会,什么浩浩荡荡的送行,纯属浪费老百姓的钱,还不如省点钱用在搞建设上。我死的时候,就简单埋了就行,坚决不搞那些花里胡哨的东西,让我死了都不安生。'大家也知道,他生前就讨厌张扬,那么在这里,我就根据我家老头生前的遗愿,提出我的意见:一不开追悼会,不瞻仰遗容,不致悼词,不接花圈和挽联。亲属除外。二是不要请功。谁看见有人在生死关头的时候,都会伸手相救,何况他还是党员,还是一名公安,这都是应该做的。三是不送行。亲朋好友除外。为什么要为死了的人而耽误工作不上班呢?浪费那么多人力物力呢。该上班的上班,我们亲属心领了。四是碑不要写级别职务,写名字就行了。五是明天六点前就出殡。在工人和机关人员上班前出殡,不要张扬。这就是我的意见,请你们回去告诉玉勇书记吧。"

然后,她又问在场的小青、卫国、刘静、张小燕,"当妈的意见,你们同意吗?"

"同意,同意。"

三人听完齐琴的话后,大眼瞪小眼,惊讶不已。

林涛听完后,悲痛不已。他是张大炮一手调教一手提拔的,朝夕相处风风雨雨几十年,他觉得实在不忍心呀。

他带着哭腔道:"大嫂啊,这样的葬礼也真太亏欠和对不起我们的老局长了,那不就是挖个坑给埋了吗?"

齐琴听了林涛的话,说道:"小林子,我知道你和你大哥感情深厚,你应该更能听到他讲的故事,他总是提起他打仗的时候,说'他太幸运了,太满足了,还能活着,就是死了,还能捞到口好棺材。想想战场上死去的那么多战友,别说有棺材了,有的连尸体都找不到了。'他还说过,'哪块黄土不埋人,给块地方埋就行了'。我看见你大哥那口棺材了,他在地下一定满意。你不是不了解你大哥的性格的。"

林涛一时无言以对。

回到赵玉勇办公室,郑志强如实地跟赵书记做了汇报。

赵玉勇一听,悲哀中伴随着对这两口子的无限敬佩。夫唱妇随、公而忘私、不以功高而倨傲。

"蒋浩然要是在家,或许能劝导齐琴松动一点,这是一点不让步呀。"郑志强说。

赵玉勇摇摇头:"这不是谁能劝导的事,是人品和本质的事。将来我有那一天,也像大炮一样赤条条地来赤条条地去,'青山处处埋忠骨'。"

最后,张大炮出殡的一切都按照齐琴的意见办理。

安葬之后,大青山林业局党委、公安局党委根据张大炮的生前和救人的事迹形成材料,上报省里。上级决定追认张野同志烈士称号,并记一等功。还补发了一定数额的抚恤金。张大炮的坟墓也在他殉职十几年后,迁入青山市南山烈士陵园。

齐琴把抚恤金全部捐献给了当地残疾人福利基金会。

第十一章　积案告破

一

　　一九九二年六月下旬,二十七前的那尔轰青沟灭门案终于告破了,逃跑了近三十年的逃犯终于落网了。而此案的告破,竟是如此的曲折。

　　张卫国还记得四月十一日从沟里办一个木材案子刚回到家,本想美美睡上一觉,谁知不到八点,林涛局长就给他打电话,让他到办公室里来一趟。

　　他匆匆吃完早餐,便来到了局长办公室里。

　　林涛正在办公桌旁看着《人民公安报》,见他进来便从办公桌抽屉里拿出一张表格递给了他。

　　他拿到手里一看,是一份《中国人民公安大学基层骨干录取通知书》,上面标明了学员需要填写的年龄、籍贯、警龄、现任职务,以及其他事项,一年中的学习时间是四个月,分两次集中学习,学期四年。

　　林涛看着他像是犹豫似的,便问道:"怎么不吱声,有什么顾虑吗?这可是个带薪学习的好机会呀。这个名额不是随随便便能得到的。"

张卫国点点头:"这我知道。先谢谢林局的培养。我怕要是去了,凭着自己的现有文化水平跟不上学习呀,怕辜负了你的期望。"

林涛走到张卫国跟前,拍着他的肩头:"卫国呀,就因为你各方面都很优秀,就是文化和理论方面是个短板。我才争取了这个名额。我太知道你这些年,虽然没有在正规学校学习过,可是你从未放过充实自己的机会,你的文化水平还是有一定基础的。我相信你会跟上学习进度的。再一个,小青和燕子不就是这个学校毕业的吗?你要是有不明白的地方,可以找他们两口子帮忙,这不就行了吗?"

张卫国听到这,立刻站起来:"那好,我尽快准备一下,就去北京。"

两个月的学习时间,很快就要过去了。张卫国在中国人民公安大学学习的这两个月,让他受益匪浅。参加学习的同学,都是来自林业公安的精英,老师的精彩讲解,同学之间的相互交流,让他如同久旱逢甘霖,如饥似渴地吸取精华。

他在闲暇时,去了八达岭长城,去了故宫,去了王府井,所到之处无不让他热血澎湃,他为生长在这个有着千年文化底蕴的国家而骄傲和自豪。

还有不到一个星期,学习就要结束了。他抽空去商场给妻子刘静和妹妹燕子各买了一件衣服,还给两个儿子买了文具用品,更没忘记小青那一对孪生外甥和外甥女,那也是他当舅舅的心肝宝贝。他还给母亲齐琴买了一件蚕丝衫,也没忘记给小青买一个精美的钥匙链,要不回去又得挨"数落"了。

自打张卫国离职学习,常小青就没有清闲过,每个礼拜天几乎都在沟里度过。

因为近年来,随着改革开放步子的加大,经济快速发展,一些不法分子蠢蠢欲动,各林场木材盗窃的大大小小案件呈上升趋势。

他敏锐地感觉到，木材盗窃案件如此频发，背后肯定有个较大的利益链在运行着。无利不起早，有盗必有买，只不过还没有露出庐山真面目来。也就是说还没有真正摸到这条利益链最大的受益者。

不过，通过几次大小案件的分析和比对，常小青已经有了些眉目。

在张卫国到北京学习的第三天，局长林涛，还有副局长周详找到他，交代道："卫国不在森保期间，你得多过问一下森保大队的业务。虽然你是刑侦大队队长，可要是发现具体案子，两个大队都是交叉进行的。谁也离不开谁，你得多上上心。"

也是，表面看似两个大队各有分工，但是往往有案子出现，几乎都是两个大队共同参与。所以张卫国不在时，常小青几乎都在两个大队之间奔波。

常小青的干练、敏锐、机智、果敢，尤其对案件的把控，有深有浅、主次分明、目的明确、直捣黄龙的战术，无论是森保还是刑侦的同事都敬佩不已。

尤其是在侦破青山林场一件木材盗窃案件时，他从对一个外地人员的突审中，发现了蛛丝马迹，便顺藤摸瓜，咬住不放。他把平日里的小案子放手给新手和派出所去做。他就是紧紧咬住嫌疑人不放，终于嫌疑人供出了收购木材的主犯。可是主犯却不在本地，而是在河北石家庄，他的木材都是通过本地人员进行收购，他只派两个助手到大青山来验收付款，自己在石家庄坐享其成。

在常小青带领下，两个大队协同作战，一举抓获了大木材头子派来验收付款的两个人。遗憾的是，本地的一个木材贩子脱逃了。通过他们的口供，得知此人已逃到了石家庄。

综合几次盗伐案件的线索，常小青发现件件都与石家庄有牵连，大大小小共计被盗木材四十多万立方米，这可不是个小数字。

常小青决定上报局里批准派人到石家庄抓捕在逃人员,更要抓捕那个不露声色、暗藏背后的主犯。

于是他急忙找到林涛局长做了汇报。

林涛一听案件性质严重,便和他一起向主管政法工作的林业局副局长蒋浩然做了汇报。蒋浩然同意公安局派警员去石家庄,尽快把在逃人员抓捕归案。

常小青整理好行装,办理好了各种有关手续,准备出发。

临走时,他先来到林涛局长的办公室,以求得到林局长的进一步指示。林涛对常小青是最放心的,小青大学毕业以来,在公安局工作的一点一滴,他都了然于心。他要不断地给他加担子,多加磨砺,将来还有更重的担子要由他来担负。

交谈中,林局长提起了一桩二十七年前的案子,那就是那尔轰青沟炝子灭门案。

因为常小青此次是去河北,当年那个杀人的犯罪嫌疑人也在河北安国。虽然离常小青此次去抓捕的木材盗窃犯的地方并不近,可是与大青山相比,可就近多了。

二十七年的那桩灭门案,是张大炮生前遗憾和内疚的案子,直到他死,也未发现嫌疑人的行踪。虽然局里多次发函要求协查,可是到现在仍音信杳无。

那件杀人灭门案,也是林涛的一块心病。那是张大炮和他亲力亲为侦办的一件案子。他目睹了当时三口人被害的惨状,到现在还历历在目。他还永远记着材料线公安分局解散时,分局走廊墙上的犯罪嫌疑人画像,旁边写着:记住一九六五年十月二十七日灭门杀人案的这个凶犯,无论现在还是以后的公安人员,都有责任义不容辞地抓住此人,给被害人一个合理的交代,给我们职责一个满意的交代,给法律一个正义的交代。张大炮一脸不甘的神情仿如昨日。

林局长指示常小青，在不耽搁木材案子的情况下，最好也能到安国看一看。

对于大清沟的灭门案，常小青虽说没有亲身经历，但是作为刑侦大队长，他还是了解和掌握案情的。自己的岳父生前曾多次跟他提起过，每次提起此案，岳父都是一脸不甘和遗憾。同时，他也从他大舅哥张卫国那听说过多次，案件的来龙去脉他是清楚的。可以说，这个相隔了二十七年的大案，已经让太多的人揪心和痛心了。

林涛的指示，常小青牢记在心。

林涛又问他："你这次去石家庄抓捕罪犯，准备带几个人，都带谁去？"

常小青如实报告："我准备带刘敬东、高战、徐兴东、赵延武四人去。"

林涛没有异议。

在走之前，他们从被抓捕的盗伐嫌疑人中已经获取了嫌疑人的详细居住地点。

世间的事情，往往极少一帆风顺。尤其公安人员追捕嫌疑人，更是没有固定的模式，不确定性极高。

那个所谓背后指挥的大老板，其实是一个当地以木材加工为主、很有名气的乡企老板。

常小青没有直接与老板接触，而是通过暗里查访。常小青知道，当地地方保护主义极其严重，倘若过早暴露自己的意图和身份，弄不好竹篮打水一场空。因此他到达目的地时，也没有急着去与当地公安部门协调，最关键的是没有发现东北脱逃嫌疑人的影子。

因此，常小青他们几人住在旅店里，每天都穿着便装到那个乡企老板企业附近转悠、观察。

那个东北逃跑的嫌疑人没来这里，还是逃到别的地方去了？

从被抓获的嫌疑人口中得知，乡企老板还欠着逃犯的钱，逃犯即使不敢露面，躲避在这也是为了催款，种种缘由决定逃犯不可能到别处去。

常小青决定再安心等待几天。

二

常小青一行五人奔向河北石家庄时，正是张卫国北京学习就要结束的日子。

张卫国第一个学期就要结束了，他也想等回家的时候，顺道去河北安国打听一下二十七年前那尔轰灭门案子的情况。

这也是他心里耿耿于怀的事情。

二十七年了，他非常理解自己的父亲张大炮内心无法名状的愧疚。二十七年了，死亡家属盼望一个明明白白的答复，可是等的时间太长了！

还有，他曾经在那尔轰林场当过派出所的所长，他太了解当地老百姓对这起灭门案的关注。而这种想法，又和林涛局长的内心不谋而合。

当还有三天就结束此次的学习时，他就先给林涛打了一个电话，想在学习结束时，到安国去一趟。

林涛接到电话，哈哈哈笑了起来："我本打算再等一两天给你打电话呢，你小子却早有这想法了。好啊！我一百个同意。另外，小青也到了石家庄了，是去抓逃犯的。"

张卫国一听，高兴地说道："这臭小子怎么没告诉我呢？还跟我保密呀。"

林涛说："可能他那里有点意外情况，还得等几天吧。他临走时,我也给他交代了,到时候他也会顺道到安国去看一看,看来你抢先了。这个案子牵动我们两代人,必须抓到凶犯。"

张卫国撂下电话后,正好赶上中午休息。他便把买的东西用邮寄回去,准备轻手利脚地到安国去。但他没忘记把给常小青买的钥匙链揣到兜里,到时候碰见小青好给他。

常小青的追逃案也有了曙光,那个东北嫌疑人也露头了,而且与他们住在同一县城里,这简直令小青大喜过望。

此人太大意,没把公安人员放在眼里,觉得逃到这里就可以安身立命,逃之夭夭了。

常小青为了不打草惊蛇,没有马上对东北嫌疑人采取行动,而是通过两天的观察,才将他一举抓获;并从嫌疑人嘴里得到了乡企老板知道木材来源部分是盗来的,这才与当地公安机关协调,实施抓捕行动。

突击审问,乡企老板只承认是有手续、正常买的。但对于进木材的渠道,他咬定一概不清楚。他是当地很有名气的人,又是人大代表,当地县、乡政府都出头为此人讲情,根据其所供述,买的木材也无须押解回大青山。

常小青向林涛做了如实汇报,林涛根据常小青的汇报,也和蒋浩然做了汇报,经过林业局研究,让乡企老板以购买的形式付给应有的木材款项,并把他所知道的盗窃部分木材进行罚没,此案就算是结束,也算是一个最好的结果。

常小青让赵延武和高战两人押解嫌疑人,他则带着徐兴东和刘敬东二人赶往安国。因为他知道张卫国两天前已经到达安国了。

出乎意料,是张卫国这次到安国的第一个心情的写照。

张卫国第一学期学完后,就急急忙忙奔赴到了安国,到今天已是第三天了。

他之所以没急着离开，就是因为安国县公安局刑侦科的季卫平科长，告诉他一个令他激动欣喜的信息：贵处几年来要求我处协查的凶犯，有人见到他了。但还不确切，正在进一步核实。

　　张卫国一听，虽然说是信息还不确定，但也绝不会空穴来风，他想不妨再等一等。

　　几天来，他每天都去县公安局刑侦科。科室的人员也都忙忙活活的，也再没见着那位季科长。虽然他有季科长的电话，但他没打电话，毕竟是兄弟单位，人家有人家的工作程序。

　　他回到了所住的旅店，又开了两个房间。他已经接到常小青的电话，正往他这赶呢。

　　从季科长那听到消息后，他也给小青打了电话。

　　小青听到后，也高兴不已，在电话里兴奋地说道："要是我们再把杀人嫌疑人抓到，那可是双喜临门呀，也告慰了咱老爷子的在天之灵，也没让我们空手而归，太好了，太好了！你等着，我们傍晚就到。"

　　傍晚五点多钟，常小青和徐兴东、刘敬东找到了他所住的旅店。正好到了晚饭的点，四人便到了离旅店不远的一个小饭馆吃饭。饭桌上都不喝酒，张卫国简单说了在学校的一些所见所闻和感想，常小青也简单地说了这次抓捕嫌疑人的过程，话题最后，还是那尔轰大青沟的灭门杀人案。

　　常小青听张卫国说完季科长透露的信息后，也感到有希望抓到这个逃逸二十七年的凶手。

　　可是，只在旅店等不是事吧，他要求卫国给季科长打个电话，问一下信息是否准确，是否在抓捕中。

　　张卫国说："我也想打电话，可是人家毕竟是兄弟单位，不好过多地询问，倘若有可靠的准信儿，我想他会给我打电话的。"

常小青道："你说的也有些道理，这样好不好，咱们以答谢的目的邀请一下季科长，这样，理由不就充分了吗。"

张卫国拿起电话，想了想说："其实，我也想过给他打电话，我想的是消息落实的时候再打不迟，再一个，我觉得不太好意思过多地打扰人家。"

张卫国把电话还是拨了出去。

他们吃饭是个小单间，加之小店客人很少，屋子里很静，电话回复的声音听得很清楚。

纯正的河北话："张兄弟，慢待了，不为别的，就是为你们那个杀人犯，我们科室都在忙活呢，已经发现了他的藏匿地点两处，我们正在蹲守和调查呢，我想抓到后，再告诉你呢。"

张卫国一听发现凶犯有准确的藏匿地点了，强忍着激动的心情说："我说季科长呀，我又来了三个同事，虽说不是为此案来的，为办其他案子路过，也都焦急地过来了。这你就清楚了，我局上下对此案何等重视。我看已经到吃饭的饭口了，我们想邀请你坐一坐，是否方便？"

那头却回道："张兄弟不用了，我们兄弟都一起吃过了，到时候我抓到那该杀的，我请你们，谢谢你啦。"

张卫国还没等季科长放下电话，便急着又说道："季科长，我们几个人都在旅店里等着也着急。不如明天也参加你们抓捕凶犯的行动。我说这个话，季科长可别往别处想呀，我只是想，咱们都是同行，是以向你们学习的心态出发的。"

常小青看了看他眼前的大舅哥，心里说道："这大舅哥说话，越来越有水平了，还'以向你们学习的心态出发的'，你怎么不说心急如焚呢？"

那头的季科长哈哈哈笑道："张兄弟，这叫啥话呀。我们求之不得呀。那好，你们明天早晨等着我，去车接你们。"

张卫国放下了电话，看了看常小青。

常小青点了点头，欣慰地说道："看来，我们是心想事成，旗开得胜呀。"

说完话，常小青好像又想起了什么，看着张卫国，问道："我说张队长，你这是空手来的吗？怎么的也是从首都回来的吧？"

张卫国说："你呀，真是沉不住气。我都给全家成员一个不少地买了，是用邮寄的方式，都快到家了。"

说完，张卫国从小拎兜里拿出一个精美的钥匙链，递到了常小青的跟前："这是给你的，礼物虽小，可是花不少钱呢。"

常小青接过来，细细看了看，说道："不嫌少，也不嫌小，细水长流嘛，你不是还得三年吗，有的是时间。"

张卫国回道："你小子别贪得无厌。"

刘敬东和徐兴东呵呵笑着。

三

第二天早晨七点整，季科长亲自开了一台吉普车来旅店接他们。

季科长是个矮胖子，一米六七的个头，红红的脸庞，眉毛很淡，双眼皮，眼睛很圆很亮，说话底气很足。

大家简单寒暄几句，就都上了季科长的车。在车上，季科长和他们介绍了发现嫌疑人的过程。

他说："这个人的真实姓名叫吕伟强，他是五天前被一个他小时候的邻居认出来的。可是和他打招呼，他却不回应，再找他，却不见了，是那个人告诉我们的。我们便开始展开细致的调查。他的老家离这二百多里，吕伟强自己的亲人都没有了，但叔辈姊妹有几个。吕伟强在家时，就因为好逸恶劳，亲戚都不与他往来了。几十年未见他的踪影。我们通过进一步细致调查，又查出了他有个姘头，在这下面一个村子住，离我们五十多里地。他与这个姘头也是十几年没见了，现在已经派员布控了。"

张卫国坐在副驾驶的位子上。

他想了想，说道："发现吕伟强的时间，是五天前的中午，报上来是三天前，有没有可能他看到了熟人又出走了呢？这里有一天半时间是个空当呀。"

季科长边开车边说："我们也是那么想。可这里不通火车，客运站也没有信息反馈，现在各出入路口和客运站，都有我们的人，那个姘头家，快三天了，也没有影子，难道他飞啦？"

常小青却非常冷静地说："听季科长的说法，吕伟强这么多年未回来，他一定是有难言之隐，才不得不回来，那么，他也不会轻易就走。倘若像季科长说的，我们警员已经都进行了有效的布控，他想走，也不会轻易地走出去。我推断，他还没有离开这里。"

季科长接过小青的话茬："我们绝大多数同志也是这么想的，才没放松对此地的监控。因为他没有地方可去。这么些年没回来，他现在回来了，就像常兄弟说的一样，他肯定在外待不下去了。他是冒险回来的。我已经把那个认识他的人也派人跟住了。还有的是，我们自从接到你们的协查通报，这么些年来，也不是没调查过，可是都是音信皆无。刑侦科的科长到我这，也换了六任了，我是老六。之前，我就一直在刑侦科，从不到二十岁，现在也快五十岁的人了。最近几年，我们的人口普查，还有人口管理，算是走上了正轨，这才又捡起这个案子，重新梳理。"

说着，他从黑色公文兜里拿出了二十七年那幅画像，和张卫国从自己局里传过来的一样。

季科长接着说:"这个人,在我脑海已经烙印很深了。我也拿给那个认出吕伟强的人看了。他说,虽然时间长了,但还是能看出原来的面容,变化不怎么大。"

张卫国和常小青一听画像已经辨识了,就更有信心了。

张卫国问:"季科长,你准备把我们几个人安排到哪个地方去呀?"

季科长肯定地说:"当然拉你们到吕伟强姘头住的村子去。我们已经有六个警员在那儿蹲守。我觉得他就在那里。可是就是没找到。我正在考虑,是不是哪儿出纰漏了?"

河北大地进入六月份,已经是热浪滚滚了。平原上,通过车窗能看到一片片绿莹莹未成熟的不到一米高的玉米田;玉米田中间有着道道田埂,条块分明地分布着,偶尔还能看见男男女女在田垄上走着,随着轻风吹拂,就像会移动的绿色的碧海;那些在田垄走着的人们,又像在碧海中踏浪。玉米田所散发出的清香,从开着的车窗涌进了车子里,沁人心扉,令人陶醉。一栋栋与北方截然不同的民房,房子都是砖瓦结构的。但不同的是,房子多数没有房脊,而是平顶。很多房子都是红砖,灰色的平顶。村子都不是很大,几十户人家相隔几里地,没有丘陵,没有山川,都是一望无际的平原,一眼望去能看出去很远很远……

一个多小时的时间,季科长便把他们拉到了一个小村庄的外围。看起来这个小村庄也就七十多户人家,也都是和路过的村庄一样的,灰色的平顶,红色的砖砌起来的,大多都是用土坯垛起的围墙,也有用砖砌起来的,烟筒都是从平顶房房顶伸出去。

他们几个人都穿着便衣,看不出来是警察。

他们在一个村口小卖店前下了车。季科长下车后,两个也穿着短袖衣服的中年男子向他点了点头。

季科长问:"没有什么异样吗?"

二人回道:"暂时还没有发现。"

季科长领着常小青和张卫国往村子里走去,刘敬东和徐兴东留在了村口,与安国的便衣警察在一起。

三人走了十几分钟后,来到了村子西头最后的两栋民房跟前。

季科长指了指靠右面的一家。意思是这家就是吕伟强姘头的家。两家是平连着的,中间就隔了一道砖墙;两家一样都是四四方方的院子,两家的厕所相邻,只不过也是隔了一堵墙而已;与厕所相平行的砖墙三米左右就是出进的大门,大门是铁皮和铁栏杆做成的。邻居家的大门涂上的是红漆,吕伟强姘夫家的铁门是蓝色的。两家大门上都挂着锁头。

三人正站在土道旁边观察着,过来了一个中年男子,拿了几瓶汽水递给了季科长。

季科长随手分给了常小青和卫国,然后问:"有什么情况没有?"

中年人回道:"头午七点多钟,那个女的扛着锄头到她家地里去了,邻居那个中年人骑着摩托车去乡里医院了,他老婆生孩子正在住院。"

"那个女的有人跟踪吗?"

"有两个人暗中跟着过去了。"

太阳毒辣辣的,像下了火,晒烤得每个人都出了汗。常小青和张卫国已经是汗透衣衫了。季科长倒是没出那么多汗,但也能看出他脖子上的汗水往他汗衫里钻。

他看了看小青和卫国二人热得狼狈的样子,笑着说道:"让你俩遭罪了。看来,你们东北人不禁热呀。我们都习惯了,也没太觉得怎么样,这还没到最热的时候呢。走吧,到那边大槐树下面坐一会去。"说完,他领着小青和卫国往他指着的大槐树走去。

大槐树离两家三十多米远的距离。大槐树看来有年龄了，胸径一个人搂抱不过来。茂密的枝干和叶子，像一把自然形成的大雨伞，遮挡住了烈烈的阳光。还没到大树的跟前，就能听见茂密的叶子中传来虫儿惬意和欢快的鸣叫声，树下面有一片很大的阴凉的地方，树根处用粗细不等的木棍支起了几块木板，人们可以坐在上面避暑乘凉。

三人坐在树的下面，没有高大的遮掩物，地表都是各种应季蔬菜，完全可以看到所监视的那所房子的一切动向。

三人坐在大槐树下，喝着汽水，感觉凉爽了许多。

"季科长，那个女的是怎么和姓吕的认识的，那个女的是什么情况？"常小青问。

季科长咽了一口汽水，说道："我们以前还真不知道这个姓吕的有这么个姘头，而且还就住在离我们不远的地方。也是那个告诉我们吕伟强回来的人说的。这家女的叫王莲，和吕伟强曾经在一个村子住，因为这个女的父亲家很久以前在村子里是个赌窝，吕伟强经常到她家里去赌，一来二去就好上了。那时候王莲还未结婚。几年之后，王莲嫁到这个村子，吕伟强也知道，在没犯案时也曾到这来过。还有人说，十七八年前也来过。那个时候都是自顾不暇，乱哄哄的，也就没在意。王莲的老公，经过调查，是个很老实的人，年初到南方打工，到年根才回来。就王莲自己在家，王莲结婚这么长时间却没生孩子。老公在外打工，她在家就侍弄自己家里那点地。

"吕伟强在他的村子里臭名远扬，亲戚不待见，没有什么朋友。他十几岁就知道赌博，平日里吃喝嫖赌，样样都沾。他在老家时，和一个赌友关系最好，也就是告诉我们他回来的那个人。二十七年前，吕伟强赌输了，管他借过钱，数目还不小，一直没还，最后人影都不见了。俩人比较好，所以他知道有个女的就在这个村子，跟吕伟强有一腿。这个发现吕伟强的人,可能也是着急要钱,才积极配合我们的工作。"

张卫国又接着问:"和她一栋房的邻居,能了解她多一些?"

季科长说:"表面两家那么近,却很少来往。王莲在这一年住不了几个月,经常回娘家住。"

三人正在说着的时候,就听见一阵子摩托车声音传来。

摩托车上载了两个人,开摩托车的是个二十七八岁的小伙子,后座上坐了一位五十多岁的妇女。仔细一看,是吕伟强姘头王莲家的邻居。

那个开摩托车的青年,季科长询问过他,所以他认识。那个妇女可能就是那个开摩托车的母亲。因为在询问他的时候,他说自己的媳妇生孩子在乡医院,他母亲也在医院护理,父亲早些年就去世了。

三人起来就往摩托车奔去。

这时,两人下了摩托车后,那个男的从兜里往外掏钥匙正准备开门,季科长已经来到他二人跟前了。

那位从摩托车上下来的妇女看见他们三人后,问了一句:"你们这是要找谁呀。"

季科长一脸笑容,对她说道:"我们是找这家人有点事,不知他家人到哪去了,正在等呢。"

妇女看了看邻家门上的锁头,喃喃地说道:"那媳妇可能上地里去了吧。她男人可能回来了,大前前天晚上我还听见俩人说话呢。"

张卫国和常小青看着季科长,意思是说,不是只有女的一个人吗?

季科长也知道二人眼神中的意思,便急忙问:"她男人不是在外打工到年根才回来吗？"

"是呀，可是前天半夜里，明明听见和她说话的是一个男人呀，不是她男人，谁能半夜在一起说话。"妇女肯定地回道。

季科长急忙又追问一句："你能肯定是有男的到她家里说话吗？"

妇女笃定地回道："我前天晚上快十二点也没睡觉。因为儿媳妇提前生孩子了，我就赶紧准备第二天到医院要用的东西。当我准备得差不多时，我去了趟厕所。在厕所里听到的，就是个男人声音，不是她男人又是谁呀？"

三人听到妇女的肯定回答，脸上都显出无法掩饰的兴奋。

季科长又不放心地问了一句："这位大姐，你真的没听错呀，我问你家儿子时，你家儿子说，没听见她家回来过人。"

那妇女表情极认真地说道："我儿子上哪知道。前天晚上他在医院护理他媳妇不在家。我半夜听见了她家有人，我前个一大早就走了。你们到地里去找找王莲，问问不就知道了。"

季科长兴奋得急忙握了握妇女的手，说道："太谢谢你了！你给我们帮了大忙呀。"

当那娘俩进屋后，季科长好像回味过来什么："原来是这样呀。怪不得没有人知道这个王莲家来过人，知道信息的人不在家，正好错过了时间段；怪不得各路口和村庄外围没看见姓吕的。原来早早到他姘头家里藏起来了。可我们也到她家问过，也看过，没有发现能藏匿的地方呀。"

张卫国说道："季科长，何不趁着信息准确的时候，找回那个女的开开门，再进她家搜一搜呢？"

这时，刚才给他们汽水的中年男警走了过来。

季科长急忙和他说道："小陶，你去通知其他人到这来，顺道把那个王莲也找来。"

叫小陶的回道："好的。"就急忙往村口跑去。

季科长接着又从兜里掏出对讲机,摁了几下说道："乔局长,那个在东北杀人的吕伟强,就在他姘头王莲家里躲藏着,消息绝对可靠。"

对讲机那头的声音也能听见："太好了!你在那里给我盯住了,我带人一会儿就到。"

四

吕伟强的姘头王莲先回来了。她身后跟了三个穿着便衣的警察,其中就有那个给他们汽水的姓陶的民警。

王莲四十六七岁的年纪。虽说是农村妇女,可是岁月却没有让她变得粗糙不堪,反而是杨柳细腰、凹凸有致,一条蓝色的裤子,粉色白底的单衫,标准的瓜子脸,一双含波的桃花眼,眼睛和眉尾上翘着,鼻子长得很精致,嘴却很小,很像动画片《西游记》中三打白骨精里的女妖精。

季科长看见她后,走到她跟前,郑重地问道："王莲,你老实回答,吕伟强到底来没来过你家?"

王莲一听季科长的问话,脸上有一丝惶恐,眼神飘忽不定,然后低下头,右手握着左手食指,说道："我都说了,我男人在外打工,一年才回来一趟,没有这几亩地,我也跟着去了。你这么说,让我在村子里怎么活呀?"王莲反而倒咬了一口。

姓陶的民警严肃地说道："不用你嘴硬,到时候找出来,你也得进大牢。"

王莲红着脸,未等说话,那双桃花眼先流出了眼泪。

季科长又说道:"王莲,你可想清楚,吕伟强是个极其凶残的嫌疑人,心狠手辣。你不说,他也跑不掉的。你现在知道他的下落,赶紧告诉我们,你还有救。倘若你就是死不承认,隐瞒实情,那叫包庇罪,后果是极其严重的。你想想看吧。"

王莲仍然低着头,右手攥着她的左手的手指头,一言不吭。

正在这时,两辆吉普车戛然停在了他们的跟前。从第一辆车里走出一位相貌堂堂、身高一米八、身穿警服的人。

季科长领着小青和卫国二人急忙迎了上去:"乔局长,这是东北的常同志和张同志,已经来两天了。"

乔局长急忙和二人握了握手,声音洪亮地说道:"因为太忙,也没顾得上见个面,都是季科长帮我接待你们了,对不起,慢待二位了。"

常小青和张卫国也说了一些客套话,季科长就急不可耐地对乔局长说:"我有把握判断,吕伟强就在王莲家里藏着。我想再进她家细致全面地搜查一次。"

乔局长问:"你这么有信心,这信心都是哪来的?"

季科长便把从王莲家邻居母亲那得到的信息原原本本地说了。

乔局长看了看王莲,坚定地说道:"既然她不承认,就让她开门进屋搜。"

两台吉普车里下来了八九个着装和没着装的警员。徐兴东和刘敬东也都跟了过来,再加上小青和卫国,一共能有十六七个人。

王莲唯唯诺诺、很不情愿地打开自己家的大门。

警察鱼贯而入。

常小青和张卫国最后进的院子。他俩环顾了一下王莲家里的院子,和其他人家没有两样,都是用砖砌起来的院墙。不过他家有两个厢房,一个是与居住的房子平行的右手把头一个厢房,里面放置着农用器具,还有做饭用的烧柴,都是带刺的蒺藜条,堆放了能有半个厢房。另一个厢房是与外墙平行,里面放置的都是些坛坛罐罐、箱子等物。还有一个小地窖,是冬季储藏蔬菜用的,警察也都没有放过。里屋门也打开了,包括衣柜和橱柜都看了。警察们出出进进,细致地搜索着。可是二十几分钟过去了,却一无所获。

屋子主人王莲站在院子里,似乎一脸委屈,看着每个警察进进出出。

常小青和张卫国没有急着与其他警员进行搜寻。两人在院子里环顾着,不停地用眼梢溜着王莲的表情。

有几个警察搜了堆放烧柴的厢房,进出了几次,没发现可疑之处,又都出来了。

但张卫国却用眼梢捕捉到了王莲不一样的表情,那是极力掩饰的慌乱和恐惧。虽然瞬间而过,可是没有逃过张卫国的眼睛。

常小青也看到了王莲这个不经意闪露的眼神。他和卫国不约而同地往堆柴的厢房走去。

乔局长和季科长也跟着他俩来到了厢房门外。厢房没有门,在外就能看见里面的一切。靠近里面堆的是烧柴,面积占了三分之二有余;靠近外面的地方就没有多少了,墙上挂着各种农具;剩下不大的地面,还有几个破桶一样的家什。实际上那些带蒺藜的烧柴顺溜地归置一下也占不了多少空间,只不过胡乱地堆放,才显得厢房里满满当当的。

张卫国刚要迈进厢房时,特意又用眼角余光扫了一下王莲。

王莲的表情又闪现出了一丝慌乱。

他毫不犹豫地进了厢房,并顺手拿下了一把挂在墙上的锄头。他把锄头的头部拿在手里,从靠近外墙方向开始,用锄头把对着堆放的蒺藜柴火,紧靠地面冲着对个的墙壁捅了进去。看来不是那么顺滑、很费力的样子，感觉怼到墙壁了，才抽出来先看了看锄头的把头。能看见锄头把尖有黑带黄色的泥沾在上面。由于与地面相剐，锄头把头有着明显的毛糙的木刺，他顺手拿起一块抹布仔细擦了一擦，往房头方向挪了两尺的距离，又像第一次一样捅了进去，拿出来锄头把头还是粘着泥，不仅锄头把头有泥而且划印比先前还严重了。

张卫国没有停下，又往房头继续挪了两尺的距离，还是像前两次一样，锄头把头上有泥和木刺。

外面的门口，除了乔局长和季科长二人外，还有七八个警员在看，不知道张卫国这是在搞哪一出。

在厢房里的常小青心里有数，这是平常对生活细致入微的观察得来的，有些物理相摩擦的因素。倘若地面不够平滑，锄头把头就会带泥出现毛木刺，那是地上的石头和泥沙磨起而出现的状况。倘若地面平滑无沙无泥，锄头把头绝不会费力而且很顺通，也绝对不会出现木刺的状况，而是比较光滑的磨痕。要是出现这种状况，那就不是地面，最起码是极其平滑的板面，或者铁皮之类的地面。

张卫国怀疑蒺藜柴下面可能有个藏身的地窖，不是很大。要是面积大的话，人们进去就能感觉出来。再一个，他观察到王莲的异样表情，让他更觉得蒺藜烧柴下有蹊跷。

张卫国从常小青手里拿起了抹布，把锄头把头又擦得干干净净，又往房头处靠近一尺多远把锄头把伸了进去。这次能明显感觉出非常通透，而且锄头把顺利地伸了进去。拿出来后，二人看了看锄头把头，没有任何毛木刺，连泥都极少，被磨的锄头把头的痕迹都很光滑。

张卫国非常兴奋，接着又往房头靠近处挪了挪，把锄头把又捅了进去，非常顺利通畅。拿出锄头把一看，没有任何木刺，甚至连泥都没有了。

张卫国于是对外头还在观看的乔局长和季科长喊道:"两位领导,我断定烧柴下面有藏人的地窖。"

张卫国话音刚落,乔局长就命令还在边上观看的警员:"把烧柴给我快速搬开。大家小心一些!"

乔局长的话音刚落,站在院子中间的王莲便一下坐在了地上,一把鼻涕一把泪地哭了起来,手拍打着地面,嘴里还不停地哭喊着:"这是他威胁我的呀,不藏起来,他、他就要杀了我呀。"

王莲的哭喊,更进一步证明了张卫国的推断,更确切地说明了吕伟强就在下面的地窖里。

蒺藜烧柴拿开以后,果不其然有个地窖木盖。有个小抓手紧靠近在墙的一侧,靠近地窖盖的警员从腰处掏出了手枪对着地窖。

两个警员灵敏地打开地窖盖,一股骚臭味扑鼻而出,昏暗和潮湿的地窖竖着一个小木梯。

"地窖里的人,老老实实上来。"

警察在窖口处凛然地喊道。

喊完几秒后,一个沙哑的声音,像是从地狱里传出来似的:"我出来,我出来。"

从地窖上来的人刚露出头,就被窖口旁边的警察抓着脖领子薅了上来。一个穿着一身灰色单衣裤的五十几岁的男人,颤颤巍巍地站在窖口旁,在强光的照射刺激下闭着眼睛。

两个警察把这个男人押解了出来。

他好不容易睁开了眼睛,就看到满院子警察。

王莲坐在地上,看见他出来,指着他骂道:"你个该杀的,你把姑奶奶坑死了呀。"然后,两手又不停地拍着地面大哭。

季科长厉声喊道:"把王莲一块带走。"

从地窖出来的人已经戴上了手铐，有两个警察押着，来到了乔局长、季科长、卫国和小青跟前。

能看出此人左腿有些瘸，脸在阳光的照射下显得更加苍白，刚刚才睁开的双眼，像老鼠一样转动不停，既带着惶恐，更带着一丝狡诈。

季科长手里拿着画像，仔细看了看脸色苍白的男人，对小青和卫国二人说道："你俩看看，是不是这个人？"

吕伟强二十七年前的面容，张卫国了然于胸，几十年的岁月虽然给这个人面容涂上了过多的沟沟坎坎，但是细看一下，还是没有脱离本色。

张卫国肯定地点了点头："他就是吕伟强，没错！"

吕伟强一听，像是泄了气的皮球瘫软了下来。要不是两面的警察架着他的胳膊，他就坐在地上了。他的眼神再没有了狡诈、侥幸及惶恐，有的全都是绝望。

他嗓音沙哑、怯怯地说道："我知道，你们是东北大青山来的，二十七年了，我该死的时候到了，我是吕伟强，我是吕伟强。"

五

通过吕伟强的交代及 DNA 对比，二十七年的大青沟灭门杀人案正是此人所为。

六天后，犯罪嫌疑人吕伟强由张卫国、常小青、徐兴东、刘敬东四人押解回大青山林业公安局看守所羁押。

通过吕伟强的交代，其犯罪经过大体与张大炮生前推断的一样。

吕伟强的父亲叫吕基胜，老家是河北安国县人。一九二八年在孙殿英部队当了个小兵，他在部队里结识了比他大十几岁的吕绍欢、吕耀先，虽然不是一个县的，但都离得不远而且还是一个姓。吕耀先是他的排长，吕绍欢是他的班长。吕基胜年轻，很会来事，眼睛也能看见活儿，腿也不闲着。吕耀先和吕绍欢都很喜欢他。一来二去就拜了把兄弟，吕绍欢最大，吕耀先其次，吕基胜老三。

在吕基胜当兵那年，他所在的部队最高长官孙殿英干了一件震惊中外的事，就是把老佛爷慈禧太后的坟墓炸开盗窃陪葬财宝。其中，就是吕耀先所在团干的。他们也得到了不少奖励，或多或少都贪了点。

作为一个排长的吕耀先，除了自己得到的，他还利用自己的小权力，威胁、低价购买其他士兵的财宝，手里有不少的积蓄。

吕绍欢和吕基胜都是吃喝嫖赌抽什么都沾的人，早早就把手里那点东西花得一干二净了。而吕耀先却很本分，五毒不沾，就是抽个烟，喝个酒，自己的军饷也就够了，有时候还寄一些给父母。

一九四八年秋，他们被解放军俘虏，并遣送回家。吕绍欢在一九五五年就料到各种运动对自己不利，便来到了东北。而吕耀先则用自己的所得盖了大房子，还给儿子娶上了媳妇。后来儿子没几年有病死了，儿媳也改嫁了，孙女也十六了，正值各种运动风起云涌的时期，吕耀先也待不下去了，就给吕绍先写了封信，要到他这儿来避一避。吕绍欢答应了。

两个月后，当吕耀先来到时，谁知吕绍欢却有病死了。没办法，吕耀先和老伴，还有孙女，就暂住在吕绍欢儿子吕成旺的旧炝子里，等到秋末再到其他地方想办法。

吕伟强呢，可以说他父亲的一切恶习都被他继承下来了，吃喝嫖赌全占，而且有过之无不及。父亲死了更是无人能管，竟然连房子都卖了。那时候的社会风气是极其淳朴的，绝大多数老百姓都看不上好吃懒做、坏习气全占的人。村里准备把他告到乡里，收拾他。

吕伟强一看，待不下去了，就准备另寻门路。但他不想走正路，又开始想起了歪门邪道、不劳而获的方法。

他苦思冥想，猛然间想起了他父亲曾无意中说过，吕耀先手里有金条，可能还不少。他就开始翻箱倒柜，找吕耀先和他父亲通信的地址，还真让他翻到了。

他就顺着地址，找到了吕耀先，并撒谎说，是父亲临死时告诉他，有难的时候可以找这些大爷。现在家里运动很厉害，所以出来找他们来了。

吕耀先起先没在意，还找到吕成旺，看能不能让吕伟强也到他的小屯子里落户。吕成旺说："现在自身难保，就无暇顾及别人了。再说我也不认识吕伟强，不知根不知底的。"

可是，几天来，这个侄子经常有意无意地打听他们在部队炸坟墓的事，让吕耀先一下子警觉了起来。毕竟吕耀先在部队是个小头头，脑袋还是够用的。再一个是炝子本不大，三口人住着就挺挤巴，还是个大小伙子，孙女也大了，极不方便。几个原因，促使他想给吕伟强拿点钱，让他自己出去找个地方。

吕伟强一听，心里有些失望，更有些不甘。于是他凶相毕露，杀心顿起。

可是他知道，要是面对面和吕耀先交锋，那是占不着便宜的。吕耀先是当兵出身，岁数虽然大了，身体素质还是相当好的。

老姚头去炝子歇息，这件事让吕伟强动用暴力劫财害命的打算加快实施起来。倘若不加紧下手，就越来越没机会了。他感觉吕耀先开始怀疑他了，已经和他谈话了，给他些钱，让他自谋生路。

一个本来要荒废的炝子，加之孤零零的，离着其他住家又比较远，吕伟强贪婪的习性让他膨胀，便卸掉种种顾虑，寻找机会大胆实施自己罪恶的计划。

这天上午八点多钟,也是老姚头捎东西的前三天,他终于找到了机会。吕耀先到老伴洗衣服的小溪边,去商量吕伟强走的事。他拿起了劈柴的斧子,悄悄地走到了他老两口的身后。

由于小溪淌水的响声,再一个吕耀先永远也想不到这个侄子敢要他命,当吕伟强挥起斧子向他后脑砸去的时候,他从水流中看到了身后的影子,也听到了风声。

但是来不及了,等到他刚回过半个头的时候,斧子重重地砸在了吕耀先的脑袋上。瞬间脑浆迸裂,喷溅到了身边老伴脸上、身上。吕耀先一下子侧歪在地上,一点气息也没有了。

老伴还没有反应过来。她看到吕耀先倒地,头部已经凹进去了,鲜血四溅,又看见吕伟强举起斧子,眼睛鲜红,狰狞地看着她,并逼问她金条的下落。

吕耀先老伴看到这情景,已经是身如筛糠,面如土灰,一动也不敢动。

她结结巴巴地告诉了吕伟强藏匿金条的地方,祈求他不要杀她。结果吕伟强还是毫不犹豫地用斧子砸死了她。

铁锹是前几天挖土准备垫炕子用的,正好离小溪不远,他顺手拿起铁锹挖了个坑。

十六岁的孙女看见爷爷奶奶还没回来,知道他们到小溪边来了,于是边喊着边一蹦一跳地往小溪跑来。

她一来到小溪边,就被吕伟强捂住了嘴。她大喊大叫,拼命反抗。吕伟强竟像畜生一样当着她死去的奶奶和爷爷强奸了她,并残忍地又掐死了她。女子反抗的时候,扯下吕伟强的一小绺头发攥在手里,成为吕伟强杀人强奸最有力的罪证。

他埋了三人的尸体后,回到炕子里,拿走两根金条;又在箱子里翻出了几十元钱作为路费,翻山从南辉县逃了出去。他不是没拿吃的，而是拿了两个大饼子走的。

那时候，正赶上各地都是乱哄哄的，给他创造了逃跑和隐藏的机会。那两根金条他轻易不敢出手，一直到了南方某城，用低价换了一些钱。他又开始拈花惹草，大吃二喝，没用几年，就把那两根金条给挥霍没了。那时在金银方面国家管控很严，都是偷偷摸摸兑换，价格几乎是最低的。为了纸醉金迷，他都认了。剩下那几年，由于那时人们的身份管理松懈，各地的治安状况也不是那么严格，他便躲藏在私人作坊里打工。

二十世纪九十年代后，各地公安机关对外来人口的管控越加严格，各种辅助甄别设备也都陆续运用到了各种信息管理上，全国人口的普查，让他更加惶惶不可终日。

没办法，他就想逃往北方，回到他熟悉的地方，或者办理一个身份证，或者找个口音一样的地方打工，瞅准机会再想办法。

于是，他又找到了他的老情人王莲。在老家时两人就狼狈为奸。一九八一年，他来过这儿，还给了王莲一千多元钱。那时的一千多元钱，简直就是天文数字，够王莲他男人干三五年的。王莲本来就是个轻浮如柳絮般的女人，加之她男人老实，不懂风情，就更相信吕伟强的话，两人在一起，也不怎么避讳其他人。一个星期后，村子里的人反映太大，于是吕伟强又跑到了南方。

这次回来，他已是身无分文。最让他懊恼的是，碰见了很久以前的老债主，认出了他。

虽然他没有答应，而匆忙溜了，但在他的心里蒙上了巨大的阴影。于是在坟场躲到半夜，才叫开王莲家的门。

他又是承诺，又是发誓的，取得了王莲的信任。两人便旧情复燃。王莲相信吕伟强在不远的时日会给她很多钱，要是可能的话，把她带到南方去，过花天酒地的日子。

但是有个前提，要在她家先躲过几日。因为是倒卖古董，很危险。王莲利欲熏心，便答应了他的要求，主动给他提供了隐蔽地方，还给他做饭。

最近几天里，王莲也看到了警察在村里、在她家门口转悠。警察也找过她，她否认了家里来过人。

她还把警察找她的事，告诉了躲藏在地窖里的吕伟强。她却装作没什么事似的，继续每天到自己家的地里侍弄庄稼。最后还是原形毕露，难逃法律制裁。

善恶之报，如影随形。法网恢恢，疏而不漏。

一九九二年六月，犯罪嫌疑人吕伟强落网，三个月后，因犯有故意杀人、强奸、抢劫罪被执行死刑。

林涛、张卫国、常小青为此专程到张大炮坟前，把那尔轰灭门案告破的消息告诉了他。

第十二章 盗伐案

一

刘石头晚上下班回到家里，胃又有些吱吱啦啦的不舒服。妮儿已经把做好的饭摆上了桌，酒也给他烫上了，他看后却没有食欲。

妮儿劝他少吃点，他却嫌弃她啰唆，妮儿也没辙，正愁得慌呢，她听到大门响，伸头一看，却是张卫国和儿子敬宽来了。

张卫国是搭派出所所长孙诚的车才到林场没有一个小时，孙诚留他吃饭，他谢绝了，他说是专程来看看老丈人的。正碰上敬宽也准备到他爸家去，两人就一起来了。

妮儿赶忙让卫国和敬宽上炕吃饭，陪石头喝两盅。

刘石头看见姑爷卫国后，不愿吃也得伸筷子了。吃饭的时候，才知道是来查木材案子的。

张卫国是公安局森保大队队长，敬宽又是林场的林政队长，这姐夫和小舅子倒是对口。饭桌上不唠工作上的事，这是警察的规矩。刘石头也不问，反正姑爷来了肯定有事，妮儿就是没完没了地问北岳和南岳的事。

最近，刘石头不仅吃不下饭，胃总是疼不说，一听妮儿没完没了地问，还心烦，他守着姑爷又不好说什么。

也不知道怎么了，今天妮儿也看不出火候，不是说北岳应该抓紧补课了，要不就是说，南岳应该换个大书包了。

刘石头无名火就上来了，提高嗓门几乎是在喊了。"明天你赶紧上人家去，你去管理去，你怎么那么多事，叨叨叨没完没了。"

他的无端发火，让卫国和敬宽都吃了一惊，尤其是卫国，从来没看见老丈人发火，而且是无名火。

妮儿瞅了瞅刘石头，又瞅了瞅他俩，说道："最近这老头就这样，没事找事，看哪哪不顺眼。他说胃疼，我让他去医院看看，他就不去。"

卫国赶忙说道："不行，明天让孙诚拉你到医院检查检查吧。"

刘石头却气哄哄地说道："上什么医院检查，没那么娇贵。不行明天去卫生所拿几片药吃吃就行了，就是去林业局也不坐你们的车。"

妮儿气得嘟囔道："这才是个犟种呢。"

晚上八点多了，俩人才走出屋子。

张卫国其实就是来找敬宽了解事情的，到了林场，他没去派出所，而是去了刘敬宽的林政队长办公室。

张卫国毫不客气地坐到了刘敬宽的办公椅子上，敬宽坐在对个的长条凳子上。

张卫国看出对过坐着的小舅子表情不是那么自然，若有所思，好像隐瞒什么似的。张卫国通过这几年的历练，刑侦技能大长。

"敬宽，咱俩是兄弟，我问你的话，一定要实说。"

敬宽没有底气地回道："姐夫，什么事呀？"

"我想让你自己说，你自己说最好，对你百利而无一害，明白了吗？我是你姐夫，绝对不会害你。"

"我真的没有什么事。"敬宽眼睛却躲到了一旁，不敢直视卫国。

从二十世纪九十年代开始，国家改革开放不断深入，对外开放，与国外的商贸愈加紧密，木制品和出口材价格像风一样上扬。暴利让人疯狂，让人丧失理智，让人铤而走险、以身试法。出口材又大都是国家的珍贵树种，如柞木、曲柳、椴木、黄菠萝木等，而大青山林业局恰恰又与三个县区相接壤，辖区内出口材质又最好。

上秋几个月来，木材盗伐案件频频发生，而且有愈演愈烈的趋势。白江河林场在各大林场中又是重灾区。从农民用小牛车一两立方米地偷盗，已到了几十立方米地车装车运。

张卫国作为森保大队队长，深感责任重大。森保大队警员在林场都各有耳目，耳目的姓名工作绝对保密，但信息之间可以互相交流。

张卫国通过几次办案，梳理出一个规律，其他林场派出所或耳目报上来的信息，到现场多不扑空，几乎盗伐分子都能抓到，最起码可以在现场收缴到马车锯子之类的工具。可是，白江河林场报上来的案子，尤其是耳目报上来的案子，信息绝对是可靠的，但当森保和刑侦大队到现场时，无论盗伐人员，还是作案工具都没了踪影；而勘查的现场，也能证明是大队前脚刚出发，后脚就已经知道了，总是扑空。

几次案件以后，张卫国就有点怀疑了，盗伐分子对公安局森保和刑侦大队动向怎么了解和掌握得这么清楚？

张卫国推断，这里肯定有蹊跷，抑或说这里有内奸，内外勾结。

谁又有这么大的能耐呢？他首先想到的是派出所的成员，其次就是林场的林政大队。只有他们最掌握公安局森保和刑侦两大队的动向。

一般来说，发现案情，先要与当地派出所沟通帮助，派出所的人力和信息大多数又来自林场的林政人员。

张卫国一个半月前，在新胜破获了一起盗伐案件。盗伐木材十一立方米多点，是他的耳目提供的信息。

在询问盗伐木材组织人时，耳目给卫国提供了一个消息：收盗伐木材的大木材贩子姓戚，当过场长，叫戚斌，他弟弟组织。看来，姓戚的很有钱，也很有势力，我们新胜不算啥，白江河才是他们的根据地。据说那个林场的林政队、派出所都有他们的人。

张卫国太了解和认识戚斌了。

他还记得一九八三年的时候，在那尔轰办过戚斌他弟弟盗窃菜墩的案子，那个案子刘大壮被张建砍死，惊动了整个林业局，戚斌是那尔轰林场主管林政的副场长，因为严重失职被免职。

后来，听说他找到了他的一个远房亲戚，是青山县里的大官，亲戚给他办了一个私人木材加工场。他到青山林业局购买木头，加工地板材，那几年赚了不少钱，在地方和林业局小有名气。后来出口材极为暴利，也有人反映他倒腾出口材，他和 A 城的木材第一道贩子直接挂钩。

作为一名睿智的警察，一定要心思缜密，不放过任何可疑的线索。张卫国开始注意白江河林场的一举一动，尤其是林政和派出所的人员，种种迹象不能不让他怀疑。

十天前，耳目的信息反映上来了，白江河管辖区小七岔有人盗伐木材。

正是晚上十点多钟，又正赶上下着不大不小的秋雨，他急忙打电话告诉派出所，赶紧在路口布控，森保一个小时后赶到。等森保和刑侦赶到了林场派出所，一看，林场派出所只有内勤在，一问，说是孙诚所长已经开车去现场了。

张卫国赶紧往小七岔奔去。

山里的土道被雨浇过后，地面泥泞难走。离小七岔还有十里的距离时，发现派出所的吉普车在道上。到跟前一看，孙诚正在车里避雨，还有两个警员。

张卫国急忙问道："孙诚，你这是怎么了，不赶紧到小七岔布控堵截呢？"

孙诚打开车门说："车坏了，修了挺长时间，没修好，没办法，这不等你们一起会合呢。刘敬宽已经带人上去了。"

张卫国没办法，让孙诚挤进他的车里。本来车里已经有五个人了，他再上来更加拥挤不堪。找到他们，才能找到具体现场，森保和刑侦各一台车加快速度继续赶往现场。

让他更加气愤的是，还有不到三里地就到现场的路上，发现了林场林政的面包车也靠在了道的中间。张卫国下车一看，他的小舅子刘敬宽正在车上抽烟。

张卫国生气地问道："不是让你去堵截吗，你这又是怎么了？"

这时，雨已经不下了，时间也到下半夜一点多了。

刘敬宽一看他姐夫，就赶紧下车说："姐夫，赶紧给我们点油，车漏油，来时又没加油。"

张卫国在这么多警员面前真的没法发火。他恨恨地说道："给我上后面车去。"

刘敬宽赶紧往后面车走去。

"回来，先把你们的车推开。告诉你的人，在道上观察，别让盗伐人员从这个道上出去。"

秋天的晚上，就已经很凉了，加上又下了场雨，又是在山上，人们更感觉到冷飕飕的。

终于来到小七岔现场的山下，人们纷纷下车，打开手电筒。

在手电筒照耀下，看得很清楚，地下有明显的装车痕迹，是东风大车的车痕，不止一台车，应该是两台车。

"追。"张卫国一声号令,车子加快速度飞似的前进。

刑侦副大队赵延武提醒张卫国道:"张大队注意车速。"

前面有灯光,是白江河检查站,车还没停稳,张卫国就跳下了车。还没等进屋,屋里就迎出人来了,穿着黄色林政服装,个子挺矮、挺胖的。

张卫国问道:"有没有拉木头的车过去?"

"没有呀。"

张卫国一看道面,车辙很清晰,而且就是追赶的那两台车。

张卫国提高了嗓门,问道:"你保证没过车吗?"

小矮胖却说:"我保证没过拉木头的车,没说没过车。"

张卫国有点反应过来了,直接问道:"过的都是什么样的车?关键是大车。"

"想起来了,有两台大车,蒙着帆布过去的。"小矮胖回答。

过了检查站,有六里多地就到了青山县和大青山林业局交界处,是一条通往邻县的唯一公路。公路是用水泥铺的,很久没有维修的缘故,路面上坑坑洼洼,有的路段露出成片的黑土。大青山林业局采伐作业出来的原木,也通过此道运回林业局贮木场。

张卫国追出来的土道,是林业局运材道,土道里不仅有白江河林场的作业区,还有青山林场和龙湾林场的作业区。

二

在破烂的水泥公路上,往右去就是大青山林业局,往左去就是青山县。

大车不可能往大青山林业局去,只有往青山县去。大约又走了一个多小时,总算来到了青山县城郊区。

在道上就能看见县城不多的灯光,已经凌晨快四点了。道旁有三个木材加工场,两个已经熄灯,其中中间的一个院子里还有灯光,灯光是正对着的瓦房正门上的,左旁有一块白底黑字的牌子写着:青山县大盛木材加工场。

院子里有两条大狼狗在高声吼叫着,眼睛发着绿光。用手电筒照在这里的车辙消失了,车的唯一去向就是进院了,院外是个用板皮架起的三米的杖子,杖子上面都是盘的铁蒺藜,大木门紧闭,里面是用铁棍插的并上的锁,外面打不开。大门边是用砖砌的门卫室。门卫室的门也是锁着的,里面也没有人。

张卫国问:"这是谁家的木材加工场?"

下来的人没有回声。

他看了看也刚下车的孙诚和刘敬宽,问道:"你俩知不知道这家加工场是谁家的?我两个月前路过这里时,只是个平通的地板块加工厂,地板块加工还用这么多值钱的木材吗?那这家地板块不得像金子一样贵吗?"

两人你瞅我,我瞅你,孙诚先说话了:"张队,有人跟我说过,是姓张的开的,人不认识。"

张卫国和赵延武合计怎么办。回去?还是在这守候?

张卫国说道:"天马上亮了,我们去县城找个地方休息一下。明天早晨过来,看完这里回去,路过盗伐现场,到案发现场勘查一下。两辆车的木材,米数不会少的。"

赵延武点点头:"好吧,听你的。"

他们到县城时,大道边就有小吃店已经开门了。有一家正在炸油条,炸油条的香味很远就闻到了。通过灯光和敞开的门,能看见屋里有两张小桌。有油条,有豆浆,都饿了,先吃点吧。

张卫国请的客。大家喝着豆浆,吃着油条,身上算是热乎了许多。挨了一宿冻，总算缓解了一下，肚子里总算有底了。一宿没睡，睡意又袭了上来，回到拥挤的车里，眼睛都睁不开了，太困乏，太疲惫了。

赵延武也是疲惫不堪，但他毕竟是个小头头，还得顶下来，便问道："张队，下一步怎么办？"

"一部分到加工厂查明情况，另一部分人去盗伐现场收集证据。你到盗伐现场取证，我留在加工厂等候。你们可以在车上歇歇，不要太急。"

张卫国等了一上午，老板也没有来。五十多岁的门卫却姗姗来了。

张卫国到了院子里，也看到了木头，都是胸径三十多厘米、长四米的件子柞木出口材，木头的两端还都有青山县林业局的检验锤印。

从门卫那了解到，老板姓张，是个女的。木头是好几天前从青山县林业局买的，还有检尺和运输小票。

张卫国再继续深问，门卫却可怜兮兮地回道："我就是个给人打工的，其他事真的啥也不清楚。"

最后，没有得到任何凭证和证据，大青山林业局是国有森工企业，青山县林业局是行政部门，盗伐谁都可以管，却又不能统一领导，执法人员执法有很多条规定是不能突破的。

张卫国无可奈何，带领疲惫不堪的兄弟返回了大青山林业公安局。

这次行动是失败的。

中午，赵延武也带着兄弟们回来了，每个人都是一脸倦容。

赵延武把勘查的被盗伐的木材数目递给了他。

他一看，检尺小票上写着：被盗伐树木清单，木材名称：柞木三十二棵，米径三十六至四十六厘米。初步测算被盗伐成材合计：二十四至二十八立方米。

赵延武又说道："我已吩咐刘敬宽，通知林场有关部门进一步核验，剩余的树头由林政部门回收。"

赵延武走后，张卫国静静地梳理着这次行动的失败原因。

得到信息是准确的，这不可怀疑，森保和刑侦也没有耽误时间。在行动之前，大队还没到林场就通知派出所和林政提前堵截了。倘若他们提前两小时到现场，是完全可以抓住现行的。可是太巧的事，一个车坏在半道了，一个没油了，白白浪费了两个多小时，宝贵的两小时呀！

张卫国真实感觉到盗伐分子太清楚大队的行踪了。现场又是大队到的时候，盗伐分子运木材的车也走不到一个小时，他们的时间拿捏得太准确了。

张卫国更加断定，执法内部有奸细，有通风报信的。通风报信的，必然是知道他们内情的。

谁呢？

无非是林场派出所和林政。

张卫国决定先不打草惊蛇，先摸底，而后以迅雷不及掩耳之势抓住最大的幕后大盗伐头子。

从新胜那里，张卫国了解到自己的小舅子刘敬宽竟然和那些人在一起。他怕这个小舅子也牵连进来，所以他要摸摸底。

林政队长办公室里，刘敬宽仍然没有想吐露真情的打算。

张卫国又和他唠起家常，说起了刘石头的病情："有时间，领着老人家看看去，要是去的话，我让孙诚送一送。你家孩子上高中，去我家住，我和你姐也喜欢你家孩子，懂事，不像南岳、北岳得有人看着写作业。"

待到敬宽完全没有了防范和警觉的时候，张卫国突然问了一句："戚斌在县城吃饭给你那么多钱都花了？"

刘敬宽还在想呢，还是姐夫想着老丈人，想着家里人，对自己也不错，还想着自己的孩子上高中的事。

冷不丁张卫国的一问，他根本没有反应过来，没加准备地回了一句："没花呀。不是、没吃饭，也没给钱呀。姐夫你这……"

青山县宾馆的二楼，名字叫"山里红"的餐厅里，满桌子的美味佳肴，炖野鸡、红烧母林蛙、酱河鱼、狍子丸子汤，可以说长白山有的山珍都聚在一起了，茅台酒也上了桌，桌子上坐了九个人，五男四女，四个女人都在二十岁左右，个个花枝招展，风姿妖艳，眉目含情。

坐在正座的五十多岁模样的男人，圆圆的脸通红，鼻子本来就是酒糟鼻子，让酒给刺激的鼻头像个熟透了的大草莓按在上面，眼睛不大不小却透着精明，嘴唇不薄不厚，嘴唇上面有着清晰的八字胡子；举起酒杯的右手腕子上，挂了筷子粗细的金手链；红红的脖子上，同样也有一条金链子，不同的是粗细要比手腕子上的粗了一倍；极少有人买得起的近一万元钱的名牌手机放在其右手边。

他右手里拿着筷子，左手端着酒杯，虽然脸红，可是说话一点也不走板："各位兄弟，再共同举起杯来，我戚斌在这里，和各位共祝我们旗开得胜，马到成功，也祝我们今后的日子，天天如今天，干！"觥筹交错，推杯换盏，碰杯的声音和相互吹捧的声音夹杂在一起。

坐在戚斌右手边的是孙诚，白江河林场派出所所长，也是红红的脸庞，嘴里叼着烟，心满意足地看着戚斌。

戚斌左手边的是刘敬宽，他不胜酒力，一杯也没喝完，脸上就有些发白了。他喝酒和别人不一样，人家喝酒是脸红，他喝酒是脸白。

还有一个，就是白江河林场检查站的分站长付兆奎，胖胖的，坐在椅子上比其他人矮了半头，眼睛又细又小，脸上也是红光满面，小鼻头渗出了汗珠。

剩下的那个细高挑，脸很长，眼睛深凹，鹰钩鼻子，右手搭在边上女人肩上。因为暖气太热而脱掉外衣的女人夸张的胸部，让他眼睛发直，酒早已咽肚里了，嘴角却流着涎水，他叫徐少强，是白江河小西岔检查站副站长。

放下酒杯的戚斌，从身后拿出了一个包，又从包里拿出四个信封，信封里鼓鼓的；而后放在桌子上，他看了看桌上的人们，说道："我戚斌说话算话的，这次成功了，不会亏待你们的，起先先给了各位两千，现在我再给你们三千。"说完，一一递到四人手里。

四人连声说着："谢谢。"

然后，他又端起杯来说道："大哥不胜酒力，就不陪各位了。今天晚上的吃喝住玩，大哥全给你们安排好了，一切都由大哥买单。"

他放下酒杯，又从包里拿出了八百元钱，给了四位女人，并且告诉她们："今天这四位兄弟，你们一定给我陪好。我高兴了还奖励你们。"

四个女人嗲声嗲气地头如小鸡啄米一样地道着谢，把钱收了起来。

戚斌自从因失职被免职以后，他求到了青山县一位远房亲戚。他亲戚是青山县主管林业局行政科的科长，很有威望，就给他办了一个加工厂，不是他的名字，是用的他媳妇的名字，取名为"大盛木材加工场"。

戚斌很聪明，他先从大青山林业局买几十米木材，又从青山县林业局买上几十米作为掩护，然后就开始收购私材。所谓私材，就是偷的木材，远低于林业局的价格。

当时市场实木地板非常走俏，他买的木材最便宜，卖的地板价格又最贵，所以他发了大财。过了几年，他有了比较雄厚的资本，场面上认识的人也多了起来。

去年秋天，他通过购货的地板商，结识了A城做出口材的客商。出口材的暴利，让他又投身出口材的行列。他发现，出口材的利润简直是地板的几十倍。

前天二十几立方米的柞木出口材，就盈利了近二十万元。他拿出的贿赂打赏的钱，全部算上不到五万元钱，时间才仅仅五天不到。

戚斌太清楚打点贿赂是分职务的。刚才四人面上看，都得了五千，实际孙诚和刘敬宽背后他早已另给了他俩两千了。一个是派出所所长，一个是林政大队长；尤其刘敬宽背后很有实力的，这都是最好的发财资源。白江河木质最好，客商非常满意，这是一本万利的买卖，想要赚大钱，就得大投入。不过，戚斌最大的优点，就是不碰女人。说起实话来，是他天天应酬，起早爬黑的，也让他预支了身体的能量，他是心有余而力不足。

戚斌当过林场副场长，更了解这些人的收入。在座的这四个人在林场的工资还算可以，派出所的孙诚工资一月也就不到七百元，刘敬宽还不到五百，剩下那两人都是四百出头。他给他们的，一次就是他们一年的工资，有几个不动心的。这些人还比林场的其他工人强得多了，起码他们还有点外捞。可以说，林业警察和林业工人的工资是最低的，干的却是最累的活。

戚斌一走，正好是四男四女，都开始显露出了各自的本性。酒过三巡，菜过五味，下个节目就是到歌厅唱歌跳舞。歌舞厅就在宾馆二楼。

戚斌给他们几个人安排的是个四十多平方米的小包间。棚上旋转着一个五彩灯,北面墙柜上有一台大彩电,边上是个功放机,电视里一位妖艳的女人演唱着缠缠绵绵的歌曲。三面靠墙边都摆放着沙发。屋子里的光亮,除了棚上转动的彩灯,就只靠电视里的光亮了,整个房间显得极为昏暗。八个人男女搭配,分别坐在沙发上,都没有唱歌的意思。

徐少强边上的小姐,一手搂着他的脖子,另一只手伸进了他的裤子里。徐少强的手也进入了女人的胸前,俩人已经是欲火如焚了,便不告而辞,回到戚斌给他准备好的房间里去了。

孙诚起身要走,边下的女人极力挽留,孙诚还是挣脱离去了。孙诚的职业良心还是有的,他打心眼里看不上这些女人。

刘敬宽看他要走,自己也要走。

孙诚却说:"难得你出来玩一次,尽尽兴也未尝不可。"

刘敬宽只好又坐回原位。他边上的女孩好像跟其他的女孩不一样,很矜持、很羞怯、又很惊讶的样子。看见其他女伴们勾肩搭背、骚气逼人的样子很不屑,她只是勉强笑着和敬宽喝汽水。

付兆奎已经和陪他的女子,在灯光黑暗处的沙发上开始现场直播了。虽然灯光有些昏暗,还是能看见俩人起伏的影子,女人肆无忌惮的叫声也大了起来。

敬宽看了看身边的女孩,女孩眼神显得更为不屑和羞涩。

敬宽笑了笑和她说道:"走,咱们也回房间去。"他往外走的时候,再看后面的女子好像极不情愿似的。

开好的房间里,四面都粘贴着黄底粉枫叶的墙壁纸。一个双人大席梦思床,都是雪白的被褥,显得很干净。床的对面是个矮柜,柜子上摆放着电视机,电视机边上摆了几瓶饮料,柜子旁边还有一个沙发。

进屋以后,敬宽坐在床上。

女子进屋后,看了一眼敬宽,怯怯地说道:"大哥,我还是第一次和我丈夫之外的男人上床呢。要知道还要陪人睡觉,我就不来了。她们只告诉我陪人喝酒、吃饭、跳舞的,怎么好意思这样呢。不行,我明天就不干了。"

女子其实长得很好看,个头有一米六五以上,双眼皮,眼睛也很大,鼻子很精巧,就是化的妆太浓了,她身上的香水味也有些刺鼻。

三

刘敬宽其实也是第一次来这样的场所,以前都是听说过的。

他看了看站在眼前的女子,笑了笑,说道:"是吗,只卖艺不卖身,在这样的场所可是鹤立鸡群呀。"

女子本来喝酒喝得有些粉韵,让敬宽这么一说,反而更羞怯起来,急忙道:"真的是这样的,我和家里男人感情特别好,打小在一起,结婚才两年,还没要孩子呢,农村赚钱太难了,种地那两个钱都不够干什么的,要盖房,要生娃,还得养老人,大哥,真的没骗你。"

刘敬宽故意吓唬她说:"那不行,人家都给你钱了,也指定让你陪我,我挺难受的怎么办呀。"

眼前的女子急得满脸桃红,要流眼泪似的,急忙掏出那二百元递给刘敬宽:"这钱给你行吧。"

刘敬宽一看她急得不知所措的样子,心里偷偷笑了。

但是他还想试探她一下,是不是嫌钱少。因为他有了一个新打算,也是对姐夫张卫国的最好交代。

于是,刘敬宽从兜里掏出了戚斌给的信封,从中抽出了半打,大约一千元钱,扔在床上。百元大钞在白色的褥单上面,显得格外醒目。

敬宽这一举动让她目瞪口呆,急忙摆手,带着哭腔道:"大哥,我真的不是嫌钱少。这么的,我出去给你找一个小姐,还不用花那么多钱,给她二百就很高兴了。你快收起来,你快收起来。"

说完,她却替敬宽从床上给他往信封里装钱,装完,嘴里还说着:"你们这的人真有钱,大哥也真傻,你这些钱,在我家那里,快娶半个媳妇了,得赚多长时间呀。"

她装完钱,双手又递给了敬宽。

敬宽心里有数了,此女可用也。

敬宽告诉她,打开两瓶饮料,陪他唠嗑就行了。

女子一听,高兴得想要跳起来似的,嘴里还一个劲地说:"大哥,你真好!"

敬宽通过了解,知道她叫李圆,是 S 省农村人,二十四岁,高中没念完,因父母有病就辍学了。她还有个哥哥,结婚了,日子过得也很紧巴。父亲先去世了,父亲治病欠下了很多债,母亲有病还得用钱,婆婆家也不富裕,老公公身体也不太好,两年前才结的婚,也没敢要孩子,在她老家属于晚婚晚育了。

他还了解到,她丈夫会木匠手艺。

敬宽问她:"你丈夫在老家干木匠一年能赚多少钱?"

她回答:"不到五千元钱,还得省吃俭用。"

敬宽和李圆唠嗑,敬宽始终没有碰她一下。起先她坐在沙发上非常拘谨紧张,后来她完全放松了。

她说,戚斌经常来,自己来不到几天,就看见他在这吃饭三四回了,都是像敬宽一样的人。

敬宽还告诉她,她的丈夫要是愿意来,他给找一个一年最低赚一万元钱的活。

这绝对不是敬宽忽悠李圆,他有这个能力和把握。通过唠嗑,李圆也很相信他,也答应往家打电话问一下。

他还告诉她,如果不愿意干出台的事,也可以帮她。

李圆一听,高兴得了不得。

刘敬宽这才不失时机地说了他的想法。

李圆听完后,很害怕。

敬宽又讲了许多打消她的顾虑的话,发誓绝对保证她的人身安全。

李圆最后全部接受并答应了。她认定敬宽是个好人,她相信他。

刘敬宽拿出来两千元钱给她,让她买个小型录音机,可以带音乐那种,再买一部中等价位的手机,剩下的钱让她买几件衣服。

李圆说啥不要。

敬宽开玩笑地告诉她,这属于工作"经费"吧。

她才心安理得地接受了。

刘敬宽又把自己的电话告诉了她,并告诉她绝对要保密,除她之外不可外泄。

最后他又告诉李圆,他再来,要装作和平常一样,不要显露出他俩太熟悉的样子。

李圆都一一答应了。她是个高中生,不是那么笨。

一直聊到下半夜三点了,都困了,敬宽让她回去睡。

李圆说:"老板娘不高兴的,怎么办?"

敬宽没办法,就让她在床上睡。他在沙发上迷糊到了天亮。

青山县宾馆贵宾餐厅多了一位俊俏的女服务员,专门服务来此处消费的主要贵宾。

在挨着大盛木材加工场的地板木材加工场,前些日子来了两个会干木匠活的师傅，一个三十多岁，一个二十多岁的年龄。

撒下天罗地网，等待大鱼入网。

信息很快反映上来了，十一月份出口材正是交易强盛时期，A城那边的出口材客商很着急。

戚斌在青山宾馆与A城来的大老板密谋加大数量，在原木材价格的基础上再加价百分之十，在春节前完成。

戚斌志得意满。他得意地寻思，真是要走运，好事送上门来，钱都往你兜里跑。倘若要是完成A城老板的出口材任务，他这两月最少弄个七八百万元。但他忘了不义之财不可取，多行不义必自毙。

戚斌按照自己的打算，开始实施他的计划。

让他没有想到的是，白江河林场派出所所长孙诚调公安局政保科了，主管林场的副场长毕相林也调到局营林处去了，木材检查站分站站长付兆奎也调出去了，就刘敬宽没有调走。

他怀疑是不是因为上次木材的事。结果经多方打听到的消息，就是正常调动。他这才放心。

戚斌让他弟弟戚小兵找到刘敬宽，是一天下午开车专门到他家里找的，刘敬宽媳妇在后勤上班没在家。

戚小兵也不在林场上班了，跟着他哥干。十几年没见戚小兵，俨然成了有钱哥，一身名牌西服，抽着敬宽一天工资也买不起一包的高档烟，说起话来也是傲气十足。

本来早就认识，戚小兵也知道前阵子的木材盗伐成功，也有刘敬宽的一份功劳。戚小兵便不多废话，直入主题：

"外商最看好的，就是白江河辖区的木材质量。我大哥准备春节前大干一场。这里的一切协调，全靠敬宽你自己，不需再找其他人了，一切费用由我大哥出。敬宽，你只管报数，如果顺利，刨除所花费用，最低给你十万元。"

戚小兵说完，从包里拿出一个大号牛皮纸信封，递给了敬宽，又道："这是三万元，作为前期铺垫的费用，不算给你的好处费，不够，可以给我打电话，可以再追加。"

刘敬宽说了好多不容易和担心的话。

戚小兵摇头："谁都知道，你的势力，可以在大青山林业局通天，即使出事了，也就是个小处分而已，钱你还赚了，何乐而不为呢？"

刘敬宽假装推辞不掉，被迫收了钱，随后问："你哥打算选择林场辖区什么地方干？"

"还是在小七岔里面二十四号林班，三天后干，会通知你。"

"好吧，我试试看吧。"

戚小兵临走时，又给刘敬宽扔了一条软包中华烟在炕上。

戚斌非常狡猾，在听了戚小兵和他汇报刘敬宽的谈话后，他没有放心直接大干，而是先做了试探，告诉给他采伐的工头，此次只伐五六米，而且时间不要太短，找的木头尽可能不要集中。

对于这几米木头，不需一天就结束了，何必要冒险押长时间，伐木头的不理解，可拿人钱、听人话，给钱就行。

张卫国撂下办公桌上的电话，嘴角浮现出了一丝笑容。

看来大鱼要进网了，下一步计划，就来一个静观其变，以静制动，瞒天过海，欲擒故纵。

了不得，张卫国俨然成了春秋时期的孙武了。一切计划、部署和布局，只有他、公安局刑侦副大队长赵延武和林涛局长三人知道。

通过盗伐分子在白江河林场的几次盗伐运输成功案件，张卫国已确认内部出问题了，但具体出在哪个部门和人身上，他还没有确凿的证据。

但他已把注意力秘密集中在找寻内奸的事实上。

不局限于白江河林场，终于在新胜林场破获的盗伐木材案件中，找到了证据，就在孙诚和刘敬宽身上。

他先找到了刘敬宽谈话，毕竟是自己的小舅子，不能眼瞅着他陷进去。他晓之以理、动之以情。

毕竟刘敬宽不是糊涂人，他拿的钱也是孙诚的蛊惑，是非曲直他还能分辨出来的。最终刘敬宽便一五一十地把自己和戚斌的相识，还有收钱的过程，是孙诚的牵头，还有孙诚与戚斌的关系，都和张卫国说得一清二楚。

最后，张卫国告诉刘敬宽，要不露声色，继续与他们周旋，不要引起他们怀疑，让戚斌认为刘敬宽的势力是他们最好的利用资源。戚斌有什么动向，直接给他打电话。

刘敬宽领会了姐夫的意思。

张卫国心想："你戚斌敢给我内部放耳目，我为什么不可以在你的身边安插我的人呢？这应该叫以其人之道还治其人之身吧，玩这个，老子是长项。"

张卫国想和孙诚也谈谈。

因为毕竟孙诚和他在同一个派出所待过，是他的部下，曾经也是个好兄弟。按理说，孙诚当派出所所长，也是他极力举荐的。

有一次，他不动声色地点拨了他一下。可是，孙诚毫无愧疚，还信誓旦旦。他比自己的小舅子老练多了，滴水不漏。

最后，张卫国不得不放弃了。

人各有志，当然他主要还是怕破坏了他和林局长的布局，最后坏了大事。

但他还是给孙诚留了条后路。绝不能让他最后警服也给扒了，开除公职，连工作也都没有了。

张卫国想，还是给他个立功机会。毕竟都是十多年的战友。

四

他把情况向林涛局长做了汇报。为了把计划进行得更圆满,更天衣无缝,林涛决定,全公安局基层干部开始大调整。

孙诚上调到政保科副科长,正科长今年年底退休,让孙诚有信心接替正科。局原政治处干事沈国强,到白江河林场任派出所所长。

又通过林涛局长与局林政处沟通,也调换了部分林场的检查站站长,其中就包括白江河林场检查站分站长付兆奎、小七岔站长徐少海。

各大林场加大了森林看护力度,分片分辖区落实到人和小队,林政部门对检查站派驻机关科室人员予以监督,林场林政部门要不分昼夜不间断地派人巡护。

半个月以后,成果喜人,各林场上报到局的堵截盗伐通报,都看出成效了,白江河林场却没有任何动静。

长白山已经进入了凛冽的严冬。

戚斌已经是抓耳挠腮,心急如焚。倘若这样下去,别说赚个七八百万元,就是放出去的伐木、运输、打点有关人员的贿资几十万元也得打水漂。最重要的是,失去客商的信誉和对他的信心,便断了他的财路。

戚斌把目光重新放到白江河林场这边。

他决定把宝压在这里。试探半个月了,伐木工头伐倒的木材件子,还在山上小七岔二十四班没动呢。

今晚就行动。

昨天才下了一场大雪,主道上的雪有一尺多厚,山上的雪能没到膝盖。

戚斌此次让他弟弟出头又找到了刘敬宽,说今晚上把山上的货运走。

下半夜，伐木工头领着装车人员，到了小七岔林班二十四号线。先从山上用两驾马车把造好的木材件子运到道旁，再装上车，用帆布一盖，快速运往大盛木材加工场。

到了白江河林场检查站分站，堵截杆前停下来，从屋里走出两个着装的林政人员，问："车里装的什么？"

回答是："运的冻梨。"

两人看了看车的外围，嘀咕着什么，只听其中一个人说道："这是刘队打招呼的车，放他过去。"

这个信息一大早就传到了张卫国的电话里：今天早晨五点半到六点，运进大盛木材加工场柞木出口材件子八根，胸径在三十厘米左右，埋在锯末子底下。车牌尾号为7830东风卡车。

戚斌在几个林场的失败，让他有些沮丧；而白江河的成功，让他感到了一些希望。但是离和A城老板达成的协议还差太远，必须要加大数量和力度。

戚斌又让戚小兵去找刘敬宽，打算来一次更大的。

这次刘敬宽说啥也没同意，而且还拿出了戚小兵给他的三万元钱，说："你们如果觉得亏了，我就把钱还给你们，我的确工作有变动。"

戚小兵没办法，只得回去告诉了他大哥戚斌。

戚斌听到他弟弟的叙述，懵了，"这是怎么回事？说不干就不干了，这是为什么？"

戚斌脑海里画了一百个问号。

"跟谁能打听清楚呢？对，还是找孙诚。"于是他给孙诚打了电话。

正好第二天是礼拜天，孙诚接到电话，打车到了预约地点青山县宾馆，进了一个叫"冰凌花"的贵宾包间。

里面除戚斌和戚小兵哥俩外，还有四人，都穿着公检法服装，他不认识。

刚坐下，戚斌就给他先介绍了四人中岁数大的两位。两个人看样子都有五十多岁，一位是青山县检察院的包世帆，一位是青山县法院行政科的程玉新。另两位都穿着警服，都在四十岁出头的样子，一个叫王洪元，一个叫石国华，都是青山县公安局森保科民警，其中王洪元是森保科的副科长。

戚斌首先问了刘敬宽不干的原因。

孙诚说："我打听了白江河林场有关人员，大场长也问了，的确是刘敬宽准备调到林业局营林处当病害防治办副科长，几天后可能就上任了，不是因为木材的事。"

戚斌也向其他人打听，和孙诚说的一样。

戚斌的心总算落了底。

他想，刘敬宽也拿了他不少好处，倘若他真的揭发他，他自己也难逃干系。

落座后，戚斌提出了一个大胆的计划。

他侃侃而谈道："大青山林业局小七岔辖区与青山县林业局交界处，都有两家林业局的原木归楞在道边，大都是出口材，我们为什么不干现成的？既节省了专门雇人到山上伐、造、运的费用，也给我们腾出足够的装车和运出的时间。要在晚上十一点后进去，下半夜争取三点前就到高速，包兄、孙诚和程老弟，你们都必须着装，以罚没材回收为借口押出来，到了高速路，没有检查站了，运材道上就两个检查站，一个是大青山林业局的，另一个是青山县林业局的，青山县检查站由包兄和程弟给办了，大青山林业局的就得靠你孙科长了。"

孙诚看了他一眼，觉得规模有点太大，心里没底。再一个，他觉得戚斌有些疯狂。

他勉强笑了笑,对戚斌说:"我没机会和理由出来的,怎么到检查站呢?"

戚斌听完孙诚的话后,哈哈哈大笑道:"孙科长啊,我是干过什么的,当过你们的场长的,你们当公安的,什么时候大年三十晚上清闲过,你们科室的人,尤其你政保科,都得下基层检查、慰问吧,你也得到检查站吧,只要运原木的车一出,你到检查站进去一坐,就可以了。我给你四千元钱做费用。其他的路程,就由他俩押运。"

孙诚听完戚斌的话,简直震惊了。

戚斌太了解林业警察的工作流程了。最令他惊叹的是,戚斌竟然大年三十行动。

的确,大年三十下半夜,在大山里几乎是没有人的。即使道上有人巡查,也很少到深山老林里去。再说,也有戚斌的人监视着一举一动。

但孙诚还是觉得风险太大,太过于冒险,不是以前帮助他们小打小闹。还有的是,他有个心爱的女人,经常告诫他,劝他不要干违法的事。他离不开她,她也离不开他。

他决定,此次绝不伸手。

孙诚在那尔轰林场派出所时,和戚斌一个林场。在办理刘大壮死亡案时,又认识了戚小兵,可是都没有过深的交情。

谁知道今年上春时,戚斌不知道从哪儿打听到了他的电话号码,给他打电话,要求见一面,叙叙旧。

也是个礼拜天,他就到了青山县宾馆。这里没有外人,只有戚斌和戚小兵哥俩,炒了六个特色菜,一瓶茅台酒,在包房里等他。一进屋,寒暄了几句,就坐下边吃喝,边聊,聊的都是在那尔轰林场以前的事。

真是百闻不如一见,现在的戚斌,还有戚小兵,已经不是几年前在那尔轰时的戚斌和戚小兵了,简直判若两人,可谓春风得意。

唠着唠着,就唠到自己的家庭、工作、收入方面上了,孙诚一说自己每月收入七百多元钱,把他哥俩笑得不行了。

戚小兵说:"孙哥,就你那点钱,连我抽烟都不够,能养得起老婆吗?"

戚斌打断他弟弟的话:"小兵,你不能这么说话!孙老弟是吃公家饭的,我不曾经也是吗。倘若不是你瞎作,我不也和孙老弟一样,不也指着那点死工资吃饭吗。孙老弟呀!人就是这么回事儿,的确,你的工资不够我吃一顿饭的钱,但你稳定呀,不像我东奔西跑的,有时还得跟人点头哈腰,就看你心里想过什么样的生活。'祸兮福之所倚,福兮祸之所伏'。就说我吧,不是被免职,哪有今天的戚斌,即使当个正场长,又能怎么样呢?虽然收入高点,还不是省吃俭用,仔细盘算。现在的我,吃饭喝酒不用问价,看好的东西,拿起就走。有车有房有钱,孩子的后路都给铺出来了,整个大青山地区,现在谁不知道我戚斌呢。"

孙诚点点头,现在提起戚斌,很少有人不认得。有句俗话说得好,"穷在闹市无人问,富在深山有远亲。"

戚小兵也说道:"当时为了弄几个菜墩,赚点钱,结果死了一个,疯了一个。我好悬,差点让疯子张建砍死,想想又可笑又可怕。也亏得你孙哥、刘敬东和张所长,要不我也见不着孙大哥了。来,老弟敬你一杯。"

戚小兵敬完,放下杯。

戚斌紧接着也端起杯,说道:"我是戚小兵他大哥,我还记得当时我弟盗伐那件事,你们给我很大面子。真的打心里忘不了你,咱俩也喝一杯。"

孙诚不胜酒力,脸已经发热,一杯酒又喝了下去。

第十三章 收网

一

戚斌求孙诚帮忙。孙诚动心了,一次给的好处费赶上他一年的工资,手里宽裕多了,也觉得很惬意。

但孙诚在此事上,打心里不想伸手。倘若出了问题,自己身败名裂,万劫不复了,下辈子就全交待了。

戚斌看到孙诚犹豫不决,顾虑重重,又说道:"各位,此次成功,我给大家每人五万,你们的风险并不大。车都是外地的,从十几天前我就预定了拉货到咱县的外地车,现在都安排在宾馆住着,每天给司机二百元钱,他们都高兴得了不得,装车的人也是外县雇来的。半月来我为什么没再动呢?一是损失太大,各大林场几次栽了就几十万。二是刘敬宽不干了,我有怀疑。三是这么小打小闹不如大干一场,没听说'沉舟侧畔千帆过,病树前头万木春'吗,在哪儿丢了在哪儿找回来。刚才一听刘敬宽没问题,我就更放心了,我一切就是为这一晚上准备的,也是为各位准备的。"

戚斌简直就是个宣传鼓动演说家,入情入理,抑扬顿挫,让人无不遐想联翩。戚斌的酒糟鼻子尖上的"草莓"更加鲜艳。

孙诚对戚斌的话虽然心里震动,但他还是下定决心此次绝不伸手。

看到戚斌对自己的不满,孙诚感到有必要和他再解释一下:"戚大哥,孙诚还是想跟你说说,人不能贪得无厌。你现在的情况,要钱有钱,要势有势,按道理来说,已经是够吃够花的了,而且还有剩余。什么是多,什么是少,你要是和我们这些小民警比,那是一个天上,一个地下。我看你还是收手吧,万一有一天出事了,你是竹篮打水一场空。这次行动,虽说你给的酬金的确很诱惑人,孙诚我还是不想参与。一是我的权力和能力的确有限,也帮不上你什么大忙,受之有愧。二是你现在有这么多实力雄厚的公检法的哥们替你帮衬,有我不多,无我不少;以前弄点小打小闹,我还可以发挥点作用,可是像大年三十这样的大行动,原谅我孙诚的确爱莫能助。三是我有家有业,上有老下有小,一辈子就准备指着工资吃饭,也不想大富大贵,平平淡淡生活就很满足了,倘若出了点什么事,不仅仅是我自己的事,那可是会连累很多亲人的。所以我不想干。"

孙诚条理分明地把话说完后,在座的人都惊诧地看着孙诚,然后又看着戚斌。

戚斌一听孙城的话,强装笑颜,拍了拍他的肩膀:"孙诚呀,你的话,我听着也有一定的道理。到这节骨眼上了,你说不参与,那你早干什么去了。以前我戚斌给你的报酬叫钱,难道这次行动给你的报酬就不是钱了吗?孙诚,我再给你讲个比如,我们就像一条船上的人,我戚斌是船长,你们就是船副,我们的船已经到了大海的中央,你却要跳下去,你说你能游到岸边吗?是不是得淹死呀?我们这条船要是漏底了、破碎了,是不是在座的都得淹死!如果我们现在众志成城、同甘共苦,或许我们就能到达光明的彼岸。"

戚斌搭在孙诚肩膀的手用力捏了捏他的肩头,然后又看着其他人说道:"我船长戚斌不准备弃船,更不想跳海,我也希望在座的船副们不要顾虑重重，我希望大家能同舟共济。"

孙诚一下子无话可说。

"上菜，今晚不醉不归。"戚斌喊道。

服务员答应着进来了，是精明的李圆。在她摆放完茶具酒具时，把柜子里的录音机放在托盘里，盖了一个白色的小台布拿了出去。

张卫国的手机屏幕上有一条消息：春节晚上有大行动，大鱼亲自出马，时间晚上十点半，地点小七岔二十四号线，国营和事业两家交界出口材归楞地。

张卫国终于等到收网的时候了。

"射人先射马，擒贼先擒王"，你戚斌小打小闹觉得不过瘾，张卫国我也是。不过内容和本质不同，你要的是不义之财，我要的是幕后给林业局造成巨大损失的大木材贩子——你戚斌。

还有七天就是春节，在这七天里更要做到不露声色，瞒天过海。

常小青从省公安厅开会回来了。他是去开林业系统刑侦工作的表彰会的，大青山林业公安局是全省的先进典型，常小青又是刑侦大队长，他必须去参加。开完会后，省厅又安排他们到各地学习参观，半个月才回来。

常小青在家时，参与研究过此案。后来他去开会，由张卫国领导。他回来得正是时候，常小青高兴地想："今年大年三十可真是有热闹看了。"

大年三十晚上八点，白江河林场派出所所长沈国强回家过年了。

戚斌已收到此信息。他派了好几个流动哨在大青山林业局通往青山县的公路上监视着。道路没有其他问题，车辆一切正常。

接着，戚斌又收到了一条信息：大青山林业公安局只有值班室三人在，没有其他人，都回家过年了，一切正常。

不一会儿，又一条消息发到戚斌手机上：白江河林政大队新任队长王忠,陪同正副场长巡视完山场,都回林业局过年了。时间是晚上十点三十八分。

戚斌没喝酒,脸也是红的,尤其是他那极有特色的"草莓"鼻子,那是激动和担心相交融的呈现。

宾馆的贵宾客房里,他两手不离手机,时时掌握着一切信息。他的心还是忐忑不安、七上八下的。这是孤注一掷,也是绝处逢生的一搏。倘若成功了,那就是如虎添翼;倘若失败了,那是万劫不复。

戚斌从沙发上站了起来。

他看了看躺在沙发床上,穿着公检法服装的包世帆、程玉新、王洪元、石国华四人,把电话放在耳边,发出命令:"小兵,带领车队出发。"

五人随即往楼下快步走去。

二

宾馆楼下,停着两辆吉普车。吉普车的四个轱辘上都缠上了防滑链子,这种车型在北方大雪封山的道路上是最适合的。

他们五人分别上了车。一会儿一辆吉普车领着七台挂着外省车牌号码的卡车,从宾馆门前停靠的吉普车旁飞驰而过。领头的吉普车里开车的是戚小兵,车副座上、后座上坐着五个青年,他们都是戚小兵的打手。隔着卡车四十余米的距离,戚斌,还有包世帆、程玉新、王洪元、石国华,分坐两辆吉普车跟在后面。

张卫国的手机信息栏里在闪烁:大小鱼已出发,七辆外地牌照卡车,三辆吉普车。

张卫国终于露出了满意的笑容。

看到信息上的七辆大卡车时，张卫国不免对戚斌的疯狂举动感到震惊。七辆大卡车按照每车最低装十五立方米计算，那是一百多立方米的出口材呀。人啊，金钱的诱惑真能让人丧失理智、神魂颠倒、丧心病狂到这种地步吗？

令张卫国更气愤的是，戚斌如此疯狂大胆，那是对司法机关的公然挑战和践踏，更是对自己的藐视和不屑。"天作孽犹可恕，人作孽不可活。"戚斌，你会为你的疯狂、贪婪付出沉重的代价。

这次张卫国和常小青没有像往常一样大张旗鼓地集中抓捕，以免走漏消息，打草惊蛇，前功尽弃。

他们只选拔了二十名政治觉悟高，业务能力强的警员。这些警员接到的命令是：照样回家吃饺子过年；照样送年，放鞭炮，看烟花；照样看春节晚会。手机信息通知他们，晚上零点三十分到大青山林业局宾馆大堂集合，不穿警服，只穿便装，不要集中，分散到宾馆来。

宾馆后院开出来三辆吉普车、一辆面包车。面包车是从胶合板厂借的，司机却是警察，没有一辆是公安局的。而且是头两天前就分别停到林业局宾馆的后车库里去了。

这是常小青和张卫国的主意，不让戚斌得到任何警觉的信息。而公安局的三辆车都在车库里停着，没有任何行动。

在常小青和张卫国带领下，警员们快速进入了车里，像箭一样奔向小七岔二十四林班。

林业局居民区里已经能听到爆竹的响声，各种各样的烟花在满是星星的夜空中绽放，五彩斑斓，显得格外绚丽。

大楞场头一辆吉普车里，坐着包世帆、程玉新、王洪元、石国华四人，包世帆开车。戚斌自己开着第二辆吉普车。后面跟着七辆满载着出口材的大卡车。九辆大小车辆排成一行，浩浩荡荡宛如一条巨龙，呼啸着奔向高速路口。

戚斌嘴里叼着中华烟。由于车窗都是关着的，缕缕青烟环绕在他的周围，那个"草莓"鼻子白里透着红晕。他的心情激动又欣喜，似乎嗅到了大把大把崭新的钞票那诱人的馨香味道。

此次规模空前绝后地盗窃出口材，可以说是他人生中值得骄傲的一大亮点。成功在即，但他的心还是有些忐忑，毕竟还得有一段路才能到达高速路口。

走了大约两个小时，离白江河检查站还有二十几米远的拐弯处时，前方有两辆吉普车并排在道上，车上的大灯一起射向了他们。

明亮刺眼的灯光，让戚斌车里的人无法睁开眼睛。前面亮灯的车里随即下来了十几个人。

他们走到戚斌等人坐的吉普车边，敲了敲车窗："请你们下车，到前面的车里去。"

包世帆和程玉新一看，都是穿普通服装的人，心里的紧张和惊慌一下子减去了一大半。

包世帆摇开车窗，高声喊道："我们是青山县检、法两院的人，我们收到举报，有人盗窃木材。我们正在执行任务，不要影响和阻碍我们执行公务。犯罪分子就在后面车里。请你们让开。"

前面亮灯的另一辆吉普车里打开车门，下来两个人，正是常小青和张卫国。

他俩分别看了看两辆车里的人。

王洪元、石国华却掏出了手枪，打开车门，气势汹汹，嘴里不干不净地对着常小青和张卫国几人吼道："你们眼瞎耳聋吗？不是告诉你们，我们正在执行公务，你们是干什么的？是不是想作死。"

张卫国带着笑容，说道："真巧了，也有人向我们举报，有人盗窃木材，车呀、人呀和你们特别相符。"

常小青表情凛然，蔑视地看着眼前的二人，声音浑厚，掷地有声道："我们是大青山林业公安局的。把两人的枪下了！他俩不配拿枪，更不配穿这套服装。"

常小青话音刚落，身后的警员快速敏捷地将王洪元、石国华手里的枪卸了下来。

二人目瞪口呆，想再说点什么，又咽了回去。

包世帆、程玉新二人在车里一看，顿时耷拉下了脑袋，一脸惊慌的神色。

刑侦大队副队长赵延武打开车门，将坐在驾驶座位上的包世帆拽了出来，而后又有两个警察机敏地分别坐到了程玉新两边。

赵延武带着轻蔑的笑，向身后满脸惊慌失措的程玉新说："今天大年三十，很荣幸由我来给程检当司机。"

戚斌的吉普车门也被打开了。

他绝望地下了车，胸脯起伏，嘴里哈着白气，脸上已经渗出了汗水，那个"草莓"鼻子一下子变成了青白色，沮丧地看着已经到眼前的张卫国。

张卫国看了看他，调侃地说："戚副场长，谢谢你无偿地为我们林业局运输木材，为表示答谢，请你到我们那去坐坐吧。真是一个精彩纷呈的春节呀！请。"

张卫国用请的手势，指着敞开的后车门。

戚斌没有说一句话，表情沮丧至极，绝望无比。他被押到了后座上，夹在两个警察之间。王洪元、石国华、包世帆三人分别被押到常小青和张卫国带来的车里。

当十几辆车路过白江河检查站时，戚斌看见孙诚，大骂道："孙诚你没有好下场，不得好死。"

孙诚笑着点点头："我做好了一切准备。"

三

孙诚清晰地记得他大年三十晚上的上半夜，回家看自己的姑娘，还买了冻饺子、水果。到家后姑娘特别高兴，他给了姑娘五百元压岁钱，也给了孩子妈妈五百元钱。孩子妈却冷若冰霜，一声不吱。

没办法，孙诚把钱放在桌子上，又把买的冻饺子煮好放在桌上，和姑娘一起吃一盘。

晚上十一点多了，他起来往屋外走去。

"爸爸是不是去值班呀。"

"嗯，爸爸去值班，姑娘在家看电视，有事给爸爸打电话。"

孙诚一直在沟里，回总局后又下到派出所当所长，十几年在家过春节都是有数的，姑娘都习惯了。还好，不论妻子对他如何冷漠，但对孩子很好，在这方面孙诚是放心的，也免去了对女儿的更多牵挂。

孙诚走出屋外，感到很冷。耳边传来不间断的爆竹声，天空好多烟花在绽放。

他觉得今晚的事规模太大，戚斌有点疯了。他的心一直忐忑不安，他想拒绝，戚斌却又是利诱又是威胁，他感觉真的上了一条下不来的船。现在船已经离岸了，就是跳下去也只能淹死。他舍不得父母姊妹，舍不得女儿。倘若真的万劫不复，那就辜负了他们的一片真心。

唉！虚荣和贪婪是可以让人迷失方向和失去自我的。孙诚好想再回到和张卫国一起在派出所的那段日子，虽然艰苦，虽然劳累，虽然清贫，可是心里踏实有奔头。看来已经回不去了，他心中有种无法名状的凄然和感伤。

第十三章 收网

孙诚看了看手表,已经晚上十一点四十多了,手表还是张卫国多年前出差给所员一人买了一块。虽然已经好多年了,他仍然戴在手上。

孙诚准备到局里去,代表政保科的人去下面看看,这是每年到了节假日,林业公安局规定必须走的工作流程。这也是他犹豫不决是否跟着戚斌再疯狂一次的理由。

正在这时,他兜里的电话响了。

他拿出来一看,是不熟悉的生号码。

"是谁呢?"

孙诚有个比其他人都望尘莫及的特长,那就是记电话号码。在他的手机电话录里的电话号码,他都能熟记心里,只要对方打了个电话,他就能过目不忘。可这个号码,在他脑海里是没有的。

现在来电话还能有谁,是戚斌他们吧?他犹豫了一下,还是摁开了接听键。

"大诚子,过年好!你当弟弟的不给大哥先拜年,大哥就给你拜年了。"

孙诚一惊,怎么是张卫国呢?

这个不是他的电话号码呀,可是称呼和声音就是张卫国的呀。"大诚子",只有张卫国这样称呼他。

他还没想好怎么回答张卫国,张卫国又说话了:"我怎么感觉老弟心绪烦乱呢,大过年的,有这样的心情可不好。倘若相信张兄的话,我给你提供两个能治愈你的电话号码,最起码能帮你悬崖勒马,不至于掉到万丈深渊,摔得粉身碎骨。当大哥的,还希望能看到一个完完整整的大诚子老弟,还能看见女儿陪老弟欢度余生。打还是不打这两个电话,就看老弟你的抉择了。好自为之。"

张卫国把两个电话号码告诉了孙诚后,就关机了。

孙诚听完张卫国的电话，简直是心惊肉跳，瞬间出了一身冷汗。

当了这么多年警察，点到为止就说明任何问题了。戚斌谋划的这次疯狂行动，张卫国已经了然在胸，掌握得一清二楚。即使谋划得再周密，戚斌也已是网中之鱼了。

一直在彷徨中的他，现在好像看见了一线光亮。

公安局的三辆车都在后面的车库里。孙诚来到公安局值班室，四个同行正在聚精会神地看着春节联欢晚会，嗑着桌子上的瓜子。

孙诚进屋后，办公室年轻的司机小陈急忙站了起来，道："孙科过年好，我在等着开车拉你上沟里呢。"

孙诚回道："过年好，大家过年好呀，小陈不用了，我自己开车去就行。"

小陈帮他把车库门打开后，他开着吉普车便向小七岔奔去。

他选择的是运材道，不是通往青山县城的公路。他知道公路上有戚小兵在监视来往车辆情况，随时用电话通知在山里正在装车的戚斌。

运材道上的雪，很厚很深。道路两旁，也堆积着很高很厚的积雪，像两堵墙一样，被大雪挤压得只能通过一辆车。那还是运材车压过的车辙，倘若车轮不绑防滑链子，是走不出几里地的。路两旁就是密密的丛林，高大的树木上的积雪被北风大朵大朵地刮落在吉普车的车棚上、车盖上、前挡风玻璃上，雨刷器不停地奋力摇摆着。明亮的车灯能照出几十米远，不时地看到两三对野鸡扑噜噜地从他车前飞过；几只山兔子用红色的眼睛看着射来的灯光，停顿了一会儿，也惊恐万状般地逃进道边的树丛里；一只傻傻的狍子看到灯光好奇地站在道路的中央，只到吉普车行至三五米远，才迈开稳健的步伐窜过路边的雪堆消失在夜幕中；凄厉的鸟叫声回荡在寂静的山林里，那是猫头鹰特殊的嗓音发出来的。能看到的一切，都是白色的。窄窄的雪路，漆黑的静静的夜晚，茂密而又高大的森林，孙诚宛如置身安徒生的童话中。

孙诚心里有一股暖流在全身流淌，这是同志、战友、朋友，曾经的上级，对他的极大信任，更是不想抛弃他。

无论张卫国，还是孙诚自己，都是当警察的，谁都知道这个电话意味着什么。通风报信，那是在公安局内部公认的最可恨的、最无耻的行为，人人见而杀之的心都有。

现在的局长林涛，还有常小青、张卫国，已经长时间筹划并精心编织好了大网，他孙诚要是给戚斌打个电话，将是什么后果？那将是功亏一篑，前功尽弃。

常小青和张卫国都是公安局几百号人竖大拇指的人物，脸面往哪搁，他们的前途将会因为此案件的落空而黯淡无光。

是什么能让张卫国敢拿自己的声誉命运来打这个电话呢？

是多年的风风雨雨的战友情、兄弟情，更是不忍心看到我孙诚落到万丈深渊、粉身碎骨的下场。

孙诚浑身的血液在剧烈地奔涌。

张卫国只比孙诚大四岁，但他做的一切就是亲大哥一样。他平常都是平易近人，绝不认为自己在大青山林业局势力雄厚而颐指气使、目中无人，反而就像兄弟一样对待每个同事。在那尔轰林场派出所的时候，张卫国是内勤，他是外勤；后来张卫国当所长，他接替了内勤；张卫国到青山林场当所长，他当内勤；局森保大队缺内勤，又是张卫国举荐他到森保大队当内勤。后来公安局调整各基层领导班子，又是张卫国提议孙诚到白江河林场任派出所所长。可以说，他在公安局十几年来的工作历程，都是张卫国给铺就的。

他还记得在青山林场派出所时，张卫国早知道他夫妻不和、形同陌路，张卫国就从不提家庭的事，尤其是夫妻之间的事。听说他要去看女儿和有病的父亲，他总是要给他拿点钱。

孙诚说啥不要，张卫国却往他兜里一揣，说道："我现在没有什么花钱的地方，没你那么多事，拿着吧。"

可以说，张卫国对他的品行、性格、处世、为人，了然于心。

孙诚还有大约三百米远就到白江河林场检查站了，检查站的门上的灯泡亮着，木头做的挡杆已经落下了。

这是戚斌要求他完成任务的所在地。倘若他完成了，就会得到五万元的丰厚报酬，这可能是需要多年的工资攒积才能达到的。

孙诚拿出手机，看了看时间，他知道戚斌已经在楞场装车了。刚想要打电话，电话铃响了，是戚斌打进来的。

他打开接听键，是戚斌高亢却略带沙哑的嗓音："孙诚老弟在吗？我这装了三分之一了，胜利就在前头，你马上快成有钱人了。我也问小兵了，他那面也平安无事，谁大过年的出来遭罪，也就我戚斌吧。再过两小时就出去了。"

孙诚回道："好啊，我等着呢。"

"当大哥的，还希望能看到一个完完整整的大诚子老弟，还能看见女儿陪老弟欢度余生。打还是不打这两个电话，就看老弟你的抉择了。好自为之。"张卫国的声音仍然是空谷传声，萦绕耳畔。

他想了想卫国告诉的那两个电话号码，毅然地打了出去。

常小青和张卫国是分头行动的。常小青从公路上奔向小七岔，他开的是面包车，后面跟着两辆吉普车，面包车开着灯，吉普车没开灯，而是离三十米左右的距离跟着面包车。张卫国是从孙诚来的运材道上奔来的，说好在检查站会合。

张卫国走的是山路，得一个半小时方能到达集合位置。常小青是从公路走，速度要快一些。戚小兵那几个人，由常小青他们解决。

常小青开得很快，道路又平坦，雪都被青山县公路局用刮道机给刮了，吉普车轱辘上都带着防滑链子。

常小青在车上琢磨，他大舅哥卫国是怎么想的，都从公路走不是更快到集合地一起进小七岔吗？为什么要分头走？运材路雪厚又难走，即使解决了戚小兵那几个人，还要再等他们。可是张卫国坚持按照自己的意见办。

常小青也没有继续执着自己的意见，毕竟自己在参与案件一半的时候出门开会去了，部署和侦办此次案件的整个过程都由张卫国负责。

临要出发前，张卫国去厕所，常小青也要去厕所，以免在道上耽误时间。

他在厕所门口时，看见张卫国把电话刚揣兜里。

卫国看见他，表情瞬间有些不自然。

小青进厕所后在想，临出发前是不准打电话的，电话就张卫国和他，还有两个副队有，其他警员的电话都被收起来了。

常小青当然不怀疑张卫国有违警察纪律而做出违法乱纪的事，可总觉得张卫国有什么隐瞒他的事。究竟是什么事？常小青又说不出来。

孙诚把车停靠在直对着小七岔出来的路口边，下了车，进了检查站。

检查站里面有三个穿着林政服装的人，正在办公桌上喝酒。炕上有两个塑料包，能看见里面装着水果、糖果，还有三两盒香烟。墙上架了一个隔板，隔板上放了一台黑白电视机，雪花点把荧屏覆盖得一时清楚，一时又模糊不堪。一位女歌手唱着情歌《阿里山的姑娘》，声音倒是很清晰。

孙诚进去以后，三人急忙站了起来，好像有些紧张。孙诚笑着给他们拜年。

个高一些的三十多岁的人,急忙拿过一个凳子递给了孙诚,嘴里说道:"领导也过年好,大过年的辛苦了。"

孙诚摆摆手,直接坐在了炕沿儿,说道:"大家都辛苦!"

其中有个较为年轻的,指着个高的说道:"他是我们新站长,叫夏涛。"

孙诚伸出手和夏涛握了一下手,也报了自己的名字,说道:"这个站,可是担子较重的检查站,夏站长要时刻保持警惕呀。"

"孙领导,你放心,我可不像以前站上的人贪赃枉法、胆大包天的。可真的,你是不是也为罚没木材来的,十一点多进了七个卡车,吉普车里是检察院和法院的,还有公安局的人跟着,他们拿着罚没单。"

孙诚点点头:"对,就是为了这件事来的。"

一会儿看到一辆吉普车从公路方向奔了过来,灯光照得检查站让人睁不开眼睛。

孙诚急忙出门,一看,是戚小兵开的吉普车。

吉普车上的戚小兵没下车,而是在车上摆了摆手。

他看到车里的戚小兵拿着电话,放在耳朵上。孙诚知道,这是戚斌让他弟弟来查孙诚的岗的。

四

大青山林业局和青山县林业局管辖连接地小七岔,两家林业局采伐和造材出的出口原木堆放在道的两旁,每根木材胸径都在三十厘米以上,有四米、六米、八米长,按木材的造材长短和材种不同归置在一起,一垛垛,一行行,一直延伸近三百多米的距离。

两辆吉普车后面,一字排列着七辆东风牌不同颜色的卡车,其中有四辆车停放在两个柞木出口材木楞下,三辆停放在曲柳出口材木楞口下,车头均冲着公路方向,十四个装车工熟练地同时装着三辆车。其中头辆吉普车里,坐着戚斌和包世帆、程玉新、王洪元四人,石国华在后一辆吉普车里,没和他们四人坐在一起。包世帆、程玉新、王洪元、石国华都穿着自己的职业装。此四人冒天下之大不韪,滑天下之大稽,本来是斩魔之人,却与魔共舞,简直令人不齿。

戚斌又分别给戚小兵和孙诚打了电话,反馈回来的信息都是平安无事,一切正常。

戚斌听后,显露出得意忘形的笑容,鼻尖的那颗"草莓",由于车冷的原因,好像还没有熟透,半白半粉。他心里想,看来成功一半了,要是这七车木头走出去,赚上几百万不成问题,时间才仅仅几个小时。这个世界就是撑死胆大的,饿死胆小的。

戚斌拍了拍包世帆和程玉斌两人的肩膀,惬意地说道:"几位知道什么是'无限风光在险峰'吗?这就是。"

他用粗藕般手指头,指了指车窗外面正在往车上装的木头。

三个人直点头,并奉承地对戚斌说道:"还是老弟有胆魄呀,真是英雄壮举,将会载入史册的。"

包世帆要抽烟,戚斌把车窗摇了一个缝隙。他透过车缝,看到没有月亮的天空,星星闪烁。

戚斌想,又是一年了,他信心百倍,他要大干一场。

公路上的戚小兵正在慢慢开着吉普车,警惕地观察来去着偶尔驶过的几辆车。大年三十,路上冷冷清清,戚小兵和车里四个打手抽着高档香烟,喝着罐装啤酒,嘴里嚼着香肠,津津有味。他们的确饿了。

戚小兵边抽着烟,便鼓励其他人道:"各位兄弟,今天晚上辛苦了，为了我过年都在大山上，吃不好睡不好的，还受冻，完事后，我给大家每人两千元钱，回县里，想怎么玩就怎么玩，一切花销包在我戚小兵身上。"

一个染着黄头发的二十几岁的高个子说："我在百乐门舞厅里认识了一个妞，老漂亮了，前凸后翘的，上次去我喝多了，这次不能放过她，二百元再加一百，让她好好伺候伺候。"

其他三人道："黄皮子，你悠着点，看看你都糠成啥样了"

"哈哈哈。"黄皮子道，"你们知道个啥，宁在花下死，做鬼也风流嘛。"

其他人又揶揄他："拉倒吧，瞅瞅你看上的那些花吧，狗尾巴花都不如。"

几个人哈哈地笑了起来。

戚小兵又和他们说道："没问题，木头车到了高速，回到县里，你们自己把小姐找好，我给你们拿钱。"

四个人兴高采烈地欢呼起来。

常小青开车途中，一个电话打了进来，是林涛局长的电话。

他边开车，边听着电话。

林涛说："你们到哪了？赵玉勇书记和郑志强局长一个小时前给我来了个电话，我知道你们还有充足的时间，也就没先跟你们说，现在已经出发一个多小时了，应该快到现场了，我就和你说一下，有人向他俩举报，小七岔有盗窃林业局出口材的，姓孙叫孙诚的，问我知不知道，要不知道，赶紧组织人到山场去。"

此次案件，林涛没有告诉赵玉勇书记和郑志强局长，他只告诉了主管政法委工作的蒋浩然局长。再一个是案件正在侦破中，尽可能少点人知道。

林涛还和常小青说道："既然孙诚有痛改前非的表现，都是曾经的同志,也为公安局做过好多好事,此次案件结束了,就是不干咱这行了,也尽可能别斩尽杀绝,给他留条后路,总得让他吃口饭吧。既然林业局两个大头头都知道了,那就帮助孙诚逃过这一劫。我也知道,孙诚所犯纪律错误不是那么不可饶恕,我和张卫国也打电话了,他那信号不好使,你和张卫国合计一下吧。"

常小青道:"林局,你说得对,孙诚既然幡然醒悟,又曾经是我们的好同志,我会和张卫国合计,会找个机会给孙诚的。"

"那好,我祝你们胜利归来,回来我会邀请赵书记和郑局长在林业局宾馆给你们接风洗尘。"林涛说完,把电话挂了。

常小青这才反应过来,张卫国之所以非得分兵两路,是以防万一,也知道他在厕所给谁打的电话了。

他在心里骂道:"这臭大舅哥,有事还瞒着他亲妹夫,回去让你妹妹好好收拾你。"

戚小兵带来的那几个打手已经在车上蜷缩着睡了,他始终坚持着不睡。

这时,他看见有车往这边急速驶来,灯光很亮,后面好像看不出有几辆车。离他三五十米远的时候,他看见是三台车,最前面的是台面包车,里面是穿着普通服装的人。自己的吉普车是斜在道边的,来往车辆路过他的车时,都得减速,他也能借机看清车里的情况。

面包车离他越来越近,戚小兵手里的电话始终调在他哥的电话号码上,如有不测,他就会直接发出去的。

面包车来到他车的跟前减速慢行,后面两辆吉普车也追了上来,离面包车四五米的样子,面包车从他车旁过去了。后面跟着的吉普车却打开了灯,刺眼的灯光让戚小兵看不见什么了,吉普车的鸣笛声把那四个打手也叫醒了。

戚小兵气得推开车门,下车骂道:"混蛋,你们有病呀,那么宽的地方过不去呀，叫什么叫。"

他正在颐指气使地骂人呢，面包车里下来三个人，问道："你骂谁呢？不认识我了，你不是戚小兵吗？"

戚小兵的眼睛让灯光照射得根本就看不清是谁，他以为是认识他的人呢。

"对呀，我怎么看不清楚你是谁呢？"戚小兵还往前走了一步。

"一会儿不就认识了吗。"下来的三个人快步来到了他眼前。

他还没反应过来，两只手已经被扭到身后，手机也被其中一人抢到手里。

他一下子蒙了，还想说点啥，手腕已铐上了手铐。

他这才明白什么叫"一会儿不就认识了吗"。

戚小兵带的打手，车座后背都放着砍刀和铁棍之类的打人家把什，抽出来打开车门准备下去，刚露出脑袋，冰凉的东西就顶在了头上面，一个冷冷的声音说道："我们是林业公安局的，把东西放下，都老老实实出来。"

几个人一听，顿时都耷拉了个脑袋，把手里的东西放下后，都规规矩矩地从吉普车里跳了出来，很自觉地把双手伸到警察跟前，铐上了手铐。平常个个狗仗人势，飞扬跋扈，这回都像秋天的蔫茄子了。

常小青没下车，他从车的后视镜里看得一清二楚。对于戚小兵和他带来的这几个毛贼，他根本没放在眼里。跟他来的那些警察，都是他多年培养出来的，对付小毛贼绝对绰绰有余。

五

张卫国的两辆吉普车还有百八十米就到检查站了。在检查站门前的道上,他看见了小青的面包车、吉普车,他知道还有孙诚的车。

张卫国心里有数了,戚小兵已经解决。

他到了,两路人马就可以合并一起。是守株待兔,以逸待劳,等待戚斌带着盗窃木材的车到来,在路口等呢?还是单刀直入进入小七岔呢?和小青见面再研究。反正是桌上菜、杯中酒了。

他给孙诚打的电话,是经过深思熟虑的,看似有些冒险,但他觉得冒险的程度仅仅在百分之十以内,即使这百分之十出现问题,也完全可以化解,并在掌控之中。

首先他太了解孙诚这个人了。十几年的工作交往,既是同事又是好朋友,他的秉性、品行和性格,他了然于心。孙诚本质不坏,家庭的重担,夫妻的不睦,比较注重面子,不想总是欠别人的,现实却又恰恰相反。他的胆子更没有那么大,他在此案中是参与谋划了,但他劝过戚斌见好就收不可太贪,戚斌想让他继续参与,他还是回绝了。他们在宾馆的谈话都是有录音作证的,是戚斌威胁让孙诚裹足不前、犹豫不决的。他很孝顺,即使再难,也没忘了给父亲钱;他很重情义,他对女儿好,他绝对不会放弃这些令他非常动心的一切情感而孤注一掷的。孙诚又是十多年的警察,法律条款他是清楚的,他所犯的纪律能达到什么程度,心里也是清楚的。孙诚正是徘徊在自己的虚荣、彷徨与无法选择的时候,让他回过头来,是有把握的。

孙诚作为十多年的警察,工作中做了不少有益的事。初入公安这行,那不是谁都愿意干的,钱赚不多,工作杂乱、枯燥,与林业工人没有太大的区别,区别只是比普通工人有着严明的纪律,穿的工作服不一样。当初考核的时候,孙诚能进入公安这行列,应该说是优秀的。一时的财迷心窍,一时失足就一棍子给打死吗?而明知他徘徊彷徨,准备痛改前非时,却不管不问把他逼到对立面吗?下半辈子就这样悲剧地完结吗？他毕竟曾是我们的战友呀。

张卫国给孙诚打电话，就是基于这些原因。

当然，张卫国也不是没有防备的，为什么要兵分两路，就是这个意思。

他给孙诚打电话的时间，已经是晚上十二点多了，戚斌已经是发疯的时候了，即使孙诚打电话告诉戚斌也来不及了，即使出来想逃跑也不可能了。公路有常小青堵截，运材道上由他堵截，戚斌是插翅难逃的。

时间对接点，张卫国掌握得明明白白、清清楚楚的。但他还是相信孙诚的人品，绝不会干出大逆不道、众叛亲离的傻事的。

孙诚真的不傻，他的确打了张卫国告诉他的两个电话。电话是林业局两位大领导的，而这两位领导还不知道此次案件。

张卫国给孙诚的电话，就是出于他是曾经的好战友、好朋友、好兄弟，想最后拉他一把。

面包车里，戚小兵和那几个所谓打手如同惊弓之鸟，都戴着手铐，表情沮丧，脸色惨白。

戚小兵的电话铃声响了，是戚斌打过来的。

赵延武用锐利的眼神看着他，说道："你知道怎么说吧？"

"知道！知道！"

戚小兵旁边的另一个警察拿着电话，按开了接听键，电话里传来了戚斌特有的声音："小兵，外面怎么样呀，我们往外走了，告诉孙诚把检查站摆平。"

戚小兵屏住呼吸，极力保持镇静地说道："大哥，一切正常，我们在外面等你们呢。"

"好，外面再见。"

东方已经泛起了微微的白色，天快要亮了。

第十三章 收网

二〇〇三年大年初一的清晨里，银白色的雪铺满了大小山道，草丛中、树干上也都挂满了晶莹的雪花。亮晶晶的星星，镶嵌在广阔的青蓝色的苍穹；几声清脆的鸟鸣，显得格外动听悠扬；两只灰色的小松鼠，轻盈地在树梢上跳来跳去。极其寒冷的大森林里，又恢复了平静祥和。

张卫国看到从他身边驶过的大小车辆，脸上带着欣慰的胜利的笑容。

他正要打开自己靠道边开来的吉普车车门时，孙诚也往他开来的吉普车走去，擦肩的瞬间，孙诚对张卫国小声说道："卫国兄，谢谢你的电话，大诚子感激不尽。"

张卫国看了他一眼，像是很懵懂的样子，说道："什么电话？你大诚子是不是有病，还没好吧。"说完，一步跨上了车，径直开去。

二〇〇三年大年初一凌晨，大青山地区最大的盗伐盗窃国家木材贩子戚斌在犯罪现场被抓获。大青山林业局有史以来最大的一起木材盗伐盗窃案件成功告破。

此次大案的告破，充分证明了大青山林业公安局办案人员的政治素养和过硬的业务能力，他们是真正的林业忠诚卫士、保驾护航的急先锋，为大青山林业局挽回了巨大的损失，为林业战线上的执法人员争了气，立了威，极大地打击和震慑了盗伐分子的嚣张气焰，为今后大青山林业局有序发展起到了先锋模范的作用。

为此，林业局党委决定给予办案人员表彰、记功。

林业公安局森保大队大队长张卫国同志在此次案件破获中表现极为突出，决定记二等功一次。

林业公安局刑侦大队副大队长赵延武同志在此次案件破获中表现突出，决定记二等功一次。

二十名参与此次案件的公安局干警记三等功。

林业公安局刑侦大队一小队、林业公安局森保大队二小队集体荣立三等功。

常小青自己在研究上报破获此案立功人员时，向党委请求自己不要记功。在他的一再坚持下，局党委决定尊重他的意见。

林业局党委还决定对林业局内部与盗伐分子相互勾结、狼狈为奸的不法分子给予严厉惩处，对玩忽职守的人员给予一定的处分，该调离的调离，该免职的免职，该追究刑事责任的追究刑事责任。

白江河林场书记宋万江给予警告处分；白江河林场场长刘长福降级使用。

白江河林场主管林政工作副场长黄广发给予免职处分，另行分配。

新胜林场场长孙国华给予记大过处分，以观后效。

新胜林场主管林政副场长李盛福给予记大过处分，以观后效。

林业公安局白江河林场派出所原所长孙诚在此案件中，未参与此次犯罪，虽有举报立功表现，但其影响恶劣，已不适合在公安局工作，但将免予追究刑事责任，决定调离公安机关，工作另行分配。

白江河林场林政大队原大队长刘敬宽同志在此案破获过程中起到了极大的作用，鉴于此案前所犯错误，决定将不追究刑事责任，免去白江河林场林政大队长职务，另行分配。

白江河林场检查站分站原站长付兆奎，小七岔站原站长徐少海根据所犯罪行将移送司法机关追究刑事责任。

青山县检察院包世帆，法院程世新，公安局王洪元、石国华一同和戚斌进了铁窗。当年是给犯罪分子量刑和判刑的国家工作人员，就因为贪婪变质竟成了被告，不得不令人痛恨，令人感慨。

孙诚调出公安队伍后，在白江河林场工队干了一年。这期间，他与妻子离婚了,孩子被判给了女方,他每月拿抚养费三百元钱。他和同学妹妹翠云最终走到了一起。第二年翠云有个远房亲戚,在浙江某地开了一个塑窗厂,他和翠云去了那里。二〇一二年他回了大青山林业局一趟,完完全全成了一个商人。

他找到张卫国,又提起那个电话的事。

张卫国还是说:"什么电话?都忘了。"

孙诚给他一个银行卡,里面有十万元钱,说是表示一点感谢之意。

张卫国骂道:"大诚子,你当初就应该进去。"

从此,电话的事,直到他们退休,都再也没有提起。

第十四章　野猪养殖场

一

二〇一八年的十月三十日下午两点零一分,大青山林业公安局刑侦大队内勤室里,大队长高战、副队长李响正在接待一位报案人员。

报案人叫肖德方,五十四岁,穿着一套老旧的林业工人工作服。他不停地摇晃着粗糙的手,双腿瑟瑟发抖,惊恐不已,说话极不连贯:"你们快去看看吧。死人了,死两个人,还光着身子。"

高战给他倒了杯水,劝他道:"老肖慢点说,慢点说,别害怕,谁死了?在哪死的?"

肖德方稍许稳定一下情绪,说道:"在葫芦头沟野猪养殖场,死的人是老板娘夏雨寒,还有她的外孙女。"

肖德方是龙湾林场的职工,一次性安置后,他成了自由职业者。他是上山捡蘑菇,准备到死者家里讨杯水喝时发现的。

高战一听,事不宜迟,案情就是命令。

他对副队长李响说道:"你马上通知在家的队员,还有技术科和法医老袁,十分钟后到葫芦头沟出现场。我这就打电话向常小青局长汇报。"

大青山林业局政法委书记兼公安局局长常小青，双鬓已有了许多银丝，毕竟还有两年就是六十岁的人了。

时光如白驹过隙，当年的老一辈人都已纷纷退休，含饴弄孙，颐养天年，其乐无穷。其中，中层管理人员也大都退休，未退休的也已退入了二线，如蒋浩然、林涛、张卫国、周详等。大舅哥张卫国两口子已到海南大儿子南岳那看孙女去了。经常看见原副局长周详在老干部游乐室象棋盘上与人决胜方尺之间，运筹帷幄之中。另一位老局长林涛身体仍然硬朗矍铄，本来就很儒雅，已经是八十多岁的他兴趣独特，与大青山地区爱好绘画和书法的人们相交甚欢。他的书法和绘画，在大青山地区已颇有名气。

现在大青山林业公安局的成员，无论带长的，还是普通警员，都是专业学院毕业、科班出身。

长江后浪推前浪，一代新人换旧人。这就是人世间最颠扑不破的规律，无人能变换，更无人能更改。

常小青看了看手里的手机，放到了耳朵上："高队，什么事？"

高队就是现在的刑侦大队长高战。

起先还是亲和的表情，听完电话后，常小青的脸切换成了坚毅、冷峻、凝重的表情。

"我知道了，报案人的询问笔录都做完了吗？好，我马上下楼。"

常小青迅速带领一干人等上了两辆警车和一辆面包车，警灯闪烁着红红的光亮，警笛呼啸着，奔向发案地点。

常小青看了看表，已经快三点了。

他接任公安局局长已近五年，五年来一直没出现过杀人的恶性案子。

现在的林业公安局，不仅警员的素质有了极大的提高，就是公安局的各种所需装备，也逐年得到了极大的改善。比如技术科需要的各种协助勘查的器械,刑侦大队需要的制服罪犯的警械,各种快捷的传输工具,还有出警所需要的各种车辆,尤其警车。十几年前,整个公安局的车辆也就三辆,有什么案子出现场都不够用,没办法,只好几个科室共用一辆车。出现大案要案时,得向其他单位现借,现在公安局警车就有六辆,还有两台面包车。各派出所都有车,出警迅速快捷。

现在的青山县和大青山林业局两家公安都是相互联系、相互协作的关系,家属区还有各街道的户籍管理都归他们管,所有在森工生活的职工,大青山林业局警察可以介入,青山县公安部门更是理所当然参与。

常小青向县刑侦科打了电话,通报了案情,并要求协助。

两辆警车、一辆中型面包车闪烁着红色的警灯,刺耳的警笛声呼叫着,疾驰在去往葫芦头沟野猪养殖场的道路上。

常小青坐在第一辆警车副驾驶的位子上。后座上坐着报案的肖德方,还有两个年轻的刑侦大队的警员。

道路不时地有着缓缓的小弯儿,但路面非常平展光滑,黑黑的柏油路,不时地掩映在斑斓的树丛中,透过半开着的门玻璃,外面的风景尽收眼底。

现在是深秋时节,各种树木上叶子虽说大都还未全部凋落,叶子开始五彩斑斓奇妙地变换起来,有绿色的、黄色的、褐色的、银色的、红色的,红色的是枫树叶子,极为醒目耀眼,那是林区最有特色的景致。道路两边是衰草、小树、田园、丛林、河流、山岭、村庄,竖着大烟筒的工厂。由于车速很快,不冷不热、带着甜丝丝的风儿,裹挟着树叶向后快速地躲闪。

常小青坐在车上沉思着。

已经有几年没有出现过恶性的案子了,是他杀还是自杀?

自林业系统禁伐以来，木材生产已经不是林业工人的主要工作内容，现在已建立了一整套保护和延续木材资源的完整机制。过去是以"采"为主，如今是以"护"为主，靠山吃山、靠水吃水的惯性思维已被彻底打破，各种养殖业、种植业、饮食业，东北土特产品采集业、加工业，如雨后春笋般蓬勃发展。

这里的人们勤劳淳朴，凭借着吃苦耐劳的精神，为自己的生存创造出一片新天地。同样，也不可避免地出现了你争我夺的利益纠纷，必然发生深层次的矛盾；倘若矛盾化解得不够及时、合理，就会出现伤人，甚至杀人的恶性后果。

"到了，到了，就在前面。"后坐上的报案人肖德方说道。

常小青在回忆中被拉了回来，他看了看表，下午三点三十四分。

三辆车依次在道旁，车门纷纷打开，警员们麻利地打开后备厢，拿出各种小箱子，那是装各种勘查现场的器具的。

十几个人跟着肖德方往野猪养殖场走去。

常小青和高战走在最后面。

常小青问："这个养殖场具体在哪个林场区域内？"

"在龙湾林场和胜利林场交界处，但其建筑位置，还是在龙湾林场境内。"高战回答。

"龙湾派出所的人来了吗？"常小青又问。

"已经往这来了，马上到。"

走了十几分钟，人们看到了野猪养殖场的房子。

房子是三间红砖砖房，房盖的瓦却是那种很时兴的铁皮蓝色瓦，门是家属区已经不太常见的木制门，门上头有一个伸展出来的也是铁皮蓝瓦，还挂着一个大大的灯泡，门刷的是蓝色的漆，镶嵌着两块玻璃，两个窗户却是铝合金的，窗子用粉布挡帘遮掩得很严实。用沙石铺就的野猪场院子，面积很大，左右有三十多米宽窄，没有任何栅栏相隔，四面都是自然的林木作为围挡。地上能看见许多猪屎、猪脚印，鸡、鸭、鹅合计十几只在院子的各个角落歇息、溜达、吃食。整个院子里散发着猪屎的臭气。

二

一条两米多宽的防火土道，路过养殖场，一直延伸到他们走下来的小土道的接头处。

高战领着大家急速地奔向房子跟前。离着几米就能看出屋门是锁着的，锁头是普通家用的黄色不大的锁头。他们就要到门口时，从房头叫着跑出了一头母猪，领了七八只小猪崽，发现生人后，停下脚步抬着头，伸着长嘴巴，用戒备和审视的眼神看着他们。

高战、技术科尚科长、法医老袁，以及前来的所有干警，都用特制的塑料鞋套套在鞋上，戴着口罩和白色的薄手套。

门被打开了。一股死人腐烂的恶臭扑鼻而来，让人感到窒息。一群苍蝇随着恶臭的气味，像一团黑云似的扑面而来，碰撞在前面队员的脸上。

两名警员手里的照相机不停地闪着光，另两名警员协助法医老袁对大小两具女尸进行了细致的尸检。其他队员各拿着不同器械，不放过屋中任何角落，一寸一寸地认真勘查着。

常小青开始没有进屋。他站在门口观察着整个房子的周围，没有发现摄像头。像这样的大山野外，为什么不安装摄像头呢？

常小青走出屋子的时候，看到了站在门口的龙湾林场派出所所长，三十多岁的赵志刚。

"志刚，你们掌握这家人员的自然情况吧。进屋确认一下死者，是不是这家的女主人。"常小青说。

"我看见死者了,确认就是这家的女主人。我再去仔细看看那个孩子。"赵志刚边说边朝屋里走去。

这时,屋里只留下四名警员。其他警员在高战指挥下对院子周围、房子左右、屋前屋后进行排查,寻找有用的证据。

常小青走到房头的火棚处,看见有两个空着的狗窝。

狗哪去了?在这密林子里,养狗护院是很正常的。

常小青又走到房后,这才看清所谓的野猪圈养的地方。十几间半敞篷的石板堆砌的猪舍里,只有三间里面有猪;大小都算上,也不到二十头。只有三头大猪,剩余是猪崽,还包括在猪圈外溜达的那几头猪。

常小青心想:这哪像什么大型野猪养殖场呀?怎么像要不干了似的?也许还有什么别的原因?

长长的猪舍旁边,是个三米多宽的沙土道。道上停着一台桑塔纳轿车,那是赵志刚的坐驾。还有一条沙土道,可以通过房后他们来的水泥路上。

高战和赵志刚来到了他的跟前。

赵志刚先向常小青说:"常局,确认那个小女孩是岁数大的女死者五岁的外孙女。这个女孩的父母不在我县住,在江门县住。这个女孩长年累月都在她姥姥这儿住。"

常小青点点头,又问道:"这里的道路,还有自然村屯,都熟悉吧?"

"应该这么说吧。我停车的土道是防火道,通过这条道,往回走二十七公里就到了我们龙湾林场。道边各两个村屯,一共四个村屯,分别是铁牛沟屯、金山屯、银山屯、大王山屯,然后就是龙湾林场。葫芦头沟是从远处看像一个葫芦,所以统称为葫芦头沟。以你们来的柏油路为界,道路那边就是胜利林场管辖区域了。其实常局的车可以停到房后的,那条道就可以直接到这儿。"赵志刚如数家珍般的回答,让常小青很满意。

高战听到赵志刚说起道路的事,接过话茬:"我也知道那条道直接能到这儿,不过还是按照肖德方跑出来的地点为准,所以路过那个路口时,我也没吱声。"

常小青听高战说完路的事,问道:"现场勘查的情况怎么样?"

"基本完事了。我们在现场提取了除死者穿的鞋印外,有多枚两种不同的鞋印,贯穿外屋和内屋。一种像是男士黄胶鞋印,左脚鞋印明显有着破损的痕迹。还有一种鞋印,好像是宽棱较深的鞋印,像是一种旅游鞋的鞋印,两种鞋子却在现场没有找到。我断定可能是犯罪嫌疑人留下的,所以叫弟兄们看看能不能在道上和周围草丛中找到同样的鞋印。手斧的血渍和毛发,从现场看应该是被害人的。里屋柜子里有被翻动的痕迹,柜子的抽屉锁头却没有撬动。所提取的一切,等待技术科进一步检验才能出结果。"

常小青点了点头,带着疑问问道:"你的意思是,凶手有可能是两个人吗?"

高战回答:"不否认有这个可能。得通过现场搜集的证据分析后,方能确定。"

常小青又道:"在这大山林子里,养狗是正常的现象,没有狗就不正常了,只有狗窝没有狗,是不是更不正常?"

常小青的话刚落下,就听到防火道十多米处一个警员的声音:"高队,快过来看看,这有两条死狗,好像被药死的。"

三人急忙跑了过去。

在院外被野蒿遮挡着看不见的小水泡子旁边,一条黄色、一条黑色的家狗已经死了,蛆虫满身,腐烂的嘴里淌着黏涎,一看就是中毒而死。

水泡子旁堆积的土堆上，留下了屋子里发现的宽棱较深的几枚旅游鞋鞋印。由于雨水的冲刷，鞋印已经有些模糊。技术科的人员随即拍照勘验。

大伙又回到院里时，高战喊道："鞋印在外面还有没有找到？"

队员们没有反应。

常小青说："通过尸体的各种表象来看，除了天气，还有屋里生火，以及其他的因素，可以判断，死者死亡时间不长。今天是三十日，我记得二十六日下午开始，好像是下了雨，一直哩哩啦啦地下到二十七日早晨。"

高战答："是的，我考虑，下雨那天晚上，正是老百姓抓林蛙，人最多的时候。有没有可能是抓林蛙的外人所为？"

赵志刚立刻插话道："不可能有外人到这来抓林蛙。因为抓林蛙的附近林班，包括林班的防火道，是专人承包的。这里的71、72、73、74林班都被人承包了，承包户叫石有昌。"

常小青听到这，果断说道："志刚，你把所里的工作交代一下，到这个案子来，归高队领导。下个任务，把你掌握的林场和所有村屯里与死者，还有死者家属有联系和接触的人，给我尽快捋出来。尤其是要找到那个石有昌，以及他的家人。记住，主要是弄清楚二十七日前他们看到没看到被害人，更好的莫过于找到目击证人。"

常小青给赵志刚交代完任务后，转过头来又跟高战说："高队，你还得把胜利林场派出所所长于晓辉联系到，让他弄清楚他管辖的村屯和林场与死者和其家属接触的所有人。"

他顿了顿，又问："联系死者家属了吗？"

"死者夏雨寒，本来是江门县人，后搬这来的。我已经给她丈夫薛健成打电话了，他正在外地往回赶，也给她在江门县住的女儿冯雪打了电话，也正在往这赶。"

常小青一听，还未等高战喘口气，又问道："她丈夫薛健成到外地干什么去了？什么时候走的？还有，夏雨寒的女儿，不是她和薛健成生的吗？"

高战回道："薛健成是在二十五日中午拉着十七头猪去沈阳的，沈阳有个老客户，我这是从衣物柜子里找到的一个记录本看到的，还有肖德方的证言，我还从给薛健成的电话得到了证实。关于她女儿是不是薛健成的亲生女儿，就不太了解了，我也是从夏雨寒的手机里，得到她女儿的电话号码的。"

这时候，站在旁边的赵志刚接过话茬道："夏雨寒是六年前，与她前夫离婚后，嫁给薛健成的，她女儿冯雪结婚后独立生活。这信息，是我前年人口自然情况普查时了解的。"

常小青赞许地点点头。

对于一名警察来说，所管辖的人口自然情况就得了如指掌，了然于胸，尤其对于像夏雨寒这样有经营项目的人，其自然情况更要掌握得清清楚楚，需要的时候随时准确地拿出来。看来赵志刚抓住重点了。

初秋的山林里，晚上是一天最冷的时候。

常小青看见不远处肖德方战战兢兢地把门上的灯打开了，大院子一下子明亮了起来。

旁边的技术科民警余强正在注视着笔记本电脑，突然，他说道："鞋印的报告出来了，鞋印图片通过高清晰处理，非常清晰，除了图片外，还有鞋的名称，鞋的号码，生产厂家都写得清清楚楚。"

随即，余强把图片发到了正在道上查找脚印的警员手里，其中常小青、高战的手机都收到信息的提示音。

常小青拿出手机，不无感慨地说："现在的科技真发达呀，对我们警察办案，真是如虎添翼。"

三

法医老袁走了过来。他今年已五十四岁了,他的父亲曾是大青山林业公安局的老法医,他在大学里也学的法医,毕业后和他父亲一起在公安局干法医,人称大袁小袁。后来父亲退休,他现在已经完全取代了他的父亲,成为大青山地区一名非常有名气的法医。老袁干工作十分认真,一丝不苟。法医的工作就得不怕脏,不怕累,不怕苦,还得随叫随到。老袁几十年来在法医工作中没出过纰漏,也从来没叫过苦。

常小青看见他两鬓有些灰白的头发,脑海里出现了一头老黄牛的图案。

常小青问老袁:"死者的死亡时间应该清楚了吧?通过尸检有没有性侵的迹象。"

老袁回答:"初步断定,死亡时间大约八十多个小时,也就是二十六日晚上十点到十二点左右,是下雨的那个晚上。从女受害人尸检来看,没有性侵的迹象。"

这时,赵志刚打着强光手电筒走了过来,手里还拿了一个。他听到老袁说没有"性侵的迹象"时,便插嘴道:"那可以排除犯罪嫌疑人因情杀人的动机了。"

老袁笑道:"不要因为在女被害人身体内找不到男人留下的东西,就断定不是因情杀人。那就片面了。"

从胜利林场来的道上,一辆高马力的吉普车打着刺眼的灯光,飞速驶到了他们面前,所长于晓辉跳了下来。于晓辉也是科班出身,三十岁多岁的样子,一身戎装凸显干练,脸上笑嘻嘻的,手里抱着一大包各种吃的,面包、火腿肠、方便面、小咸菜,还有两暖瓶热水。

于晓辉看到常小青，说道："常局辛苦了！高队给我打电话时，我正在山上处理一起松子纠纷案呢。耽误了一点时间，这不为了将功赎罪，给局长买些好吃的一块带来了。"

常小青看了看于晓辉，说道："油嘴滑舌。高队给你的任务都清楚了？我不需要你给我拿吃的，我需要的，你没拿来。"

于晓辉一听，回过身从敞开的车门里拿出四个强光手电筒，笑嘻嘻地递到常小青的跟前："常局，我所里的，可全拿过来了。"

常小青欣喜地点点头："这个，比你给我送多少吃的都满意。高队，赶紧把鞋印的图片给他传过去。"

现场院子门上的灯，照得大院子通亮。肖德方坐在离门口距离相对很远的一个木头墩上，抽着浓浓的旱烟。他的身旁还没忘记放着一天来的收获——那一大背筐蘑菇。

两束刺眼的车灯光向常小青他们扫来，移动着，离他们越来越近。

常小青看了看表，还差十分就是晚上十点了。

一辆出租车从他们身旁缓慢驶进明亮的院子里。透过车子里的灯光看见有男女两人，女人坐在副驾驶的位子上，那个男的坐在后座上。

能听见里面女子的哭声，并叫着"莲儿、莲儿"的名字。

车门推开，那个女子继续哭着喊着："莲儿呀，莲儿呀，妈呀……"

是夏雨寒的女儿冯雪回来了。后车座的男子也下了车，跟在冯雪的后面，没有什么动静。

屋子里因为老袁喷洒了一种特殊的药水，尸臭的气味已经变得很淡了。

冯雪急匆匆进了屋子，看到用白布单覆盖的一大一小两具尸体，哭泣的声音瞬间变更大了。"莲儿、莲儿呀,妈呀、妈呀……"

高战蹲下,掀开了白布,大小两具尸体呈现在她的面前。

冯雪一见自己的女儿,眼泪哗哗直流;她喊着莲儿的名字,又用手摸着孩子冰冷的脸庞。

当她看到夏雨寒没有鼻子的惨状时,捂着嘴叫了起来:"我妈这是怎么了?这是怎么了?妈呀、妈呀……"

常小青始终站在门口观察着冯雪两口子的一举一动。

冯雪长得很好看,二十多岁的年龄,眼睛很大,水汪汪的,眉毛弯曲而又清淡,鼻子和嘴巴配置得很协调,皮肤很细腻,身体曼妙,绝不像山林里的女人出过很多力,经历过风吹日晒的样子。她身穿天蓝色的夹克,黑色的牛仔裤。

冯雪左手腕上有一个金手环,很亮,她的耳朵上戴着金耳环,两手的中指上都戴着金戒指。她的长相,很大一部分像她母亲夏雨寒。

冯雪身后那个男人,看来像有四五十岁,显得很沧桑的样子。脸上刻着与其年龄极不相符的深深的皱纹,显得很木讷,身上散发着松树油子的气味;洗得发白的宽松牛仔裤有多处破洞,牛仔裤和黄色的粗布夹克衫上粘着白色的松树油。

面对其岳母的死亡,他没有过多的悲戚和哀痛;看着自己媳妇悲戚的样子,他也没有多少怜悯和心疼;对待女儿的死亡也没有显露出作为父亲痛苦不堪、肝肠寸断的样子。

而冯雪面对生养她和她生养的最亲的人的死,似乎悲痛的程度极不符合她拥有的双重身份。

过了十多分钟后,站在她身后的肖德方劝慰道:"大侄女,起来吧,别太伤心了。人死不能复生。"

冯雪在肖德方和她男人搀扶下进了里屋。冯雪坐在炕沿儿上,仍然低泣着，眼泪流淌在化着淡妆的脸颊上。

高战随着三人进了屋子，看见坐在炕沿儿的男子，问道："你是冯雪的什么人？"

那个男人急忙站起来："我是小雪的丈夫。"

高战又问道："你们这是走了几个小时？"

"得有四个多小时，要不就早来了，我在山上帮人打松塔呢。"男人回道。

常小青退回院子里，脑海中打了许多问号。

夏雨寒是被谁杀的？有什么深仇大恨要她的命，而且还如此残忍？冯雪两口子和夏雨寒的感情究竟怎么样？冯雪两口子的感情又怎么样？与受害者的死有没有联系？在屋子里找到的那不同的两种鞋印是凶手的吗？有谁能让夏雨寒裸露着身体给开门？这个人与夏雨寒应该有着什么样的密切关系？是外地人还是本地人？是夏雨寒相识的人所为？为了劫色还是劫财？

一个个问号，不停地萦绕在常小青的脑海中，需要他去抽丝剥茧，找出答案。

四

秋天的夜晚，山林里显得苍寂而空静。夜空中悬着一轮半月，林子里偶尔传来的林蛙叫声和鸟鸣声传得很远。

民警林子剑是老局长林涛的儿子，高考分数能进清华，他却死活要报考中国刑警学院，最后如愿成为一名警察。

常小青看见林子剑跟在自己后面，便问道："你看出这个家庭的问题了吗？"

林子剑若有所思："我看这家人好像不是一家人似的。他们之间的关系让人怀疑。还有，只要找到死者给开门的人，那就一定是凶手。"

常小青点了点头，心想夏雨寒和她女儿、女婿的关系肯定有蹊跷。

"常局，你跟赵所长说说，把我也调到此案的侦破中来呗，我来这已经两年了，第一次碰见杀人案子，心里有点痒痒。"林子剑看着常小青祈求道。

常小青没有马上回答他，而是点点头，然后才说："这是你们的辖区，我想问题不大。"

高战走了出来，手里拿了两本书似的，近前一看，是两本相册。

常小青对高战说："一会儿咱俩询问一下这两口子，你询问冯雪她丈夫，我询问冯雪。"

高战点头。

胜利林场派出所的车比较宽敞，暂时被常小青和林子剑征用了。高战和司机小徐，还有冯雪的丈夫，在刑侦大队带的一个车里。

冯雪坐在后座的右边，常小青坐在左边，林子剑坐在副驾驶座位上。冯雪的眼神里那种失去亲人的悲哀好像不那么强烈了。她那水汪汪的桃花眼，是本来生就，在她身上带有一种女人少有的媚气。

常小青用很平和的口气询问道："你叫冯雪是吧？你母亲和你女儿的不幸，我们深表痛心，也知道你的心情很悲痛。你我现在都有一个共同心愿，那就是把杀害你妈妈和你女儿的凶手尽快绳之以法。在这时候，我们需要找你了解一下你妈生前的一些事情，希望你能理解和配合。主要是了解和你母亲来往、接触的都有哪些人，她得罪过哪些人，把你知道的、听到的都告诉我们。也希望你也讲讲你和你妈妈，还有你和你丈夫的事。好吗？"

林子剑打开了电脑笔记本，开始记录。

通过询问获悉，冯雪今年二十二岁，在离青山县二百三十公里外的江门市住。她在江门市和人合伙开了一家美容院，每年收入十几万。她的丈夫叫陈长东，今年四十七岁，无正式职业。今年秋天领了一帮人给人出力打松子。不忙时节，就做冯雪开的美容院的清洁工和杂工。

关于她母亲与什么人接触，有什么亲密关系的人，她摇了摇头，漫不经心地回道："她接触的人，我根本就不清楚。她干些什么，我也很少能够知道。十六岁的时候，我就很少见到她，都是和我姥爷在一起，我到了江门了，她又到了这了。"

但她提到了前年，也是秋天，她来这里送孩子，亲眼看见了现在的后爸薛健成和这里的林蛙承包户石有昌有过肢体冲突，石有昌叫嚣早晚要整死薛健成他全家。

石有昌？这个名字，赵志刚提过，眼前这些林班就是由石有昌承包的，这里的林蛙和松子都归他所有。

常小青又问起她的家庭，尤其和她丈夫的关系，她更是轻描淡写。

"两口子就是那么回事，都这么大岁数了，提起来也没什么说头。"

常小青直接问道："你和你丈夫是怎么认识的？什么时候结的婚？女儿是哪年生的？"

冯雪没有急着回答，而是漫不经心地说道："他是我妈给我介绍的，结婚时间大约是二〇一四年的秋天了，我女儿出生的时间要比这个季节早些，应该是二〇一五年九月份。"

常小青感觉到，冯雪对待她的丈夫、女儿以及结婚的事都是轻描淡写，恨不得省略，不问起，可能永远都不想提起。

一个长相很漂亮的女人，却找了一个岁数大她很多的丈夫，而且又是她妈介绍的，不是很蹊跷吗？

这里肯定有什么原因。

常小青接着问了一句："很抱歉，我需要问你一下，你这么年轻漂亮，你母亲给你介绍岁数比你大这么多的男人，你为什么接受呢？"

冯雪低下了头，思索了一下，淡淡地回道："报恩。我姥爷的病，是他出了不少钱治的。"

常小青心想，这个理由也算合理，但总是有些勉强。

常小青又问道："你的亲生父亲在哪？他和你有联系吗？"

冯雪摇摇头，怅然道："父亲吗？多年没见着他了。我妈说他出走了，我到现在也很想他。"

常小青听她说到"我到现在也很想他"这句话时，他心里一颤，看来这个对亲情冷冰冰的女人的心灵深处，还存有一股珍贵的情感暖流。

从她嘴里说出的情况来看，有一些东西她是在极力回避，甚至是难以启齿似的。也许现在她的心情还未平复。倘若再需要了解什么，过个一天两天，待案子捋出个头绪时也不晚。

常小青想了想，说道："好吧，今天就先谈到这。要是还需要你配合的时候，希望你能给予支持。请节哀顺变。"

此时，林子剑回过头来对冯雪说："这位女士，请你看一下，签个名。"

冯雪简单地浏览了一遍，拿起林子剑递给她的电脑笔，签上了她的名字，便下了车，回到屋子里去了。

林子剑在笔记本电脑键盘上摁了几下，便回过头道："常局看一下吗？"

常小青摇了摇头："不用。"他看了看表，已经是晚上十一点二十分了。

由于二十六日那天傍晚下雨,一直淅淅沥沥地下了一晚上,犯罪现场出现的鞋底有着刮痕的鞋印,还有被药死的狗旁边大纹很深的那种脚印,经过雨水的冲刷,加上二十六日后都是天晴的日子,又正是人们抓林蛙和采集山货最忙的时候,道上的脚印大都是林区工人穿着水田靴子的脚印,摩托车的车印,还有大车的车辙。即使有那两种脚印也完全给破坏了。

刑侦大队的车里,高战骑在驾驶座上面,对着后座坐着的冯雪丈夫陈长东,小徐子坐在副驾驶上,他的腿上也有一台和林子剑一样的电脑。随着高战的问话,和陈长东的回答,小徐子的双手灵巧地点击着。

"你问我年轻的丈母娘和哪些人接触,和哪些人有来往,我上哪知道。我这些年,就来过一趟,还是为了要钱。她是去过我那,可是去了总是和冯雪在一起,住在冯雪开的美容院。最多待上个两天,就走了。自从莲儿接到她这,几乎就不到我那里去了。"陈长东回答着高战的问话。

高战又问道:"你觉得你丈母娘的死,应该是什么原因造成的呢?"

陈长东感慨地回道:"我那个丈母娘呀,也就太见钱眼开了,遇见钱,什么也不顾了,什么都可以放弃,唉!"

高战一听,有门,便催促道:"那你给我仔细说说。"

"我的四十万元,到现在也没给我。她这又死了,当初说建养猪场用,赚了钱就还我。结果六年了,她死了,我这不就瞎了吗?这些年我要了多少次,总是等等等,有了也不给。要急了,你猜她说啥:'我那漂亮的姑娘还能白给你睡',你说,这是说的人话吗?我当初娶她姑娘,也花了十几万块钱彩礼。她爸有病,我也给了几十万了。她还说要救人,是自己的哥哥,又拿了不少钱。我种参地赚点钱,全让这娘俩拿去了。我现在靠给人上树打松塔赚点辛苦钱,我管薛健成要,那个瘪犊子说:'我没拿你的钱,谁拿的,你管谁要。'现在稍微赚点钱,又让她女儿冯雪拿去了,还得给她当奴隶。这娘俩是一路货色。"

高战急忙给他递了一瓶矿泉水,安慰他道:"你的钱,不也是冯雪的钱吗?"

陈长东喝了口水,然后又急不可耐地说道:"你不说这个事,我还不生气。我不怕你警察笑话,有媳妇比没有还难受。我想碰她一下,赶上碰母老虎了。她的钱,我一分捞不着,买盒烟还得跟她伸手要。我玩命赚的钱,她一分也不让我兜里有。我现是钱也没有了,人也这个熊样了,冯雪更不愿理我了。她天天和别的男人勾肩搭背,打情骂俏。我要是金玉,我也想杀了夏雨寒。让这娘俩都玩完,我真后悔呀!"

"谁是金玉?金玉是干什么的?他为什么恨夏雨寒?"高战及时打断了他的话,追问道。

陈长东说了一大堆话,他都没有在意,唯独那句"我要是金玉,我也想杀了夏雨寒"。对于一个已经死了的人,诅咒她已经是恨由心生了,那么还想杀了她,那他的仇恨与死者何其深呢?

陈长东听到高战的追问,一愣。

"我只是、只是说说而已,没什么,没什么。"陈长东用惊慌的眼神,看着高战严肃的表情。

高战根本没有给他喘息的机会,接着逼问:"陈长东,你听着,不要有什么顾虑,更别想袒护什么,如实跟我说,金玉到底是怎么回事?"

陈长东看着高战严厉的神情,心在颤抖,不说也得说了:"金玉比我大五岁,今年五十二岁,老家是黑龙江A县人。金玉父亲哥三个,就他一个独子,他父亲在家排行老二。他三叔通过一个朝鲜族朋友来到江门县学种植人参、管理人参。我在老家和老婆离婚了,日子过得特别紧巴。还好我没有孩子。因为我上中学时,冒死救过快要被河水淹死的金玉,所以金玉始终很感激我。我救他命的事,他的叔叔大爷都知道,也非常同意我过来。就这样,我和金玉一同来到了江门县。那是二〇〇三年开春的事。我三十二岁,金玉三十七岁。"

陈长东像是讲得渴了,他仰起脖子大口喝了两口水。那个有特色的喉咙,随着水的进入,有规律地上下滑动,嗓子里也同时发出独特的声响。

高战督促道:"赶紧讲正题吧。没看出,你还挺能讲的呢。"

陈长东用手抹了一下嘴,说道:"谁也想不到,金玉来到他叔这,还不到三年,也就是二〇〇六年的年初,他叔出车祸死了。这样,快到一千多丈的人参都归到了金玉的名下。他也挺重情的,竟然给了我二百丈人参作为救他命的回报。金玉真的好命,我们硬挺了快四年,低价的人参却涨价了,价格涨得让我俩都害怕。我俩一下子发大财了。我们活到这么大,别说有过,见都没见过这么多钱呀。起先有的参农因参价太便宜,低卖的低卖,转让的转让。再一看,才过去不到四年,价格涨到天上去了,那个后悔呀。"

陈长东拿着手里的半瓶矿泉水,一边扭着瓶盖,一边对着高战像是征求答案似的,问道:"高队长,你说有钱好不好?"

高战把头斜转着,看着车窗外,意思是你倒是快讲啊,马上就下半夜两点了。

当高战再面对着他的时候,陈长东却自己给出了既肯定又否定的答案:"有钱真是好啊!有钱也真的是不好呀!金玉和我就是因为有钱,让我们倒大霉了,认识了夏雨寒这个狐狸精呀!"

浩渺的夜空,星星显得像水洗过一样的清澈。

野猪养殖场的院子里,房盖上,树叶子上,白白的霜在灯光照射下像铺上了一层白纱。微拂的冷风,吹皱着落下不久的枯叶发出不同的响声。院子里能看清楚车里的人,有的晃动着,有的已经紧裹着大衣睡了。

常小青在几小时前安排龙湾派出所所长赵志刚去找石有昌。从对冯雪的询问中,得知石有昌曾经因为松子的事和薛健成有过肢体冲突。

常小青没有把石有昌列为嫌疑人。石有昌承包了这么一大片松子和蛤蟆沟,每年的收入也得十几万,对于这地区的普通老百姓来说,已经是高收入了,他有必要杀人吗?动机是什么?唯一合理的解释,那就是劫色。可是这么长时间了,要想劫色何必等到现在呢?

为了获取更多信息,常小青决定询问石有昌。有没有可能他目击过什么可疑人员到野猪养殖场?

二十六日下雨的那天,正好是抓林蛙的时候,石有昌一定在承包的蛤蟆沟领人抓林蛙。

已经快凌晨四点了,高战还在听陈长东的畅谈呢,或许他能从陈长东那寻找到有价值的东西?

常小青右手碰到了两本相册,是高战从被害人屋子里搜出来的。他拿起了相册,通过车里的灯光,翻看着。

相册里的人物,绝大多数是夏雨寒自己,照片又大都是单身照、外景照。从照片上能看出,被害人夏雨寒真的很漂亮,用貌美如花、眉目如画来形容她一点也不为过。

其他的照片,就是她女儿冯雪的照片。能看出冯雪从小到现在近二十多年的成长过程。从幼儿、儿童到亭亭玉立、豆蔻年华之时,又到如今风姿绰约的年龄。能看出被害人对自己的女儿是极其疼爱的。被害人的外孙女照片也有很多张，从襁褓时一直到现在。人们都说隔辈亲，从其外孙女的照片中就能窥见一般。

但最让人匪夷所思的是，整个相册几十张照片里，没有薛建成的照片，哪怕是多人照。

这是为什么呢？他们可是两口子呀。

这么一个娇艳动人的女人，是谁出此狠手杀死她的呢？

死后还遭受到老鼠的残害，鼻子和耳朵都被啃噬得没了，面目让人看后只有丑陋和狰狞，与生前桃花粉黛、玉貌花容形成了巨大的反差，不免让人感到一种深沉的悲怆。

常小青的手机上响了一下提示音，他急忙放下相册。

他仔细一看，信息是技术科传来的，是被害人电话录上的名单以及电话所在地的情况，现场提取的指纹和脚印的检测情况，以及通过脚印所推测出的嫌疑人的大体身高和体重。

第十五章　线索迷离

一

　　夏雨寒的丈夫薛健成在三十一日上午八点多回来了。

　　出租车还未停靠稳当，后车门便被推开了。一个五十多岁的男人下了车就往屋子里奔，肖德方和陈长东两人看见他便迎了上去。

　　他直奔屋里，看见外屋地上用白布盖着一大一小两具尸体，便跪下号啕大哭，一边哭，一边喊道："雨寒呀！雨寒呀！是谁这么狠毒害了你呀？是谁呀？"

　　当他打开白布，看到夏雨寒惨不忍睹的面容时，竟然像女人一般拍打着地面，哭的声音更加凄厉。他的外孙女的面容，他也看见了，胸膛起伏着边哭边喊道："谁这么狠呐，连孩子都不放过呀！"

　　站在他身边的冯雪泪如雨下。

　　肖德方、陈长东两人搀着他站了起来。他双眼挂着泪珠，看着周围的人，又把目光收回到地下的两具尸体，摇着头，拍着肖德方的胳膊连连说道："雨寒死得太惨了。"

　　接下来，他悲戚的表情好像不那么严重了。他看了看周围站着的警察，还有冯雪，以及其他人，像是半鞠躬似的说道："谢谢你们了，谢谢你们了。"

薛健成的一切举动，都没有逃过常小青和高战的眼睛。因为他从悲痛的状态中转换得太快了。

常小青和高战从屋子里走了出来。

常小青边往警车跟前走，边对高战说道："赵志刚来电话了，说在青山市找到石有昌了。石有昌提供了一个人的线索，说不是本地人，有五十多岁的样子。因为下雨穿着雨衣，脸没太看清楚。看来这个线索挺重要，一会儿我把石有昌的询问笔录给你传过去。已经是连冻带熬二十多个小时了，我让李响过来了，让他替换你一下，你也够累的了。"

李响是前年春天从基层派出所提拔到刑侦大队副大队长岗位的。

高战点了点头，然后跟常小青说道："我还能顶住。刚才给你传了询问陈长东的笔录。他也给我提供了江门市一个叫金玉的人，是个朝鲜族人，同死者夏雨寒有过不同寻常的关系。

"据陈长东说，金玉特别恨夏雨寒。因为夏雨寒骗了他很多钱。看来，夏雨寒这个女人背景很复杂。陈长东和金玉一起替人包打松塔赚钱，就在夏雨寒被害的头两天二十三日头午，没说出什么理由就走了。其间，陈长东给他打电话，总是关机。二十六日那天得到夏雨寒被害的消息后，陈长东还给他打了个电话，金玉听到后，很冷淡，而且说'是吗？这个狐狸精该死！'。再后来给他打电话，都是关机状态。"

常小青听完高战的话后，寻思了一下，说道："你说的情况非常重要，还有技术科、法医，以及赵志刚得到的信息和证据，大伙有必要坐下来捋顺一下，再作决定。赵志刚正在往回赶，我告诉他，直接到局里。"

高战点点头："我赞同你的意见，各部门坐下来汇总一下得到的证据和信息，能够有个明确的方向。"

常小青显出满意的神色，又看了看高战，指示道："待一会儿，你再和姓薛的谈谈，或许能多了解一些夏雨寒和其他人的不为人知的故事。"

高战点头。

明媚的阳光，毫不吝啬地挥洒在野猪养殖场的院子里、房顶上、已近枯黄的草丛树丛中，也没撇下那几辆警车。一宿被露水打湿的车身，雾气飘散后显得很洁净，阳光照射下有些刺眼。

警车的车窗是打开的，阳光和清风一起涌了进来。

警车里，驾驶员的座位是放倒的，高战两腿跨坐在座椅上，面对着后座右窗边下坐着的薛健成。副驾驶上，坐着腿上架着笔记本电脑的小徐子。

五十六岁的薛健成，脸色偏黑，头发有些蓬乱，抬头纹较多又很细密，眉毛浓长而密，像两个茧蛹趴伏在眉骨上；眼睛不大，但却是双眼皮，眼珠子里有些轻微的黄色，很浑浊。由于刚哭过的原因，他眼角还有一些红色，身上穿了一套廉价的灰色西服，白衬衣上扎了一条蓝色带斜纹的领带，白色的衬衣领口处明显有一圈黑色，脚穿了一双黑色的单皮鞋，头发能看出来是染过的，由于时间久了没有再染，头发有些半褐色半黑色，与其所穿戴的行头极不相称。

"薛健成，我是大青山林业公安局刑侦大队长。对你家里出此不幸深表同情。本打算等你能平息内心悲伤时，再找你，但由于案情需要，只得现在找你，了解一下你爱人夏雨寒的事情，希望你能理解。"高战先开口了。

其实在谈话之前，高战已经给刑侦大队内勤打了电话，要求把薛健成的自然情况和社会关系尽快传到他的电脑里。

薛健成脸上的悲伤看起来已经没有多少了，听到高战的话，摇着蓬乱头发的脑袋，似笑非笑地回道："我理解，我理解。你们当警察的辛苦了。我没想到突发这样的事，到沈阳还未结算完账，就接到你的电话，然后匆忙赶回来了。"

高战看了他一下，像唠家常似的说："是吗？那可够辛苦的。你这次去沈阳什么时间走的？听肖德方说，到沈阳卖猪去了。是你自己去的吗？"

薛健成回答："我是二十五日上午不到十点，装了十七头野猪走的。那边客户着急，我也着急。再一个他们说好了，以前欠的猪钱，这次一起都结算了。我和两个长年在我家打工的老许和老邱头，我们三人一起去的。"

"老薛，你老婆夏雨寒在她没有遇害的前些日子，你有没有发现什么异样的事情，或举动？她和哪些人有过接触？"高战正式切入主题。

薛健成想了想，回道："我也没看出来她有什么不一样的。我很少管她的事，她也不用我管。她和谁接触，我也懒得问，她也反感我问，我也更不愿意问。"

高战听到他说的两口子却宛如陌生人的话，心里有些黯然。"老薛，那你跟我说说，你和夏雨寒是怎么认识的吧？怎么在一起的？你两口子这么多年了，你不会说什么事情都不知道吧。"

高战眼睛紧紧地盯着他。

薛健成瞅了瞅车窗外，像是不慌不忙似的，右手从兜里拿出了一盒软包中华烟来，先拿出了一根，递给高战。

高战摆了摆手，算是对他的拒绝。

他把烟收回，放到自己嘴上，拿出了一个一次性塑料打火机，悠然地点着了，一股蓝烟挣挤着飞出窗外。

高战虽然内心对他这个小小的举动有些反感，但脸上的表情仍然没有什么变化，脸色平静地等着他说话。

第十五章 线索迷离

薛健成深深吸了口烟,长长地吐出来后,才像回忆似的和高战讲了起来。

"高队长,不怕你笑话,我俩是在网上认识的。应该是二〇一〇年秋天的时候,也就是这个时候。对,就是这时候,还记得我邻居去打松子嘛。

"我是个买断工龄一次性安置的林场工人。那时我离婚两年多了。在没有干这个野猪养殖场的时候,平常也没有什么活干。春秋两季,那是山里人最忙的时候,也是最赚钱的季节,我也爬不了树,哈不下腰,出不了那个力气,不怕你笑话,我的兜里真的比脸干净,一包六元钱的长白山烟都买不起。认识的人都借遍了,反正是一次借的不多,多了人家也不会借给我。

"有人跟我说,现在的人们生活都提高了,那些有钱人都喜欢吃野味,家猪肉不是那么让人太待见了。人家都养殖什么山鸡、林蛙、鹿、野兔子啥的,你不会也养点啥?我还真就上心了,也是没钱憋的。我就上网关注适合山里养殖这方面的资料,还真查到了。是黑龙江省五常县一家野猪饲养场,人家给传授经验,低价卖给你猪仔。我就和他们在网上联系上了,和他们说,有意愿也想养野猪。他们还真把有关资料寄来了。我就东凑西借,林场还给一些扶持——这个场子就是林场提供的。在二〇〇八年就干上了野猪养殖场。该说不说,还挺顺当的,第二年就见利了。逐渐规模开始扩大,一年能见着十几万。

"人有点钱了,就开始嘚瑟了。起先没钱的时候,什么都不敢想,后来不仅敢想了,还敢干了。离婚这么长时间了,也怪寂寞的,又想女人了,想有个家了。本地的看不好,外人介绍的看不上。没结婚的,岁数不是小,就是个性太强,咱也不敢要。有朋友告诉我说:'你怎么那么笨呐,你在网上能找到养野猪的买卖,你也一样能在网上找个老婆呀。'我还真听了他们的话,就下载了一个相亲软件,我都是找本省的,最好是本市的,但不是青山县的。上了不到一个月网,就认识了夏雨寒,一个月后便牵手了。那时候就想,网络这东西真是好,什么都能解决。"

说得口干舌燥的薛健成,总算停下来了,却又从兜里掏出烟抽,似乎在为下一段开讲做铺垫。

高战一看他这架势,心想,这个家伙怎么这么能白呼,跟陈长东一个德行。得赶紧把他领到主题上来。

想到这,高战先问道:"薛健成,你刚认识夏雨寒时,她多大年龄?网上谁先提出见面的?第一次是在哪见的面?"

薛健成回道:"我四十八岁,她四十四岁,我先提出和她见面的。起先她很犹豫,不愿意。我也犹豫。有人告诉我,有些网络头像都是假的,女头像其实是个男人,不是男人也是长得死丑,还有的是骗你钱的。"

高战不再让他扯到别处去,又追问:"我也知道那个软件,里面的女人不止一个呀,你怎么就看好了夏雨寒呢?"

薛健成很干脆地说:"漂亮呀,她的头像真漂亮,那么些女人在那个网上,她是最漂亮的。哪个男人不喜欢漂亮女人呢?"

高战又直接问:"那就讲讲你俩是怎么见面的,在哪见面的吧。"

薛健成回答说:"起先她怕我骗她,我也怕她骗我呀,最后她邀请我到江门市去见她。她约我在长白山商厦东门邮局门口见面,她告诉我,到时候她穿着红色的风衣、蓝色的牛仔裤。我也想了,等我去见她时,大老远给她打电话,要是像人们说的那样骗人的情况,我就断联,就完事了。所以我就去了江门市,也真见着她本人了。"

高战未等他继续长篇大论,紧接着又问:"你们俩什么时间登记结婚的？你俩在一起感情怎么样？过得还好吧？"

"我俩没登记。到现在就是这样一起搭伙过的。什么感情好坏，也就那么回事吧。在一起过呗。"薛健成脸上的情绪一下子变得有些愠怒和无奈的样子。

"你的话里，好像不是你所遇见倾心漂亮的女人应该说的话呀。有什么苦衷吗？"高战继续跟进。

薛健成耷拉着脑袋，看起来挺凄然，停顿了一会儿，才说道："女人漂亮真好，可是人得和你一心过日子呀。才在一起，两三个月时间还可以，再以后就变了。"

二

"说说，怎么两三个月后就变了的？"高战继续问。

薛健成叹了一口气："我和她交往以后，她和我提出了她的要求：不要干涉她的自由，不要打听她的隐私。她还有一个姑娘，姑娘也快有孩子了，她还有一个老爸有病，病得还挺厉害的，老的小的都得靠她照顾，不能有什么怨言。家庭的收支要归她管理，我需要时向她要。还有个最最重要的是，她的身体不允许男女的事太频繁，她愿意才可以，要是强来她就走。"

高战笑道："这不是很正常吗？谁家过日子不都是有一家之主吗？再一个，你说的男女之间的事，那也不能没完没了吧。"

薛健成摇了摇头，叹着气，说道："我当初也是这么想的。一个男人毕竟没有女人心细、仔细，过日子粗心大意的，一个男人总不是个长久之策，所以找个女人也是这个打算。再一个，人家长得那么漂亮，我要模样没模样，就是手里有几个钱，也不是太多，让她把持着也放心，也可以说是心甘情愿。可是过着过着，就不一样了。

"她一来,我就把手里几十万元钱交给她了,她也没表示出高兴,还是不高兴,反正看起来像是应该的。我把这几年赚的钱,都交到她手里。她存在哪家银行,我都不知道,更别提她设定的密码了。我管她要点钱,她算计得特别精细,肯定丁是丁,卯是卯的。唉!我都忍了。她说那个男女的事,是她规定的不能频繁,可是也不能一个月就给你一两次吧,和没有女人有什么两样。说白了,根本就不一样,没有也就熬过去了,有了一个漂亮女人,就在你边下,还不让你碰,那就是折磨人,后来我俩就分开睡了。

"这下好,女人没有了,经济上我现在就是个穷光蛋。就剩下了这次卖猪的和赊欠我一共不到十万元了,还有些债还巴还巴就没有多少了。干了这么些年,又回到了解放前。"

高战继续问:"你俩在一起过日子这么些年,她都在家吗?没有人交往?不出去吗?"

薛健成点了支烟,面无表情地回道:"她也不太过问养猪的事,就宅家里看电脑。不过,要是秋冬两季向外售成猪时,就特别精细,账算得特别精明。我要是想私自留点钱,几乎逃不过她的法眼。她也出门,都是回江门市,说是看她姑娘。小莲儿生下不到一年,她就给抱来了,年年都在这儿。莲儿只认她的外婆,而不认识她的娘了。要不就到 R 省的老家时候多,那么远的路程,几乎一年去一两趟。这几年去得更频了,那么远,得花多少钱呀?可是,我也不敢多问,问了也是轻描淡写的,说看她爸爸,需要钱治病。"

高战又问:"你这些年赚的钱,都给了她,钱的去向,你就一点不过问吗?"

薛健成回道:"也问,问她,就说她的老爸做心脏支架用了多少多少,她女儿用了多少多少。反正理由满满。你再问急了,她就生气地说：'你要是不相信我，就散伙。'我又舍不得她。唉！这个娘们简直就是个妖精、狐狸精。我是让她榨干了。"

高战手机震动了一下，他看到是常小青给他发的信息：老袁告诉，尸体不需进一步勘验。

高战扫了一下已经没有什么表情的薛健成，说："老薛，人死了不能复生，办理丧事是你眼前最重要的事。"

薛健成脸上的表情仍然没有什么变化，淡淡地撂了一句，像是得到了解脱："明天就送火葬场。"

车在道上飞速地行驶着，常小青的大脑也在快速地思索着。

自从接到报案，自己带队到葫芦头沟的野猪养殖场已经二十个多小时了，兄弟们"饥寒交迫"地履行着自己的职责。

金玉真的是凶手吗？复仇何必要等待这么长时间呢？在现场发现两个人的脚印，难道凶手是两人吗？这么多的村屯里，难道就没有见色起淫的人吗？盗窃杀人还是共同杀人？

大青山林业公安局小会议室里，坐满了着装的警察。常小青坐在长条椭圆形会议桌子的把头。他的眼皮明显能看出有些浮肿。桌子两面分别坐着高战、赵志刚、于晓辉、李响、高峰，刑侦大队各小队队长，技术科的尚科长，袁法医，还有各科室主要负责人，共计三十多人参加了会议。

赵志刚和林子剑在他们还没到前，已趴在桌子上睡了一会儿，两个人的眼睛仍然还有血丝。昨晚每个出警的人员都是一脸倦容。

常小青看到大家都到齐了，便清了清有些沙哑的嗓子说："各位辛苦了，大家为了野猪养殖场杀人案忙活了三十多个小时。这是几年来，我局还有青山县整个地区，发生的唯一恶性杀人案，而且是被害两人，性质特别恶劣。同志们，办案必须靠证据来支持。现在我们就汇总一下所有的人证物证，逐个查验和甄别，科学地分析和判断,使我们的侦破有个明确的方向。所以,请大家畅所欲言。"

常小青讲完后,看了看身边坐着的高战。

高战也没推辞和客套,憨憨地笑了笑,带着疲倦的神色,翻开了桌子上的笔记本,说道:

"昨天下午两点零一分,刑侦大队接到一个凶杀案报案。死者为两名女性。一个今年五十二岁,名叫夏雨寒,原籍 R 省 S 县人,现籍江门市人,现居住在青山县江新区,是大青山林业局职工家属。死亡时间为八十到九十小时之间,尸体已开始腐胀并发有臭味。死者的鼻子还有左耳左乳头被老鼠啃噬。

"另一死者为夏雨寒的外孙女,今年四周岁,其脖颈被外人所掐,留有紫色痕迹,死亡时间与夏雨寒相同。"

高战一边讲着,投影上不断显示他讲的有关内容及证据。

高战讲完,技术科科长老尚翻开了面前的笔记本,影屏上显示出脚印和指纹数十枚照片。

他讲解道:"现场发现了致受害人死亡的手斧一柄。从现场上采集和提取了二十四枚指纹,二十七枚脚印。影屏上纹络较宽纹楞很深的旅游鞋十六枚脚印,是分别在外屋、里屋、受害人头部和胸部及地面处提取的,还有两枚是在现场外被药死的狗旁水泡子土堆上提取的。余下的水田鞋的十一枚脚印,外屋和里屋都有。

"大家请注意,通过勘验,我提出三个现象供大家参考:一是衣柜有翻动的痕迹,在衣柜的门上和把手上都发现了指纹,其中柜子和女被害人旁发现的旅游鞋脚印最多。二是外屋和里屋均发现水田鞋的脚印。而特殊的是,水田鞋脚印的右脚印均有明显残缺,使之鞋纹之间被断开了。三是关于指纹,也确切是两人的,分别提取于里屋门框、外屋门把手、锁头、斧把上、乳房处。指纹有的不够清晰,仿佛是粘贴着什么东西蒙住了,我还在进一步做分析。

"女被害人的外孙女脖子上的指纹也同手斧把上的相同。较为清晰,而不同的水田鞋脚印,只在外屋和里屋门口存在,其他地方未有发现。

"此外,我们还在受害人的右手中指和食指指甲内,发现极少量的晶状物体。我们技术科的小穆正在化验,检验结果可能很快就出来了。"

在场的民警听老尚讲完后,都纷纷小声议论着。

三

常小青看了看坐在桌前的袁法医。

法医老袁拿了一些道具般的东西,走到了投影机小桌子边上。和他一起出现场的小关跟在他后面,女警谭越摆弄着投影机。

投影上能看到现场留下的手斧,他又拿出了一把匕首。匕首是私人自做的。

当看到影屏上的匕首时,到过现场的民警都有些诧异。尤其是高战,一脸疑问,因为他出现场时并没有发现匕首。

袁法医带着一个老花镜,平缓地开始讲解:"昨天出现场,我和小关分别对大小两具尸体进行了仔细勘验,被害人夏雨寒胸部和后脑部两处受创。胸部伤是由利刃所致,后脑部伤是大家看到的手斧砸击而致。受害人没有受到性侵的迹象。大家看到这把匕首,可能提出质疑,因为案发现场并没有提取到匕首。

"其实这把匕首,是我在十五年前出现场得到的,是一起致他人重伤害的案件,凶器就是这把刀。大家可能以为这就是一般的刀,其实不然。这把刀的原件,是一把板锉制成的。

"像这样的板锉,在市场已经停止流通了。因为这样的锉,只有林业工人采伐时，油锯手锉锯才能用到，还是偶尔用到，大多是用普通的很薄的通用锉。林业局退耕还林已经十多年了，已无采伐任务了，像这种锉就已经在市场找不到了。

"被害人胸部的刀伤，就是类似于这种锉制成的匕首所创，与我十五年前出现场是同样的。我要告诉大家的是，犯罪嫌疑人曾经抑或现在，仍然从事与林业有关的工作。

"根据技术鉴定，女被害人是先受到刀刺伤后，脑部才受到手斧的砸击的，间隔得有一小时左右。"

影屏上除了斧头、匕首、毛发外，还能看到死者头部和胸部受伤的不同角度的几张照片，伤口的受创面显示得很清晰。

刑侦副大队长李响提出了一个质疑："老袁，那受害人两处受到重创，哪一处是直接致其死亡的呢？"

袁法医正了正他的老花镜，又指了指前面的影屏："问得好，我现在就回答这个问题。

"倘若没有胸部的刀伤的话，被害人也必死无疑。从影屏上大家可以看到，受害人后脑部遭受的创伤是两次，也就是说，犯罪嫌疑人用手斧两次连续砸在被害人的后脑的。大家都知道，我们的头部最脆弱的地方就是太阳穴，还有就是后脑了。如果没有斧头砸在脑部的创伤，而只是胸部的刀伤，受害人当时是死不了的。

"因为通过检验刀的前锋，是从被害人的心包右处而过，如果及时施救，受害人是完全可以活过来的。如果没有施救，那么最多在数小时内会因流血过多而亡。还有一个情况是，刀伤不是很深，是犯罪嫌疑人没有用力，还是惶恐所致，就靠大家抓到犯罪嫌疑人后才能清楚。"

刑侦大队一小队队长耿涛也提出了个问题："通过尚科长和袁法医的勘验结果，说明犯罪嫌疑人是两人。那么，我想问的是，两个犯罪嫌疑人大体年龄，还有体重，能有个大致吗？"

耿涛是六年前警校毕业到公安局的，今年二十八岁，是本地人。大家都把目光看向技术科老尚。

老尚坐在他的位子上，非常自信地说："根据我几十年来的工作经验，曾经对数千个脚印的搜集和甄别，还有我们现有的甄别器械帮助很大。可以断定，穿高腰水田鞋的人，体重在八十五到九十公斤之间，身高在一米七五至一米八之间。穿旅游鞋的，身高在一米六五到一米七之间，体重在八十至八十五公斤之间，应该是个胖子。"

三小队队长戴雨生又提出一个问题："高队，我们昨天排查嫌疑人所得到的目击人，还从常局那里知道有个叫金玉的，是否和尚科长说的体貌相同？"

戴雨生刚满三十岁，昨天他没去葫芦头沟现场，到居民区搞调查去了。

高战把笔记本合上，然后说道："现在还不能确定。关于赵志刚所长和我从陈长东嘴里得到的两个可疑人，还得根据我们对案情的分析进一步确定。"

常小青看了看眼睛还有些红肿的赵志刚，说道："你先说说，你在石有昌那里得到那个嫌疑人的一些特征。"

赵志刚有些沙哑的声音："我是今晨两点多钟根据常局的指示，先找石有昌。因为他是承包蛤蟆沟的，下雨抓林蛙期间，是不允许外人入内的，只有他和他的亲属，还有就是他所雇用的信赖的人。所以找到他很有必要。

"被害人死亡时间在八十至九十小时，正是二十六日晚下雨的时候，也正是石有昌带人抓林蛙的时候。我们在青山县一个居民小区找到了他。他提供了一个和尚科长描述的穿高腰水田鞋脚印相似的人，穿着连帽长雨衣，一米七五以上的身高。由于下雨，相貌没有看得太仔细，只看到了眼睛，口音跟我们没有什么不同。但让人很可疑的是，正是抓林蛙的时候，此人手里什么家什也没拿。

"石有昌问他，他说不是抓林蛙的。石有昌看见他手里什么也没拿，也就没太在意他。石有昌还强调，他不是林场和周边村屯的人员，他是从小道往水泥公路去的。那个小道，就是常局还有报案人肖德方走过的那条小道。对了，石有昌说，听到摩托车的声音，也是往大道去的。"

会场气氛有些高涨。因为终于得到了一个令人鼓舞的信息，一天一宿没白忙活，犯罪嫌疑人有可能很快露头了。

这时，李响副队长又说了自己的疑问，并提出自己的推理："赵所长提到的人，是值得怀疑的，不仅仅是他的相貌体征相似，关键是大雨天人们都忙活着，他啥也不做，到葫芦头沟干什么？下雨天也不可能去看光景吧。还有他的口音，与我们相似，难道这个人就是我们本地人吗？现在到我处来搞副业的外地人很多，搞副业，抓林蛙，骑摩托车，很正常。他啥也不干，骑摩托车能干什么呢？而且还把摩托车放在小道里面，为什么不骑着？宁可被雨浇着走呢？

"从这一点上，能说明一个问题：那就是他离案发现场所居住的地方，不是很近。这就证明了石有昌说的，他不是本地人。我以为下一步，要以查找此人为最大突破口。我怀疑他就是凶手。"

会场里的人们纷纷议论着，不少人赞成李响的推断。

可是，接下来高战的一番话，又让大家进入了沉默和思索。

高战说："请大家仔细看看，我传给你们电脑上石有昌讲述的这个人，体貌特征是相似，可是他有个最大不相似的地方，那就是他穿的鞋，是咱们老百姓只有上山和抓林蛙时才穿的水靴子。完全和案发现场的两种脚印不相同的。所以，倘若我们把他作为嫌疑人，有没有再让我们信服的证据?"

一直在桌子把头坐着未吱声的治安大队大队长宫战,这时说话了。

"我觉得李队说的有道理。我认为这个人应该作为我们全力调查的对象。别忘了,大雨天他是骑摩托车的,什么不干,大雨天骑摩托车出来能干什么?穿着水田鞋却不抓林蛙,不搞其他副业。不能因为鞋印不一样,就放弃对他的怀疑。他完全有可能摩托车上带着鞋换了呢。'事出反常必有妖'啊。"宫战的话直击要害,又鼓起在场民警高涨的情绪。

常小青认真地记录着。

每遇到大要案时,他总是愿意这样和有关人员坐在一起,见仁见智地发表着对案情的分析、审视、判断的真知灼见。他知道大家都很敬业,自信心也强。尤其大多数九○后,不仅专业对口,更是精明强干,聪明睿智;有了案子时,都是当仁不让,各显其能。

常小青这种遇见大案要案必定集思广益的工作习惯,潜移默化地影响着各科室大队及小队的工作作风。

常小青静静地听着下属的发言,敏锐地捕捉着对案情有着关联的信息。最后,再由他来把握方向,敲定对策。

常小青提高了一下嗓门:"看来,大家对石有昌提供的嫌疑人,都有着统一的怀疑。现在我们就尽快落实对此人的查寻。石有昌不是说此人不是本地人吗?从两个方面,我也相信石有昌说的话,一是石有昌在此地居住几十年了,又承包蛤蟆沟十几年了,他熟知的人可能要比我们熟知的多。二是此人和老尚描述的在现场提取脚印的嫌疑人相同,另外就是他什么都不做,大雨天还骑着摩托车就不正常。关于鞋印不要太多地纠缠,凡是嫌疑人要预谋杀人,他也会做好准备的。"

正说着,技术科内勤穆海明敲门进来了,他满脸兴奋,手里拿着一张纸。

他直接奔到老尚身边,高兴地说:"尚科长,我从被害人指甲里的微弱颗粒中,通过化验,发现这极小的微粒,就是咱们常见的松脂,也就是我们平常说的松树油。"

松树油又名松脂、松香,是一种重要的化工原料。通常东北地区生长的针叶树种类才有,红松树由于材质特殊,松脂生产最多。

大伙一听,没有不兴奋的。

尤其常小青、高战的脸上更是露出未加掩饰的兴奋表情。因为松脂的出现,大大缩小了犯罪嫌疑人的范围,为下一步寻找嫌疑人指明了方向。

长白山地区的秋季,是松子丰收时节。打松子和给人背松子,是人们秋季收入最高的一种行业。嫌疑人肯定与松子有关,从中还能断定被害人曾与嫌疑人有过拉扯行为。

可以肯定现场发现的两个嫌疑人,都和松子有关,无论被害人手指甲中留下的松脂,是与哪个嫌疑人拉扯所留下的,只要抓住一个,此案就会有重大突破。

除了继续对周边外来人口和从事松子行业的人进行调查外,常小青和高战都心有灵犀地想起了一个人。

四

这个人,就是陈长东提供的江门市的金玉。

金玉不正是和陈长东一起给别人打松子吗?他与被害人有着情感、金钱方面的纠葛和矛盾,此矛盾让金玉对被害人夏雨寒恨之入骨。

陈长东将夏雨寒被害的消息告诉他后,他竟是有所预料般幸灾乐祸,竟然电话关机,到现在还没有恢复。而且被害人死亡时间,也正是金玉不告而别的时间,体貌特征又那么相似。金玉与被害人的种种疑点和行为,不能不让人把他作为怀疑对象。

常小青先开了口:"我看现在是该找到这个人的时候了。马上派人去江门市。先找到陈长东,由他带领我们的人去能更快些。陈长东现在应该在医院处理被害人的遗体吧。高队,你看让谁去?"

高战顿了顿,说道:"还是我去吧。"

常小青摆了摆手:"家里还有很多事靠你,让李响去吧。让他挑三个昨天没到现场的人去。"

这时,始终没吱声的主管森保的副局长高峰说话了:"常局,我虽然主管森保,现在森保的事也不多,我请求常局,由我带领李响他们去趟江门市,找到那个叫金玉的人。"

高峰话音刚落,常小青立即答应道:"那太好了。"

常小青接着说:"我正在想,咱们到异地办案,得与兄弟单位打交道,高峰局长无论是经验,还是级别,都太合适不过了。有什么事,随时给我打电话。"

高峰于是拿起桌上的电脑起身,和李响急忙走出了屋子。

常小青看着两人的背影,又看了看刑侦大队长高战,笑道:"我们公安局两个姓高的,在咱局里又都很出色,真可谓'南山与秋色,气势两相高'啊!"

常小青返回正题,对大家道:"还有没有什么其他想法?"

高战道:"从现场勘查,技术科和法医鉴定,我推断,那个身高的嫌疑人应该是先进屋的,矮胖的嫌疑人是后进屋的。用匕首伤害被害人的是高个嫌疑人,用斧头的是矮胖嫌疑人所为。女被害人身体的创伤是有时间相隔的,这也是技术鉴定出来的。

"案发现场有翻动的迹象,那不是图财害命又是什么呢?要是因情杀人,通过尸检受害人并没有受到明显的性侵,只是其胸部留下几枚不清晰的指纹。"

高战话刚落,尚科长带着兴奋的语气说道:"这回我明白了,为什么在锁头上、斧把上、被害人的胸部和柜子的把手上发现的指纹不明显,就是松脂的原因。松脂沾到手上,是很难洗掉的。有的人一天劳累下来只是简单洗一下手,第二天还得继续上树或者背运松塔,所以留下的指纹不清晰,就可以合理地解释了。"

法医老袁又说:"没有性侵迹象,也不能否认与情杀有关,或许与情有更深厚的关联。别忘了,现场是两个人留下的脚印。"

常小青也对下属的判断提出了自己的看法:

"大家说的都有道理。但是大家一定要注意的是,穿着水田鞋鞋底有痕迹的犯罪嫌疑人只在里屋与外屋近门口处留下了脚印,指纹也是在里外屋门框和把手提取的,其他地方没有提取到,也就是说,他与盗窃钱财没有关系。

"但他与女被害人绝对是熟悉的,甚至是亲密的。不然,女被害人不会裸着下体给一个男人开门。因为通过技术鉴定,穿水田鞋的嫌疑人是先进屋的。

"那么,穿旅游鞋的第二个犯罪嫌疑人就不同,他是既图财又图色了。因为女被害人胸前留下的指纹和屋内柜子上留下的指纹、脚印,就已经说明了这一点。现在,我们已经知道了此案有三个动机都可能存在。即情杀、图色害命、图财害命都有可能。

"既然三种可能性都具备,我们今后的侦查方向,应该从查找与被害人关系亲密之人,还有本地打松子的人着手。

"我们现在已经有了嫌疑人的大体体貌特征,要和现场提取的脚印串联起来一同查找。高队,你看下一步怎么安排部署?"

高战胸有成竹，回道："我打算，会后就派人在葫芦头沟林场和附近村屯查找从事打松子的作业人员。还有，从被害人的电话记录本中，甄别与其有关联人的信息情况。现正在进行中，也很快会出结果了。

"这个夏雨寒很奇怪，她竟然没有下载现在人们常用的微信、QQ、微博等软件，电话号码也仅有37个。她似乎在刻意隐瞒什么，让人琢磨不透。我还准备从她家搜出的银行卡、相册中进行查找。

"对了，石有昌说嫌疑人是骑着摩托车上的公路，有没有必要马上与公路段联系一下，查找一些监控记录？"

常小青接过高战的话："现在查找摩托车，我看为时还早，一是不知道摩托车的型号，二是不知道这摩托车是嫌疑人自己的，还是偷来的。虽然石有昌听见了摩托车的声音，他也没亲眼见到，那天骑摩托车抓林蛙的人很多。这样，等高峰局长那头有了信息再定。我们的主要精力，先还得放在指纹、鞋印、经营松子，查找犯罪嫌疑人上面。"

高战点点头："那我马上布置。"

常小青又看了看大家，见再没人说话，便把胳膊放在桌子上，双手交叉，语气沉稳地说道："下面，我说说成立此案领导小组的情况。为了尽快破获此案，也是为了加强协调各小组的工作，更好地统一指挥，局里研究决定，成立专案领导小组。组长由我担任，副组长由高战队长、技术科尚小强科长担任，成员是刑侦大队三个小队各一部分成员。胜利派出所所长于晓辉、龙湾林场派出所所长赵志刚两位同志随时听从专案领导小组的调动。因为此案在你们辖区内，你俩责无旁贷。此案定名为：'10·26'案。我的意见，专案领导小组整个成员不超过二十人。"

对于林业公安来说，很少遇见像"10·26"案这样的大案。毕竟林业公安都是以林业资源保护为工作重点，就是有案子，绝大多数都是治安案件，也都在林场之内。即使发生了刑事案件，由于户籍管理的因素，都是县、市公安局处理，林业公安也就是作为辅助力量。

而"10·26"案，正赶上县、市公安局打击黑恶势力犯罪的统一行动，所以该案便由大青山林业公安局自行侦办。

当人们都走出屋子了，龙湾派出所的内勤林子剑好像有什么事想要说，却又犹犹豫豫、欲言又止的样子，眼睛看着常小青。

常小青一抬头看见他，笑了，想起了什么，说道："对了，我差点忘了答应你的事，林子剑，我同意你到这个案子来。你就跟在我身边，帮我组织材料，跑腿传达，还有一个就是帮老尚的忙，他的任务有些重。"

林子剑一听常小青答应他参加"10·26"案的侦办，因一宿没睡而微显疲惫的脸颊上，一下子兴奋得红光溢彩。他连忙鞠了个躬："谢谢领导信任！"

此时，高峰和李响正在赶往江门市的路上，看着高战传过来的陈长东的询问笔录和从江门市公安局了解的夏雨寒情况。

夏雨寒二十多年前来到此地，是和她父亲从南方老家来的。她在江门市曾经营过一家名叫山菊花的酒店。由于夏雨寒极漂亮，又懂得经营之道，当时非常红火，到现在一些老人都还记着。不过经营了六年之后，原因不明就不干了，又回到了南方老家。

夏雨寒的婚姻非常不幸，在其二十六岁和二十八岁时，有过两次婚姻。第一任丈夫是医生，第二任丈夫在税务局工作，都遇突发事件死亡。回到南方老家后，又重新有了家庭，并有了一个女儿。不知什么缘由，又与第三任丈夫离婚，此任丈夫职业不明。

到了二〇〇七年，夏雨寒又回到了江门市，开了一家"互利你我信息交易公司",与金玉结识。金玉判刑后,她又与现在的丈夫薛健成在五年前走到了一起,二人没有登记。

高峰心想,这个女人的经历和身世可够复杂的,背后还有些什么呢?

他认真看着高战询问陈长东时所得到的金玉的情况。

五

金玉是朝鲜族人,金家独子,原籍黑龙江农村。他有个最大的嗜好——赌博。

本来农村挣钱的进项就少,都是靠着一亩三分地里出钱,能救济他的很有数。恰恰他赌博的水平极其低劣,十赌九输。起先他编造各种理由骗他媳妇,骗他大爷、父亲、叔叔,结果久而久之暴露了自己的恶行。自己家的粮食都当出去换赌资了。老婆不给他钱,他轻则骂不绝口,重则就动手开打。有时候老婆被他打得鼻青脸肿,气得抱着孩子回了娘家。没办法,他再去向父辈老哥仨借,理由编得天花乱坠。三位长辈头摇得像拨浪鼓似的,就是两个字——没钱。要急了,三位长辈都对他恳切地说道:"我们管你叫爹行吧。"

金玉一听这,才算拉倒。要不是他三叔到了江门市种植人参,他后来也去了江门市,他可能永远在老家农村过着人不人鬼不鬼的生活。

金玉和陈长东的人参种植,经历了大起大落、大悲大喜。开始,参价低到白菜价。参农绝望至极时,突然间参价上扬,开始赚钱了。他俩有些晕晕乎乎,喜不自禁。他俩从没有见过这么多钱,四百多万元啊。

在夏雨寒还未离开江门市的时候,金玉和朋友去过几次山菊花酒店，目睹过夏雨寒的风采。夏雨寒对他没有太多的热情，只是作为老板对客户的正常礼仪而已。

二〇〇七年刚刚入夏时节，离开十多年的夏雨寒又回来了。回来后的夏雨寒却变了一个样子，完完全全是个美艳的少妇，珠圆玉润、空谷幽兰、浓妆淡抹、婉约动人。命运之神虽然在爱情上给予她近乎残酷的摧残，却给了她美丽的容貌和曼妙的身材。一个四十多岁的女人，看起来几乎就是二十几岁，脸上根本没有皱纹，皮肤细腻白皙，一颦一笑更具魅力。与同龄女人的臃肿、懈怠、懒散完全不同，她娴雅、成熟、性感，散发着无比妩媚的风韵和神采。

夏雨寒回到江门市一个星期，在市区较为繁华街区租了一个不大的门面，招聘了几个懂得电脑的年轻男女，开了一个名字为"互利你我信息交易公司"，主要是为当地土特产销售提供一个信息交易平台。这可是个冷门产业，发布的各类信息服务五花八门，开了两个多月，生意并没有什么起色，好像她也不在乎。

夏雨寒未离开江门市期间，金玉无论凭借什么条件都不是能让夏雨寒动心的那种男人。

金玉突然间发财，是运气占了大半。倘若不是他三叔让他来江门市，他不会有今天；倘若他叔不死，他也不会有今天；倘若他叔的朝鲜族朋友不是因为韩国有遗产继承，他更不会有今天。

但他，恰恰不知珍惜。

金玉原本好赌成瘾，这回好色又成了花痴。他知道夏雨寒既是一朵雍容华贵的牡丹，也是芳香四溢的带刺的玫瑰；但他不知道的是，夏雨寒更是一朵娇艳欲滴、五彩斑斓的罂粟花，芳香醉人，却有毒。

可金玉他偏偏就要去招惹这朵花。

金玉领略过夏雨寒十几年前的绰约风姿、光芒四射的风采，而此次多年后重见，又让他看到了一个别样的夏雨寒。

夏雨寒二楼的办公室里，夏雨寒坐在褐色的办公桌后褐色皮椅上，清澈的眼睛，精巧别致的鼻子和嘴巴，乌黑发亮的头发，用了一个很精致的蓝色发卡简单地梳卷在脑后，穿了一套得体的浅粉色的连衣裙，一双白色的高跟凉鞋，一条肉色的丝袜，窈窕的身材展露无遗。笑容可掬，举止优雅，落落大方，分别送走了七八个到她这里寻求信息的本地人，还有两个外地客商。然后才轮到等了已经一个多小时的金玉。

夏雨寒回到自己的办公桌后，笑着对他说道："金先生，我想起来，你曾经在我经营酒店时，光临过我的小店，那时候没来得及感谢你。今天你仍然不忘旧交情，用你显赫的实力，来帮助我们这个名不见经传的小店，真是个有情有义之人，让我夏雨寒真的非常感动。"

经过双方协商，"互利你我信息交易公司"向"金玉人参细加工贸易公司"提供国内及国外最超前的商业信息，并有报酬地给予"金玉人参细加工贸易公司"提供其公司运行中可控风险的信息。按照二〇〇八年秋天一吨保证质量的成品人参细加工开始，到三年后即二〇一一年十吨目标为准，利润为"金玉人参细加工贸易公司"纯盈利的百分之十赋予"互利你我信息交易公司"。运行中由双方确定，"金玉人参细加工贸易公司"先给予"互利你我信息交易公司"不同比例的信息预订金。预订金支付，从双方签订意向书开始。而此意向书是要经有关权威部门认定和监督的，是一份完完全全有法律保护的合约。

金玉经过权威公证，先支付给了夏雨寒的信息公司五万元现金的信息预定款。

金玉的"金玉人参细加工贸易公司"是他前三天才办理的执

照。而此次意向书的签订是一边倒的,也就是说夏雨寒的信息公司在今后的运作中毫无风险可言,只是等着赚钱就可以了。

人们都议论说夏雨寒和金玉好上了,有些人见着金玉都打趣他、揶揄他。无非一些男男女女之间的话,他都大大方方欣然接受。

其实,他自己心里最清楚,他连夏雨寒的手还没碰着呢,这是他内心最遗憾、最伤心的地方。

第十六章　证人之死

一

二〇一〇年三月上旬，金玉因犯有聚众赌博，吸毒、容留吸毒人员并为吸毒人员提供场所，买卖毒品，数罪并罚被判处有期徒刑十二年，并处罚金十五万元。

金玉被判刑半个月后，夏雨寒的办公室竟热闹起来了。

来的人都手拿欠账单，纷纷向夏雨寒索要金玉未判刑前所借欠款。其中还有他黑龙江老家的人，因为通过金玉本人和陈长东的吹嘘，老家村子里人人都知道金玉成了有大钱的人。借钱的缘由，都是为了扩大人参种植业和加工业，也不是白借，都是高利息。而本地人绝大多数也是因为金玉有参厂才借给他，并以参厂作抵押的。

可金玉将借来的钱，都用在了赌博和买毒品上了。

十几个债主，合计是四百二十多万元，其中六个人还款时间又大都是春季，其他六七个人的还债时间是秋季。

即使再过两月后能出售参苗时，也卖不上四百二十万元，使大劲能卖上四百万元，那还得欠二十万元。再说还有利息呢，那就远远不止亏欠二十万元的问题了。

人参市场，随着几年前价格的疯长，经营人参的人又多了起来。

物满价低这是市场规律。还一个是,国内市场需求量几乎饱和,逐渐下滑,外商的购买也大都转入韩国。成品人参利润都已经极低了,何况人参苗了。

夏雨寒一看,别提多么沮丧和愤怒了。

但不要忘记,夏雨寒和金玉是有合约的,那就是后来两人又签订的"金玉人参细加工贸易公司"里面有夏雨寒的百分之五十股权。也就是说,四百万有她夏雨寒二百万。夏雨寒是能做金玉人参加工厂的主的。可是借给金玉钱的本地人也都是有背景的,钱不给肯定不行,借债还钱,天经地义。

夏雨寒非常聪明,她到了当地法院,寻求保护她的正常财产不受侵犯。金玉在外所借他人一切债务,与她毫无关系。

法院还真的支持了她的诉求。

二

到了五月份卖参苗的时候,夏雨寒通过法院人员跟随,从整个一千二百多丈人参中,分出了五百多丈,她便低价卖给了曾和她合作过的高建祥。收回了二百一十万元。多出的十万元,她给了金玉可怜无助的老婆。

剩余的五百多丈人参是金玉的,结果被欠账的人们分了。其中还有几十万元没有还清,欠账的人还是没完没了。

至此,金玉的"金玉人参细加工贸易公司"宣告倒闭破产。金玉三叔不辞辛苦远道而来所创下的基业,他侄子运用所掌握的吃喝嫖赌抽五项全能,在七年多点时间里使之烟消云散,荡然无存。

金玉可怜而又老实巴交的老婆,只得到了她当初苦苦哀求自己丈夫所买下的楼房,并作价二十万元出售后,痛哭流涕,几天后与金玉离婚，又回到了她黑龙江农村的娘家。

　　陈长东没有和金玉一样五毒俱全，他只不过偶尔找个小姐放松一下。从金玉给他二百丈人参开始，几年来发展得不错，现在也翻了一番，成了四百多丈人参的小参农了。当年人参疯狂涨价期间，他的收入当然远远比不了金玉，不过他的存款也有了几十万元，也算是个小小的富翁。

　　他有情有义，知恩图报。金玉进了监狱，他每月定时给他汇去三四百元的生活费。金玉老家的欠款，他无偿地也给还了五六万元；金玉他父亲有病，他也给汇去了三万多元。

　　世事难料，金玉竟在监狱里救火救人，拯救了整个监狱。由于立有大功，竟然减刑四年零六个月提前释放。这在他服刑的监狱里，是极少有的例子。

　　金玉回来后，先去了那片曾经属于自己的参厂，如今已是物是人非了。他感到了一种无法名状的悲戚，还有一种无法名状的难以抑制的愤怒和仇恨。

　　他曾在监狱里多次给夏雨寒打电话，都是为了自己参地的事。她听见他的声音，就把电话关了。他还给夏雨寒写过信，全部都石沉大海。

　　回来的当天，他就急不可耐地给夏雨寒打了个电话。

　　夏雨寒听到是他的电话，仍是不冷不热地回道："我现在在外地，回去再说。"

　　金玉不相信她的话，傍晚就去了那个"互利你我信息交易公司"。果不其然，夏雨寒不在。

　　金玉有些等不及了。他回家的第五天，又去了夏雨寒的公司，二话没说，拎起铁凳子，把整个公司砸了个稀巴烂。

　　夏雨寒每个月都去R省，短则七八天，多则十天半个月。

夏雨寒的工作人员报了案，当地派出所找到了出狱几天的金玉，要拘留他，并要罚他的款。

金玉说，夏雨寒骗了他的钱，毁灭了他的一生。

通过了解后，金玉被拘留十五天，并赔偿夏雨寒公司所损坏财物两万元。

夏雨寒从R省回来后，金玉还在拘留所里。

金玉是陈长东接出拘留所的，也是陈长东陪着金玉找到夏雨寒的。夏雨寒的工作人员看见金玉后，便由两个男生一起陪金玉和陈长东进了她的办公室。夏雨寒让两个工作人员回到自己的岗位。

大约半个小时后，夏雨寒送走了金玉和陈长东。金玉一脸怒气冲冲，夏雨寒则是横眉冷眼。

又过几天，金玉仿佛像个无赖，每天都不定时地去夏雨寒的办公室里，不是用带疤的色眼放射着色狼般的光芒，就是没话搭话，说一些不堪入耳的话语。有时还动手动脚，让夏雨寒烦不胜烦，怒不可遏。这显然严重影响了她的正常工作和生活。

夏雨寒中午或者晚上准备回家，金玉就跟在后面。夏雨寒便打消了回家的念头，只能在办公室里住了。

为此，有许多人背后说，夏雨寒曾经被金玉强虏到了一个很隐秘的山庄，随心所欲、心满意足地蹂躏了夏雨寒整整一个晚上。还有人说，夏雨寒返给了金玉一百万元钱。

金玉后来又找过夏雨寒几次，也都是陈长东陪着。

金玉突然发现陈长东和夏雨寒关系不一般。陈长东也把参厂转卖了，金玉问他卖了多少钱，他却支支吾吾，说不出个子丑寅卯来，这让金玉感到莫名其妙和大惑不解。

不过金玉的确沉寂了起来。因为生活所迫，他和陈长东一起跟着别人包打松子，那可是个玩命的活儿，但给的工资高。

金玉回来，债主们蜂拥而至，不给钱就仿佛要吃了他似的。他和夏雨寒要钱，却总是一无所获，连骂带叫地怒气冲冲离开。他管陈长东借，陈长东也拿不出钱来。陈长东诚心告诉他，已经给他还了快小十万元了。

　　他只好东躲西藏，为的是躲债。要债的人没有办法。

　　后来夏雨寒和薛健成交往，到了青山县。

　　金玉觉得生活在这个世界上，已经是了然无趣，毫无生机，不如死了。但在死之前，他一定要复仇，向给了他生不如死的女人夏雨寒复仇。他这样的话，跟陈长东背后说过两次。

　　夏雨寒被人杀害的前两天，金玉不辞而别。正是陈长东和金玉一起到外地给人包打松塔最忙的时候，陈长东把夏雨寒的死告诉了他。他的语气是幸灾乐祸，早知如此，结果一样。后来再打他手机，始终关机，直到现在还在关机状态。

　　二〇一八年十一月一日下午一时，"10·26"案件已经过去四天半时间了。胜利派出所所长于晓辉正和刑侦队的两位同事走访他管辖的村屯、林场的外来人口的信息，尤其对打松子的人员格外关注。

　　他管辖的区域是和外县接壤面积最大的林场，村屯挨着很近，人员相互交叉，走访起来比较繁琐。

　　来到回头沟村走访时，他接到了内勤小顾从所里打来的电话，说是林场工人季挺云的摩托车丢了，到所里报案来了。季挺云是林场的下岗工人，每年靠打零工维持生活。

　　于晓辉问："是什么时候丢的？什么型号的摩托车？在哪丢的？"

　　小顾在电话里回道："老季说，是在葫芦头沟和胜利林场交界处小道里丢的，是二十六日晚上下雨抓林蛙丢的，是重庆嘉陵摩托2000，已经丢了四天多了。"

于晓辉立刻把季挺云丢失摩托车的事告诉了高战。

他向高战提出了自己的怀疑：有没有可能石有昌看见的那个陌生人骑的摩托车是偷的季挺云的？

于晓辉的电话内容，几分钟后常小青也掌握了。

常小青当即在电话里指示高战："现在有必要到县公路局协调，查找路上设的监控录像。无论是往江门市方向的，还是往青山市方向的，都要查。主要查那天晚上十一点到凌晨两点之前，嘉陵2000摩托车的过往记录。"

常小青的办公室里，阳光从两个大窗户毫不吝啬地照了进来。

"我已给江门市兄弟单位打电话了，根据陈长东提供的金玉住址先摸摸底，可是现在也没回电话。现在高局长他们还没有信息，不如咱们先查着。"常小青解释道。

正说着，林子剑敲门进来，手里拿了个笔记本电脑。

他带着特有的羞怯说："常局，我把你电脑里面的文件重新归档和归置了，这回你再打开，就一目了然了。"

常小青十分满意，又拨通高战的电话："你派人去县公路局协调查寻摩托车的时候，叫上林子剑，这小子心细，而且脑袋灵活。"

林子剑听到常小青又给他分配了任务，脸上露出兴奋的神情。

常小青双手交叉在胸前，看着外面已是天高云淡的景象。他心想，还有不到两个月，二〇一八年就要过去了，二〇一九年就要来到了。

而"10·26"案什么时候能告破？

作为一个警察，常小青最懂得案子在侦破中，有时会变化无常的。看似迷雾重重，扑朔迷离，或许一个转念、一个巧合、一个不经意间就变成了云开雾散，水落石出了。看似柳暗花明、水到渠成，可一个无意间的疏忽，就可能导致山重水复、功败垂成。

常小青回到办公桌子前,翻看着他的电脑里面"10·26"案件所储存的各种图片、询问笔录、勘查记录。

他始终觉得,夏雨寒的身世,有种说不出的谜底需要解开;她的变化,有些让人难以理解,尤其是在她离开江门市前后的对比变化。

曾经一个娇艳可人、风情万种、八面玲珑,让男人们欲罢不能的女人,在选择爱情方面却朴实得令人感叹。当离开江门市十年后,重新归来时,她已经有了女儿,选择的感情生活却是与曾经不屑的男人在一起,而且还不时地与其他男人有着不清不楚的感情纠葛,如金玉、陈长东,以及现在的所谓丈夫薛健成。

好像这些男人都对她有着负面的评价和感慨。她的电话只有37人,微信、QQ、微博这些普通人常用的交流平台她一个都没有。

看来,有必要查查她在R省具体的身世,她的丈夫、她的父亲,先等等反馈上来的信息再决定吧。

中午,专案组的各小组成员都简单吃了点饭,在家住的也匆匆吃完饭返回公安局,大家没有休息,神情专注地扑进此案中。

下午四点三十分左右,常小青的电脑传来了阅览文件的提示音。

他打开一看,是老尚发过来的,查寻被害人夏雨寒的手机、电话号码情况,一共37个手机号码,绝大多数是野猪肉买卖客户的,本省和辽宁省的居多。三个电话来自江门市,是女儿冯雪,姑爷陈长东,还有一个就是金玉。

此外,有两部电话是南方R省T市的,一个是被害人父亲夏启德的,还有一个叫冯承夏的。在被害人死亡前两天,也就是二十四日上午十点零七分打进过,通话时间是三分零六秒。

还有一个电话,分别在二十二日上午八点三十二分,二十三日中午十一点零五分从江门市打进来,两次通话时间总共才二分零三秒。给此号码再往回打,电话是关机状态。通过陈长东提供的电话号码,查出两次电话都是金玉打进来的。

其他的电话,都做了查证,持电话的人都有不在现场的证明。

银行卡有三张,分别是工商银行、农业银行、招商银行,都是本省办理的。其中工商银行和农业银行是一九九八年启用的,在后期就很少使用了。招商银行这张卡是二〇一一年启用的,刚启用就一次性汇出了二百四十万元。大笔的资金都是由此卡汇入R省T市一个招商银行账号里,十几年时间合计从此银行卡里汇走了三百四十万元。经当地公安机关认证,此账号的名字叫夏启德,是夏雨寒的父亲。

常小青通过银行卡,终于查到了夏雨寒、金玉、陈长东、薛健成的钱的去处。

他在思索,夏雨寒父亲病得如此严重吗?做心脏病支架需要那么多钱吗?还有,金玉给夏雨寒打的两次电话都说了些什么?金玉又想要干什么?

三

金玉在其租住的房子里被人杀了。

二〇一八年十月三十一日下午五点二十七分,常小青接到了高峰从江门市打来的电话,获知金玉被杀的消息。

他顿时震惊不已。

经过江门市公安局刑侦大队近两小时的现场勘查,证实被害人就是金玉。通过他兜里的身份证,查明了他的身份,同时也知道了金玉因吸毒贩毒曾被判刑十二年,因在狱中表现良好并有特大立功表现于二〇一二年提前四年零六个月被释放。现在金玉靠领取最低保障生活，每月最高领取八百四十元生活费，也是江门市最高的低保金额。被害人至今未有正当职业，一直在给他人打零工。

勘验结论如下：被害人金玉是被匕首利刃状利器致死，致死部位是其心脏两次受到刺伤。死亡时间五十到六十小时之间，也就是二十九日晚上十一点至下半夜凌晨一点之间。死亡之前，处于饮酒过量的醉酒状态中，犯罪嫌疑人先用枕头捂住被害人的嘴鼻，然后用匕首状利器刺其心脏，心脏流血过多致其死亡。

整个屋子里没有任何翻动，完全是直取被害人性命。被害人没有任何挣扎和反抗的迹象。

现场没有找到凶器，更没有找到嫌疑人的指纹，只在外屋和内屋的地下，找到了十几枚现在人们都穿的平底水田鞋的脚印，鞋的号码在四十五至四十六码之间，体重在八十至九十公斤之间，个头在一米七五至一米八之间，是个很壮实的大个头。

图财害命已经排除，屋子未有翻动是一个证点，还有一个是被害人灰色衬衣兜里揣着的刚发没几天的低保补助七百三十五元零三分。

是因为债务纠纷吗？江门市公安局刑侦大队调查了被害人所欠债主的名单。在二十九和三十这两日，这些债主都有不在现场的证明。

金玉自从提前释放回来，已经近六年了，没有与别人发生矛盾而被法律机关处罚的记录。只有他刚出狱时，因为怨恨夏雨寒而把办公室给砸了，被拘留十五天，赔偿受害人经济损失两万元的记录。这两万元还是陈长东讲情，夏雨寒收了陈长东拿的一万五千元了事。已经过去了五六年了。现在夏雨寒已经死亡几天了，是夏雨寒的亲属干的吗？夏雨寒的丈夫薛健成一直没有离开大青山林业局，陈长东就在眼前。

令人沮丧的是，犯罪嫌疑人的行踪与下落难以找到。被害人租住的房屋本来就属于郊区的郊区了，根本没有像市里那么多密集的监控摄像头，离着现场最近的摄像头是个加油站，也得三里多地。而且从这里出来的道路都是小土道，四五条都可以进市里，都是八九里地的样子。来这租房的人就是图这里租金便宜，宁可走也不会打出租车。

最让人困惑的是，现场没留下任何指纹，就连里外屋锁头上都没留下，完全有可能是戴着手套作案，也就是说犯罪嫌疑人是有预谋的，杀死被害人后还从容地把里外屋的门都锁上了，钥匙却不知去向。

江门市公安局刑侦大队各辖区派出所全部出动，在全市寻查嫌疑人的踪迹。

十一月一日上午十点，高峰将金玉被害现场勘查资料、金玉所有手机通话记录，以及从金玉家中搜出的所有物证发给了常小青。

那个姓付的小队长，还把在金玉出租屋里采集到的纸质材料特意传给高峰。

一本三十二开的笔记本，在中间页里记录了金玉在十月份的两次出门。一次是十月二十三日，他到曾经帮人打松塔包工头姓王的人家算钱，因为太累他半路不想干了，姓王的不给他钱，领着其他人还给他好顿揍，把胳膊给打脱臼了。后来那个姓王的包工头唯恐事态扩大，就违心地给了他一些钱，但比起他心里的预期还差很多。虽然错别字连篇，他在笔记里给人好顿骂，看出来他挺恨姓王的包工头。

从这则记录中，高峰和陈长东才知道金玉在夏雨寒被害时，语言冷淡，还有些幸灾乐祸的语气，然后始终关机的原因。

陈长东虽然和金玉一起给人家打松子，但是两人不在一个地方，相隔得十几里山路，两人都是电话交流。

姓王的包工头也被江门市公安局刑侦大队询问过，姓王的包工头和给他干活的其他人，都有没在现场的证据。

而另一个记录的消息，却让高峰觉得较有价值：我十月二十三日早晨（座）坐八点三十分的江门市到青山市的直通大客，在青山县下的车，（招）找了一个出租车，找到了那个（烧）骚娘们夏雨寒，已经是中午十二点多了。正好她丈夫没在家，就一个男帮工在家，我（关）管他要钱，她不给我，我想睡她，她不让，还打我，她要打电话告诉派出所，我就走了，回到家都晚上九点多了。我肯定不能（绕）饶了她，和这个（烧）骚娘们没完。

在勘查现场，也的确从金玉的裤兜里找到了他到青山县的票据。

四

金玉到底是不是石有昌看见的那个在雨天出现在案发地附近的陌生人？是不是盗窃骑摩托车不知去向的人？是不是"10·26"案的一号嫌疑人？那么二号嫌疑人又在哪里？

金玉的死，让常小青的思维沉入了谷底。

常小青把高峰传到他电脑的资料，也传给了高战。其中那些专业类现场勘查图片，还传给了技术科老尚和法医老袁，让他们也看看其中有没有与"10·26"案相同的地方，是否能找出哪怕一点点端倪和蛛丝马迹来。

金玉的日记，让常小青上心了。

金玉竟然在夏雨寒被害前三天来到过葫芦头沟野猪养殖场，还找到了被害人，并实施了对被害人肢体侵犯的行为。

金玉所说的如果是真的，那么薛健成为什么不如实交代？金玉说的那个男帮工是谁？现在薛健成雇用的两个帮工还都在沈阳，据说就这一两天把账算完就回来了。

有必要再询问一下薛健成。

常小青立刻给高战打了电话，让其再查实一下薛健成这些年有没有什么隐瞒的事情，同时也对薛健成的两个帮工继续查证一下。

薛健成这两天很忙，夏雨寒的尸体火化后，他在大青山南山买了个墓地，把夏雨寒和外孙女莲儿一起埋葬了。

坐在高战对过的薛健成，有些疲惫的样子，本来清瘦的脸颊，长出了黑黑的密集的胡楂儿。

"老薛，我想问问你，十月二十三日上午九点以后你在哪里？"高战单刀直入地问道。

薛健成显得很惊诧的样子，极力地想了想，说道："应该在家的，应该哪儿也没去。"

高战又直接问："你说的是哪个家？是野猪养殖场吗？还是你另有个家。"

坐在高战旁边的刑侦大队一小队张浩正在记录着。他用腿碰了一下正在询问的高战，高战看了他一眼。

张浩努了努嘴，示意高战看一下电脑。

电脑屏右上角是邵东传过来一个提示内容，内容显示：薛健成分别于二〇一六年三月份和二〇一七年八月份，曾因嫖娼被青山县公安局红旗派出所分别治安罚款三千元和五千元。还有人证实，薛健成在青山县红旗街道有一个女人和他在一起多年，女人是个寡妇，无正当职业。十月二十三日在家的帮工是许宏庆，他在电话里才知道了自己的女老板被害了。薛健成雇用的二人邵学礼、许宏庆，经查并没有违法犯罪的记录。

高战快速浏览后，不动声色地看着薛健成，心想，此人和夏雨寒是一个什么样的二人世界呢？一个妩媚动人、娇艳如花的女人，竟然和一个在外偷鸡摸狗的人同床共枕。夏雨寒为什么要选择和薛健成在一起呢？图他什么呢？钱吗？还是另有所图？

"我哪有别的家住，我再想想啊，应该在家呀。我的雇工可以证明的。"薛健成还是没有承认的意思。

"那好，你说在家，我就提醒提醒你，那天上午有没有人到你家来，是个什么样的人？你哪个雇工能证明你在家？"高战不给他任何喘息的机会。

薛健成一听，满脸窘色，尴尬地搓着手，讪笑着说道："其实，我在外面有个女人。高警官，我跟你说吧，守着一个美人不让你碰，还说让我在外面随便找，你说是什么想法，都有死的心。没办法，在外面找了一个，她丈夫死了，也没有什么事做，就这样我们经常在一起了。二十三日上午不到九点，我就去县里找她去了，第二天早晨回来的，谁也没有告诉我来人了呀。夏雨寒，还有那个许宏庆，都没告诉我呀。"

这时，刑侦队在电话里询问了正要往回赶的帮工邵学礼、许宏庆。许宏庆证实，那天下午一点以后，来过一个五十几岁的男人，他以为是认识老板两口子的人，也未加阻止。后来听到来人与女老板发生了争吵，他便进屋进行了劝阻。没有半个小时，那个人便气冲冲地走了。老板娘告诉他，不要和别人说，包括薛健成。那个男人的相貌和金玉是相似的。

常小青正聚精会神地翻阅、研究着有关勘验现场的各种资料。

这时，门没有敲就被推开了。

是法医老衷，满脸兴奋，手里拿着几张图片："常局找到了！我敢肯定金玉的死，就是'10·26'案的第一号嫌疑人所为。"

"真的吗？你那么肯定。"常小青急忙从椅子上站了起来，接过老袁递给他的重新放大了比较清晰的江门市公安局传过来的图片。

老袁把图片放到桌子上,一共八张。四张是不同角度金玉左胸被刺的伤口图片,还有四张是夏雨寒胸口被刺的伤口图片。

老袁眉飞色舞地讲着如何如何的相同地方。

他正在滔滔不绝地说着的时候,办公室门响了一下,技术科内勤穆海明进来了,也是兴冲冲地拿着几张图片。

因为技术科长老尚还在忙活夏雨寒的电话号码来源地,和与之相联系人员的甄别,夏雨寒银行卡资金的来往和去向以及身份的鉴别,所以其他的鉴别都由内勤兼老尚助手小穆来做。

穆海明情不自禁地兴奋说道:"从江门市公安局勘验提取的脚印推断,杀死金玉的人,就是'10·26'案件的一号嫌疑人。"

他也把图片放到了桌子上,跟老袁一样专业地讲解了起来。

常小青心想,这可是个令人欣喜的大好消息!起码把犯罪嫌疑人锁定在了江门市抑或青山县范围内。也就是说,犯罪嫌疑人就在江门市。要快速把犯罪嫌疑人在"10·26"案件中提取的指纹、脚印传给江门市公安局一并侦查。

同时,否定了金玉是"10·26"案的犯罪嫌疑人。虽然他与夏雨寒有着千丝万缕的情感和金钱方面的纠葛,但已有证据证实,金玉没有介入杀害夏雨寒。这大大缩小了侦查范围,减少了无谓的人力资源浪费。

现在的侦办方向,似乎又回到了原点。依旧要从本地的外来人口中查起,要从打松子的外来人员查起,要从与夏雨寒有过联系的人员查起。

于是,常小青给还在江门市的高峰打电话,让他除了继续配合兄弟单位侦办外,也不要忘记继续细查和夏雨寒有过往来的任何人。

常小青又给耿涛、赵志刚和于晓辉打电话,督促他们仔细查询和走访所排查人员。

林子剑他们查询摩托车的进度如何了呢？

林子剑和三位刑侦人员已经把二十六日晚十一点以后，从野猪养殖场路过的2000多辆嘉陵摩托车进行了逐一排查。那天晚上，就像警方预料的一样，摩托车几千辆在道上飞跑着。人们为了抓林蛙赚工钱，为了抢到这可观的收入。每天晚上替人抓林蛙都给个四五百元钱，要是自己的塘子一晚上都是上万元，谁不眼红，不着急。于是男女老少大人小孩齐出动，骑自行车的、骑摩托车的、开车的蜂拥而至，道边上、林子边下、河流边下，到处都能看到手电筒的灯光。

二十六日凌晨一点三十分，葫芦头沟雨下得小了些，去往青山县方向的雨也在变小，可去往江门市方向二十几里地后，雨却下得格外大，真的是相隔十里两重天。道上跑的各类型号的摩托车，因为雨大很难辨别清楚。人们又都穿着雨衣，蒙着头脸，只剩眼睛，摩托车的前后特征，有的被雨衣遮挡，根本就看不清楚。

即使这样，林子剑他们也从驶往青山县的上千辆摩托车中筛选出了一百二十三辆，驶往江门市方向的筛选出了八十九辆嘉陵2000摩托车。

林子剑他们对筛选出的每一辆嘉陵摩托车都进行了仔细辨别，放大、缩小、再放大，还得辨识骑摩托车人的体貌，就这样，把几个年轻人的眼睛看得发花或通红。看来，这任务不是一两天就能完成的。

高峰和李响在江门市也没闲着。

他们找到了夏雨寒第二个丈夫的妹妹岳珊珊。岳珊珊除了证实她认识夏雨寒，虽然漂亮却不是乱情的女人，还给予了很高的评价。

他们又分别找到了曾经和夏雨寒经营过人参的参主，他们对夏雨寒的死亡，都感到非常惋惜，说她是个女中典范、独有千秋、超凡脱俗。他们还找到了那个叫高建祥的人，他更是毫不避讳地赞美了夏雨寒，可是提到与金玉的交往，这些人都有些唏嘘。

他们几个人，在"10·26"案和金玉被杀案中，都有不在场证据。

至此，高峰和李响圆满完成了去江门市的任务。

十一月三日下午四点前，高峰又去了江门市公安局，找到了刑事侦查的主管局长郝国梁，并在他办公室里与常小青通了电话，决定两个单位及时互通交流所得到的信息，共同抓获两案中的犯罪嫌疑人。

常小青的办公室桌上，都是搜集上来的"10·26"案子的信息。

截至十一月十二日，半个月过去了，却再没有新的眉目。

大青山林业公安局与江门市公安局已串并侦查，可到现在并没有发现犯罪嫌疑人的踪迹。虽然金玉被杀案现场提取了与"10·26"案相同的第一嫌疑人的脚印，但是投入那么大的人力物力，却仍未找到突破点。

侦查方向是没错的。

症结在哪？看来还是排查力度不够。

与被害人有联系的人员都已经落实了，老尚查到的电话号码也已通过电信公司一个不落地得到了验证。R省T市有三个电话号码已查明，一个是被害人的父亲夏启德的，另两个是被害人的侄子冯承夏的。冯承夏持有两部电话，都是在其本地注册的。

公安人员在侦查阶段时，最令人急躁的就是已经知道犯罪嫌疑人了，也具体知道了他们的位置，但就像编织着一张网，编着编着线头却找不到了。

常小青想，只要坚定自己侦查的方向没有错，线头终究会找到的。

刑侦大队耿涛和赵志刚、于晓辉带领十几个民警负责排查走访有关外来人员，尤其是上山打松子的人员，已经从胜利林场、龙湾林场两个管辖区内大大小小的村子，排查和走访了二百多人，却没有发现与现场勘查的体貌、脚印和指纹相似的人。

天越来越冷，马上快到下雪的时候了。打松子的活儿已经结束了，外来人员该走的也回走了，本地人员该猫冬的开始准备猫冬，勤快的该出去找活的也出去找活了。于是，走访和排查的人员少了，范围小了，同样真正的犯罪嫌疑人也可能蒙混过关、溜之大吉。

耿涛、赵志刚和于晓辉都是科班出身，年龄又都在三十岁上下，自从参与"10·26"案，都憋了一股子劲，想在此案中崭露头角，充分展示自己。

五

深秋的夜晚来得早，还不到六点，天就黑了下来。

耿涛和赵志刚二人各开着车从龙湾林场往外走，去同于晓辉会合。于晓辉带队在胜利林场辖区排查，也正开着车往公路上走。

赵志刚开车在前，耿涛在后。

当走过银家屯百十米时，耿涛看见前面的赵志刚把车停了下来，便也停车走了下来，还没到跟前，赵志刚已经下车。

"赵所长怎么停车了呢？有什么事吗？"耿涛问。

赵志刚看着过去的银家屯，说道："我刚才路过屯子的时候，看见屯西头老钱头钱广进家烟筒冒烟了，灯还亮着。看样子，那老两口来给人看蛤蟆炝子了。应该回去问问。"

"你不是说他们老两口下雪才回来吗？就是回来了，那么大岁数，也和咱们锁定的嫌疑人不靠边呀。"耿涛寻摸着说道。

赵志刚望着银家屯，说道："不行。我怎么不放心呢？整个屯子里，他老两口也是外地人，问问，心里就有底了。"说完，他进了车里，伸出胳膊往后摆了两下，意思是把车倒回去。

赵志刚、耿涛两车共六人打着电筒，往钱广进家走去。

银家屯人员户籍属于青山县管理，但在大青山林业局的林地上，归大青山林业公安局管理。

银家屯不大，也就六十多户人家，房子参差不齐地分布着。绝大多数房子都是砖瓦结构的。只有十几户是用黄泥和土砖砌成的房子，大多数又是油毡纸覆盖的房盖，显得泾渭分明。而那些土坯房的人家大多数是租住的，是外地人到这里投亲靠友搞副业的，靠给人出力赚点钱。

钱广进今年六十四岁，是邻省黑龙江Ａ县的一个老农民。三年前春天来这里的。他有个远房兄弟钱广德在这个屯子里住。三年里，他一直给本屯承包蛤蟆沟的隋万才家看蛤蟆炝子。隋万才家这几年有钱了，都搬到青山县城去住了，就雇了他们老两口来给看炝子，每年供吃供住，给两个人七仟元钱。隋万才的蛤蟆炝子不在本辖区内，而是在青山县林业局区内，要到炝子，得走个十里八里的。

老两口现在应该在炝子里，怎么回来了呢？

钱广进在半坡上住，从道上到他家，有一百多米的距离。大老远就看见老钱家灯已经亮了，烟筒里冒着烟。

赵志刚和耿涛走在前面，手电筒的灯光很亮，看得清前面就是个两间房。为了保暖，木窗木门上已经封上了白色透明的塑料布，房子边下有个柴火棚，里面堆放着从山上拾捡的干材。

他们还没走到门口，屋门就推开了，出来一个六十多岁模样的老妇人，头发花白，穿了一件黑色的棉袄。

看见来了一群着装的警察，她显得很是惊诧。

还未等她张口,赵志刚就用平和的语气问道:"我是派出所赵志刚,钱大娘,您这是什么时候回来的?钱大爷也回来了吧?"

"没看出来,是赵所长呀。他回来了,回来了,在屋子里正准备吃饭呢。快进屋,快进屋。"说完,她先回头往屋子里走。

派出所每年都不定时地到这些外来人口家庭里走访,所以大家都熟悉赵志刚。

外屋不高的棚上,吊着一盏昏暗的小灯泡;地面就是土的。通往里屋炕灶的火,在燃烧着;锅里烧开的热水散发着热气,整个外屋里热气腾腾的。

老妇人边往里屋走,边说道:"老头子,赵所长来了。"

耿涛跟在赵志刚后面,用左手往后挥了挥,意思是告诉后面的人,屋子太小,不要进来了。

里屋的门打开后,因为没有热气,灯光也比外屋亮得多。

老太太一进屋,知道地方小,就脱掉了破旧的棉鞋,露出如同穿着袜子般的一双黑脚,爬上了炕。

赵志刚和于晓辉一进里屋,就显得满当当的了。

能睡三个人的炕上,堆放着一套很旧的行李。小炕中间,摆放着一个不大的小木方桌,桌子上有一碗熟萝卜干咸菜,一小钵子白菜条炖豆腐,白面馒头大米粥。一个玻璃酒壶装着酒,放在开水的碗里正在热着,边下有个玻璃酒盅。

老钱头也和他老伴一样满头花白,脸上的褶子要比他老伴多得多。看见赵志刚二人进来,急忙打招呼。坐着的身体往炕头里挪了挪,腾出一块地方让赵志刚坐。

赵志刚没客气,坐在了炕沿儿上。老太太也拍打着炕沿儿,让耿涛坐。耿涛也坐了下来。

赵志刚和蔼地问道:"钱大叔,这是今天回来的呀,怎么不在炝子里了？"

老钱头回道："是东家让我们老两口子回来的。现在林蛙也卖没了，正在剥松子粒的时候，雇的人多，都在炝子里住，就让我们老两口回来，买点东西，拿些过冬的衣裳，后天就得回去。赵所长，你这是有事呀？"

赵志刚说："也没什么大事。我就想问问，你不在家这阵子，屋子一直就这么空着吗？房子没有人住，时间久了，不就坏了？"

"我们不在家时，屯子本家隔三岔五的也来给烧烧炕，秋天里都忙，也就来得少些，反正是有段时间没有人住了。"老钱头边说着，边拿起炕头的旱烟包子准备卷烟。

老钱头的话刚落，他老伴便接过话茬道："可不是咋地，平常年月里没人来这里。今年打松子的时候，他老家的侄子来住了几天，给他找了本地打松子东家，他不去，嫌弃给的钱少，也不告诉一声，就不知道去哪了……"

还未等老太太说完，老钱头抢过话头："提那个瘪犊子干什么？奸懒馋滑的，不愿意出力。其实也不是什么亲侄子，也就是在老家一个姓的排行，我和他爹在老家关系搞得不错，才奔这来的。来这待了三天，不焉不语的，连个屁都不放就走了，还不知道又晃悠哪去了。"

没等赵志刚继续发问，耿涛抢先道："大娘，他是什么时间来的？什么时间走的？在这住了几天？"

老太太想了想，说道："得有半个多月了，是上个月快月底了那个样子。"

"什么月底了？那是二十三日下午的时候，我记得清清楚楚。我在东家的外院子里看他们穿林蛙，是东家屋子里的给我拿的电话。"老钱头把老伴的话接过来，替她说了。

"他长个什么样子？多大岁数了？"赵志刚已经等不及了。

"一身懒肉，胖乎乎的，膀实实的，可能快四十了吧。"老钱头回道。

赵志刚急忙又问："他给你们打的电话还有吗？您老的电话，我能看一下吗？"

老钱头听完他的话，用疑问的口气问道："赵所长，这个小瘪犊子给你们惹祸了吗？"

老钱头指了指被褥上面的电话，边和赵志刚说话，边让老伴拿给他。

赵志刚不急不火，说道："钱大爷，你放心，没有什么事。这是我们公安的职责，每年都要下村走访一下，你也不是不知道。"

"这个我知道，这个我知道。"老钱头打消了顾虑，回道。

老伴回头拿起了行李上的手机，还没等递给赵志刚，耿涛已经接了过来。

一部很破旧的手机，厚厚的黑色的，屏幕不大，现在已经很少有人使用了。

耿涛翻找着里面的电话号码，一共只有十几个人的电话记录，打进打出也不是很多。他主要关注外地打进的电话，尤其是上个月二十三日下午的电话。

在耿涛翻看老钱头的电话号码时，赵志刚也没闲着，继续问老钱头："你们不在家里，他是怎么进屋子里的？他有你们的钥匙吗？"

老钱头两口子都在看着耿涛翻看电话号码，这时被赵志刚问起，老钱头才回道："他哪来的钥匙，我们把钥匙放在柴棚里隔板的砖头下面压着。我这个屋子也没什么偷的。再说本家来，给烧个火什么的也方便。我们回来时，也不用跑到屯子里那么远去本家取钥匙。"

赵志刚又急忙问："你那侄子以前来过你这儿吗？"

"来过，是三年前冬天来的，我两口子也到这不久。来这儿还帮我捡了几天烧材呢。"老钱头笃定地回答。

耿涛找出了那个二十三日下午打进来的电话，是黑龙江省 A 地区的电话，响铃记录显示为二十八秒，钱广进未接。其他打进打出的都是本地的带着姓名的。唯独这个电话没有姓名标记，还是邻省黑龙江的。

耿涛拿起电话，递给了老钱头，和蔼地问道："钱大爷，是这个电话吗？你看看。"

老钱头摇摇头："你问我，除了是记名的，电话号码我是个瞎眼蒙，只要是那天打进来的电话，肯定就是。"

耿涛一听，边看着赵志刚，边把电话又往老钱头跟前送，说道："那您给他打一个电话吧。"

老钱头还未接过来电话，赵志刚却教老钱头道："电话通了，你就跟他说，'到家里来了，就住那么几天，也不告诉我一声，这不担心你，给你打个电话问问，你现在在哪呢？'"

老钱头急忙点头，表示知道了。

他从耿涛手里接过电话，并打了出去。

几个人看着他打电话，都屏住呼吸听着，可是里面却传来人们都熟悉的声音："对不起，您拨打的电话已关机。"

老钱头把电话又递到耿涛手里。

赵志刚继续问："钱大爷，您知道他叫什么名吗？除了您，还有谁认识他？"

老钱头想了想，说道："他的大名，我还真不记得，小名叫柱子。不行问问本屯本家兄弟钱广德，看看能不能知道。他还没回来，在南辉县给人锯材当大工呢。"

耿涛急忙从手机电话簿里找出叫钱广德的名字，摁了发出键，递到了老钱头的手里。

赵志刚和耿涛相互看了一眼,心里都按捺不住所得到的意外惊喜。

电话那头铃声已经响了,几秒后,传来了一个男子的粗声粗气:"是广进老弟呀,你怎么有时间给我打电话了?有什么事吗?"

老钱头说道:"我想问你点事,你记不记得咱老家钱广田的二儿子叫什么名字,我就记住他叫小柱子,胖乎乎的那个。"

"你提他干什么呀?他又上你那儿去了吗?不用搭理他。我也就知道他小名叫柱子,大名可能叫钱玉柱,还是叫钱喜柱的,我在老家也很少和他们家来往,不记得了。你问问咱老家的人不行吗?谁和你打听他呀?"老钱头电话放在耳朵上,看着耿涛。

耿涛用食指压在嘴上,意思是不让他透露实情。

老钱头领会了他的意思,便对着电话说:"没什么人打听,就是闲着没事,问问老家的事,你要是忙就挂了啊。"说完,还没等那头说什么,老钱头已经把电话挂了。

电话里的声音很清晰,屋子里的人都能听到。

这时,赵志刚又对老钱头说道:"钱大爷,那就像你本家兄弟说的那样,给你老家的人打个电话问一问,好不好?"

钱广进老两口子已经看出和感觉到了,今天来的赵所长,绝对不是平常日子来家访或走访,是带着事来的,打听街坊侄子的事如此细致,这里面肯定有问题。

老钱两口子也是为了澄清自己,急忙点头答应赵志刚的要求。

"找我姑娘问问就知道了,他俩家住得近。"老钱嘴里说着,手里翻着电话簿,找到一个电话,打了出去。

几秒后,传来了对方电话的铃声。

"是爹呀,多长时间没有电话了呀,给你打个电话,忙得说不了几句话就撂了。你和我娘身体还好呀?"老钱女儿的声音。

老钱头没再让对方说什么,急忙岔过话来,问道:"钱丽吧,我想问你点事,钱广田家的老二小子,挺胖的那个,他在家吗?叫什么名字?"

"你说的钱广田的二小子,不是叫钱新柱吗?咋了,他又上你那去了?不用理会他。一个二流子货,从家里走了有十天半个月了吧。"那头老钱头的姑娘能听出来是快人快语。

钱广进又问:"钱丽,那你知不知道他出门上哪去了?"

老钱头的姑娘回道:"我哪儿知道他上哪去了?二十天前看见他一眼,就再也不见了。村子里的人说,他到外地去了。可都不知道他去哪了。"

老钱头看了看赵志刚和耿涛二人。

赵志刚点点头,意思是可以挂了电话。

老钱头便把电话挂断了。

赵志刚和耿涛相互看了看,便都站了起来。

看见老钱头也要下地的样子,赵志刚说道:"钱大爷,我还有个请求,把您的电话,还有您的身份证,借我们用一下,倘若没什么问题,明天我就还给您,您看好不好?"

老两口子相互看了看,很痛快地回道:"好的,好的,没问题,没问题。"老钱头从炕上拿起电话递给了赵志刚,然后又从上衣口袋里拿出了身份证,双手递到了赵志刚手里。

赵志刚把身份证放进兜里,说道:"谢谢钱大爷、钱大娘!耽误您吃饭了。"

说完,二人便往外走去。

老钱头两口子急忙从炕上下地,往外送他俩。

第十七章　两个凶犯

一

当他们要走出院子的时候,赵志刚却停了下来,回头对送出来的老钱头道:"钱大爷,您说把钥匙放在了柴棚隔板的砖头底下,我去看看。"

没等老钱头说什么,他和耿涛已经走到柴棚门口了。

手电筒的强光,一下子把柴棚照得通亮。

老钱头指着他们用手电筒光亮照着的右边隔板上,说道:"我就把钥匙放在坛子那头,两块砖下面。"

通过手电光的照射,看见隔板上有两个褐色的平常家庭用的坛子,坛子那头能看见有两块红砖并排放在坛子跟前,隔板上还有很多老鼠屎,隔板和坛子上蒙上了一层厚厚的灰尘。

老钱头想进去指示给他们看,赵志刚制止了他。

他用手电筒先照了一下地面,地面只有几个乱乱的脚印,看不出什么来;他又看了看罐子边下的两块并排的砖头,砖头上有几枚指印,已经蒙上了很厚的灰尘。有几枚指印是老钱头两口子的,其他也看不出什么来。

耿涛在帮着用手电筒照着。当二人准备收起手电筒往外走的时候,手电的余光一扫,却看见了一个不同于木柴棒的东西,在柴堆的尽里面的缝隙中,是一只黄胶鞋后半根露在外面,与干柴棒子混在一起,不注意看不出来的。

赵志刚哈下腰,用手够了出来,是一只高腰的水田鞋。

他急忙翻过来,用手电筒照着,先看了看鞋底。

不看不要紧,一看看得他喜出望外:这个鞋底印,跟"10·26"案现场提取的有缺痕水田鞋右脚印是一样的。

他兴奋地把鞋递给了后面的耿涛,说道:"你们都看看,这个鞋印,和咱们现场发现的鞋印是不是相同的?"

然后他又仔细寻找,终于找到了另一只鞋。

耿涛拿着鞋,走到院子里,其他民警用手电照着。他从兜里掏出一个手帕,然后仔细擦拭着鞋底。有个民警从手机里翻出了刑侦大队和技术科发给他们的"10·26"案的水田鞋脚印图片。经过仔细对比,此鞋正是那只在现场提取的右脚底带有缺痕的鞋印。

耿涛顿时激动不已,其他民警都露出了欣慰的笑容。

耿涛问站在跟前的老钱头:"钱大爷,这是你的鞋吗?"

老钱头急忙摇头:"不是、不是,我都穿上棉鞋了,我也有这样的水田鞋,可是都在蛤蟆炕子呐。"

老太太也接过老头的话,说道:"俺家老头多年前就有老寒腿,这个时候开始穿棉鞋了。老头的鞋都是我买。这双鞋,老头穿也太大了呀。"

大伙用手电一照,果不其然,老钱头穿的鞋也就三八、三九的样子。

未等耿涛和赵志刚再说什么,老钱头说道:"是不是那个柱子小瘪犊子扔在这儿的?"

老太太也跟着说:"一定是那个瘪犊子的鞋,这么好的鞋,他怎么不穿扔了呢？"

赵志刚安慰老钱头夫妇道："钱大爷、钱大娘，我知道你们俩是好人，你们俩放心，我们当公安的，会调查清楚的。"

赵志刚、耿涛在银家屯找到嫌疑人鞋的信息，当晚便传给了常小青。

十四日上午八点，大青山林业公安局几个部门主要成员都到会议室开会，这是自"10·26"案发生后，人员到会最齐的一次会议。

局长常小青，主管森保的副局长高峰，刑侦大队长高战，副队长李响，治安大队长官战，技术科长尚小强，法医袁广林，龙湾、胜利两个林场的派出所所长赵志刚、于晓辉，刑侦大队分队各小队队长耿涛等悉数参加。

每个人的脸上都带着凝重，心里都有了些许的放松。

半个多月了，案子终于有了新进展。

常小青用信任的眼神看了一下到会人员，开口道："各位，'10·26'案到现在已经过去半个月了，通过在座的共同努力，案子有了新进展。昨天晚上赵志刚和耿涛他们在走访和排查中，意外发现了案发现场犯罪嫌疑人鞋印缺损的那只鞋子，技术科已进行了鉴证。这充分证明了我们参战人员恪尽职守的工作态度。"

常小青开会向来不夸夸其谈、拖泥带水，都是简明扼要，开门见山，直入主题。

接着，他开始布置工作了。

他先问技术科老尚："昨晚赵志刚和耿涛从银家屯排查到的鞋子，是不是和'10·26'案现场提取的脚印相吻合的鞋子？"

尚小强道："完全吻合。正是发案现场发现有缺痕脚印的那只鞋。"

常小青又问："大家通过昨晚赵志刚获得的鞋子，有什么看法？"

戴雨生说出了自己的疑问："要这么说，我们刚开始推断的第二嫌疑人不就是第一嫌疑人了吗？根据现场的指纹和鞋印，通过尚科长对嫌疑人体重个头的勾画，还有石有昌的见证，又都不符合。这就奇怪了。"

常小青坚定地相信现场勘查的一切，也不怀疑侦查方向有偏差。

往往侦办大要案时，都可能出现一些疑点，甚至疑窦丛生，扑朔迷离。倘若去纠结，去寻找真相，那都得费时费力；倘若真的解开了，或许得到了结果，抑或已引你误入歧途。最好的办法，就是坚定侦办方向，先从已知的疑点查起。

钱新柱此人不正是现成的疑点吗？找到这个人，哪怕不是"10·26"案中的嫌疑人，起码可能是个突破口，最低也会是个见证人抑或是知情人。

常小青通过自己经历的几次大要案侦破，觉得钱新柱应该是"10·26"案的嫌疑人之一。

想到这，常小青没有理会戴雨生刚才的疑问，说道："我们查找案发第一嫌疑人时，曾怀疑是金玉。结果金玉却成了被害人，而杀他的又恰恰是第一嫌疑人。看来犯罪嫌疑人是有防备的，极其谨慎。我们可不要一条道跑到黑。我们暂且放下过多的疑问。只要出现了与案子相符的证据，就坚决不能放过。下一步的工作，我们在查找第一嫌疑人的同时，一定要先找到钱新柱。"

常小青看了看坐在左侧的高战，说道："高队，你要根据赵志刚给你的钱广进身份证的地址，尽快与黑龙江省A县公安局联系，获得钱新柱的自然情况外，最好从他家里，或者亲属中，获取到钱新柱到了何处的具体位置。他的电话，有必要可以联系有关部门锁定，从电话的通信录上查找。赵志刚给钱广进送回电话时，可让钱广进继续给其打电话追查。总之，要穷尽一切办法尽快找到这个人。"

高战点头，响亮地回道："明白。散会后立即行动。"

上午十点零三分，黑龙江省A县钱新柱所在地公安局已把他的自然情况发了过来。

传真中显示：钱新柱三十九岁，身高一米六六，微胖，黑龙江省A县M乡钱家村人，农民。家庭背景：离异，五岁女儿归女方抚养，土地承包给了个人，现在无业人员，经常外出不在家，所从事的行业尚不清楚。还注明了此人分别于一九九八年九月因盗窃被拘留十五天，二〇一一年四月又因犯盗窃罪被教养一年六个月。

最有价值的是，钱玉柱在教养时曾留下的指纹、照片，也一并发了过来。

尚小强接到后，迅速与"10·26"案采集和收集的指纹进行对比，虽然大多数指纹很模糊，可是有两个指纹完全匹配吻合。

二

钱新柱确定是"10·26"案主凶嫌疑人之一。

这信息一经证实，全局参战人员沸腾了。半个多月来，终于雾散云开，看到了曙光。

钱新柱的电话，仍处于关机状态。

抓住此人，事不宜迟。

虽然锁定了钱新柱的电话，但是他不打电话，也不接电话，仍然无法知道此人的下落。

赵志刚根据常小青的提议，开完会买了几桶方便面，便和刑侦大队的两个人又来到了银家屯钱广进家里。

钱广进根据赵志刚的嘱咐，不停地给钱新柱打电话。

可是一直到下午两点了，钱新柱的电话依旧关机。而他老家的亲属给他打电话也是关机。

赵志刚一直待了一天一宿，到第二天中午十一点多了，钱广进的电话仍然没有动静。而他往钱新柱的电话里打，也仍然关机。其老家黑龙江省A县亲属也还是打不通钱新柱的电话。

赵志刚几人有些气馁了，更有些焦灼。

下午一点零六分，钱广进的电话终于响了。

这让始终坐在电话旁的赵志刚等人喜出望外，急忙拿起电话。

可是，却不是钱新柱的电话号码。不过细看这个打进来的电话，也没有标记人名，说明这个电话不是电话簿里的人，号码是江门市区域的。

赵志刚看着钱广进已处在惊恐和懵懂的状态里，便劝道："就按照平常打电话的口气说，就行了。要是钱新柱，你不要说我们在你跟前，你就问他在哪里？"

钱广进一听，急忙说道："好，好，我会说的。"

已经过去十几秒了，赵志刚把电话拿在自己手里，放到了钱广进的右耳旁，然后摁下了接听键。

电话里却没有说话，钱广进便问道："你是谁呀？谁打的电话呀？"

隔了四五秒钟，电话里终于有了声音："你是银家屯的钱广进钱叔叔吧，我想问一下，钱新柱在你家吗？"

"没有呀，他从这走了半个多月了，也不知道他去哪儿了。你是谁呀？"

"我是他朋友，你老家里最近没出什么事吧？"

"那能有啥事，我和他婶子昨个才回来。你叫什么名呀？你找钱新柱有事呀?"

"钱大叔,我就是问问,他没在你那儿,就算了。"电话挂了。

电话的声音很清晰,通话时间不到一分钟。在场的人听得都很清楚。

赵志刚马上有个感觉,打电话的人就是钱新柱,他是冒充别人打的电话。

电话显示是江门市的,那么,钱新柱可能就在江门市。

于是,他急忙向常小青打电话汇报了情况,和自己的怀疑,并把这个电话号码发给了他。

常小青接完电话,立刻便拨通了江门市公安局郝国梁副局长的号码,并把电话和照片一并发给了他,请他务必快速查出持此号码的人。

然后,他又给高峰、高战打了电话,让两人到他办公室来。

半个小时后,江门市公安局刑侦大队传真到了,传来了打给钱广进电话的人的自然情况:段吉瑞,男,四十一岁,农民。原籍:黑龙江省A县M乡钱家村人。现住:江门市和平区松树镇蜊蛄村。此人无犯罪记录。注:现在正是农村农闲季节,段吉瑞多人正在山里打松子,没在村里,你处如果需要查找到此人,我处将积极配合、协助,望你处回话、回函告知。江门市公安局松树镇柳树乡派出所。

常小青看了看函件,与自己的判断很相似,钱新柱绝对不可能无目的地从千里之外跑到这来。

他把函件递给了高峰和高战,说道:"高局、高队,我的意思是,由你俩带队去江门市松树镇一趟,与江门市同行一道查实持有那部电话的段吉瑞。倘若发现钱新柱,就地实施抓捕。

"我为什么让高峰局长也一起去,因为在寻找金玉时,高局和当地同行比较熟悉,便于协调。你们走后,我与同行继续联系,让同行们不要大张旗鼓地摸底查证，电话随时和我联系，情况落实后，我随后跟进。"

高战把函件放回常小青的办公桌，问道："常局，你看我俩带几个人过去？"

常小青想了想，说道："你俩暂时先带两个人过去。我们的同行也会出警配合你们的。有条路，绕过江门市直接奔松树镇，能少走五六十里路。还有，江门市松树镇就在长白山下，气候肯定要比这冷得多，你们要备好冬衣。"

高峰、高战走出办公室，直接到了刑侦大队，带了两个人，开上一辆车，便向江门市松树镇奔去。

常小青又拿起电话打给江门市公安局郝国梁副局长，告知他大青山林业公安局已派人赶往江门市松树镇，希望他们出警配合。两人在电话里研究了查实段吉瑞和抓捕钱新柱的具体方案。

放下电话不到十分钟，技术科老尚、邵忠、林子剑三人进了他的办公室。

老尚手里拿了一张纸片，一进屋子就和常小青说道："常局，我在查实女被害人夏雨寒电话记录时，把R省T市与女被害人有联系的二人电话，又进一步进行了查证核实，叫夏启德的电话没有问题，他是女被害人的父亲。

"可是，另一个电话有些蹊跷。持有人名字叫冯承夏，持有两部电话，其中一部电话注册于十三年前。通过当地公安局联系查证，冯承夏今年二十二岁，正在念大学，还未毕业。如果退回去十三年，他才九岁，九岁的孩子能持有电话吗？

"再一个，这部电话很少对外联系，即使和女被害人联系也极少，大多数是和夏启德联系。更让人匪夷所思的是，近几年来竟然同一人持有这两部电话，有相互对打的记录。难道两部电话不在一个人身上？其中值得怀疑的这部电话，总是关机；而另一部电话打通了，不接。"

老尚进一步说道："十三年前，通信公司为了拉客源，他们下面部门，只要报上名字，就可以注册一个号码。不像现在，注册电话都是实名制。"

常小青听完，又接过老尚递给他的纸片，简单浏览了一下，脑海里突然浮现出一个疑问：冯雪、冯承夏，二人都姓冯，他俩是姊妹关系吗？看来有必要与R省T市同行联系查证一下。

他想了想，高战他们已赶往了江门市，要是落实到了钱新柱的下落，可一块再询问冯雪和陈长东两口子。

他对老尚说："就按你的想法办，继续与R省T市同行协调，帮助查证冯承夏这个人。"

老尚答应了一声，走了出去。

邵忠也把手里的四张图片递给常小青，说道："经过几百张道路上的监控影像筛选，我和林子剑一致认为，这两张图片上的人，与我们'10·26'案嫌疑人很吻合。摩托车的去向，也是奔江门市方向的。是否有必要再找到石有昌辨认一下？"

常小青看着从不同角度截选下来的图片，是两个中年男人，都骑着嘉陵摩托2000，穿着长身雨衣，经过收费站，灯光照射下，雨中脸庞不是很清晰。

常小青对邵忠说："你把图片传给赵志刚，打电话和他交代明白，让他找到石有昌，再辨识一下这两个人。"

看着邵忠和林子剑走出他的办公室，常小青想，高峰、高战二人带队去江门市落实钱新柱的结果，这是最主要的突破口。按照自己的推断，钱新柱就在江门。倘若抓到钱新柱，就等于"10·26"案取得重大进展；抓住第一嫌疑人，就是指日可待。

高峰、高战带着刑侦大队一小队队长耿涛和一名刑侦人员开着警车直奔江门市松树镇。

　　江门市与大青山林业局相隔二百五十多公里，按照常小青的提议，抄近道，也有二百多公里。

　　警车飞驰在平坦的水泥路上。正值秋高气爽的季节，晴空如洗，蓝天上镶嵌着几朵变化奇妙的白云，阳光依旧带着毫不吝啬的暖意照射着大地。道路两旁，山脉相连，密林相接，高低起伏，绵绵不断。地上铺着厚厚的褐色叶子，曾经的绿草已变成了黄色，绝大多数树叶子已经凋落，唯有针叶林木还披着青绿或墨绿，偶尔还能看到多株枫树上几片深红的叶子，有的只是一片两片，掩映在光秃秃的丛林中，显得格外醒目娇艳。

　　一条河流，蜿蜒曲折地流淌在路旁，宽窄不一，清澈见底。片片的黄色的、褐色的叶子，漂流在水面上。起伏相连的山丘、丛林，相隔几里就能看到远近不一的红砖蓝瓦的小村庄，能听到鸡鸣狗吠的声音，祥和地沉浸在群山的怀抱里。村庄周围，尽是片片空旷的田野。收割后的水稻田已经干涸，条条土垄形成了块状，地里只剩下齐齐整整的束束根扎。玉米地里，一列列排放整齐的玉米秸，被阳光染成了金黄色。

　　远远望去，巍峨挺拔的长白山，已经是银装素裹，白雪皑皑，碧蓝的天空，白云掩映，一望无际的山林衬托着她，显得格外奇秀俊美。由于道路高低起伏，她的娇容总是时隐时现。

　　高峰和高战他们经过四个多小时的飞驰，于下午三点三十分到达了江门市管辖的松树镇。

　　一下车，他们就感觉到气候要比家里冷了许多。秋意浓浓，秋风瑟瑟，披上银装的长白山，目测直线距离只有六十多里，仿佛就在眼前。

江门市公安局主管刑侦的副局长郝国梁，还有刑侦小队队长付有诚，早已等待在那里。

高峰和高战下车后，同行们先领着他们到了松树镇派出所。寒暄几句后，便直入了主题。

高峰先介绍了"10·26"案件的侦办情况，现在的主要任务是，抓捕钱新柱。

郝国梁说："蝲蛄屯离此还有二十多公里的路程，为了不打草惊蛇，还没有与段吉瑞接触，也没有给他打电话。就等待你们来，一起研究，再进行下一步的工作。"

高峰谈了自己的想法："这次抓捕钱新柱，不要大张旗鼓地，要用不露声色的办法摸底查实，一举抓获。"

郝国梁表示赞同，并建议以公安局秋季防火检查的形式到村里，先找到段吉瑞的家人，了解到段吉瑞和钱新柱打松塔的具体位置，再进行抓捕。

郝局长还介绍说，此地民风比较彪悍。此处居住的人口绝大多数是朝鲜族人，外来人口居住此处的也比较多，人口成分复杂，是治安案件和刑事案件频发地区。这里又是全国针叶林生长面积最大的区域，松子的颗粒和质量都是一流的，绝大多数出口日本、韩国、新加坡。警察人少，管辖区域大，东跑西忙，有时候真的是鞭长莫及。

经过研究，由松树镇派出所到蝲蛄屯段吉瑞家里，先从他家里人那里获得段吉瑞在山上的位置，电话联系后，再一并到山上抓捕。

去蝲蛄屯的三个人，就由已经和高峰熟悉的付有诚带领，以公安局巡查秋季防火为由。三人中有一个是蝲蛄屯的管片民警。

三

蜊蛄屯的居民户只有六十多户,坐落于三面环山一面环水的地方。河水是从长白山流淌下来的松花江支流,水流平稳,清澈见底。

民房大多是朝鲜族建筑,房子的四角弯翘向上,白色的墙壁,黄色、红色的琉璃瓦,整齐划一地排列着。民房和民房之间,都是两米多宽灰色干净的水泥路。路两旁,远近相似地栽着垂柳,垂柳的叶子已经凋零干净,只剩下光秃秃的枝干。

付有诚不到一个小时就到了蜊蛄屯,很快找到了段吉瑞家里。

段吉瑞妻子在家,还有刚刚结婚不久的姑爷、姑娘也在家。管片民警很容易就得到了段吉瑞在山上打松子的具体位置是:松树沟狍子川,离松树镇还得有四十多公里。

还从他老婆嘴里得知,有一个叫钱新柱的老乡,半个月前来这里投奔他们,一同到松树沟狍子川去了。

段吉瑞和钱新柱是给本村的副主任金大胡子打松子的。

管片民警熟悉金大胡子。他原名叫金熙哲,四十二岁,朝鲜族人,一米八三的个子,两个姐姐,哥们四个,他是老小。他膀大腰圆,脸颊两腮下巴上,留有浓密的黑色胡须,所以人们都管他叫金大胡子。在二十多年前,曾因打架斗殴犯有流氓罪教养三年。因为体型剽悍,看见不顺眼的人,非打即骂。方圆几十个村屯都知道他的名字,蜊蛄屯大多数青年都以他马首是瞻。也就他能低价把整个几千垧的松树沟承包到手,大量雇人给他打松塔。他在山中划分了六个点打松塔,其中段吉瑞是他信得过的人,在松树沟狍子川给他当了一个管理二十多人的小头头。

事不宜迟,迅速出击。得到付有诚的信息后,郝国梁、高峰、

第十七章 两个凶犯

高战二十几人分乘四辆普通牌照的车,着便装朝松树沟狍子川疾驶而去。付有诚驾车从另一条道也奔向松树沟。

通往松树沟里都是防火沙土道,道边就是密集的森林。天已经黑下来了,从高大的树林的缝隙间,能看到天空没有月亮,没有星星。车轮与地下的沙土摩擦发出沙沙的响声。

车子很快到了通往狍子川的岔路口。

岔路口的旁边有一个简易的活动板房,简易房子的门上,亮着一盏灯,一个横在道口的木栏杆挡住了他们的去路。

还没等他们下车,从简易房里走出两个人来,都在二十多岁的样子,颐指气使的派头,手里一人拿了一根一米多长的铁棍,歪头看了看车子里的人,傲慢地问道:"你们进狍子川里干什么?"

敞开窗户的江门市刑侦队人员把着方向盘回道:"找金大胡子买松子的,他在里面吗?"

"金哥去市里了。你们有通行证吗?"其中一个爱搭不理的样子问道。

"什么通行证?没有。赶紧把杆打开。"刑侦队员加重语气说道。

"那你们给金大哥打个电话吧,他同意,我们就让你们进去。"二人竟然转身,边说边往屋子里走去。

第二辆车里坐着郝国梁,还有三个刑侦队的人。车门打开后,下来三个人,疾步走到二人的背后。

二人听到脚步声,转过身来,还没反应过来,三个民警其中两个上去不由分说掐住他俩的脖子,拎着进了屋里;其中一个警察打开横杆。

郝国梁把头伸出来说:"你们三个人在这个路口把守,凡是出来的人和车,按照发给你们的照片对比查证。"

横杆打开后,车子继续往里开去,到将要拐进狍子川的又一岔路口时,付有诚和其他两个民警已经等在那里了。

道边同样也有一个活动板房,也有两个类似于进来时碰见的两个年轻人,而这两个年轻人不同的是,耷拉着脑袋,地下扔着两根铁棍子。

郝国梁又从第三辆车里叫下来了两个人,让他们守住这里,并让付有诚和管片民警开车与他一同前行。

四辆车子继续挺进。

又走了五六里地的样子,看到有两个大灯泡亮着,路右侧一个空地上松塔堆积如山,两台脱粒机轰鸣着,十几个人在忙碌着。离松塔堆不远的地方,有一个能住二十几人的活动板房。板房的烟筒上冒着烟,里面也亮着灯,能从窗户上看到里面有人在走动。

郝国梁、高峰的车子在道旁停下后,便走了下来。那些干活的人有的好奇地看着他们,有的继续干活。

付有诚先走到那些人跟前,问道:"谁是你们的负责人?"

几个人正在用手巾擦着脸,其中一个指了指屋子:"在屋里,姓辛。"

一个刑侦警察走到脱粒机跟前,告诉他们先把脱粒机停下来。其他刑侦人员都下车围了上去。房子两头,分别各有警察拿着手电筒对正在干活的人一一查看。

高战、耿涛领着带来的两个刑侦人员先进了屋子。高峰、郝国梁站在道边观察。

姓辛的三十多岁的样子,比较瘦弱,他看见房子两头门分别进来了六七个人,脸上有些惶恐的样子。

还没等他说话,付有城便先问道:"我们是警察,叫钱新柱的那个人在哪儿?"

姓辛的一听，紧张地说道："你是说，跟段吉瑞一起的那个吧？他们还在山上呐。还有一拨背松塔的人没下山呢。"

高战一听着急了："怎么能联系到他？他们离这多远？"

姓辛的忙回答："我有老段的电话，这就给他打电话。从房后的山道走，也得走五六里地呢。"

他从炕沿儿上拿起电话，准备拨打。

付有城急忙制止道："你不要说我们找他，就说你，或者你们老板找他。"

"好、好，我知道，我知道。"姓辛的便把电话打了出去。

几秒后，听见电话那头传来声音道："老辛，我们正在往回走呢，已经快到了，怎么回事呀？"

老辛道："你们赶紧回来，有外地人私卖松子，老板火了，要严查。奔你来的那个叫钱新柱的外地人，也跟你回来了吗？"

"钱新柱不是回山下了吗？他说痔疮犯了，受不了，四点多钟就背了一筐松塔下山了。"电话的声音很大。

高战一听，心里凉了半截。

现在马上六点了，已经走了快两个小时了，天已经完全黑下来了，这么大山林子里怎么找？

高峰、郝国梁这时也进了屋子。同来的警员一听钱新柱跑了，都非常沮丧和失望。

钱新柱是怎么知道风声的呢？两个小时前就已经知道了，是不是谁给他打了电话呢？

这时，段吉瑞气喘吁吁地跑进了屋子，一看一屋子人，一脸惊愕。

段吉瑞瘦高挑，一米七五的个子，很忠厚老实的样子，穿着一身褐色的迷彩服。

姓辛的一看，便对高战说："他就是段吉瑞，钱新柱就是奔他来的。"

高战看着他，问道："你就是段吉瑞，钱新柱什么时间从你身边走的？他在这里还有其他认识的人吗？"

说完，他打开手机，找到了钱新柱的照片，让段吉瑞看。

然后，他又追问道："是这个人吧？"

段吉瑞一脸惊恐："是他，是他！他上个月二十七日傍晚到我这儿。他是我老乡，小时候在老家是邻居，又从小在一起玩。他除了到我这儿，就是到大青山钱广进家。今天下午四点多钟时，他说痔疮犯了，受不了，跟我说先回去，背了一筐松塔就回来了。谁知道他是撒谎呀！"

高战又问道："四点左右，他接过电话吗？你接过电话吗？"

"我就在他跟前，他没接过电话。我倒是接了我姑爷一个电话，姑爷告诉我，今天派出所的人到各家巡查防火，主要是问我，快下雪了，什么时候回家。钱新柱在跟前，还问是谁给我来的电话，我告诉了他。"段吉瑞有些胆怯地看着在场的人说道。

看来此人做贼心虚，防范心理和反侦查意识都很强。

郝国梁看着付有诚身边两个刑侦队的人，说道："你俩跟着他们两个人，找一下那筐松塔扔在什么位置了，找到后，马上电话告诉我方向。"

两个刑侦人员领着老辛指派的两个人打着手电筒往山上走去。

郝国梁又问段吉瑞："他走的时候，穿的什么衣服和鞋子？知不知道他带钱了吗？"

段吉瑞战战兢兢地回答："他穿的一个仿照部队褐色的迷彩服冬装棉袄，里面穿一件灰色夹克衫，灰裤子，鞋也是仿照军队那种褐色秋天穿的胶鞋。我知道他带着钱，老板大前天给开的工资，一

第十七章 两个凶犯

共两千五百元钱。"

付有诚跳到了段吉瑞手指的钱新柱住的铺位上。一套又脏又薄的行李，行李边下有个不大的布兜，也脏兮兮的。

他打开兜子一看，只有一包方便面，还有两本杂志。

付有诚把杂志掏出来看了看，竟然是写公安局破案题材的纪实小说。他想，这混蛋还研究起警察来了。

郝国梁拿起电话向局长作了情况有变、嫌疑人已逃跑的汇报，并把犯罪嫌疑人的穿着也告诉了局长，提出了自己的意见：

首先由民警拿着照片，对松树沟各道路岔口来往人员、各种车辆进行严格盘查，对江门市所管辖的火车站、客运站、旅店进行严密布控，对从松树镇往返的各种车辆派人到车上进行堵截查找。其中，对挨着松树沟最近的松树镇、秀峰乡、棒槌乡三家客运站严加盘查，尤其对翻山只有二十几里的松树镇重点布控，还有对各乡、村屯也要通知到位，要是有外人进入，严加盘查，立即通报。执行干警最好都穿便衣。同时告知周边县市也帮助协查。

高战也给常小青汇报了这里出现的意外情况，并提议，继续锁定此人的电话号码，对钱广进家进行监视。

半个小时内，江门市公安局二百多人悉数上阵，车站、客运站各个角落都有便衣混在人群中，睁着警惕的眼睛，仔细寻找。各乡、村也都接到了公安局通知，并附上了钱新柱的照片，对岔路口增派了人员，开始严加盘查。

高峰、高战看到郝国梁脸上不仅带着一些遗憾，还夹杂有一丝怒容。

"不瞒你俩说，我看天气预报了，明后天就要有一场中雪。没看见我着急没有让队员搜山吗？只要我们现在把想法想到他的前面去，想活命，他会自己跑出来的。"郝国梁脸上的表情，此时又有了自信的样子。

高战向郝国梁请示道:"郝局,咱们下面该怎么办?"

郝国梁信心满满地说道:"咱们让这个混蛋把逃跑的脚步放慢些,好让局里有充足的时间部署。我断定,即使到最近的二十多里的秀峰乡,翻山越岭,又是黑天,还得防备我们,他现在也不会到达秀峰乡的。我们到松树沟与秀峰乡最近的三个村屯去,再让我们的其他四辆警车,在通往三个乡的路上不定时地来几声警笛,叫他成为惊弓之鸟。"

四

钱新柱真的成了"惊弓之鸟"。

他听到段吉瑞的姑爷打电话说,公安局到他家巡查秋季防火,他心里就一激灵。这电话让他毛骨悚然。"要想人不知,除非己莫为。"他隐隐地觉得公安局在找他。

半个月前在野猪养殖场的那一幕,时时浮现在眼前,心好像总是吊在嗓子眼里。这半个多月里,小心翼翼的他总是最晚下山,也是最早上山的一个。他的电话始终关机,有什么事都由段吉瑞来遮掩,做贼心虚啊。何况是杀人,而且是两条人命。他想好了,明天就不辞而别,逃之夭夭。反正已经开了两千五百元钱,还剩一千元钱,由段吉瑞给代领就行了。

他太后悔了,开完支走就好了,现在可能已经晚了。

在他听到有公安局到段吉瑞家里时,他就和段吉瑞撒谎说,自己的痔疮犯了,先下山一步。其实,他是顺道逃跑了。

他刚跑的时候,天还没有黑下来,还能看到树林子的一切。可今天是个阴天,参天的树木遮挡着光线,显得极其昏暗。由于厚厚的秋叶如同弹簧般松软不平,一些乱石的空隙和烂树枝,也被树叶埋没得看不见,他是东倒西歪,深一脚浅一脚,不时地被落叶下面的树枝绊倒,树条抽打在他的身上脸上,还有刺棘也剐蹭着他的手、脸和衣服。

他是奔着进入松树沟第一个岔路口方向跑的。

跑出不到三里多地,已经是上气不接下气,气喘吁吁,腿如灌铅般的沉重了。他又穿着棉衣和棉胶鞋,不仅仅是腿发软,跑不动了,而且汗流浃背,热气腾腾了。脸上被树枝剐划的一道道伤口,被汗水浸润得火烧火燎地疼痛。

茫茫林海的黑夜,是最令人恐怖的。又何况今晚没有月亮,没有星星。冷冷的秋风,在茂密的树丛中穿梭着;高大的树木,发出不规则的响声摇晃着;偶尔几声凄厉的鸟鸣声,回荡在空寂的森林中;不知在周围什么地方,扑棱棱飞出叫不上名字的鸟来;闪烁着两个灯笼般亮晶晶眼睛的动物在树上抑或草丛中,快速惊恐地跑过。

冷冷的风,不时地吹在他的脸上,和解开了棉袄的怀里。不一会儿,他便从热汗淋淋转换到了冷冰冰的状态中。

他实在跑不动了,不知不觉地又瘫倒在松软的地上。

大山林子里的冷风和恐怖,让钱新柱休息一会儿起来后,又不得不继续加快脚步,远处还能听到警笛的声音,他不仅恐惧黑夜的空寂;更是断定了自己已经是公安追捕的对象。惊恐之余,让他难以承受的是饥饿、干渴、蚊虫叮咬。身上所带的那些钱,没地方买食物来充饥,只好这么挨着硬挺着,脚步更是慢了下来。

他走走停停,艰难地向着他认定的秀峰乡方向走去。他知道那个地方离这最近,也打算从那里跑出去。又走了两个多小时,来到一条小河边,又热又渴的他,趴在河边,像一条丧家之犬,喝了一肚子凉水。

喝完后，他坐在石头上歇了一小会儿，警惕地注意着周围任何动静，手舞足蹈地拍打着向他袭来的蚊虫。

朦胧夜色里，他仔细观察了一下，这是他不久前和段吉瑞打过松塔的地方，这条小河里那块凸出的大石头，他记得很清楚，趟过小河就离秀峰乡只有七八里路了。

他小心翼翼地趟过了小河，又上了一个山坡，在山坡上能看到一个不大的村庄，家家亮着灯。

这个村庄叫双山屯，屯子里可以坐车到秀峰乡和江门市，但得等到明天早晨八点，才有小公交车。

饥肠辘辘、浑身无力，加上恐惧和闷热，他又瘫软地坐在了地上。他有些侥幸心理，是不是大惊小怪自己吓唬自己了？倘若警察到段吉瑞家里就是正常地进行秋季巡查防火，而不是冲他来的，自己不是白白遭罪了吗？

他拿出兜里已经很久没有开启的手机，摁下了开机键，屏幕上显示晚上九点五十七分，几秒钟后，打进电话未接的提示音连续地响个不停，得有几十个。仔细一看，绝大多数是段吉瑞和老家的人，还有钱广进打进来的。最近打进来的时间还不到五分钟。

他急忙又摁死了关机键。

他仔细地往山下的双山屯看去，除了家家灯火通明之外，还能看到很多手电筒的光亮，还有红色的光亮闪动着。

段吉瑞打那么多电话干什么？担心自己走失了吗？家里打那么多电话干什么？平日里自己就是死了可能也没人问津，怎么现在关心起自己了呢？而且段吉瑞和家里都在一个时间段里给他打电话，怎么那么巧？这说明什么呢？

他也看到了钱广进给他打了很多电话。自从离开他家之后，二十三日下午打了电话外，就是用段吉瑞的电话打给老钱头探探风。

现在这些人都急不可耐地找自己，这不反常吗？这不说明自己干的盗窃杀人案已被公安局锁定了？一定是公安局的人让他们找自己。

他觉得双山屯不能去，秀峰乡不能去，江门市也不能去。这些地方肯定有公安等着他。倘若不尽快从这大山里走出去，不是饿死就得冻死。他知道这里是离长白山最近的地方，看来就要到下雪的时候了。

从什么方向走出去呢？对，折回青山县，到青山县就四通八达了。要回青山县，就得跨过通往狍子沟的土道，再走去青山县松树镇的路。看准机会能堵个车那是最好不过的。他半个多月前来的时候，看见有很多车从那个道上奔向青山县，有拉木材的、拉山货的、拉松子的……可是那得走二十多里山路。

他站起身来，朝反方向奔向狍子沟的土路。

艰难地走了两个多小时，到了狍子沟土道旁的丛林里，他警惕地停在林子里十多分钟，才像幽灵般快速跨过土路，钻进了往松树镇方向的树林里。他走出没有三十几米，踩到了一个硬物。

他低头仔细辨别，原来是一把镰刀。可能是打松子的人丢失的。他顺手捡了起来，握在手里，并把始终拿在手里的那根棍子扔了。

求生的欲望，让钱新柱在黑夜的丛林中又艰难跋涉了四个多小时。下半夜三点多钟，还得有十几里地才能到达他所期望的位置时，他因得实在受不了了，恰好他发现了一个非常简陋的小棚子，棚子里用木棍铺了够一个人躺下的木楞床，上面有些杂草。他知道那是人们到山上打松塔时累了暂时休息的地方。他警觉地看了看，听了听，确认没有动静，方才进去，手里始终握着那把捡来的镰刀。

又困，又乏，又饿，他坐在草铺上也没敢睡觉。他担心睡了过去，天亮了被人发现怎么办？

他又打开了手机，屏幕上显示三点二十一分。打进来的未接电话的提示音又响了起来，他急忙关机了。

他现在已经离开松树沟狍子川十几里了，再有十几里就到了松树镇与青山县往来的岔道口。

他困乏得还是躺了下来，忍受着饥饿和寒冷。

一直不敢睡着的他，朦朦胧胧中禁不住回忆起了在大青山林业局葫芦头沟野猪养殖场晚上的那一幕。

五

十月二十六日，他到大道上堵了一辆出租车，去他观察过的松子林班。昨天他已经踩好了点，今天就没有急着出门，而是睡到中午十二点多才起来，泡了两碗方便面，吃完，又坐了一会儿，才出门的。

通过出租车车窗，他看见了承包户领着十几个人正在用脱粒机脱松子粒，一个大塑料布上，脱粒机口不停地吐出松子，有几个人忙活着挑子、装麻袋和扎麻袋口。

他打定主意就干他家的。

一个多小时后，天边涌来滚滚的黑云。他心里窃喜，黑天不算，还带着雨，真是老天给他创造的最佳时机。

仲秋，是山里人最喜欢的季节，也是抓紧赚钱收获的时候。浩瀚的大山林毫不吝啬地将自己的果实奉献给了勤劳的人们：山核桃、野蓝莓、松树塔、各种名贵的药材，等等。

最让人欣喜的是，长白山最有名气的特产田鸡，老百姓也叫它林蛙；正是从山林里入河的季节，等到冬天过去后，春天它们又返回了山林里。随着田鸡油的保健作用被人们认可，价格疯涨，每只母蛙都在十元至十五元之间。秋雨时，也是抓林蛙的好时候，大人小孩男女老少都拿着手电筒在路边抓林蛙。因为山林子都被划段承包了,路边是大家共有的。

钱新柱从野猪养殖场后面的路返回去,找了一件已经陈旧的破了洞的雨衣,又找了一个手电筒。

等他急忙忙再出屋子的时候,已下起了大雨。他从原路返回大道,随着人群往踩过点的松子班方向,边抓林蛙,边走着。他抓的林蛙,就地就卖了。

挨到七点多钟的时候,他来到了观察过的松子承包户家。

通过简易房窗户,看见只有一个女人在屋里,其他的人可能都去抓林蛙去了。他便偷偷地哈腰到反方向的松子粒堆旁,拿出小编织袋,两手急忙往里巴拉。松脂粘在手上,他也不顾了。

正在他得意差不多得手时,谁知一束电筒光照了过来,并有人大声喊着、骂着、跑着,朝他奔来。

他顾不上拿袋子,便仓皇逃窜,跨过大道,逃进了树林里,慌忙向野猪养殖场跑去。

一个多小时后,他来到了野猪养殖场防火道的对过。在树林子里,他偷偷窥探观察。

雨下得非常大,土道上只有石有昌的人在道上抓林蛙。院子里灯光亮着,屋子里亮着灯却挡着窗帘,两只狗也因大雨天趴在窝里没出来。

他看准抓林蛙的人往回走的工夫,便靠到了院子跟前。谁知两条狗却没有拴链子,狂吠着奔了出来。

他在老家就干偷鸡摸狗这行,已经轻车熟路,他不慌不忙从兜里掏出两块饼干状的东西,扔给了奔他来的狗。狗停下脚步,看着地下的东西,然后吞到嘴里,几秒内,只看其中一只狗便摇摇晃晃躺下了。他拖了那只狗进了树林子里。后吃的另一只却奔过来,想要叫唤,没走几步也倒下了。

他把两只死狗放在了一个小泡子边下,继续观察。

屋子里竟然没有出来人。而土道上来来回回的人多了起来,大多是给石有昌抓林蛙的人,还有路过的人。

他看见抓林蛙的人都往回走,便准备奔向屋子的时候,却看见了一个高个子穿着长雨衣的男人,在敲窗户。

他又退回树林。

他以为这家的男人或亲属来了。不一会儿,门开了,那个男人进了屋子。

钱新柱感到很沮丧,大好机会怎么又回来人了呢?

他看见脚边的两只狗,安慰自己,不行把这两只狗弄回去也能卖两个钱。但他还是贼心不死,观察一会再说。那个房子里对他诱惑太大了,不仅有金钱,还有美色。

他蹲在水泡子旁死狗的边下,感觉右脚像在水里一般。原来由于慌乱逃跑,他没有仔细看鞋为什么不跟脚了,为什么总是发滑进水,这会仔细再看,两只鞋已经刮碎了,尤其是右脚严重。这双旅游鞋已经陪他快三年了,太陈旧了,经不起在树林子里的跋涉了。

半个多小时后,正在他遗憾和沮丧地想要离开的时候,却看见进屋的那个男人出来了。他出了门,像是犹豫寻思了片刻,便急匆匆地奔小道而来。因为距离远,还下雨,穿着连帽雨衣,灯光照在他的后背,前脸根本看不出来模样。

钱新柱看到这个人走了,又看了看土道上的人不见了,便拿了一块石头,意思是倘若门锁上了叫不开门,就砸碎玻璃强行开门,还可以作为对付女人反抗的武器。

他毫不犹豫地跑向屋子。跑的路上他已经寻思好了,钱得不到就劫色,反正兜里已经有卖林蛙的二百多元钱,足够到段吉瑞那的车票钱了。

他来到门前,外屋没有灯光,只有睡觉的屋子有亮光,还是挡着窗帘。由于他背着灯光,里面他看不太清楚。但他模模糊糊看见地下躺着一个人。

他轻轻敲了敲门,试探地拽了一下门,让他惊喜的是门没有闩,一拽就开了。

他一进外屋门口,才看清楚是个穿着粉色睡衣的女人。女人一动不动,头发把她的脸遮住了。他以为她是和自己丈夫或者亲属闹什么矛盾,还是其他的事,昏倒在地上了。

他蹲下,用自己肮脏的手试探着摸了一下女人的脸,一点反应也没有,好像已经昏迷了。

他犹豫了一下,还是先进了里屋,准备先找钱,然后再劫色。于是他把手里的石头扔在了灶坑旁的烧柴堆里,直接放轻脚步进了里屋。

他浑身湿漉漉地走到了里屋,没想到炕上还有一个小女孩在睡觉。他瞅了瞅,没有在意,便脚步轻轻地打开大衣柜,发现有个兜子,拉开拉链,看见里面有个黑色的钱包。他把钱包打开,里面有一沓钱,他便拿了出来揣到了自己的内衣兜里。挂着的衣服他一件都没放过,可是什么也没有。他又看了看炕上的墙壁上挂着一套灰色的工作服套装,把手伸进去后,又掏出了几百元钱。他又看了看柜子中间的抽屉,是锁着的。大钱是不是在这里?

他正寻思怎么砸开,忽然看见外面有摩托车的灯光闪烁晃动,而更让他吃惊的是,睡觉的小女孩醒了,迷迷糊糊地看着他,眼里满是惊恐,她张开嘴,惊讶地问道:"你是谁?我姥姥呢?姥姥……"

他惊恐慌乱地将双手恶狠狠地伸向孩子……

掐死孩子后,他急忙往外屋跑去。

这回他能通过外屋门上的灯光,看见那个漂亮的女人卧躺在地下,仍然没有醒来。

他色胆包天,竟然停下了脚步。他透过窗户看了看外面,没有人。他便蹲下来把肮脏的手伸进了女人胸部的柔软处。他看到白皙的女人的腿,想要更进一步时,摸着摸着,手感觉有些黏黏的。他拿出仔细一看,是血。这下子他感觉害怕了。

他再仔细一瞅,女人衣服下也都是黑乎乎的血。他急忙起身,想赶紧逃跑。

正在这时,女人却抓住他的胳膊,睁开眼睛说道:"你怎么这么狠心呢?"

当女人抬头仔细看他的时候,表情却极为惊讶,有气无力地问道:"你是谁?你要干什么?"

抓住他的手仍然没有松开。

钱新柱这时才从色胆包天的状态中惊醒过来,他想赶紧逃脱,可是女人的手却死死抓住他不放。

他恼羞成怒,顺手捡起灶台边的小斧子,对准她的脑袋砸了下去,接着又狠狠砸了一下,再看女人,终于无力地松了手。

他急忙起来,扭身出了门,挂在门把手上的锁头发出了响声。他用锁头直接锁上了门,拽出钥匙,冒着大雨,慌忙地往钱广进的家逃去。

钱新柱醒了,他是被冻醒的。他躲避在简易的松子炝子的小铺上睡着了。

他一看天已经蒙蒙亮了,一觉醒来,一身的疲倦缓解了不少,可是饥肠辘辘仍让他十分难受。天亮了,找点吃的还是容易的。可他又想,天亮了,自己的危险也就更大了。公安局会不会搜山?一晚上狼狈逃窜,已让他蓬头垢面,伤痕累累。

他必须尽快到达大青山去松树镇的岔道口,无论用什么办法,必须逃出去。

六

常小青这次只带了一辆警车,还是实习女警韩青霞自告奋勇开的。常小青坐在副驾驶座位上,林子剑、李响,还有一个刑侦队员,一行五人径直向江门市奔来。

两个多小时后,他们到了江门市与大青山交界处的检查站,能看到着装的警察在路口严加盘查,三两人手里都拿着一张复印单。

当他们的车到了跟前,警察给常小青敬礼,然后,给他们车里递进来三张复印单,复印单上印着钱新柱的照片,照片下面写着:十月二十六日晚,大青山林业局管辖区葫芦头沟野猪养殖场发生一起恶性盗窃杀人案,野猪养殖场女场主夏某和其外孙女二人一同被害。据查,犯罪嫌疑人系照片中的钱新柱。钱新柱,农民,三十九岁,身高一米六六左右,圆脸微胖,身穿褐色仿军队冬季棉袄,灰色裤子,穿一双也是褐色的仿军队胶鞋。曾在江门市管辖区松树沟落脚。昨天傍晚抓捕时逃脱。如有过往车辆和人员发现此人,请及时拨打以下报警电话。如果得以抓获,公安局将给予相应奖励。江门市公安局刑侦大队。二〇一八年十一月十七日。

常小青看了看,心想,江门市的同行可真下功夫了。

一过检查站,就是江门市地界了,能看到很多车辆来往,车里都有相同的复印单。有警车穿插在其中,警车都摁喇叭。路过路口的人员和车辆,都有警察予以仔细盘查。

高战,还有江门市公安局副局长郝国梁、刑侦小队长付有诚一起开着车到了岔口,迎接常小青。

常小青下车后,与郝国梁、高战简单寒暄了几句。然后由付有诚向常小青作汇报。

付有诚说:"现在整个松树沟两千多公顷的山地,已经布控合围。十几条道路,都有警员设卡盘查,并且交叉巡逻。昨天连夜赶制出了协查传单,并发给过往车辆,还有附近的村屯。整个村屯也都行动了起来。他们也都设卡堵截。"

郝国梁补充道:"天气预报发布了今明两天有雪,犯罪嫌疑人想要活命,他会跑出来的。所以,把控住各路口和村屯外来人员的协查,是重中之重。"

常小青对同行表示了感谢和敬佩,同时提出了自己的顾虑:"此人有没有可能逃到外省邻县和乡镇?"

郝国梁回道:"已经给邻省的县市发出了协查通报。犯罪嫌疑人要是往邻县市逃跑,最近的也得有四十多公里山路。他身上没有吃的,天气已经开始寒冷,兜里的钱,只有跑出来才有用处。"

常小青没再说什么。常小青非常理解,同行在围捕犯罪嫌疑人所动用的人力物力,已经到了极限。

道口左边,有一个简易房。此路是通向青山县最近的路口,能少走近五十华里,为了节省燃材料,各车辆只要奔向大青山,以及到辽宁地区,这是最佳捷径。所以,大小车辆路过此路口是最多的,故盘查也是最严密的。

道旁已经停靠了一辆江门市公安局的警车,警员也有四人。郝国梁邀请常小青到其他路口和道上再转一转,看一看。常小青欣然同意。

但他却没有坐回带来的车里,而是进了高战的警车里。郝国梁坐回自己的车里。李响和另一名警员也跟着进了高战的车。

高战临上车前,告诉已下车的林子剑和韩青霞:"你俩在这里守候，替换一下江门市的同行。"

天渐渐黑了下来，黑得似乎比往日要早。天上没有星星，更看不见了那轮残月。因为有一层厚厚的云彩把它们都遮盖住了。

简易房，也是检查站门口的灯光很亮，照在门前的土道上、树林里，还有停靠在路旁的警车上。民警们都穿着大衣，拿着手电筒，还有发光的指挥棒。这个路口很重要，晚上又多加了三个民警。

越到晚上，各路口的堵截盘查越加严格。各周围村镇巡视的人员增派也更多。来回巡查的警车，亮着警灯在各路口停顿不一会后，又加速离去。

晚上十点多钟了，还是没有犯罪嫌疑人的信息。

等到零点十一分，也就是十八日凌晨，还是没有犯罪嫌疑人的信息。

这条道路长有四十多公里，路上有很多小岔路口，通往松树镇管辖的村屯。路两旁都是茂密的森林，由于云层很厚很黑，没有月亮，能见到的树林都是黑乎乎的，令人产生一种恐怖的感觉。道路都是沙土道，土道不到三米宽窄，是随着山根修建的，直道不多，大多是弯曲的道路。这条土道可以路过松树镇直到江门市，而且能够节省二十多公里的路程。所以大多数去往青山县抑或到外省的车，都愿意走这条近道。这里已经是中朝边境了，江门市隔着鸭绿江就能看到朝鲜民主主义人民共和国。

距离检查站二三百米的路段，路的右面是个小缓坡，左面较平坦，长着成片的已经衰败了的蒿草。缓坡上长满了落叶柳条和小幼树。通过车灯光，能看到前面近五十米的直道。已经是下半夜了，路上的车辆极少。偶尔几辆车路过，也大都是外省车的牌照，大多是货车。

这时，迎面驶来一辆东风牌货车，牌照是 W 省的。

大约三十米的距离时,能看到货物超过驾驶室很高一段,用编织袋装的货物码放得很整齐。大车里的灯光很弱,司机的模样不是很清楚。

林子剑双眉紧蹙,眼神犀利,表情凝重。

因为他发现这辆车行驶在路上,跟其他车辆不一样。通过车轮的轮胎饱和程度,能判断出这台车所装的货物并不重。行驶在直道上,距离二十几米远时,车速就开始放缓,车轮竟然在直道上行驶时不是直线,两个前轮有些左右摇摆。

林子剑示意韩青霞让这车停车。通过车灯的亮光,他俩向大车迎了过去,要检查这辆车。

当这辆车看似车速放缓,离他俩不到十米远的距离时,林子剑看见司机后面,有个人头晃动了一下后,车速反而加快,直奔他俩冲了过来。

卡车疾速奔向他俩的同时,一个人打开副驾驶的车门跳了下来。

林子剑飞快地撞离已经走在他前头半步远的韩青霞。

警觉的林子剑,枪早已握在手里,果断地对准跳下车的人扣动扳机。

跳下车的人嗷地叫了一声,趴在了地上,仅几秒钟,便爬了起来,踉踉跄跄地钻进了道边的树林里。

随着枪响,大车也撞到了林子剑的身上,他一下子飞了出去。大货车急打左舵,又撞到了他俩开的警车上,然后翻倒在路旁。

只是几秒钟的事,只是一瞬间,翻倒的大车后尾灯仍在闪着,大车里发出号哭和救命声。

韩青霞被林子剑用力地撞趴在衰败的蒿草中。这突如其来的一刹那,让她仿佛从噩梦中醒来,加之黑夜,她辨别不出东南西北。

当她反应过来时,朦胧中看见林子剑躺卧在离她不远的地上。

第十七章 两个凶犯

她急忙跃到跟前，低头用手摸着他的脸，搂着他的脖子，然后大声喊着："林子剑，醒醒，醒醒呀，你别吓唬我呀。"

她感觉到了热热的汩汩的液体流到了她的手上。她吓坏了，流着眼泪喊道："林子剑呀，你可别吓唬我呀，醒醒呀！"急忙用自己的脸，贴在林子剑的脸上，还有气息。

她急忙掏出电话，打给了常小青。

此时，常小青、郝国梁二人正在秀峰乡派出所值班室里。

常小青拿起电话，一看是韩青霞打进来的，顿时一激灵。他知道林子剑和她还在松树沟检查站呢。

电话里传来韩青霞哭泣的声音："常局长，犯罪嫌疑人从这跑进山了，林子剑受伤了，你们赶紧来呀！"没等回话，电话挂了。

情况紧急，常小青、郝国梁急忙跑出屋外。

天空已经开始飘起了雪花，大片的小片的掺杂着，在派出所灯光的映照下亮晶晶的。这是二〇一八年冬天的第一场雪。

郝国梁的对讲机里传出命令："犯罪嫌疑人已在松树沟对过柞木崴子出现，我民警一人受伤正送往医院抢救。各参战警员，速到松树镇检查站里面的柞木崴子，进行抓捕。"

借用防火台的报话机传出的声音很清晰。

"秀峰乡检查站收到！""三小队收到！""一小队收到！""松树沟防火检查站收到！""二小队收到！""蜊蛄甲检查站收到！"……

院子里那台警车里，小司机手里的报话机里传出同样的声音。

郝国梁坐进了副驾驶座位。常小青坐在后座上，脸色凝重，心里更是沉甸甸的。小司机什么也没问，直接开车奔向柞木崴子。

常小青心里牵挂着林子剑的伤势，不知有多大危险。

他给韩青霞打电话没有接，又给高战打电话也不接。高峰的电话则断断续续地响着铃。

常小青不敢想象林子剑受伤的严重程度……那可让林涛老局长两口子怎么活呀！那是老两口子的心肝宝贝，最疼爱的孙子呀！

常小青心里升腾出一股无可名状的怒火。

高峰总算接电话了："常局，信号不好才听见，现在我和李响、韩青霞三人正把林子剑送往医院的道上，现在他还在昏迷中。"

郝国梁对常小青道："我们一个副局长也跟着伤者的车赶往镇医院了，简单处理后，赶紧送市医院去。"

常小青急忙对高峰说："高局长，林子剑的救治，由你全权负责。郝局长说，到镇医院简单处理后，马上送市医院，他已经和市医院协调好了。要不惜一切代价，挽救小林子的生命！有什么情况及时给我回电话。"

雪越下越大，不长时间，道路上已经蒙上了一层厚厚的雪。

当警车冒雪奔向柞树崴子走到一半路程时，报话机里传来了一个令常小青十分振奋的消息。

"我是付有诚，嫌疑人因伤重，在柞树崴子坡下五十米处被抓获，正送往松树镇医院抢救。山里搜捕队员可以归队。请郝局长指示。"

郝国梁虽说心里兴奋，但表情并不是那么轻松。

他回道："押送嫌疑人去医院的干警，一定要跟医生说清楚，尽可能延长其生命，使同行能得到需要的信息。"

常小青终于拨通了高战的电话："高队，你跟着押送嫌疑人的干警一起到医院，要从钱新柱嘴里得到我们需要的第一嫌疑人信息。"

"常局，我正在押送嫌疑人的车上。嫌疑人钱新柱神智还算清楚，我正在询问。"

此时，常小青的心里是五味杂陈。他现在最忐忑不安、心惊胆战的是林子剑的伤情。对林子剑的牵挂和担心,已远远超过了抓到钱新柱的欣慰和振奋。

常小青虽然已是大青山林业公安局一把手,但曾在林涛领导下工作多年。从老局长的身上,他看到了老一辈林业公安敢于担当、任劳任怨、无私奉献、光明磊落的情怀。他们为整个林区的发展和辉煌付出了太多汗水和艰辛。他打内心钦佩他们,敬重他们,热爱他们。他们现在都到了垂暮之年,真的不希望有什么过于悲痛的事情在他们身上发生。

常小青想到这,直接给江门市公安局局长汪涵打通了电话。他知道,出现了嫌疑人被抓获,又有警员受伤的事,作为第一把手局长的他已得到消息了。

果不其然,对方已经知道了此事,接到了副局长郝国梁的电话。

汪涵在电话里只说了一两句案子的事,就郑重地对常小青说道:"常局长,我知道你的担心,我也一样,听到有警员受伤的消息后,我就给医院下了命令,不惜一切代价,用最优秀的大夫进行抢救。现在,救护车已拉着有经验的医生,上路迎接受伤的警员,全力抢救。"

常小青听完汪涵的话,不无沉重地提醒他:"汪局长,倘若有什么危险的话,不行尽快送到省城医院,要不进京,也在所不惜。"

刚挂了电话,常小青便接到了高战的来电:犯罪嫌疑人钱新柱因伤势过重,经抢救无效死亡。

高战的口气中带着稍许欣慰:"钱新柱临死前,对自己杀死两个女被害人供认不讳。他还说,进屋里时,女被害人已经受伤了。自己的鞋子坏得不能穿了,是在回钱广进家的路上捡的。"

常小青一听,钱新柱的供述,和开始勘查"10·26"案的推测是相符的。他不怀疑钱新柱说的是假话,因为这时候他已没必要撒谎了。

"10·26"案的第二嫌疑人是图色谋财害命,那么,第一嫌疑人又是图什么呢?

唯一能解释了的,就是一个字——"情",是和女被害人夏雨寒的情。

可是经过这么长时间的调查,虽说女被害人接触过很多男人,可并没有发现和哪个男人接触过密。与她有过接触的金玉已经死了,而杀死金玉的人,就是伤害女被害人的人。

常小青隐隐约约地感觉到,第一嫌疑人好像就在跟前似的。

第十八章 真相

一

夏启德和自己的女儿夏雨寒,从南方R省T市不远千里来到了长白山脚下的江门市,开了一家山菊花酒店。他是为实现自己多年的心愿去的——寻找失散多年的儿子。

夏启德祖籍是南方,是二十世纪六十年代某北方林业大学毕业生,与同学恋人自愿留在了北方的省城,恋人是R省T市的人,工作两年后,二人结婚了。

夏启德家的背景可谓书香门第,父母亲都是当时中国林业研究领域的权威学术人士;岳父不仅是林业专家,更是南方某省主管林业的厅长,有职有权有文化。可"文化大革命"到来后,曾经风光一时的两个家庭同时遭受了巨大灾难。四位老人遭难,也殃及了自己的子女。

夏启德两口子风华正茂,年轻有为,工作很出色。小两口被勒令停止了手头的工作,与当时的五类分子们一同被批斗。每天还要参加繁重的体力劳动。两人都是知识分子,骨子里有一股子不屑世俗的傲气。尤其夏启德更加倔强,宁可倍受折磨,仍然坚持自己的理念没有错。

夏启德和妻子在一起劳动改造不到半年时,便被分开。妻子下放到了很远的一个北方林场。

一九六八年二月的一天,北方还沉浸在皑皑白雪的世界里。夏启德妻子正在林场学习政治课时,南方老家转来一封信,内容是反动学术权威、死不改悔的右派分子、她的父亲跳楼自杀未遂,半身残废,生活不能自理;母亲本来就有严重的心脏病,被惊吓得也卧床不起;现将她转回南方老家监督改造,还可以照顾卧床不起的父亲。

妻子临回南方的头一天,由改造她的负责人押解,见到了在牛棚喂牛的夏启德。

快一个月没见的丈夫,头发蓬乱,腰身佝偻,满脸浮着灰色,穿着一个黑色的破棉袄,腰间还扎着一根草绳子。会见是在一个不大的生着火炉子的办公室里。一张办公桌子隔开了两人,门口和桌子旁有两个站着听她俩说话的人。千言万语,诸多牵挂,只能是"此时无声胜有声"了。

不过,她告诉了丈夫,她已经有了他的孩子两个多月了。她不在他跟前时,一定要坚强地活下去。

二月中旬,妻子回到了南方老家。四月份,岳父不堪痛苦,在妻女一时疏忽下,还是自己用布条吊死在床下。两个月后,岳母不堪丈夫离去的痛苦和自己精神上的折磨,因心脏病去世了。

夏启德妻子也不想活了,她真的活够了。可是,一看到自己一天天隆起的肚子,她又一次次放弃了轻生的打算。再怎么艰难和无望,也得坚强地活下去,毕竟肚子里的孩子没有过错。孩子相信你,信任你,才来到这世界;同时,也是与心爱的人爱情的结晶。

肚子里的小生命真的太顽强了,在吃不好喝不好睡不好,还得参加繁重体力劳动的情况下,竟然在她怀孕七个月的时候,提前来到了这个世界，还是个小男孩。

有了孩子，做了母亲，对于夏启德妻子来说，就有了活下去的希望。再怎么艰难困苦，都有了往前走的动力。

有了儿子，她高兴地告知了还在北方改造的丈夫夏启德。夏启德在回信中告诉她，孩子的名字就叫夏超凡。超凡脱俗，打小就给这个小生命，注入了与其他孩子不同凡响的命运。

就这样，一个单薄弱小的女人，竟然顽强艰难地拉扯着儿子长大。

可是，继续在北方改造的夏启德又出事了，而且出的还是大事。

夏启德在江门市林业局下属的林场劳动改造，每天劳动后都要汇报，结果他认死理，竟然为"文化大革命"中被打倒的大领导叫屈喊冤。结果，夏启德被判处有期徒刑五年，被送到本省一个较大的监狱服刑。

这事，夏启德妻子一直没有告诉儿子夏超凡。她怕影响他以后的成长，现在已经五岁了，已能分清人们的白眼和蔑视的话了。

但他经常问母亲："爸爸在哪儿？别人家小孩都有爸爸呢。"

母亲总是对他说："你爸爸在北方，很远的地方，一个风景如画的大山林子里工作，那个大山叫长白山。"

夏超凡幼小的心灵里，于是有了一个执念：爸爸是在遥远的北方，一个风景秀美的大山里工作，大山的名字叫长白山。

临近秋天的一个晚上，夏超凡在自己简陋的家里等待妈妈回来。因为那天下午妈妈告诉他，要去和别人卸煤，不让他跟着去，省得弄得满身脏兮兮的难洗。到了晚上六点多，妈妈还没回来。小超凡竟然懂事地把妈妈中午做的饭，热在锅里。他在床上等着等着，竟然睡着了。

晚上九点多钟的时候，有人把他叫醒了。是两个不认识的人，来人告诉他,由他们领着去看妈妈。

于是,他跟着两人去了,去的是镇医院太平间。

他的妈妈平躺在一个板凳上,只有脸是冷白色的,能看出来有人特意给擦洗过。除了脸之外,其他部位都是黑色的,手是黑色的,耳朵是黑色的,掉了鞋的左脚也是黑色的,穿着的衣服都是黑色的。

妈妈是为了多抢点煤面子,能给家里赚点钱,自己家里也能不花钱取暖做饭,可是,煤斗车竟然翻了,她被活活埋在煤面子下面憋死了。

小小的夏超凡,用自己的小手,摸着妈妈干净冰凉的脸,似乎懵懂地以为妈妈怎么睡在这了?累了也不能睡这里呀。

他摇晃着妈妈那黑黑的手,召唤着妈妈,可是妈妈一点也没有反应。

他看了看周围十几个男男女女,问道:"我妈妈这是怎么了?招呼她怎么不醒呢?我都把饭给她热在锅里了,不用她做饭。"

旁边的男人们一脸凄然,女人们流下了眼泪。

几天后,当地有关部门将无依无靠的夏超凡送到了孤儿院。

一九七二年刚进入三月份,南方的小城已经是春风习习、春意盎然的季节。可孤儿院里的夏超凡失踪了。

夏超凡从孤儿院里偷跑出去,是到北方寻找父亲去了。他打小脑海里就有了母亲曾经告诉他,他的爸爸是在北方一个叫长白山的地方。

他真的登上了开往北方沈阳的一列火车。经过几天的颠簸,火车到了北方大城市——沈阳。

夏超凡从铁栅栏钻出到站外,看着熙熙攘攘的人群,车水马龙的车辆,他茫然了,傻眼了。这个地方比他老家大多了,何去何从,他晕头转向。

晃荡了三天，早晨睡在候车室凳子底下的夏超凡没有起来。他浑身发烫，热如炭火，冷得他浑身打战。

候车室打扫卫生的客务人员发现了他，怎么叫他，他都起不来。

周围很多人在看，脸上浮现出怜悯的表情。其中，一个四十多岁壮年模样的人，扒开人群，低头看了看夏超凡，毫不嫌弃和厌烦，急忙抱起他，放到他坐的座椅上。他从背包里拿出药片来，又拿起座上盛着水的杯子，给他吃药喝水。

打扫卫生的客务室人员对这个壮年男人说："亏着碰见你了，这孩子在这好几天了，也不知道从哪来的，怪可怜的。"

壮年男人叫冯翰林，四十五岁，老家是黑龙江省大兴安岭某林业局一个林场小干部。他是出差往家赶，在沈阳换车，才碰见夏超凡。

他突然有了个想法。家里有三个姑娘了，起先在三个姑娘前，有一个儿子，可是不幸孩子在两岁有病夭折了。总盼着能再生个儿子，可是老婆岁数大了，就逐渐放弃了再生的打算。现在碰着了无依无靠、孤苦伶仃的夏超凡，可带他回家一起生活一段时间看看。

坐了三天车后，到了冯翰林家里。老婆一看丈夫出差竟然领回来个小男孩，喜出望外。

在落户口的时候，夏超凡这个名字，改成了冯望远。从此，他生活在养父养母、两个姐姐、一个妹妹的冯姓家庭。

夏超凡改名字之前，冯翰林告诉他，等找到了他的亲生父亲，可以改回自己的名字。

冯翰林真的兑现了在车站和夏超凡的承诺，写了许多封信寄往靠近长白山周围的林业局。冯翰林每写完一封寻找夏超凡父亲的信，他都会读给他听。

可是，所有信件，都石沉大海，杳无回音。

二

冯望远在班级学习一般,可个头却在全班同学中最高,不知道的以为他是高年级学生。

冯望远有个特点,那就是保护家人的情感非常强烈。后来比他小的妹妹也上学了,在学校里无论姐姐在初中,还是妹妹在小学,同学们都怕冯望远,谁也不敢欺负她们。

冯望远到五年级时,就长到快一米六了。邻居家里两口子加上两个儿子,欺负身体不好的养母,他放学后听说了,竟然拎着一个木棍,单独到邻居家里,把人家男孩好顿揍。邻居家的大儿子比他大三岁,小儿子和他同岁。

这种强烈的保护亲人,尤其是保护女人的情感,一直影响着他以后的生活,影响了他的一生。

冯望远在温馨的家庭中慢慢长大。他高中毕业上山两年后,接了养父的班,成了一名林业工人,当了一名油锯手。在养父养母的期盼下,与比他大两岁的二姐成了夫妻。

冯望远没有忘记二位老人对他的养育之恩,他践行着自己的承诺:生前孝顺,死后送终。

可他的婚姻很不幸。他的二姐,也是他的妻子,在儿子四岁时不幸因病去世。这之后,他再也没成家,就自己拉扯着幼小的儿子在一起生活。

他也始终没有忘记寻找自己的亲生父亲。经过多方打听,他已知道亲生父亲回到了南方老家。

但他年龄不大,却染上很严重的肝病。他要用大量的药物维持着自己的病情不恶化。

于是,他提前病退。当然,他也是为了倒出充足的时间与亲生父亲团聚,来报答生父给予生命之恩。

一直到一九八五年,离别几十年的夏超凡,回到南方的小城,找他的父亲。而这一年,也恰恰是夏启德和夏雨寒在江门市经营山菊花酒店被查封的那一年,也是夏雨寒情感受到双重打击的那一年。

冯望远的回归,不仅给了生父夏启德无比的欢乐,同时也给了娇艳如花的妹妹夏雨寒带来了无法替代的感情慰藉。

夏启德寻找了几十年的儿子,自己回来了,不仅儿子回来了,还领回来一个孙子,兴奋之情,无以言表。

冯望远打小失去双亲,经受了同龄人难以想象的艰难和冷漠,五岁就知道到遥远的长白山寻找父亲,最后由好人救助收养,才活到了今天,终于见到了亲生父亲。

夏雨寒虽然打小就在父亲身旁长大,给予了她足够的关爱和呵护,可是终归是单亲家庭,没有感受过母爱。在爱情方面,三年内遭受两次丧夫之痛,被江门市里的人称为妖精、狐狸精、克夫精。

夏雨寒对爱的追寻,是极其纯净的、朴实的,只要是心心相印,你爱我侬,就心满意足。两次痛失所爱之人,就说明了她对爱情的追求。

冯望远六岁的儿子冯承夏,夏雨寒把他当作亲儿子般对待,细致入微,关心备至。冯承夏也对这个漂亮的姑姑非常喜欢。过早失去母亲的疼爱,又仿佛失而复得般回到了他幼小的心里。

一家四口人,就这样有老有小,有情有爱,其乐融融地生活着。不无遗憾的是,夏雨寒还有冯望远,都是在中年遭受了爱情的冰霜和苦寒。

冯望远和夏雨寒虽说是兄妹关系,却是惺惺相惜,都对对方的不幸给予极大的同情,都给了对方除却夫妻间肉体的相融外的人世间所有珍贵的情感。久而久之,两人都感觉到了一种莫名其妙却又不可逾越的情愫。

这一切,作为长者夏启德都看在眼里,疼在心里。毕竟都是最亲的人。

一天,夏启德坐在小院子里,让夏雨寒和冯望远坐在了跟前。

"你们俩既然这么相爱,为什么不在一起,却要逃避呢?"夏启德话说得平平淡淡,竟毫无不当之处的感觉。

二人听了,除了羞愧和尴尬之外,都怀疑父亲大脑是不是有毛病了。我们难道不知道相爱吗?不就是因为那是不能逾越的雷池啊!我们是亲兄妹呀,怎么可以相爱呢?

夏启德看了看二人怀疑和惊诧的表情,却笑着追问道:"怎么了?我说错了吗?你俩应该相爱在一起呀!这可能是老天给予你们俩的,是不能拒绝的。你们俩,没有任何血缘关系!"

什么?没有血缘关系?怎么回事呀?

二人对父亲的话语大惑不解。

是不是老爸有病了?夏雨寒挪到他跟前,用手摸了摸他的前额。

这时,夏启德郑重其事地对他俩说道:"其实,这话本来想就这样隐瞒一辈子,也是为了不让雨寒寒心。可是,我看到你俩为了不在一起,互相折磨,就让我不得不说出雨寒的身世来。其实呀,雨寒是我捡来的。你俩虽然是兄妹,真的是一点血缘关系也没有。"

"什么?我是捡来的?"夏雨寒顿时目瞪口呆。

冯望远刹那间也惊诧不已。

他虽然几十年未见到父亲,但见到父亲后,他很少讲夏雨寒的身世,只是讲她的母亲生了她后,就去世了,而且总是一带而过。

他也没有多问,毕竟那是老人不愿启口的事情。毕竟有一个妹妹要比没有强得多了,起码父亲不孤独。

第十八章 真相

那是一九七二年四月末,春天刚进入北方,中国的政治气候已有些松缓,夏启德获准回原林场,继续接受改造。林场的环境及工作方面都有了极大的改善。

老婆死了,已成事实;儿子失踪,让他极为伤心,却又无奈。茫茫人海,到哪里去找到儿子呢?

刚入秋的时候,他去了一趟省会,是在革委会看管下去的。全国召开一个林业资源整合利用和统筹的会议。他在林业方面的学术研究,是有目共睹、颇有权威的,虽然还带着反革命帽子,但需要起用他。

三天会议后,他准备坐上火车往回赶。

那是晚上十点多钟,下着毛毛秋雨。他去车站外公厕时,发现台阶旁有个小包裹。他没太在意。如厕完出来,准备回候车室时,他听到包裹里有婴儿啼哭的声音,便停下脚步,仔细一听,的确是婴儿的哭声。

难道是别人进厕所放到台阶上的,可是他刚从厕所出来,没发现厕所里有人呀。

他又环顾了一下四周,还是无人去看那小包裹。其间,进去厕所两个人,都无动于衷。

屋外,毛毛雨越下越大了。包裹里的孩子哭声,也随之大了起来。两个革委会的人没看见他回候车室,就出来找他,看见他站在那个地方不动弹,便走上前去询问缘由。

他便把看见一个孩子的事情告诉了他俩。

二人听后,很奇怪,也很惊诧,便走上前去打开包裹,果不其然,是个孩子。由于灯光比较昏暗,也没看清楚是男孩还是女孩。

三人便站在原地,又观察了几分钟。进厕所的,路过的,都无人问津。

这孩子是不是被人丢弃了？孩子如果继续在台阶上，不饿死，也得冻死呀。

没办法，就由夏启德抱着，三人合计，到候车室再问一问，是不是有人因为特殊原因将孩子落到这了。

回到候车室，三人喊了一通："谁把孩子丢厕所的台阶上了？"结果，很多好奇的人围着看了看，又都散去了。

三人这才意识到，这个孩子是被人丢弃了。

候车室里的灯光比较明亮了，能看见襁褓里的孩子眼睛大大的，水灵灵的；粉嘟嘟的小脸颊，看来是几个月大小的样子。是个漂亮的小女孩。

两个革委会的人说道："老夏，不行的话，你就留下这个孩子吧。你就不再是单身一人了吗？这可能是个缘分呀。"

也是，儿子丢了，却捡到了一个漂亮的女儿，真是老天怜悯呀！也好，自己已成孤家寡人，孤零零的有个小孩，不是平添了不少快乐吗？

车马上就要开了，老夏在二人劝说下，毫不犹豫地抱着襁褓里的孩子，登上了回林场的火车。

因为是在秋天的雨中捡到的孩子，老夏给女孩起名夏雨寒。

至此，孑然一身的老夏，有了一个姑娘；被遗弃的女孩，有了一个爸爸。

听完老夏讲的故事，夏雨寒对自己的不幸身世，感到了一种无限的悲哀；也对眼前的养父，从内心涌入了更加深厚的感激之情。

倘若没有眼前的老人，自己将是什么样的命运呢？

身份的解密，让冯望远和夏雨寒的感情顿时升温了。没有了亲兄妹的顾虑，两颗早就渴望融为一体的心，紧紧地连在了一起。

夏启德非常赞成二人的结合，他极力促成这桩美事。因为都是至亲至爱的人,他俩在一起,他放心。

他对他俩说道:"你们俩,一个是我失而复得的亲生儿子,一个虽然不是亲生,却胜过亲生的姑娘,都是我最亲的人。你两人的结合,是最理想、最般配的一对。我已经老了,毕竟又有病在身,不知哪天也就去找你们的妈妈去了。你们是我最大的牵挂,要是你俩成为一家了,互相都有个真心的照顾,就算我不在了,也放心了。"

就这样,水到渠成,冯望远和夏雨寒走到了一起。原先的兄妹,转换成了夫妻。家里不缺空闲的房子,他们俩年初简单布置了一下,就住在了一起。

到了冬天,他们就有了一个女孩。因那天正赶上飘着小清雪,于是给女孩起名冯雪。

俩人的结合,给双方都带来了无比的甜美,可谓互爱有加。尤其冯望远对待夏雨寒就像是手心的宝,给予无微不至的关爱。他知道夏雨寒的身世后,很是同情。所以在日常生活中,他不仅仅履行着丈夫的职责,还满怀着哥哥的情愫。

夏雨寒也是一样,她对待冯望远更是既有着妻子对丈夫的情爱,也有着对哥哥的敬爱。两次不幸婚姻的痛苦,慢慢被这个既是自己的丈夫又是哥哥的男人的爱滋润平复了,完全沉浸在快乐和幸福中。自己的侄子,也是哥哥的儿子,对待她,也如对母亲般的亲切和尊重。

他俩对老人孝顺,对两个小的呵护有加。有老有少、美美满满、和和气气、其乐融融的一家人,外人看见无不羡慕。这才是夏雨寒想要的生活,更是冯望远想要的生活。

夏启德深感欣慰,艰难的日子总算熬过去了,也目睹了自己最亲的人有了各自的好归宿,觉得值了,就是死了也瞑目了。

冯望远还做着自己力所能及的工作。夏雨寒只是在家照顾有病的父亲，还有两个小的。

冯承夏上初中了，冯雪也大了，长得如同母亲一样漂亮。

其间，父亲又做了心脏支架，是一种很贵的支架。但他们的生活没有受到什么影响，现在的夏启德虽有心脏病，但精神却很矍铄。

到了冯雪六岁、冯承夏十一岁的时候，冯望远突然感觉到左腹部非常疼痛，比起往常厉害得多。他自己到医院找到有关科室，拿到自己的片子，找到一个主治大夫咨询。

主治大夫看了看片子，问道："这是你家什么亲属的片子呀？"

冯望远反应很快："我弟弟的，他没来。"

大夫很平静地说道："你弟弟得的是肝癌，还好，还未到晚期。如果接受化疗，效果还是比较好的；也可以手术治疗，就是换肝脏，现在在国内已经是比较成熟的手术。"

冯望远一听，心里顿时产生一种莫名的悲哀。

但他还是强打精神，问了一句："如果不进行化疗和手术治疗，大约能活多长时间？"

大夫看了看他，说道："也说不准确，这要根据病人的体能和注意事项，吃药治疗的话，也能活个一年半载的。不过，看他这个病灶，可能活不到那么长时间的。"

冯望远是怎么走出医院的，他已记不得了。他从医院出来，到了路边一处公园的长条椅旁，坐了下来。

他想着医生的话，知道自己将不久于人世了。自己五岁娘就死了，后来只身找爹，竟找到了一个好人家；现在找到亲爹了，又有了一个温柔漂亮的贤惠妻子，也是自己最亲的人；不仅有懂事的儿子，还有了一个乖巧俊俏的女儿，真可以说是上有老、下有小，其乐融融。谁曾想，在可以自由自在享受天伦之乐的时候，自己却得了这样的不治之症。

三

  他问大夫,如果化疗和手术的话,得花多少钱呀?

  大夫说了,那可没准,要看病情的恶化程度。

  大夫不说,他也遇见过,林场跟他一起的同事,就有一个得肝癌的,治不起也花不起那些钱。要想活久点,得花个几百万换肝脏。老百姓哪家也承受不起的。那同事最后也就是吃点药,从发现到死,活了不到半年时间。

  他真的没活够,他真的不舍得身边的亲人。

  倘若自己的病情被父亲和雨寒知道了,他们肯定会豁出去,不惜一切代价给他治疗的。那得花多少钱呀!作为儿子还没有好好尽孝,却又给老人平添那么多的经济负担,而且老人岁数大了,还有病,怎么能忍心呢?

  他想,"富贵在天,生死由命。"可能老天给予他的,就这么大寿命,不可强求;也不能为了自己多延长几年命数,就去给最亲近的人们带来沉重的经济负担,绝对不能这么做。

  夏雨寒看见冯望远回家来后,便问他检查得怎么样?

  他说,就是普通的肝病,吃药治疗就可以了。也是,他开回来了一大包药。

  可是,夏雨寒对自己心爱的人体贴细致入微,她不放心,便偷偷拿着片子到了医院。大夫告诉她,这是肝癌,还能活个一年半载的。

  她问:"有什么办法可以挽救他的生命?"

  大夫肯定地回答:"换肝,这是唯一的途径。国内这手术已经很成熟了,除去手术费用,还有后期的保障,跟进治疗,需要很多的钱。一般家庭是承受不起的。"

夏雨寒从医院出来，心情一下子落入了冰点。

她好不容易得到这份渴望已久的真爱，竟然又要枯萎了。是这个男人治愈了她的伤痛，是这个男人给她带来了生活的希望和欢乐，使她真真正正地感受到了爱的滋润。

我要尽其所能挽救他的生命，让爱的河流得长一些。还有一点，他是深深心疼自己的爱人，也是自己的哥哥，经历过人生悲苦的她，有着无比同情的心理支撑着她。

就在那一年，她又回到了北方，与金玉相识，并与他签订了人参加工合作的合同。在金玉进监狱后，她变卖了金玉的参厂，用这笔钱来给冯望远换肝。

可金玉的钱，仍不够换肝的费用。在这期间，她又在老家结识了一位有钱的正派人，可是接触后，才知道他也是个道貌岸然、人面兽心的人。他只不过是图她的美色，她成了他泄欲的工具，他背后不仅仅是她一人。三个月后，她便愤然离开了他。那个人给了她五十万元，可那三个月让她受尽了耻辱。

冯望远起先不同意换肝，可父亲和雨寒的苦苦劝导，他接受了换肝。肝脏换了后，他活下来了，家里却什么也没有了。他的提前病退工资，根本是杯水车薪；父亲的养老金，也节省下来给他买药，用以维持他的生命。

三百多万元，让冯望远换肝成功，得到了生命的延续。

三百多万元，让夏雨寒备受心灵和肉体的煎熬与痛苦。

三百多万元，让两个人的爱情至此结束，又回到了兄妹的关系上来。

夏雨寒每年多次回到南方老家，就是为了此事。

冯望远换肝手术前，肝源配型需要很久的等待。在对比 DNA 检验时，竟然发现二人的的确确是亲兄妹。

当他俩极力与医生辩解时，医生却说了一句话："这是科学的见证，不是胡说八道。"

他俩一下子蒙了。

这到底是怎么回事？

父亲不是说二人不是兄妹，夏雨寒是捡来的吗？

夏启德听到这个消息，也惊得目瞪口呆。

简直不可思议，难道世间的巧合和造化弄人，都让他夏启德遇到了吗？

夏启德已经彻底把那段情感忘掉了，埋在了心底里。

那的的确确是一次患难时的相遇，只不过，是他曾经凄苦和艰难时期的一次极其短暂的相遇而已。

夏启德陷入了回忆中。

冬天里，他终于在辗转中接到了老家的来信，告知他的老婆已经死亡，不到六岁的孩子失踪了，不知去向。

听到这个消息后，夏启德简直如雷灌顶，痛苦不堪。

老婆死了，儿子丢了，自己又在改造，不知何时是个头。他提出回家探亲，寻找儿子。他的请求自然没有通过。他一下子病倒了，是严重的肺炎。劳改大队里没有什么好药，又赶上个大冬天。他每天咳嗽不止，浑身无力，不能参加正常劳动。

已进入冬天，他们的主要劳动就是每天扒苞米粒、喂牲口、扎草、打豆子。由于他的病是肺炎，有很多人怕传染，劳改支队便专门找了一间老乡家废弃了的能睡下三个人的土坯屋，把他安置在那里，慢慢吃药治愈，还给他配属了一个有着海外关系、改造还算积极的女劳改犯照顾他，给他烧火烧炕，打饭洗衣，伺候他吃药。

这女劳改犯的名字叫乔英，也是个文化人。其实，人们都不敢来夏启德这，之所以她敢来照顾夏启德，是因为她懂得一些医术。

她是二十世纪六十年代中期中医大学毕业生，也是个北方人，结婚了，却没有孩子。不幸的是，她的老公承受不了批斗，竟然自杀了。她长得不是那么漂亮，就是个一般的女人，三十多岁，圆圆的脸庞，眼睛很大，却带着个厚厚的眼镜，长得个头不高，但是心地朴实、善良。

乔英来照顾夏启德，还有个原因，就是她可以不用参加重体力劳动，不用在大冬天里遭罪。

她找了些秋天在地里割回来喂牲口的草，用小锅熬草水给他喝。虽然又苦又涩难以下咽，可半个多月下来，老夏却感到不是那么难受了，咳嗽也轻了许多。

两人相处久了，说的话就多了。惺惺相惜，理解同情，孤男寡女，日久生情。

最终成全他两人的，是一场水火不容的大火与大雪。

夏启德和女劳改队统编为一个大队，大队下设三个中队，每个中队平均六十多人，各中队相距十几里路，他俩属于二中队。

一天傍晚，接到总部通知，一中队草料场和粮仓着火了，要求各中队迅速赶到一中队救火。二中队总共六十八人，六个管委会的成员，合计七十四人，其中有十二个女队员，除了有病有灾的七个队员外，都得拿着工具去救火。他们顶着寒风，乘坐两台带拖斗的柴油拖拉机和一台手扶拖拉机奔赴一中队。

留在家里的七人，就有夏启德和那个女劳改犯乔英。

那天晚上，一中队的大火燃烧得很大，整个草料场和粮仓一片火海。人们只能抢粮食，顾不上草料了。火借风势，已无扑灭的可能。

正在人们一筹莫展的绝望之际，老天却下了自入冬以来最大的一场鹅毛大雪。

最后,大火终于被扑灭了。其实不是人为扑灭的,而是大雪给浇灭的。

二中队救援的人们虽然把火扑灭了,却被困在了一中队,近半米厚的大雪已经把回来的路封死了。

没办法,二中队去救援的人们只好挤在一中队住了一晚上,等待第二天清除路上的雪再回来。

二中队所在地,也同样被铺天盖地的鹅毛大雪所覆盖。近半米厚的大雪,让人几乎看不见了任何道路。宿舍,还有队部,都被大雪遮盖着,微弱的煤油灯光恍如冥火般。留下来的七个人中,四男三女,其中女队员乔英被困在了夏启德的小屋子里。

那天傍晚,队里的人走后,乔英又来到了老夏的屋子里。还未到吃饭的时候,队里的人们就走了。到了六点多钟,乔英冒着雪,从饭堂里打了一小盆白菜炖大豆腐、一个萝卜咸菜、两个玉米面的大饼子。

屋子里,一天来她烧得很暖和,小土炕也烧得很热乎。

两人吃完饭,便喝着烧开的水,说着一些熟悉后的知心话,一直等到晚上十一点,人们还没回来。

当乔英准备出门回宿舍时,大雪已经封门了。好不容易推开门,可走出两步,她又退了回来。本来个子就矮,体质又差,厚厚的大雪差一点埋了她。

她住的宿舍,还得有个四十几米远。留守在家的,除了管委会两人住在他们的办公室里,四个男队员都有宿舍,两女队员是食堂做饭的,食堂有她俩睡觉的地方。

乔英是和其他八个女队员住在一起的,可是那八个女队员都没回来。她就是回去了,那空旷的宿舍,凛厉寒冷,再加上老鼠泛滥,她也不敢一人住呀。

没办法,再继续等吧。可是等来等去,雪下得还是那么大。到了下半夜一点多了,人还是没有回来。

两个人都困得睁不开眼睛了,乔英走也不是,不走也不是。

夏启德看见她坐在炕沿儿上困乏的那个样子,就让她到炕上头朝里睡,一颠一倒,坚持到天亮再说。

煤油灯冒着黑黑的长烟,昏昏暗暗的,听着老鼠稀稀的叫声,大摇大摆来来往往的串跳声。

实际上两人谁也睡不着。本来两人一个来月的相处,感情上都有些朦朦胧胧的,加之孤独、寂寞、无望,又惺惺相惜,心有灵犀,那天下半夜里,他俩便把男女那点事自然地给办了。

后来,总队知道了二人的情况,有意撮合他俩在一起成个家。俩人也心甘情愿,有这个意思。这样,他俩就很自然地住在了一起。

可是,谁也想不到,才过了一个月,乔英突然接到高层有关批示:回原籍改造,一年后出国。

乔英就这样走了,从此音信皆无。

夏启德再也没有与她见过面,也没有乔英的一丁点信息。

从此,两人那段一个月的情愫,也就成了他们一生的记忆。

二〇二〇年五月,夏雨寒的亲生母亲、八十多岁的乔英从美国回国,才解开了这个巧合得都令人费解的谜底。

一九七一年,乔英的亲叔叔虽然身在美国,是华侨,却有着极为有价值的身份。他提出,有一个侄女在国内北方,希望她能到美国去。

这个要求,政府很自然地答应了,并找到了乔英。但只能是乔英一人出国,不可带外人。

这个条件,乔英可以承受,毕竟只是无可奈何的一段情感。可当她在家等待时，却发现自己怀孕了。这是她没有想到的事。

由于还得等一段时间，所以她以为带着身孕出国也没有什么。她的打算很好，可是出国的事情，由于种种原因还得几个月，这下子瞒不住了。家人让她打掉肚子里的孩子，她却不忍心。

面对出国时间的拖延，肚子一天天大起来，她十分倔强。她执拗地生下了这孩子，是个漂亮的女孩。

可是出国的时候，她的叔伯哥哥和嫂子来接她，却极力反对带孩子。种种原因，如果带孩子，就只能放弃出国。

开往北京的火车即将进站的时候，趁她不注意，她的哥哥也是为了她好，便把孩子放到了厕所旁边。

谁知巧合的是，正赶上夏启德在省城开完会往回走，遇见了襁褓中的夏雨寒，又正赶上自己的儿子下落不明，他便抱走了她。

苍天可能真的很怜爱夏雨寒，还有夏启德，让本没有机会谋面的父女，竟然在人海茫茫中巧遇。

这个故事，简直让所有的人都感到无法相信，可这的确是真实的存在。

这样一来，夏雨寒和冯望远又回到了兄妹状态。

可是由于冯承夏和冯雪的长大，打破了以往的宁静与祥和。这家人一下子又步入了崩溃的边缘。

冯雪长到十六岁的时候，已经亭亭玉立，宛如出水芙蓉。她的漂亮，比母亲夏雨寒，完全可以说是"青出于蓝而胜于蓝"。正在上高中的她，成了全校的美人，老师和同学无不喜爱，俨然成了学校的明星、男孩子追逐和梦想的对象。

冯承夏二十一岁，也长得玉树临风，一表人才。他考入了本市一所电子学院，已是大二的学生。学校离家很近，平常日子就回家。

冯承夏和冯雪相差不到六岁，打小就在一起，可以说是青梅竹马,两小无猜。

两个少年只要走在一起,过往行人无不透出羡慕和赞美。哪个少男不多情,哪个少女不怀春;又何况是一对朝夕相处、妙不可言的妙龄少年呢。

这一年夏天,在香港的夏雨寒舅舅邀请全家人到香港游玩。老夏觉得岁数大了,遭了半辈子罪,现在生活好了,也舒心了,他便愉快地接受了内弟的邀请。

由于冯承夏和冯雪在上学,他便带着夏雨寒两口子高兴地去了香港。

四

大人一走,两个孩子就成了男女主人。

冯雪每天回家做饭,晚上看书。冯承夏也几乎天天回家,吃着冯雪做的饭菜。有时候看见冯雪回来晚了,他也露上两手,给冯雪做起饭菜来。两人其乐无穷。

有时候一同打打游戏,网上的游戏在哥哥带动下,两人玩得那是热火朝天。大礼拜两天里,冯承夏都是回到家中,晚上都有自己的屋子。有时候玩得忘记了时间,俩人就和衣躺在沙发上睡着了。

夏启德一行三人到香港半个月后,就想要回来。舅舅岁数大了,也想念家里的亲人,不愿意让他们走,留着他们继续再玩半个月。

也许都习惯了,也不太避讳,冯雪小时候总是跑到哥哥房间,赖着不走,一起睡在一张床上。只不过慢慢长大了,有了羞怯的感觉,冯雪这才不赖着哥哥了。

一天晚上,两个人吃完晚饭,又在一起打游戏。打到了半夜快十一点了,冯承夏提议喝点酒,晚饭还有剩的菜。

第十八章 真相

他的提议得到了冯雪的积极响应。本来夏启德是喝酒的，由于有病也就不喝了；冯望远也因为有病不喝酒了。家里红、白、啤酒样样俱全，都放在柜子里。

冯雪对酒也不太陌生，同学聚会时也都喝过一点点。冯承夏已经是大学生了，对酒更是不陌生，但也不能喝，喝一点就有些醉意了。

两个人开始喝了起来。起先是喝了一杯红酒。冯雪提议喝点白酒，冯承夏拗不过她，也随她喝起了白酒。

那天晚上，两个人相互说着小时候有趣的事，喝着喝着，二人都有些醉意了。

冯雪第一个跑到厕所里吐了起来，结果把冯承夏也勾得跑到厕所里吐得翻江倒海。

这时，外面下起了大雨，夹杂着电闪雷鸣。

二人都回到各自的房间躺下了。但是冯承夏胃里被酒精烧得难受，光着身子，只穿了一条内裤，翻来覆去，辗转反侧。

就在这时，门开了，是冯雪进了房间。

她穿着露着肚脐的吊带背心，粉色的短裤，可怜楚楚地对他说道："哥哥，我害怕，我和你一起睡。"

冯承夏看了看她，睡眼蒙眬地说道："就一个人的床，这么热，怎么一起睡？要不，我上客厅去睡。"

说完，他要起来，还没等腿落地呢，又歪倒在床上了。

冯雪不由分说就爬到了床上。

一声震耳欲聋的响雷，带着一束刺眼的闪电，从窗户外闪过，棚上的吊灯忽明忽暗，让人惊悚不已。就像小时候赖着她哥哥一样，她紧紧搂着冯承夏的脖子，整个身子贴得紧紧的。

一声声的阵雷，一束束的闪电，俩人都有些惊悚地抱得更紧了。

冯雪的头还不停往冯承夏的怀里钻，冯承夏也不由自主地抱紧她。

惊雷和闪电过后，就是大大的雨点，密集地砸在玻璃上。

冯雪的喘息却有些不同，手不老实地摸着搂着冯承夏湿漉漉的全身。同样，冯承夏也不自觉地摸着湿漉漉的冯雪。冯雪还得寸进尺地把自己滚烫的唇，贴到了对方同样滚烫的唇上，可谓水乳交融。两人终于越过了最后的红线……

第二天早晨醒来，二人看着对方，无不感到愧疚，懊悔，痛恨。

冯雪和冯承夏的一夜交融，结果谁知冯雪却怀孕了。

整个家庭一下子陷入了混乱。谁也接受不了这个现实。

冯望远主张打胎，夏启德也同意，冯雪也连哭带闹不想留下这个孩子，冯承夏却因此而深感愧疚和懊悔，决定离家出走。

不久，找到他时，精神已有些失常，住进了治疗精神疾病的医院。

唯独夏雨寒不同意冯雪打胎，她说道："一个生命来到了你的身旁，是上天赐给的，是信任你，才来这儿的，怎么能要了他（她）的命呢？倘若当初我和望远哥不是亲兄妹，不也是夫妻吗？结果从兄妹过渡到了夫妻，现在我俩又从夫妻回到兄妹。再也不能这样了，生下来我养活。最关键的是，坚决不能再次出现我小时候那样的悲剧了。"

夏启德听到这里，羞愧难当。冯望远也低下了头。

夏雨寒的想法和愿望，就是利用自身所有的一切，在不失去捍卫和坚守自己内心的人格前提下，义无反顾，哪怕是飞蛾扑火，都要尽可能地延长和拯救她一生所得到的这份真爱，延长她深爱着的人的生命。

冯望远急需要换肝后的药物和跟进治疗，父亲的心脏病又严重了，还需换心脏支架，也是一笔不小的费用。夏启德不同意再换，说是岁数大了,该死就死吧。经过她和冯望远做工作,父亲总算同意做了支架;但是不理想,又相继做了三次支架。

夏启德的心脏里有了四个铁疙瘩,这四个铁疙瘩需要费用,冯雪生下的孩子需要费用,侄子的医疗需要费用。

年初检查,冯望远的肝脏又开始出现衰竭的迹象。

在冯雪无奈的情况下,陈长东却伸出了援助之手。陈长东完全是自愿的,只是以夫妻名义和冯雪住在了一起,以免影响冯雪的声誉,还有孩子的成长。

但陈长东不是傻子,夏雨寒在香港的舅舅将在青山县投资立项,也有他一份。这个事情,陈长东没有透露给任何一个人,而且对外还装疯卖傻。

为了保障以后维持治疗的大量费用,她在网上认识了现在的薛健成,知道他养野猪,每年收入完全可以维持这些费用。所以她和他是有协议的,她是自由的,他俩不办证。

一切都是为了至亲的人,一切都是为了她爱的人。她的一片苦心,苍天可知否?

最后,她女儿竟不待见她,与她相识的男人也恨她。

冯望远由于不想因病连累她,也偷偷不辞而别回了北方。他停留在江门市,他要尽其所能,不再让自己的亲妹妹,也是自己曾经最心爱的人,受委屈,受屈辱。

他的保护欲又开始膨胀了。

夏雨寒在江门市的一切,他都在暗暗注视着,关爱着,随时保护着。

夏雨寒因为哥哥不再接受她的医疗费用,感到非常伤心痛苦。尤其是与她不辞而别,又不知道他的去向,最让她牵挂和惦念。

她所有汇款都是给的夏启德,由夏启德代交侄子的治疗费用,也由他代存给冯望远换肝的费用。

　　一夜的大雪,使整个江门市银装素裹,分外妖娆。
　　江门市公安局局长汪涵为了保证林子剑的伤情能得到最好的医治,调动了所有可以利用的医疗资源。林子剑的伤情总算稳定了下来。
　　大青山林业公安局局长常小青连夜冒雪赶往江门市医院,到医院时已经是早晨八点多钟了。
　　专家介绍,林子剑伤情很严重,肋骨骨折五根,其中一根肋骨插到了肝脏,肝脾都受到了不同程度的损伤;脑部受到重创,颅内出血;腿骨小腿骨折。现在已经抢救完毕,但是生命体征仍然不稳,还处在危险中。
　　常小青和汪涵一合计,赶紧乘飞机送往省城医院。
　　高峰代表大青山林业局和公安局一起乘机去省城,韩青霞一再恳请也随机前往。
　　林子剑受伤的消息,暂时向林涛老两口保密。
　　送机后,常小青和汪涵开始听取案情汇报。
　　这时,常小青的电话响了,是技术科老尚的电话,他摁了接听键。"常局长,我给你发了个照片,是清理女被害人遗物鸡心项链里发现的。正面是夏雨寒的照片,无意中发现背面是一个男子的照片。还有根据您的指示,我们通过公安局查找电话号码时,确定其中一部持有电话的人因为有精神疾病正在医治期间,另一部电话号码已查明是一个叫冯望远的人持有的,他的工作单位是黑龙江省某林业局。"
　　不一会儿,一个年轻民警敲门后拿着电脑走了进来,并把照片打开给常小青看。

常小青把电脑递到了汪涵眼前,说道:"我确定这个人就是'10·26'案的第一嫌疑人,也是杀死金玉的人,这个人可能还在你们江门市。"

汪涵看了看电脑,转过头来对郝国梁说:"老郝,你听着,这个人倘若还在江门市,你必须抓住他。万一再出现什么差池,你琢磨怎么办?"

郝国梁急忙点头:"我马上部署,立刻查找此人。"

常小青和郝国梁有电脑通信联系,他点了一下照片,传了过去。

汪涵说给郝国梁的话,也是说给常小青听的。动用了那么多的人力物力,嫌疑人跑出来的地点,竟然是防范最严密的地方;而且不是本局民警抓获或者击毙的,是兄弟单位的协查民警击毙的,自己还受了重伤。他觉得无论从哪方面,都难以说是欢欣鼓舞的,在常小青面前有点挂不住脸,所以他表个态,自己找个台阶下。

但是常小青还是说了不少感谢的话。

下午三点多钟,江门市公安局秀峰乡派出所有了消息。他们接到放大了的"10·26"案的嫌疑人照片后,开始严密搜查。尤其是对即将结束秋季到这来搞副业回家的外地人进行逐一审核,查找到了几个四川人。这几个四川人给他们提供了重要的信息。

原来,这几个人所骑的摩托车就是那个人送的,要求是倘若发现宣传单上的钱新柱就告诉他。除了摩托车白送外,还给他们二百元钱。

经查证,摩托车就是大青山林业局"10·26"案丢失的那台摩托车。这个人叫冯川,头午七点前就走了。

警方立即通知各车站点查找他的去向。

他的电话是T省R市的,而籍贯却是黑龙江A县。经查证,A县的确有个叫冯川的人,身份证已丢失,还没补办回到个人手里。

可冯川始终没有出门。

根据照片，当地公安机关查证，他就是冯望远，林场油锯手，病退多年。他是一个名叫冯翰林的林场小干部捡来的，冯翰林已去世。

李响在返还夏雨寒的遗物给冯雪时，因有事她和陈长东还未走。经冯雪辨认，叫冯川的人，就是他的父亲冯望远。

李响还询问了她父亲与其母亲夏雨寒的真正关系。

冯雪最后很不情愿地说出了她们家的复杂关系。

但她信誓旦旦地说道："我爸爸绝对不会杀妈妈的。"

一切都已明了。"10·26"案的第一嫌疑人就是冯望远。

根据江门市公安局走访收集上来的物证、人证，常小青觉得不需要待在江门了。

正在赶回青山县的常小青，路上接到了郝国梁传给他的信息，经在客运站调取图片，未发现冯望远的踪影。

常小青马上给高战打电话，对青山县市的旅店进行严密监控和查访。

"10·26"案就快要水落石出了，一个月了，常小青心里总算有了拨云见日的感觉。

晚上八点多，常小青赶回了大青山林业公安局。

高战仍在局里。刑侦大队的人都下去查访冯望远去了。

常小青和高战二人推断：冯望远为什么要杀夏雨寒呢？二人曾是夫妻，又变成了兄妹，是因为这段关系的转换而杀人吗？然而，从冯雪嘴里得到的信息，明显可感知两人做夫妻时非常甜蜜，就是回到了兄妹关系，两人仍然相互尊敬有加。

常小青和高战都对夏雨寒家庭的复杂关系感到茫然。

冯望远到底上哪去了呢？下一步还想干什么？

江门市反馈的信息，没有冯望远的踪影。而青山县走访各家旅店的信息，也没有此人消息。难道他没来青山县？

常小青和高战二人坐了下来，思索着。

冯望远第一个杀死的是金玉，作案现场是有预谋的。他第二个想要杀的是钱新柱，倘若不是钱新柱被林子剑击毙，那么通过江门市下午走访四川人报上来的信息来看，钱新柱也得死。

是情杀吗？根本站不住脚。

唯独能解释得通的，就是仇杀，是为夏雨寒报复杀人。

那么，还有谁得罪过夏雨寒呢？这个人是不是下一个目标呢？

可是，他既然为了女被害人而杀人，那他为什么还要杀被害人呢？这又说不通。

看来，只有找到他，才什么都会一目了然。

下半夜才睡的常小青，早晨不到七点就醒了。职业的习惯，让他碰见案子时，睡眠的时间很少。

五

上午八点刚上班，从远在数千里之外的 T 省 R 市公安局传来三月前有一杀人悬案未破。被害人姓方，在当地算是个有钱人，他接触的女人中有一个叫夏雨寒的，警方便顺藤摸瓜查到了犯罪嫌疑人是黑龙江 A 县人叫冯望远。黑龙江 A 县公安局根据大青山林业局提供查找此人的照片对比，确定是同一个人，便把信息传给了 T 省 R 市公安局，又在今晨把此信息传给了大青山林业公安局。

这个姓方的被害人，是与夏雨寒有关系的人，也就是说，冯望远已经为夏雨寒杀了两个人。

那么他要杀的下一个人是谁呢？

一天下来，没有任何冯望远的信息。派出所和刑侦大队的人一直到下半夜才回局里。

又是一天过去了。

第三天上午，高战来到常小青的办公室，谈起了夏雨寒死后的一些事情，其中说到薛健成已经和那个小姘头在市里过得有滋有味的，二人都为夏雨寒感到悲哀。

突然，常小青一下子想起什么似的，对高战说："你问一下薛健成，现在怎么样了？"

高战一听，马上醒悟过来似的，急忙给薛健成打电话。

电话关机。

冯望远已杀的两个人，还有想杀的钱新柱，都是与夏雨寒有关联的，都曾让夏雨寒受过欺辱，抑或说是侮辱的。

那么，薛健成有没有可能成为下一个目标？因为他守着一个娇美如花的女人，却在外偷鸡摸狗。虽然他说是夏雨寒默许的，可外人看来说不过去呀。

高战马上将薛健成和其女人所住的地址告知当地派出所，要求密切注意，犯罪嫌疑人有可能会到那里。

第二天上午，青山县公安局打来电话："薛健成和他的女人被人用刀捅了。已从薛健成嘴里得到认证，就是冯望远。他搭出租车奔你大青山去了，注意查堵。"

不一会儿，青山县公安局又传来冯望远打外地出租车的照片。

常小青率部迅速出击。

在检查站，还有收费站上，警方发现这辆出租车已过了青山县，没进大青山林业局，在半道拐进了南山。

常小青想，他去南山干什么？又没有人家，又都是大雪皑皑的，再说那里都是坟墓的聚集地。

他猛然想起，夏雨寒就埋在那里。

南山上的坟墓很多，四面被密密的挂着白白雪花的树林环绕着。一场大雪，还有正在飘落的雪花，让逝者的坟墓披上了银白色。每个坟前的石碑，都挂着雪花，显得清冷无比。

夏雨寒的坟，在半山坡，离上来的土道就一百多米远。道上都是厚厚的雪。

此时，冯望远坐在夏雨寒坟前石碑旁的雪地上，脸如同烧纸般黄。整个脸消瘦得棱角凸凹，那双深陷的眼睛，依旧带着深邃、坚毅还有冷漠。他穿了一件灰色的呢子大衣，头上戴了一顶褐色的皮帽，里面的衣服是一套蓝色的中山装，鞋是高腰的男士黑色皮棉鞋。

纷飞的雪花，不时地洒落在他的脸上、身上。

冯望远是下午一点多打了一辆外地过路的出租车到的这里。他是来最后看一眼夏雨寒的，他知道自己在这世上已时日不多。

作为一个男人，不能再这样为了自己生命的苟延残喘，而去连累、残害自己最心爱的人，也是自己最漂亮的妹妹了。

想想自己的身世，真是又悲苦，又幸运。他欣慰的是亲生父亲找到了；还遇见了自己一生最最心爱的人，也是让他此生最愿意付出一切的人。

白云苍狗，造化弄人。他遗憾的是，没有来得及对给予自己生命的父亲尽孝，就要离开人世了。他感到无比愧疚的，是因自己的绝症连累了自己的父亲和最亲爱的人，换肝使他延续了十多年的生命，可也让这个曾经美好的家庭变得经济拮据，关系错综复杂。而最亲爱的人甘受屈辱和失去尊严，默默用自己的一切为他换取生命的希望。

十多年过去了，曾经换过的肝脏又出现了恶变，雨寒还要义无反顾地坚持给他再换一次肝。他断然拒绝了。

在自己最后的生命里，折磨、蔑视、侮辱、背叛过雨寒的人，都让他们去下地狱吧。唯一让姓钱的混蛋逃脱了他亲手报仇的机会。好在他已被公安局击毙，也算是得到了应有的惩罚。

他不愿，不忍心，也不允许她再受到折磨了，即使她义无反顾，也要制止她，要让她过上她理想的美好生活。

现在没有任何牵挂了，唯一的愿望是，死了和她埋在一起。

他是前天早晨打了一辆老家拉货的车离开江门市的。他给了司机五百元钱，说跟他搭个便车回老家。司机说什么也不要，还说他正好一路有说话解闷的人了。冯望远没有同意，硬塞给了他。老乡司机还要等个同伴，需要两天，他们大多为了省钱都在车上住。他也跟着住在车上。

今天早晨，他说有点事，便去找早已踩过点的薛健成家了。

他本不想收拾薛健成，可是想了想，还是给他点教训，让他有点记性。他找到薛健成的家，用手敲了敲楼门，里面传来了声音。他说是收电费的，他家的电表数字不对。一个女人开了门，披了一件睡衣。他没打算要她的命，只是捂着她的嘴，给她小肚子捅了一刀。她还没反应过来，睁大着眼睛，吓得话也说不出来，就瘫坐在地上了。进了卧室，薛健成光着身子正睡着呢。他上去照着他的腰部捅了两刀，谁知他也是迷糊的样子，然后才喊叫起来。他已走出了屋子。

二十六日晚，那个下大雨的夜，始终在江门一直关注着夏雨寒的他，来到了她忍受屈辱的野猪养殖场。他曾经偷偷来过几趟，发现他家有狗。可是今晚狗却没有动静。

他敲了敲窗，轻轻喊了一声："雨儿，开门，我是你远哥。"

夏雨寒平日里和薛健成都是分开睡的。昨天上午薛健成去了沈阳，她很放松地脱掉了乳罩和睡衣裤，躺在炕上。

第十八章 真相

今天晚上，她有种极其温馨的感觉，她的远哥总是浮现在她的眼前，想着曾经与她卿卿我我、幸福甜蜜的每一天，她非常惦记和思念远哥。她还冥冥中感觉到他会来，而且一定会来。

她听到了从窗外传进来的熟悉又亲切的声音，是她远哥来了。

她兴奋得近乎激动地急忙跳到地下，披着一件睡衣就去为他开门。

他想念的雨儿开门了。

兴奋的她，不怕他身上的雨水，就一把拉着他的手，进了里屋，要给他脱雨衣，嘴里还不停地念叨："远哥，冷不冷啊？你这几年躲我干什么？钱快筹到了，到时候再给你到北京换肝，一定会好起来的。你再别躲我了，我挂念你，想你！有你，我活得有奔头。"说完，不怕他身体的冰凉，给他脱下雨衣，要抱他。

冯望远没有任何表情，清瘦的面孔只是深黄，浑浊而发黄的眼里，沁满了浑浊的泪水。

他推开了她，并冷冷地对她说道："雨寒，你不要再这样甘愿为我受辱了，我不接受，而且还非常反感。我的死活，不再需要你管，过好你的日子吧。"说完，就要往外走去。

雨寒却拽着他的雨衣，不让他走，又恳求地可怜兮兮地对他说道："远哥，你别这么说话，给你换肝的钱是有办法的。今晚上下这么大的雨，就住这吧。你看你瘦得成什么样了，让我照顾几日好不好？"

"不可能了。你要是还不听我的话，你就做吧，反正你再也找不到我了，永远也找不到我了。"说完，他走出了里屋。

雨寒却跟了出来，抓到了他腰边的衣兜。

他一拉扯，兜里的刀却掉了出来，落到了地上。

她急忙捡了起来。

这是他曾经当油锯手时用锉磨成的刀,一是用在山上抓小猎物,二是防身。这把刀已经跟随他几十年了。

"给我。"冯望远声音稍大点喊道。

"不给。你答应我,听我的,换肝吧!"雨寒坚定地回道。

"死不死不用你管,给我刀。"说完,他就伸手去夺。

雨寒一听他这么说,悲戚地回道:"你不活了,我也活得没意思了。"说完,用刀对准自己的胸口扎了进去。

她的举动,让冯望远大惊失色,目瞪口呆。

他急忙去夺还在她手里的刀。

可是,她却凄然地看着他,苦笑着说道:"这回好,我也没有牵挂了。远哥,自己保重吧。"

冯望远简直要疯了。

他本打算用最冷漠的态度对她,让她不要再为他无可救药的生命消耗自己的精力和尊严了。

可是,他万万没想到,她会这样痴情于自己。

他悲痛万分,急忙去抱她。她却极为情愿地倒入他的怀里。那刀由于和他的身体碰撞,又进了一层。

他急忙躲开,顺手拔出了她已经放开手的刀。

夏雨寒瘫软倒地,血从她的胸膛汩汩地流淌了出来。

他惊得不知道如何办了。他掏出手机准备打120,可是手机却总是不开机。下雨天,手机已被泡得停止运行了。

他俯下身去抱她。他却抱不动她了,病弱的身体已毫无力气。

他看见外面的灯光闪烁,有摩托车灯光射进了屋里。他慌乱地跑了出来,准备到道上堵车。

他为了加快速度,从后面的大道上走更快一些。当他走到后面养猪场的猪舍旁边时,都是黄泥道,很黏,他穿的农田鞋被粘了下来。

他看见猪舍边有一双水田鞋子，急忙顺手把水田鞋换上。他快步从后面道上往大道上走，因为病情让他跑不动了。

当他来到大道上时，车很少，人却很多。好不容易看见过往的车辆，却都不停。快半个小时了，都没堵着车。

他又急忙气喘吁吁地跑了回去。

这时，他发现灯仍亮着，门却锁了。

是谁来了？是她家的雇工吗？还是姓薛的因有事又回来了？

他放心了，看来雨寒有救了。

他竟没有力气再到屋子里去仔细看看。

常小青、高战、李响，还有戴雨生开了两辆上了防滑链子的吉普车，来到了雪道上，远远地就看见有一个人在夏雨寒坟前石碑边下坐着。那个人也看见了他们。

他站了起来，手里拿着刀。

常小青、高战等十几个人迅速向坡上跑去。越来越近，那个人越来越清楚了。虽然和照片上的人有些差距，但那黄色和极其瘦弱病态的脸，还是能辨别出，他就是冯望远。

不到十米的距离时，看得更清楚了。他的穿戴，仿佛是要出远门似的。

冯望远对着大家挥着手里的刀。

常小青对他说道："冯望远，放下刀，跟我们走吧。"

常小青没有拔枪，其他的人却都拔出了枪。

常小青向前走着，不断靠近他，还有近六米的距离。

突然，简直令人猝不及防，冯望远从兜里掏出一把手枪。

还未等他完全抬起手，戴雨生手里的枪响了。

顿时，冯望远的脖颈处血如泉涌。

倒在血泊中的冯望远，望着围在他面前的人，张开正在流血的嘴说道："谢谢！我没有力气，送自己，最后一程了。"

高战拿起从冯望远手里脱落了的仿真钢珠枪。

冯望远被抬到警车上，走到半道，因伤重死了。

经法医鉴定，即使枪伤不死，他那已极其严重的肝癌，也让他活不了多少天。

在整理冯望远遗物时，他的电话里有一个录音，录音的内容除了规劝冯雪重新寻找自己该有的生活，作为父亲对她的遗憾和愧疚外，就是恳求她，在他死后，将他埋在夏雨寒的身边。

"问世间，情为何物？直教生死相许！"

"10·26"案至此彻底告破，全体警员共用了二十七天。

后　记

这部小说最终完稿，正值虎年春节和冬季奥运会在中国举办。冬奥会的成功举办，无疑在全世界面前再次树立了中国人民热爱和平的奋发向上形象。

自从描写警察题材的《生死之间》和《危难之际》两部作品问世后，由于工作较为繁忙，我再没有写什么东西，近两年的时间似乎沉寂了下来。

警察这份职业陪伴我半个人生，那份浓重的情感和挚爱，随着岁月的增长，依旧那么令人依恋。我内心时常有种无可替代的冲动，就像溪流必须奔向大海，地层深处的岩浆不得不喷涌而出，总是有种意犹未尽的感觉。

我的内心又开始跃跃欲试。

恰巧来自长白山林海的单正杰同志给我提供了一个让我决心动笔的题材：写写林业人，写写林业警察的故事。中华人民共和国成立到现在已七十多年的历程，却没有有关描写和歌颂林业警察题材的小说及影视剧。于是我查阅了有关资料，据中国有关权威信息发布，全国林业警察共计有六万余人。他们在公安民警里占的比重很小，但他们在茫茫林海中面对艰苦卓绝的环境表现出的非凡的精神，则令人可歌可泣。

其实我对他们也不太陌生。我 1973 年参军服役在大兴安岭地区,很多次看见过那里的林业工人和林业警察。他们在极其艰苦的环境中,顶雪冒寒,风里来雨里去,朴实无华,执着坚守。

由此,故事的大体梗概便逐渐清晰了起来。

林业警察诞生于共和国早期,最初是军队的一个分支,后来逐渐独立成为一支专门打击刑事犯罪、保护森林资源的公安队伍;业务归公安序列,管理却归当地政府或企业。直到2018年3月,根据第十三届全国人民代表大会第一次会议批准的国务院机构相关职责整合改革方案,这支队伍才由国家林业和草原局交由公安部统一管理。

据有关部门统计全国林业用地面积为26329.5万公顷,森林面积15894.1万公顷,活立木蓄积量124.9亿立方米,森林蓄积量112.7亿立方米。哪里有森林,哪里就有林业警察的身影。

这部小说着重描写了生活在长白山脉的不同时代的林业警察故事,从20世纪50年代写到2018年。他们都是普通的人群,同样有烦恼,有痛苦,有欣喜,有快乐。他们一代接着一代奋斗在白山黑水间,时间跨度长,人物焦点多,但是永远不变的是,始终贯穿于整个故事的舍小家顾大家的公而忘私、默默奉献、含辛茹苦、恪尽职守、无比挚爱祖国绿水青山的情怀。他们虽然平凡,却感天动地。

此书从采访、收集、整理有关资料,到酝酿执笔,共用了近一年半的时间才算完成。当最后一个章节的句号落下后,才算如释重负。

在动笔的这些日子里,承蒙单正杰同志在采访、执笔统稿过程中付出巨大的辛劳;尤其要感谢的是辽宁出版社黄锦莉老师为此书的出版进行了字斟句酌的修改;更要感谢的是中国人民公安出版社文艺分社的易孟林社长,在繁忙的工作之余,在别人喜庆春节之际,他却在伏案润色,逐字逐句地修饰加工全书,才使这部小说有了今天这个面貌。易社长的工作精神、辛勤付出和无私奉献,使我非常感动,是我学习的楷模。

这部小说在彻夜难眠中构思,在紧张忙碌的"抗疫"日子里完稿。我将继续努力,不断学习,笔耕不辍,书写更多的好人物好故事,回馈给始终如一的信任、支持、关爱我的人们。

贺平
二〇二二年二月十日